AMO JONES

Bad Romance

Elite Kings Club

Liebe Leser*innen,

dieses Buch enthält potenziell triggernde Inhalte.
Deshalb findet ihr auf der letzten Seite eine Triggerwarnung.

Achtung: Diese enthält Spoiler für das gesamte Buch!

Wir wünschen uns für euch alle
das bestmögliche Leseerlebnis.
Euer LYX-Verlag

Amo Jones

BAD ROMANCE

ELITE KINGS CLUB

Roman

Ins Deutsche übertragen
von Ralf Schmitz

LYX

LYX in der Bastei Lübbe AG
Dieser Titel ist auch als E-Book erschienen.

MIX
Papier aus verantwortungsvollen Quellen
FSC® C014496
www.fsc.org

Textredaktion: Stephanie Röder
Umschlaggestaltung: © Birgit Gitschier, Augsburg
unter Verwendung des Motivs der Originalausgabe von
© Wander Aguiar Photography
Satz: Greiner & Reichel, Köln
Gesetzt aus der Adobe Caslon
Druck und Verarbeitung: GGP Media GmbH, Pößneck
Printed in Germany
ISBN 978-3-7363-1291-3

1 3 5 7 6 4 2

Sie finden uns im Internet unter www.lyx-verlag.de
Bitte beachten Sie auch: www.luebbe.de und www.lesejury.de

Nuncupatura

Dieses Buch ist meinem Wolfsrudel gewidmet.
Das zu mir hält, wenn ich mich selbst verliere,
und mit dem ich jeden Tag lachen, weinen und
wichtige Nachrichten tauschen kann.
Dieses Buch gehört euch.

1. KAPITEL

TILLIE

Nate drückt mich gegen die kalte Zellenwand und durchsucht mich. »Das gefällt dir, wie, *Princessa?*«

Ich schüttele den Kopf, ich will nicht zeigen, dass ich Angst habe. Nate reagiert auf Angst wie Haie auf Blut. Er riecht Angst und glaubt, es sei Fütterungszeit. »Nein. Was machst du, und weshalb bin ich hier?«

Ich spähe über Nates Schulter und sehe Brantley, der mich nicht aus den Augen lässt. »Brantley?«

Doch gerade als ich denke, er würde etwas sagen, mich zum Beispiel zurechtweisen, weil ich ihnen Fragen stelle, klappt er den Mund wieder zu. Dann sehe ich ihn durch die Tür verschwinden, durch die wir hereingekommen sind.

»Er wird dir nicht helfen. Warte hier und rühr dich nicht von der Stelle, Tillie. Wenn du versuchst zu fliehen, töten wir dich.«

Ich habe keine Ahnung, wieso ein Teil meines Verstandes nicht glaubt, dass er dazu fähig ist. Aber man hält einen Menschen doch nicht während aller möglichen Probleme am Leben, um ihn dann auszuknipsen, nur weil er mal nicht zugehört hat. Nate grinst, als könnte er hören, was ich denke. Dann weicht er langsam zurück, verlässt meine Zelle und schiebt den Riegel vor.

»Wir tun alles, was wir tun, aus einem bestimmten Grund, Tillie. Schon vergessen?«

Ohne den Köder zu schlucken, lasse ich mich an der kalten Wand abwärtsgleiten, bis ich auf dem Hintern lande. Die Stille zieht sich, bevor ich höre, wie sich die Tür erneut öffnet und schließt, dann sehe ich aus dem Augenwinkel Brantleys Stiefel in Sicht kommen.

»Was willst du, Brantley? Ihr habt gewonnen, also geht feiern, zieht euch noch mehr Kokain durch die Nase oder legt noch mehr Mädchen flach ...« Solange die Jungs noch hier sind, will ich nicht mit Daemon sprechen, und ein Teil von mir versucht immer noch, meinen unberechenbar von Ast zu Ast springenden Verstand über die zahllosen Möglichkeiten zu beruhigen, warum und wieso er überhaupt noch am Leben ist.

Brantley löst den Riegel, das Klirren von Metall reißt mich aus meinen Gedanken. Er öffnet die Zellentür und tritt ein. Als er sich zu mir herabbeugt und die Ellbogen auf die Knie stützt, ringe ich mich tapfer dazu durch, den Blick zu heben und ihn anzusehen.

Seine Hand nähert sich meinem Gesicht. »Küss mich!«

»Was?«, frage ich irritiert. Da fällt mein Blick auf seine geschwollenen Lippen.

Er drückt meine Wangen leicht zusammen, sein Gesicht kommt immer näher. »Küss. Mich.«

Ich beuge mich vor, bis sich unsere Lippen berühren, warm, samtweich, nur ein Hauch. Ich schlinge die Arme um seinen Nacken, ein Stöhnen entfährt mir, als ich ihn an mich ziehe. Ich küsse ihn, weil ich wütend bin, ich küsse ihn, weil ich gekränkt bin und weil Nate uns wahrscheinlich irgendwie beobachtet. Als seine Zunge in meinen Mund gleitet, lässt sein Eindringen den angehaltenen Atem ausstoßen. Sein Kuss ist so berechnend wie sein Wesen. Ja, er gibt viel, aber nie zu viel. Nun saugt er an meiner Unterlippe und zeichnet dann mit seiner Unterlippe die Konturen nach. Er fasst mich um die Taille und zieht mich hoch. Massive Schenkel spreizen mir die Beine, grätschen sie weit, dann lässt er sich gegen mich sinken und stößt mich gegen das Zellengitter. Die Hände unter meinen Schenkeln, hebt er mich hoch, und ich schlinge die Beine um ihn, während sein Mund sich weiter an mir weidet. In meinem Bauch flattert etwas, mein Innerstes pocht. Ich will ihn. Bis zu einem gewissen Punkt habe ich ihn immer schon gewollt, und nun, da Nate endgültig mein allerletztes Vertrauen in ihn erschüttert hat, hält mich nichts mehr zurück. Wenn man einen Menschen nur lange genug verletzt, gewöhnt er sich irgendwann an den Schmerz, doch wenn man die Wunden nicht schließt, verblutet er schließlich.

Brantley weicht zurück, stellt mich wieder auf meine Füße und greift nach meiner Hand. »Jetzt schuldest du mir das Doppelte dafür, dass ich ihn zur Weißglut gebracht habe, und, Prinzessin, diese Schuld werde ich eintreiben.« Er schleift mich weiter über den Zellenboden, schließt die Zelle neben Daemons auf und schubst mich hinein. Ich drehe mich in dem Moment um, als er die Tür zuschlägt.

»Brantley …« Ich will mich entschuldigen. Ich will ihm so vieles sagen.

Er schüttelt den Kopf. »Tu's nicht, Tillie.«

Er hat mich mehr als einmal vor Nate gerettet, und ich weiß, dass ich ihm dafür etwas schuldig bin, aber bevor ich ihm meinen Dank aussprechen kann, ist er schon gegangen, und ich lasse mich, kaum höre ich die schwere Stahltür ins Schloss fallen, auf meinen Hintern sinken, winkle die Beine an und sehe zu Daemon hinüber.

»Tut mir leid, dass du das mit ansehen musstest.«

Daemon kriecht näher und umklammert die Gitterstäbe zwischen den Zellen. »Ich habe Schlimmeres gesehen, Puella.«

Mein Herz zieht sich zusammen, als ich meinen Spitznamen aus seinem Mund höre. Ich dachte nicht, dass ich ihn je wieder hören würde. »Ich glaubte, du seist tot, Daemon. Wir alle haben das geglaubt. Und um dich getrauert.« Mir kommt Madison in den Sinn, und ich zucke zusammen. »Wusste jeder Bescheid außer mir?«

Daemon schüttelt den Kopf. Die Jeans, die er am Leib trägt, ist völlig ramponiert, und sein T-Shirt hat auch schon mal bessere Tage gesehen. »Nein.«

Ich massiere mir die Schläfen. »Mein Gott. Madison weiß gar nicht, dass du noch am Leben bist?«, schreie ich kopfschüttelnd. Ein kleiner Teil von mir ist egoistischerweise erleichtert, dass meine beste Freundin mich nicht hintergangen hat, aber der größere Teil fürchtet sich davor, was passieren wird, wenn sie es herausfindet. Sie und Bishop sind bereits auf dem Kriegspfad. Ich will mir gar nicht erst vorstellen, was passieren wird, wenn sie dahinterkommt, dass er ihr das größte aller Geheimnisse verschwiegen hat und ihr verdammter Zwillingsbruder noch am Leben ist. Mein Blick fliegt zu der kleinen Kamera in einer Ecke meiner dunklen Zelle, deren rotes Licht signalisiert, dass wir beobachtet werden, aber ich achte nicht darauf.

Da ertönt ein leises Kichern aus der Ecke, und ich erstarre. »Wer ist da?«

Daemon kriecht zurück, und auch wenn wegen der Dunkelheit nicht viel zu erkennen ist, erhasche ich einen Blick auf die Narbe in seinem Genick, die sich bis nach vorne zieht. *Wie hat er es verdammt noch mal geschafft zu überleben?*

Ich kneife die Augen zusammen, um die Silhouette, die sich in der dunkelsten Ecke meiner Zelle versteckt hat, besser erkennen zu können. »Wenn du das wieder bist, Nate, schwöre ich, diesmal schneide ich dir den Schwanz ab.«

Wieder ein Kichern, und dann tritt die Gestalt aus dem Dunkel ins schwache Licht, das sich mühsam den Weg durch die Gitterstäbe des kleinen Fensters bahnt. Er trägt einen dunklen Kapuzenpulli, die Kapuze verdeckt fast sein ganzes Gesicht, trotzdem kann ich die scharfen Konturen seines Kinns erkennen. Seine Jeans sind zerfleddert, weil sie abgetragen sind, nicht aus modischen Gründen. Ein schwerer schwarzer Gürtel hängt tief um seine Hüfte. Mein Blick schweift über seine Arme, und ich sehe Tattoos unter seinen langen Ärmeln hervorlugen, die sich bis auf die Handrücken schlängeln. Ich lasse meinen Blick weiter zu seiner breiten Brust wandern, mit dem Nike-Emblem auf dem Shirt, und von dort zu seinem Hals. Sein Hals. Mir wird kalt, und ich lecke mir die Lippen. Sein Hals ist vollständig von dunkler Tinte bedeckt, Totenschädel, Rosen und irgendeine Inschrift. Darunter gleichmäßig gebräunte Haut. Ich hole tief Luft und betrachte seine Lippen. Die Oberlippe hat den perfekten Schwung und ist an den richtigen Stellen geschwungen, die Unterlippe ist ein wenig voller. Sein Kinn ist markant und symmetrisch, die hervortretenden Wangenknochen bilden eine perfekte Linie, die Wangen darunter wirken eingefallen. Dann endlich sehe ich in seine Augen.

Heilige. Scheiße.

»Kenne ich dich?«, flüstere ich und kann keinen klaren Gedanken fassen. Er ist eine Schönheit. Aber er kommt mir bekannt vor. Sehr bekannt sogar.

Er zieht sich mit einer Hand die Kapuze vom Kopf und schiebt sie sich in den Nacken. »Nein.«

»Aber …«

Seine Kiefer mahlen, sein Blick fliegt zu dem Körper in der gegenüberliegenden Zelle. Ich kann nicht aufhören, ihn anzustarren. Ich sollte besser damit aufhören. Er könnte leicht der zweitheißeste Typ nach Nate sein, den ich jemals gesehen habe. Früher war das mal Bishop, aber … ich erstarre, und all meine Sinne sind in Alarmbereitschaft, als ich einen Schritt nach vorne mache, ihn mit einer Hand am Kinn packe und zwinge, mich anzusehen.

Aber seine smaragdgrünen Augen geben nichts preis.

Ich halte den Atem an und verstärke meinen Griff.

Er verzieht den Mund zu einem finsteren Grinsen. Von der Art, die ich mehr als gut kenne, nur dass dieses Grinsen echt furchterregend ist. »Ja, sieht ganz danach aus, als gäbe es da eine Verbindung, von der du weißt.«

»Verbindung?« Ich schnappe nach Luft, schüttele meinen Kopf und lasse den armen Jungen los.

Er renkt sich den Nacken ein. »Offenbar habe ich einen Bruder, und allem Anschein nach sehen wir aus wie Zwillinge.«

Ich leckte mir über die Lippen. »In der Tat. Weiß Bishop, dass du hier bist?«

Er grinst, und sein Blick wandert zu der Kamera in der Ecke. »Sicher weiß er das …«

Er deutet auf Khales. Eine ziemlich tote Khales. »Mit ihr wollte ich das Ruder herumreißen. Glaub nur nicht, dass du sie mit einem Streich hättest erledigen können.«

Ich ignoriere seine Handbewegung in Richtung der Leiche und behalte ihn fest im Blick; ich kann die Intrige förmlich riechen. »Was hat sie dir angetan, und was – wie kommst du eigentlich hierher?«

Er schüttelt den Kopf. »Zu viel, um das jetzt zu erklären, aber sie hat meine Mutter umgebracht. Ich war in der Unterzahl. Ich wusste nichts von Bishop, bis ich hier ankam, und sie hielt ihn mir wie einen Köder vor die Nase und wartete nur darauf, dass ich zubeiße.«

Es gab so vieles, was ich noch wissen wollte, doch das war

jetzt nicht der richtige Zeitpunkt. Stattdessen schaue ich ihn stumm an, bis ich die richtigen Worte gefunden habe.

»Also hat dich Khales hierhergebracht?«

Er nickt und setzt sich auf den Boden. Ich tue es ihm gleich und lasse mich, mit gebührendem Abstand, ihm gegenüber auf den Boden sinken. Ich kenne weder ihn noch seine Geschichte, und die Tatsache, dass ich hier mit ihm in einer Zelle eingesperrt bin, lässt bei mir sämtliche Alarmglocken klingeln.

Er zieht sich wieder die Kapuze über den Kopf. »Mein Name ist Abel, ich bin Bishops jüngerer Bruder. Derselbe Dad, unterschiedliche Mütter. Ich gehe immer noch auf die verdammte Highschool, und ich kämpfe im Käfig.«

»Nun ja, definitiv unterschiedliche Kinderstuben«, murmele ich.

Abel zuckt mit den Schultern. »Immerhin hat's meiner Mutter geholfen, mich großzukriegen. Ich hab auf die harte Tour gelernt, nicht auf die privilegierte Art.«

Eine Million Gedanken sausen durch meinen Schädel, aber einer drängt sich hartnäckig in den Vordergrund und lässt mich innehalten. »Warum? Warum hat sie dich hierhergebracht?«

Er zuckt wieder mit den Schultern, zieht ein Bein zu sich heran und stützt die Ellbogen auf die Knie. »Lange Geschichte.« Er sieht mich mit stechendem Blick an, und ich brauche einen Augenblick, um wieder runterzukommen. »Ich habe von dir gehört.«

»Tatsächlich …« Ich zucke mit der Augenbraue und ziehe die Knie an den Leib. Ich reiße mich zusammen, um nicht zu Daemon hinüberzusehen. Die Vorkommnisse sind mir immer noch nicht klar. Irgendetwas geht hier vor, etwas, das ich nicht ganz kapiere. »Was hast du denn über mich gehört?«

Abel grinst. »Dass du ein Baby von einem King gekriegt hast. Und dass Katsia deine Mutter war.«

2. KAPITEL

NATE

Wie manche Leute einen mit ihrer Persönlichkeit manipulieren können und so darüber bestimmen, was du von ihnen hältst, ist echt Scheiße. Unglücklicherweise ticken die meisten von uns so, darin bin ich ein verdammter Experte.

Ich schlage die Tür zu, schüttele den Kopf und laufe im Zimmer auf und ab wie ein Tiger im Käfig. Brantley beobachtet mich von der anderen Seite des Tisches, mit einem selbstzufriedenen Grinsen im Gesicht.

»Was zur Hölle war das?«, frage ich herausfordernd, mit dem Rücken zu ihm.

Er zögert nicht mit der Antwort. »Das war eine wütende Tillie, und du weißt, was passiert, wenn sie wütend ist …«

Ich beiße die Zähne zusammen und lache in mich hinein. »Oh, Bruder, du hast ja keine Ahnung …«

Die Tür schlägt hinter mir zu, ich drehe mich um, umklammere die Stuhllehne und sehe Bishop leichenblass hereinspazieren. Seine Augen blicken ins Leere. Jegliche Regung und Farbe sind aus seinem Gesicht gewichen. Augenblicklich bin ich in Alarmbereitschaft, weil mir der Gedanke an Madison durch den Kopf schießt. »Was stimmt nicht?«

Bishop sieht mir in die Augen. »Sieht so aus, als hätte ich einen Bruder.«

Es folgt eine Pause, während der wir die Nachricht verdauen.

»Was soll das heißen, einen Bruder?«, fragt Eli und lehnt sich über den Tisch. Cash sitzt neben ihm, kaut auf einem Zahnstocher herum und lässt ihn von einem Mundwinkel zum anderen wandern.

Bishop rauft sich die Haare und fängt an, wie ich nervös auf und ab zu laufen. Das sieht ihm gar nicht ähnlich. Er ist gewöhnlich eher der ruhige und gefasste Typ, aber seit einer Weile scheint ihm das abhandengekommen zu sein. Ich habe ein paar Theorien darüber, warum er gerade so ist, aber ehrlich gesagt habe ich alle Hände voll mit dem zu tun, was in meinem eigenen Leben abgeht, dass ich nicht mal in der Lage wäre zu sagen, wann alle angefangen haben durchzudrehen. Ich würde sagen, ungefähr zu dem Zeitpunkt, als Micaela noch am Leben war.

»Spielzeit, Jungs.« Hector grinste, beugte den Kopf und kaute auf der dicken Zigarre herum, die ihm aus dem Mund hing. »Bevor ihr euch aufregt, denkt daran, dass ich dem Mädchen garantiert habe, dass ich einen Weg finde, sie lebendig hier herauszuholen, und wir brechen unser Wort nicht.«

»Warum!«, schnappte ich, als wir in den Aufzug stiegen. »Was hat dich veranlasst, ihr das zu versprechen?«

»Weil sie die Insel kontrollieren kann, wenn wir das für erforderlich halten. Sie denken immer noch, dass sie eine Stuprum ist. Und dafür brauchen wir sie lebend. Und da ist noch eine andere Sache, um die ich mich hinter den Kulissen kümmere. Mir wurde zugetragen, dass sie versucht hat, die Macht zu übernehmen …« Seine Stimme erstarb, und eine ergreifende Melodie dringt in meine Ohren.

Alles, was ich will, ist meine Tochter. Alles andere interessiert mich im Augenblick einen Scheiß. Die sanfte Melodie, die aus den Lautsprechern drang, war der armselige Versuch, die aus unseren Poren dringenden Pheromone zu unterdrücken. Wir waren ins-

gesamt zwölf, zwei standen unten Wache, und einer machte den Späher vom Gebäude gegenüber. Nur als Vorsichtsmaßnahme. Nicht dass es uns Spaß machte, jemanden aus dem Weg zu räumen, aber falls einer von den Kings in Gefahr geriet und keiner von uns konnte ihm helfen, war es besser, einen einfachen Schuss anbringen zu können als gar keinen. Alle waren auf ihren Positionen, und ich konnte es verdammt noch mal kaum abwarten, meine Tochter in die Arme zu schließen.

Mit jedem Stockwerk, das der Aufzug höher stieg, schlug mein Herz mehr im Gleichtakt mit ihrem. Ob sie sich daran erinnern würde, wenn sie älter war? Scheiße, ich hoffte nicht. Der Aufzug läutete, die Türen öffneten sich. Hector hob den Kopf, trat nach vorne, und ein leichtes Grinsen umspielte seinen Mund. Wir waren in dem Penthouse mit dem Marmorboden und den weißen Sideboards gelandet. Als ich einen Schritt aus dem Aufzug machte, hätte ich darauf schwören können, dass ich sie riechen konnte. Was mir in die Nase stieg, war die Kombination aus kindlicher Unschuld und Tod, die mir nichts ausgemacht hätte, wenn es sich nicht um meine Tochter gehandelt hätte. Peyton betrat mit sechs Männern das Wohnzimmer und verlangsamte ihren Schritt. Sie hatte meine Tochter auf dem Arm und wiegte sie zärtlich.

»Schau, mein Baby, da ist Daddy …«

Ich knurrte sie an, bereit zum Sprung, aber Bishops Hand packte meinen Arm. »Gib mir meine verfluchte Tochter.«

Peyton verdrehte die Augen. »Immer gleich so dramatisch, Nate. Sag, wie weh hat es getan, dass Tillie sie von dir ferngehalten hat?«

Ich biss die Zähne zusammen und ballte die Fäuste.

Aber Bishops Hand auf meinem Arm hielt mich zurück. »Gib mir Micaela, Peyton, vielleicht bleibt unser Deal dann bestehen …«

Ich gluckste leise, trat einen Schritt zurück und fuhr mir mit der Zunge über die Lippen. Im Leben ließ ich die Hexe nicht davonkommen, nachdem sie mir mein Kind genommen hatte.

Sie sah mich an, als hätte sie meine Gedanken gelesen. »Komisch, aber aus irgendeinem Grund glaube ich nicht, dass ich hier lebendig rauskomme.«

Ich widersprach ihr nicht, um sie zu beruhigen, auch wenn sie sich das verzweifelt wünschte. Ich war kein verdammter Lügner. Ich zog meine Lederjacke aus, dann mein T-Shirt und steckte es hinten in den Bund meiner Jeans. Dann grinste ich Peyton an, sie schluckte und sah Bishop an, als machten sie einen stillen Handel aus. Etwas, wozu ich später noch kommen werde. Sie schob sich an Bishop heran und legte Micaela in seine Arme.

Kaum wusste ich sie in Sicherheit, stürzte ich nach vorne, schob Peyton aus dem Weg, und schon war meine Hand an Carters Kehle. Nur Peyton schrie im Hintergrund, alle anderen verfielen in Schweigen. Ich drückte hart zu, bis ich seine Kehle unter meiner Hand knirschen fühlte. »Du hast keine Vorstellung, wie lange ich auf diesen Augenblick gewartet habe …«

»Geht es auch ein bisschen weniger theatralisch? Hier ist ein Baby im Raum. Ich weiß nicht, aber das erscheint mir jetzt ein bisschen fehl am Platz …«, murrte Eli aus dem Hintergrund.

»B?«, brummte ich, ohne Carter aus den Augen zu lassen.

Ich wartete ein paar Sekunden, bis ich mir sicher war, dass Bishop sie außer Sichtweite gebracht hatte.

Für einen kurzen Moment riss mich das aus meiner Wut, allerdings nicht lange genug, um Carter nicht zu töten, jedoch lange genug, um mich an das Messer an meinem Gürtel zu erinnern. Ich zog es und schlitzte ihm in einer fließenden Bewegung die Kehle auf, bis meine Brust über und über mit seinem Blut bespritzt war.

Brantley kicherte hinter mir und legte mir seine Hand auf die Schulter, als Carters Körper mit einem dumpfen Schlag auf dem Boden aufschlug.

»Tss, tss, ich kann euch nicht einen Moment aus den Augen lassen«, kommentierte Hector die Szene.

»Ich hasse ihn«, antwortete ich ehrlich.

Ich warf einen Blick auf Bishop und sah ihn grinsen, während er Micaelas Augen und Ohren zuhielt. »Wofür? Weil du hier mit drinsteckst, oder weil du einen Ständer bekommst, wenn du Tillie siehst?«

»Legst du mich auch um, wenn ich dir sage, dass sie das gewisse Etwas hat?« Brantley packte sich demonstrativ in den Schritt.

Ich rempelte ihn an und wischte mir das Blut aus dem Gesicht. »Leck mich.«

Hector schüttelte den Kopf wie ein Vater, der mit seinem Nachwuchs schimpfte, bevor er sich an die drei Männer wandte, die Peyton noch hinter sich hatte. »Gibt's hier ein Problem?«

Die drei schüttelten einhellig den Kopf.

»Gut. Denn wenn ich euch noch einmal sehe, dann macht ihr Bekanntschaft mit meinem Rohrstock. Ende der Fahnenstange. Das gilt auch für dich, Peyton.«

Peyton sagte nichts, aber sie suchte fieberhaft nach Hectors Blick. »Kann ich gehen?«

»Man kann ja viel über mich sagen, junge Dame, aber wir haben dir unser Wort gegeben. Du gibst uns seine Tochter zurück und im Gegenzug lassen wir dich am Leben.«

3. KAPITEL

TILLIE

Der Schutt hat sich in mein Fleisch eingegraben, meine Kehle ist vor Durst wie ausgedörrt.

»Daemon?«, flüstere ich heiser und sehe hinüber zu seiner Zelle.

Er kommt näher, bis er sich Rücken an Rücken gegen mich lehnen kann. Ein Gefühl der Wärme durchflutet mich, ich seufze und lasse den angehaltenen Atem heraus.

»Was ist, Puella?«

»Wie kannst du noch am Leben sein? Ich habe von deinem grausamen Tod gehört. Du bist gestorben.«

Als er nicht sofort antwortet, wende ich mich zu ihm um, lege meine Hand in seinen Nacken und drehe seinen Kopf zu mir herum. »Wie?«

Sein Blick sucht meinen, leere schwarze Höhlen, die nichts verraten. Daemon bricht mir das Herz. Er war von Beginn an verdammt und hatte nie eine faire Chance. Noch weniger als ich oder – ich schaue zu Abel, der seinen Kopf gegen die kalte Mauer lehnt und sich die Kapuze über die Augen zieht – vielleicht sogar als er.

Ich wende mich wieder Daemon zu. »Was also ist geschehen?«

Daemon beginnt langsam zu erklären. »Sie haben die Teile repariert, die sie konnten, und die anderen …«

»Die anderen?«, flüstere ich und lege meine Hand auf seinen Arm.

»Sind immer noch kaputt.«

»Du bist die ganze Zeit da gewesen?«, frage ich, und Ärger steigt in mir hoch.

Er schüttelt den Kopf. »Nein, Micaela –«

Nun schüttele ich den Kopf. »Nein, Daemon. Ich will nicht über sie reden.«

Er macht ein langes Gesicht. »Okay, Puella.«

»Ich werde uns hier rausbringen«, sage ich und streiche mit einer Hand Daemons Arm auf und ab. Ich richte den Blick auf Abel, der mich längst fest im Blick hatte. »Jeden von uns.«

Abel sieht mich befremdet an, sagt aber nichts weiter.

Eine Tür geht auf und fällt wieder ins Schloss. Passend zu meinem Herzschlag hallen Schritte durch den kalten Korridor.

Ich weiß, ohne hinzusehen, wer es ist.

»Lass mich raus«, sage ich mit tonloser Stimme.

Aus dem Augenwinkel sehe ich seinen Schatten und dann, wie er sich auf Augenhöhe zu mir niederkniet.

»Ich dachte, du hättest nichts gegen Spielchen?« Nates Stimme versetzt mir einen Stich ins Herz.

Ich sehe ihn an, seine Augen sind leer und ausdruckslos. »Nur wenn ich die Regeln vorgebe.«

Ich versuche zu verdrängen, was Nate mit mir anstellt, aber ohne Erfolg. Nate gegenüber werde ich immer machtlos sein, aber wenigstens bestimme ich, wie ich nach außen erscheine, und versuche, mir nichts anmerken zu lassen. Keine Gefühle zeigen und so.

Er steht auf, wischt sich die Hände an der Hose ab und schließt die Zellentür auf. »Ihr müsst mit mir kommen. Alle beide.«

Ich schaue über die Schulter zu Abel. »Ich nehme an, Bishop weiß inzwischen von ihm?«

Als Nate nach meiner Hand fasst, durchzuckt mich ein Stromschlag, der mich zurückfahren lässt.

Wir setzen uns in Bewegung und folgen Nate, der mit kreisenden Schultern den Flur hinuntergeht. Er schließt eine schwere Metalltür auf, drückt sie auf und führt uns eine Treppe mit mächtigen, rechteckigen Steinstufen hinauf. Wie auf einer mittelalterlichen Burg sind die Treppenstufen von Kerzen erhellt, und die Mauern sind mit sehr teuer aussehenden Gemälden in schweren goldenen Rahmen geschmückt.

»Nate?«, flüstere ich, aber er gibt keine Antwort.

Am Ende der Treppe angekommen, treffen wir auf eine weitere Tür. Er öffnet sie, und schlagartig ist die mittelalterliche Atmosphäre verschwunden. Wir stehen in der Vorhalle der herrschaftlichen Villa mit Marmorboden, weißen Wänden, bestückt mit modernen Möbeln, und von überall her glitzert Kristall. Ich folge Nate durch die Halle bis zum Ende, wo sie in den nächsten Raum übergeht und er stehen bleibt.

Er dreht sich zu uns und sieht mich mit hartem Blick an.

»Warum?« Das ist das Einzige, was mich interessiert, seit ich in dem Kerker gelandet bin. »Hat dir das alles nichts bedeutet? Hat *sie* dir nichts bedeutet?«

Er packt mit einem schnellen Griff nach meiner Kehle. »Wage es nicht, je wieder von ihr zu sprechen.«

Ich schlage seinen Arm weg, stoße ihm mein Knie zwischen die Beine und lande einen Volltreffer in seine Kronjuwelen. »Auch ich habe sie verloren, du Arschloch.«

Der Tritt hat gesessen, denn er lässt von mir ab, weicht einen Schritt zurück und wird blass. Aber es ärgert mich, dass er nicht mal ins Straucheln gerät. Es wäre mir lieber, er wäre vor Schmerz zumindest vor mir auf die Knie gefallen.

Doch ich gehe achselzuckend darüber hinweg und betrete den Raum, der groß genug ist, um dort eine Geschäftskonferenz abzuhalten. In der Mitte steht ein langer rechteckiger Tisch mit etwa zwölf akkurat darum aufgestellten Stühlen. Und auf jedem der Stühle sitzt ein King. Bishop sitzt am Kopfende, und als Abel und ich eintreten, fällt sein Blick sogleich auf ihn.

»Hinsetzen.« Bishop zeigt auf die Stühle, und ich gehe hinüber, Abel folgt mir auf dem Fuß.

Wir nehmen Platz, Nate setzt sich auf den freien Stuhl neben mir, und seine Nähe verursacht mir Unbehagen.

»Verrate mir, warum Khales dich in eine Zelle gesperrt hat und warum du mir so verflucht ähnlich siehst.«

Abel schiebt sich die Kapuze vom Kopf.

Nate kichert. »Zwillinge?«

Abel schüttelt den Kopf. »Nee. Unterschiedliche Mütter.«

Bishop beißt sich so fest auf die Zähne, dass ich befürchte, dass sein Kiefer bricht. »Weiter.«

»Khales hat meine Mutter als Köder benutzt, seitdem ich ihr auf der letzten Party begegnet bin. Wir haben gevögelt, und dann haben wir noch mehr gevögelt. Jetzt ist mir auch klar, warum …« Abel fährt sich mit den Fingern durchs Haar. »Sie hat mir von dir erzählt und über das, was ich ihrer Meinung nach wissen durfte, reinen Wein eingeschenkt, allerdings nicht über alles, was ich hätte wissen müssen. Sie hat mir erzählt, dass ich einen Bruder habe, der aber nichts von mir weiß. Vor ein paar Tagen hat sie mich mit jemand anderem im Bett erwischt. Darüber ist sie völlig ausgerastet und hat verdammt noch mal meine Mutter kaltgemacht, bevor sie mich hierher verschleppt hat.«

»Das sieht ihr ähnlich«, murmele ich. Nates kräftiger Oberschenkel drückt unter dem Tisch gegen meinen, und bei der

Berührung zieht sich mein Inneres zusammen, aber nach außen koche ich vor Wut.

Bishop schweigt kurz und neigt nachdenklich den Kopf. »Warum hat sie dich behalten? Das ist die Frage. Nicht dass deine Existenz für mich total überraschend kommt, aber Khales hat niemals spontane Entscheidungen getroffen. Alles, was sie tat, war berechnend.«

Abel zuckt die Schultern. »Ich hab keine verdammte Ahnung. Irgendeinen Grund wird sie schon gehabt haben.«

Bishop nickt und fährt sich mit den Fingern über den Mund. »Wir werden es herausfinden.«

Mein Blick trifft auf Brantley, der mich bereits ins Auge gefasst hat. »Was ist los, Bran Bran? Was glotzt du mich so an?«

Perdita tut meiner Seele nicht gut. Ich kann buchstäblich fühlen, wie die Insel ihre Klauen in mich schlägt. Ich muss dringend hier weg, wenn ich nicht verrotten will. Ich muss fliehen und Daemon und Abel mit mir nehmen.

Brantley fletscht, ohne zu zögern, lächelnd die Zähne. »Bran Bran? Ziemlich gewagter Spitzname aus dem Mund von jemandem, den ich ohne vorherige Erlaubnis durchvögeln könnte, findest du nicht?«

Ich sehe ihn an und gebe das Grinsen zurück. »Wer sagt denn, dass dir die Erlaubnis *nicht* erteilt würde, Bran Bran?«

»Tillie!«, fährt Bishop mich an, und ich richte meine Aufmerksamkeit wieder auf den Chef der Runde.

»Ja?«

Bishop rührt sich nicht und sieht mich mit dem stechenden Blick an, mit dem ich ihn nur zu oft auch Madison habe anstarren sehen. Nicht so lustig, wenn man diejenige ist, die ihn abkriegt. Aber das werde ich ihn nicht merken lassen. Wenn du einmal vor einem König buckelst, wird er dich den Rest deines Lebens dazu zwingen, ihm die Füße zu küssen.

»Lass mich gehen –«

»Nein«, fährt Nate dazwischen, und ich konzentriere mich ganz auf ihn.

Der Tisch ist voll besetzt mit Kings, und Abel sitzt zu meiner Rechten, doch der Einzige, den ich wahrnehme, ist Nate. Und mich beschäftigt die eine Frage, warum er glaubt, dass er mich hier festhalten kann.

»Warum!« Ich werfe dramatisch die Arme in die Luft.

Wenn er mich ansieht, wird mir die Brust eng. Sein Blick ist so eindringlich und stark, dass er mir jede erdenkliche menschliche Regung entlocken könnte. Ich habe Gefühle für Nate. Ich liebe ihn, aber das werde ich ihm niemals zeigen. Unmöglich. Hast du erst jemandem deine Liebe offenbart, dann gibst du ihm Macht über dich, und in diesem Fall auch meine Vergebung. Ich werde ihn nicht gewinnen lassen. Nicht dieses Mal, jedenfalls nicht auf absehbare Zeit.

Nate lehnt sich vor und stützt seine Ellbogen auf den Tisch. »Weil ich es nicht will.«

Ich warte, während ich seine Worte sacken lasse, blinzele ein paarmal und zähle langsam bis zehn, bevor ich den Mund öffne. »Weil du es nicht willst?« Ich lasse meinen Blick über den Tisch schweifen und bleibe an Bishop hängen. »Willst du mir sagen, der Grund dafür, dass ich hier festsitze, ist nur, dass er es so will, und damit hat sich's?«

Bishop grinst. »Das, und weil ich nicht zulassen kann, dass du zu Madison zurückrennst und ihr brühwarm sämtliche Geheimnisse offenbarst.«

Diesmal erstarre ich und balle unter dem Tisch die Fäuste. »Sie hat keine Ahnung von Daemon, oder?«

Bishop streicht mit dem Zeigefinger über seine Oberlippe und schüttelt grinsend den Kopf. »Nein.«

»Warum tust du ihr das an, Bishop? Ihr Typen seid doch zuverlässig. In Stein gemeißelt. Ein verdammtes Irrenhaus? Warum?«

Er scheint über meine Worte nachzudenken und lehnt sich auf seinem Stuhl zurück. »Du willst also wissen, warum es in letzter Zeit so viele Kämpfe gegeben hat?«

»Ja, das will ich.« Auch wenn ich mir sicher bin, dass er mir das nicht verraten wird.

Bishop beantwortet eine Frage immer mit einer Gegenfrage, oder er drückt sich so undeutlich aus, dass man weiter im Dunkeln tappt.

Bishop öffnet den Mund, aber als er etwas sagen will, fährt der verdammte Nate schon wieder dazwischen. »Tu's nicht.«

Bishop richtet den Blick auf Nate, und ich kann sehen, wie Bishops harte Fassade zu bröckeln anfängt. Für einen kurzen Augenblick sieht er sogar verwundbar aus. Verletzt. Betrogen.

Scheiße, Madison. Was hast du angerichtet?

Bishop schüttelt sich und reißt sich zusammen. »In Ordnung. Aber früher oder später wird sie es herausfinden. Du kannst sie nicht vor allem beschützen, Nate.«

Ich schlucke, denn Bishop muss richtig scheiße drauf sein, wenn er so was sagt. *Und nur ich weiß, dass es so ist.*

Abel, der bisher keinen Ton von sich gegeben hat, meldet sich nun auch zu Wort. »Und was wird aus mir?«

Bishop sieht ihn an und leckt sich die Lippen. »Was hältst du von ein wenig Blutvergießen?«

4. KAPITEL

NATE

Ich fahre mir mit den Fingern durch die Haare und betrachte den Sonnenaufgang über den Bäumen hinter der Villa. Ich hasse es, länger als einen Tag auf Perdita bleiben zu müssen, aber wir haben schon den zweiten Tag, verdammte Scheiße, und ich kriege langsam einen Lagerkoller. Ich stehe kurz davor, irgendeinen Penner einfach abzuschlachten, wenn er auch nur ein falsches Wort sagt. Bishop hat sie aus dem Kerker gelassen. Abel ins Verlies zu werfen gehörte nicht zu unserem Spiel, sondern zu Khales'. Wir sehen in keinem von ihnen eine Bedrohung, und es gibt keine Möglichkeit, wie sie aus dem Haus entkommen können, geschweige denn von dieser verdammten Insel.

Hinter mir höre ich, wie sich die Schlafzimmertür öffnet und wieder schließt, und als Erstes schiebt sich ein Glas mit Whiskey auf Eis in mein Blickfeld.

»Denkst du, sie wird kapieren, was wir vorhaben?«

Ich greife mir das Glas von Brantley, nehme einen Schluck und gebe es ihm zurück. »So was von. Sie ist verdammt helle. Um Längen klüger als jeder, der hier sonst so rumrennt.«

»Sehe ich auch so …«, nickte Brantley.

»Aber sie kann nicht wissen, was *wir* wissen. Ihre Rache macht sie kopflos, und das können wir nicht gebrauchen.«

Brantley beugt sich vor und stützt die Arme aufs Geländer. »Auch das sehe ich so.«

»Du hast was für sie übrig …« Die Worte wollen mir nicht über die Lippen kommen. Sie schmecken mir nicht besonders.

Brantley gluckst amüsiert, schüttelt den Kopf und blickt dann zu Boden. »Nein, ich hab nichts für sie übrig, aber ich fühle mich für ihren Schutz zuständig, falls das für dich einen Sinn ergibt.«

»Kein bisschen.« Ich seufze. »Aber ich verstehe es, Mann. Wer hätte das gedacht. Dass von allen Frauen …«

»Ausgerechnet sie die ist, die meine eingerosteten Saiten wieder zum Klingen bringen würde?«

Wir lachen beide. »Ja, genau. Ich fing schon an zu glauben, dass du gar keine hast …«

Brantley beißt die Zähne aufeinander. »Tja, unglücklicherweise nicht.«

»Also sind wir uns einig?« Ich will mich versichern und sehe ihn aufmerksam an. »Sie wird es nicht erfahren?«

Brantley nickt. »Ja. Wir sind uns alle einig. Das ist nicht der richtige Zeitpunkt. Es würde für sie alles nur noch schlimmer machen.«

Dass es ihr noch schlechter geht als jetzt, kann schließlich niemand wollen.

5. KAPITEL

TILLIE

Ich lasse meine Finger über seinen Schädel gleiten, über die Narben, die die Stiche hinterlassen haben. »Es tut mir leid, Daemon.«

Er neigt den Kopf, und im Widerschein des Kerzenlichts in dem Raum, in den mich Nate gesteckt hat, sehe ich seinen Nacken schimmern. Eigentlich sollte Daemon jetzt in seinem Zimmer sein, aber wir haben noch so viel zu bereden. Ich muss ihm von Micaela erzählen, was mir jedoch eine Heidenangst einjagt.

Ich steige aus dem Bett, vor dessen Fußende er auf dem Boden sitzt, und knie vor ihm nieder. Ich suche den Blick seiner schwarzen Augen, in die hineinzusehen sich jeder andere gefürchtet hätte. Was für andere ein Albtraum ist, erfüllt meine Einbildungskraft.

»Ich habe dein Buch gefunden, Daemon …«

Er sieht mir in die Augen, und zum ersten Mal fallen mir seine Haare auf, die wohl für die Operation abrasiert werden mussten. Es ist nicht mehr so kurz, eher ein Militärhaarschnitt, und betont seine schönen Gesichtszüge.

»Ich weiß, Puella.«

»Hast du mir etwas zu sagen?«

Er öffnet seinen Mund, um ihn gleich wieder zu schließen. »Ja, aber –«

Ich beuge mich vor und streiche mit einem Finger über seine Unterlippe. »Ich muss dir auch etwas sagen, Daemon.«

Bevor ich auch nur ein Wort über die Lippen gebracht habe, schnürt es mir die Kehle zu. Er schweigt und sieht mich nur fasziniert an. Himmel, er ist so unfassbar schön. Viel zu schön für diese Welt und zu verdorben für die Hölle. »Sie ist gestorben.« Es ist das erste Mal, dass ich es ausspreche, und es will mir das Herz in Stücke reißen.

Daemon rührt sich nicht. Nur seine Augen schließen sich mit einem leichten Zittern, und ein gequälter Ausdruck huscht über sein Gesicht. »Wie?«

Ich ziehe die Beine unter dem Hintern hervor, strecke sie aus und massiere mir die Schläfen. »Plötzlicher Kindstod.« Abrupt stehe ich auf, alles in mir wehrt sich gegen diese Unterhaltung, obwohl ich selbst damit begonnen habe.

Ich will einfach nicht mehr darüber reden.

Warum habe ich überhaupt davon angefangen? Ich habe geglaubt, ich sei so weit, aber das stimmt nicht. Ich renne durchs Zimmer, auf der Suche nach etwas, das den Schmerz in meiner Brust betäuben könnte.

Daemon streckt den Arm nach mir aus.

Ich bleibe stehen und drehe mich langsam zu ihm.

Seine Hand berührt mein Gesicht, und er legt seinen Daumen auf meinen Mund. Ich weiß, was er mir zu sagen versucht, ich kann es daran erkennen, wie er mir in die Augen sieht, als würden sie in einer fremden Sprache zu mir sprechen.

Ich lächle und schmiege meine Wange in seine Handfläche. »Geh ins Bett. Wir sehen uns morgen früh. Ich habe einen Plan.«

»Einen Plan?«, fragt Daemon, als ich schon nach der Türklinke fasse.

Ich schmunzele, mache mir aber nicht mehr die Mühe, mich zu ihm umzudrehen. »Ja, einen Plan.«

Nachdem Daemon schlafen gegangen ist, mache ich mich auf den Weg nach unten, als Nate mich am Treppenende abfängt. Er trägt nichts als eine graue Jogginghose. Den Schweißtropfen auf seinem wie in Stein gemeißelten Oberkörper nach zu urteilen, kommt er gerade vom Training.

Ich verschränke die Arme vor der Brust.

Er grinst, sein Blick frisst mich förmlich auf. »Du siehst gut aus in diesem …«

Ich verdrehe die Augen, nehme die letzten Stufen und drängele mich an ihm vorbei. »Lass mich raten, meine Mutter hast du auch gevögelt?«

Eine harte Hand packt meinen Arm, an der Stelle, wo eben noch Daemons Hand gelegen hat, nur dass seine Berührung sanft war und diese hier mich beherrschen will.

»Mach das nicht.«

»Was soll ich nicht machen?«, schnauze ich ihn an und fahre herum. »Geht's um die Tatsache, dass ich nicht mit dir reden will? Gewöhn dich dran, Nate, denn ich hasse dich. Du hast mich hierher entführt und mir mitgeteilt, dass das von Anfang an dein Plan war und dass du mich töten wolltest. Und wofür das alles?«

Nate sagt kein Wort und beißt die Zähne zusammen, seine Augen funkeln mich dämonisch an. Ein schöner, wild gewordener, vom Teufel besessener Kerl. Was zum Henker? Ich brauche einen Drink.

Ich wende mich ab und mache mich auf die Suche nach etwas Hochprozentigem, als Nates Stimme mich zurückhält. »Ich habe nicht gelogen, Tillie.«

»Nun, ich auch nicht, als ich dir gesagt habe, dass ich dich hasse, also lass mich verdammt noch mal in Ruhe.«

Ich finde einen ordentlichen Whiskey im Küchenschrank, nehme ein Glas, gieße die bernsteinfarbene Flüssigkeit hinein, kippe sie in einem Zug hinunter und genieße das Taubheitsgefühl, das sich nach dem ersten Schluck im Mund ausbreitet. Der Schmerz in mir lässt allmählich nach, also schenke ich mir ein zweites Glas ein und stelle die Flasche ordentlich neben die – gut gefüllte – Speisekammer.

Ich knurre leise und versuche die Puzzleteile zusammenzusetzen. Der Menge an Vorräten nach zu urteilen hatten die Jungs das alles schon lange geplant. Hier steht allerhand Zeug aus unserer Welt, nicht von Perdita. Ich schwenke mein Glas und schaue mich in der Küche um. Sie ist ganz in weißem Marmor mit schwarzen Einfassungen gehalten und hat ein großes Fenster, aus dem man in den Garten sehen kann; auf der anderen Seite schließt ein Esszimmer an. Als ich eintrete, fällt mein Blick auf eine Essgarnitur für zwölf Personen. Zur Rechten erstreckt sich vom Boden bis zur Decke eine Glasfront, durch die man in den Garten gelangt. Kein Swimmingpool. Interessant. Ich drücke die Tür auf, trete in den sanften, kühlen Wind hinaus und schließe die Tür hinter mir. Es mag zwar keinen Pool geben, aber ein Meer sorgfältig gehegter Blumen, die sich dem Licht entgegenstrecken.

»Kannst du nicht schlafen?«, unterbricht eine tiefe, wohlbekannte Stimme meine kurze Auszeit.

Ich drehe mich nicht um, da ich weiß, dass es Brantley ist. »Unter anderem.«

»Wie findest du die Blumen?«, fragt er betont beiläufig, sodass ich ihn nun doch ansehe. Er sitzt auf einem kleinen eisernen Stuhl in der Nähe eines Steinspringbrunnens, der von niedrigen Hecken und Rosenranken gesäumt ist.

Ich mache ein paar Schritte in die dunkle Nacht hinein. »Hm, darüber habe ich noch nie nachgedacht. Warum?«

Brantley gluckst und erhebt sich. Seine Gegenwart wirkt einschüchternd, als er mir so gegenübersteht, doch ich zucke keinen Millimeter zurück.

»Warum habt ihr mich hergebracht?«, will ich wissen.

»Weil du hierher gehörst.«

Ich überlege, ob ich ihn mir vorknöpfen soll, weil er mich mit Bishop auszuspielen versucht und mir ins Gesicht lügt.

»Jedes Mal, wenn du mich im Ungewissen lässt, werde ich dich Bran Bran nennen.«

»Das wirst du verdammt noch mal lassen.«

Ich lache in mich hinein und schwenke mein Whiskeyglas.

»Deine Reaktion bestätigt mir nur noch mal, dass ich dich auf jeden Fall Bran Bran nennen werde, sobald du etwas verschleierst oder ich denke, dass du mich anlügst.«

Er tritt noch näher zu mir, damit ich ihn ansehe. Ich führe mein Glas zum Mund und werfe ihm über den Rand einen Blick zu. »Ich mag den Namen nicht, *Princessa.*«

»Dann lüg mich nicht an.«

Die nächsten fünfzehn Minuten verbringen wir schweigend, und es scheint fast, als ließe er sich meine Worte durch den Kopf gehen. Man hört nur das Rascheln der Blätter in den Bäumen und von ferne die Brandung.

Brantley zündet sich eine Zigarette an. »Hast du viel mit Daemon gesprochen?«

Er wirft die Zigarettenpackung auf den Tisch vor uns.

»Nein.« Ich greife danach, mir ist plötzlich nach etwas, was meine Anspannung lindert. »Jedenfalls nicht so viel, wie ich es mir gewünscht hätte. Zumindest nicht bisher. Aber das werde ich noch. Er macht auf mich einen distanzierteren Eindruck als gewöhnlich.«

Brantley entreißt mir die Packung, funkelt mich an und wirft sie zurück auf den Tisch. »Das war nach allem, was er durchgemacht hat, zu erwarten. Ich bin erstaunt, dass da oben überhaupt noch etwas von ihm übrig geblieben ist …« Er bricht mitten im Satz ab, was mich aufs Neue aufhorchen lässt.

»Was willst du damit sagen?«

Er antwortet nicht, und ich erkenne im Mondlicht, wie er sich die Unterlippe leckt. Von allen Kings ist er es, der mich am meisten überrascht hat. Von ihm hätte ich am wenigsten erwartet, eine Verbindung zu ihm aufbauen zu können. Vielleicht mit Eli, dem Spaßvogel, oder mit Hunter, dem aufstrebenden launischen Rockstar. Sogar mit Bishop, Cash oder Ace hatte ich mir das eher vorstellen können. Eigentlich mit allen, nur nicht Brantley. Doch die Verbindung mit ihm werde ich bis zum letzten Tag meines Lebens fühlen. Sie ist einfach da, ohne langweilig zu sein. Sie begleitet mich wie mein Schatten.

»Er ist nicht mehr der, der er mal war, Tillie, nicht mehr der, den du kanntest. Sei auf der Hut, wenn du in seiner Nähe bist.«

Soviel ich bisher mitbekommen habe, ist mir das nicht entgangen, aber dass Brantley dies bestätigt, verstärkt nur meinen eigenen Eindruck.

»Gut, ich passe schon auf. Danke. Noch eine Frage … Wird Nate mich gehen lassen?«

Brantleys Blick schweift über meine Schulter. »Vielleicht solltest du ihn selbst fragen.« Er steht auf, kommt auf mich zu, packt mein Kinn und hebt sich mein Gesicht entgegen. »Eines Tages, wenn dieses Arschloch nicht mehr um dich herumstreicht wie ein hungriger Löwe um seine Beute, bin ich an der Reihe, mein Spielchen mit dir zu spielen.«

Ich beiße mir auf die Unterlippe, seine Worte treiben mir die Schamesröte auf die Wangen. Er packt mein Kinn noch fester und presst den Daumen auf meine Unterlippe, dass ich unwillkürlich die Oberschenkel zusammenpresse.

»Die Sorte Spiel, bei der es, bis das Spiel beendet ist, nur zwei Spieler gibt.«

Er beugt sich vor und drückt seine Lippen auf meine Stirn.

»Gute Nacht, *Princessa* …«

Ich bin wie paralysiert von dem, was gerade passiert ist, reiße mich aber schnell zusammen und rufe ihm hinterher: »Gute Nacht, Bran Bran!«

Der Whiskey hilft nicht wirklich, und als ich sehe, dass Brantley seine Kippen auf dem Tisch liegen gelassen hat, schnappe ich mir eine. Ich zünde sie an, nehme einen tiefen Zug und spüre dem Nikotin nach, das sich in meiner Lunge ausbreitet. Es war ein langer Tag, aber ich werde auch mit etwas Abstand nicht schlau aus dem, was in meinem Leben gerade abgeht.

»Schlechte Angewohnheit«, reißt mich Nate aus meinen Gedanken. Ich hatte ganz vergessen, dass er hinter mir steht.

Ich drehe mich nicht um. »Sieht so aus. Setze es einfach zu allem anderen auf meiner Liste.« Erst als er um den Tisch herumgeht, sehe ich ihm in die Augen. Ich ziehe an der Zigarette und forme mit den Lippen ein »O«, um perfekte Rauchringe in die Luft zu blasen. »Ganz schlechte Angewohnheiten.«

Er nagelt mich mit seinem Blick fest, gibt aber keine Antwort. Er sieht gut aus, aber das tut er eigentlich immer. Niemand kann irgendetwas gegen Nate Riverside-Malums Erscheinung einwenden. Die Leute sollten lieber über das reden, was er hinter seinem hübschen Lächeln verbirgt.

»Wann bringst du mich in die Zivilisation zurück?«, frage ich, schnippe die Asche von der Kippe und greife nach meinem Whiskey. Der Alkohol tut seine Wirkung, mein Kopf dreht sich wie ein Riesenrad.

»Willst du wirklich zurück? Oder willst du nur zurück, um von mir wegzukommen?«, fragt er, und ich muss ihn nicht ansehen, um zu wissen, dass er eine Augenbraue hochgezogen hat und ein Grinsen seine Lippen umspielt.

Ich ignoriere ihn, denn ich bin noch nicht so weit, offen darüber zu sprechen, wie sich es anfühlt, hier zu sein. Weg von allem, was mich an mein früheres Leben erinnert. Ich will nicht darüber sprechen, wie seine Gefährlichkeit mich umgarnt und zum Tanz auffordert. Bis ich mich in dem Labyrinth ihrer Welt verirre. Ihrer schönen, abgefuckten Welt.

Sein Schatten nähert sich mir, und der Stuhl scharrt über den Beton, als er sich hinsetzt.

Er ist zu nah, so nah, dass ich seine Gedanken fast hören kann.

»Tillie.«

Ich beachte ihn nicht.

»Sieh mich an.«

»Fick dich.«

Stille. Er packt meinen Stuhl von beiden Seiten und zieht mich näher zu sich. Doch ich sehe ihn immer noch nicht an. Er umfasst mein Kinn und zwingt mich dazu. Mit zusammengebissenen Zähnen blicke ich ihn an.

Er trägt einen schwarzen Kapuzenpulli und Jeans. Ich sehe, wie er mich unter der Kapuze mustert, unter dem Schatten schimmern seine hohen Wangenknochen.

»Ich meine, nachdem Micaela gestorben ist. Nicht vorher. Alles danach war geplant.«

Ich ziehe an der Kippe und blase ihm den Rauch ins Gesicht, weil ich weiß, dass er Zigarettenqualm hasst. »Und darum soll ich mich jetzt besser fühlen?«

Er reißt mir die Zigarette aus den Fingern und zerdrückt sie in der bloßen Hand. »Du sollst endlich kapieren, dass ich kein gottverdammtes Monster bin, Tillie. Hinter der ganzen Scheiße steckt eine Absicht. Ein wirkliches Ziel, verdammt noch mal.«

»Du bist also kein Monster?« Ich wende ihm mein Gesicht zu, meine Stimme wird weicher.

»Nein, bin ich nicht. Ich kann eins sein, verflucht, ja, aber wie ich immer gesagt habe – dir habe ich diese Seite von mir nie gezeigt.«

»Das ist lustig …«, brumme ich und bringe mein Gesicht so nah an seines, dass sich unsere Nasenspitzen berühren. »Weil mir deine Dämonen an dem Tag, als du mich durch deine Hölle geschleift hast, deine sämtlichen Geheimnisse ins Ohr geflüstert haben. Und lass mich dir was sagen, Nate, du bist ein Monster. Und ein Lügner dazu.«

Er klappt den Mund zu.

Ich stehe auf und schüttele seine Hände ab. »Deine Worte bedeuten mir nichts, Nate. Morgen früh werde ich als Erstes deinen Vater ausfindig machen und herausfinden, was zur Hölle hier vorgeht.«

Ich mache mich auf den Weg zurück ins Haus, aber er hält mich zurück. »Du willst ihm mehr vertrauen als mir?«

Ich bleibe wie angewurzelt stehen, als ich schon die Stufen der Betontreppe hinaufsteigen will, und mein schlechtes Gewissen droht die Oberhand über meine Selbstbeherrschung zu gewinnen. Ich kann ihn nicht gewinnen lassen. Auf keinen Fall. Er muss für seine Taten bezahlen, selbst wenn ich dadurch Gefahr laufe, ihn für immer zu verlieren.

»Ja«, lüge ich und steige weiter die Stufen hinauf.

»Dann bist du nicht im Entferntesten so helle, wie wir alle gedacht haben.«

6. KAPITEL

TILLIE

Heute Morgen bin ich mit einem Höllenkater vom Whiskey aufgewacht. Von der ganz miesen Sorte, mit brummendem Schädel und einer Hungerattacke, aber nachdem ich schnell unter die Dusche gesprungen bin und mich in Khales' beziehungsweise Katsias Klamotten geworfen habe, fühle ich mich wieder mehr wie ein Mensch und weniger wie ein ausgemachtes Arschloch. Wer hätte gedacht, dass die beiden einen ähnlichen Geschmack hatten. Ich entschied mich für Khales' Kleider, denn die konnte mich mal. Also fand ich mich in knappen engen Ledershorts, die gerade mal meine Pobacken bedeckten, und einem Skate-Shirt wieder, das an den unmöglichsten Stellen zerrissen war. Dazu kombinierte ich schwarze kniehohe Stiefel und eine Lederjacke, und schon war ich startklar. Na ja, nicht wirklich, denn das war eigentlich überhaupt nicht mein Stil, aber ich hatte kaum eine andere Wahl.

»Erzähl mir von dir …«, brumme ich, als Abel und ich die Hauptstraße von Perdita hinuntergehen. Ich hatte Daemon heute Morgen nicht finden können und wollte nicht riskieren, mit einem von den Kings zusammenzustoßen, die nur meine Pläne durchkreuzen würden, also habe ich Abel unter der Dusche hervorgezogen und wir sind zusammen abgehauen.

Er musste sich zwar vorher noch was anziehen, was ich jetzt, nachdem ich ihn halb nackt gesehen habe, fast ein bisschen bereue.

»Da gibt es nicht viel zu erzählen.«

»Aus irgendeinem Grund«, beginne ich und spähe in jedes Nebengässchen der Hauptstraße, »glaube ich dir nicht.«

Er kichert. »Ich habe viele abgefuckte Seiten, aber ein Lügner bin ich nicht.«

»Ja klar, das sagen alle.«

»Ich bin aber nicht wie alle.«

Seine Worte sind schlicht, aber sein Tonfall verrät mir, dass er die Kings meint.

Ich bleibe stehen und wende mich ihm zu. Ich weiß nicht, warum, aber es fühlt sich nicht richtig an. Ich mag grundsätzlich keine Vorurteile, erst recht nicht von einem jungen Kerl, der keinen Schimmer hat, wie die Welt funktioniert. »Und was genau meinst du damit?«

Er blickt mich neugierig an, und ich fühle, wie die Glut in mir aufsteigt, so gefährlich ist seine Schönheit. Wie einer Medusa schaut man ihm besser nicht in die Augen. Er verzieht keine Miene, und das ist beängstigend.

»Ich töte für weniger.«

Ich glaube ihm. »Eines Tages möchte ich deine Geschichte erfahren.«

Er schnaubt. »Ich bin nicht hier, um dir zu geben, was du willst, *Princessa*.«

»Na, in dieser Hinsicht ähnelst du deinem Bruder.«

»In welcher Hinsicht?«

»Ihr seid beide Arschlöcher.«

Er gluckst. »Ich bin kein bisschen wie er.«

Ich zeige auf das Süßigkeitengeschäft. »Das ist der Grund, warum wir hier sind.«

»Wegen Schokolade?«, fragt Abel und bleibt abrupt stehen, als ich Richtung Ladeneingang gehe.

»Die Ruby-Schokolade hat sich bis zu mir herumgesprochen. Wir machen nur einen kleinen Abstecher, dann machen wir uns auf die Suche nach Daddy Gabe.«

Wir machen uns auf den Rückweg zur Villa, als Abel mich, den Mund voll Schokolade, fragt: »Warum vertraust du ihnen nicht?«

»Weil sie schlechte Menschen sind«, antworte ich prompt. Darüber muss ich gar nicht erst nachdenken, denn es ist schlicht die Wahrheit.

»Sind sie schlechte Menschen, oder liegt es daran, dass sie immer nur schlechte Entscheidungen getroffen haben?«, fragt Abel, sein irritierend klarer Verstand nervt mich.

»Du bist viel zu heiß, um so klug zu sein.«

Die Wache lässt mich mit gesenktem Kopf eintreten, was mir eine Spur von Macht verleiht, an der ich jedoch nicht interessiert bin. Ich habe diese Macht weder verdient noch will ich sie.

Wir betreten die Haupteingangshalle, und die schweren Holztüren fallen hinter mir ins Schloss.

»Tillie!«, höre ich Nate aus der Küche rufen.

Ich verdrehe die Augen.

Abel grinst.

Wir gehen in Richtung der nervenden Stimme, betreten die Küche, und alle Kings sitzen um den Tisch herum, Nates Vater Gabriel eingeschlossen.

Ich trete einen Schritt nach vorne, aber er schüttelt rasch den Kopf. Wie er die Augenbrauen zusammengezogen hat, kann ich ihm die Sorge vom Gesicht ablesen.

Ich halte inne und richte mich auf. »Was läuft hier?«

7. KAPITEL

NATE

Ich kann an einer Hand abzählen, wie oft mich ein weibliches Wesen wirklich gefangen genommen hat. So, dass sie mir die Sprache verschlug und mich ein Blick aus ihren Augen in die Knie zwang. Genau genommen dreimal. Zweimal war es Tillie, das andere Mal Micaela.

Sogar jetzt, wie sie vor mir steht, zu meiner Verfügung, und mich anstarrt, als würde sie es hassen, dieselbe Luft atmen zu müssen wie ich, wird mein Schwanz steinhart und drängt gegen den Reißverschluss meiner Hose.

»Willst du endlich mit der Sprache rausrücken?«, fragt sie und stemmt die Hände in die Hüften.

Ich muss grinsen. Weil es so verdammt hinreißend ist, wie sie sich den Hintern aufreißt, um stärker zu wirken, als sie sich eigentlich fühlt. Damit will ich nicht sagen, dass sie nicht stark ist. Sie ist das charakterstärkste Mädchen, das jemals hier war. Sie ist besonnen, klug, frech wie Dreck, und sie kann sich durchsetzen. Sie nimmt keine Drogen, jedenfalls normalerweise nicht, und schert sich nicht darum, wenn andere welche nehmen. Sie trinkt kaum und tobt nicht durch alle Betten. Wie habe ich das nur hingekriegt, den Karren innerhalb weniger Monate dermaßen in den Dreck zu fahren? Ach ja, weil ich eben so bin, wie ich bin.

»Mach ich, Baby, setz dich.« Das Grinsen will nicht aus meinem Gesicht weichen, während ich auf einem Zahnstocher herumkaue.

Sie starrt mich unerbittlich an.

Ich lache. »Komm runter, Kleine, und setz dich hin. Dann können wir reden.«

Sie verschränkt die Arme, was deutlich mehr besagt, als sie in die Seiten zu stemmen, und ich muss noch breiter grinsen. Mein Blick wandert tiefer, und auf einmal sehe ich nur noch ihre meterlangen Beine. Ich reiße mich zusammen, setze mich zurecht und mache ein ernstes Gesicht.

»Wirst du ehrlich zu mir sein?«

»Ja«, antwortete ich, ohne zu zögern, weil ich immer ehrlich zu ihr sein werde, mal davon abgesehen, dass ich bestimme, was sie wissen muss.

Sie lässt sich langsam auf einem Stuhl nieder. »Sprich, warum hast du mich hierher verschleppt, verdammt?«

»Erstens …« Ich lehne mich vor und zünde mir einen Joint an. »Wir haben dich nicht hierher verschleppt. Du hast deinen Hintern ganz allein in dieses Haus bewegt. Zweitens …« Ich blase eine dicke Rauchwolke aus, und sie funkelt mich durch den Qualm unausgesetzt mit ihrem verdammt schönen Gesicht an. »Ich habe nicht gelogen, als ich dir sagte, dass wir geplant hatten, dich hierherzubringen.«

Sie wedelt den Rauch weg. »Und der Grund dafür ist welcher?«

Bishops Telefon klingelt, er verlässt eilig den Raum und nimmt das Gespräch an, während er die Glastür hinter sich zuzieht. Ich zögere kurz, ich würde ihn gerne fragen, was zur Hölle der Anruf zu bedeuten und mit wem er in den letzten Tagen immer wieder gesprochen hat. Das steht als Nächstes an.

»Weil wir es für nötig hielten, dich für eine Weile von der Zivilisation fernzuhalten.«

»Warum? Was ist passiert? Das konntet ihr mir nicht einfach sagen? Stattdessen musstet ihr so ein Drama aufführen und mich in eine beschissene Zelle sperren!«

Nun ist sie richtig sauer. Auch gut. Sie ist immer bezaubernd, aber wenn sie böse ist und ich die Flammen in ihr lodern sehe, wünscht sich etwas in meinem Inneren, einen Weltenbrand mit ihr zu entfachen. Das Problem ist bloß, dass dann alle, die zu uns gehören, mit uns verbrennen würden. Was mich betrifft, hält sie alle Trümpfe in der Hand. Das weiß sie bisher nicht, weil mein Pokerface zu gut ist. Mir ist klar, dass so eine Verbindung selten ist. Weil es noch so vieles gibt, was sie nicht weiß, geht es mir vor allem darum, für ihre Sicherheit zu sorgen. Allerdings ist es allein meine Entscheidung, wie ich das anstelle. Das sind die Trümpfe, die *ich* auf der Hand habe, und das ist das Spiel, das *ich* spiele.

Ich sehe sie an, fahre mir mit der Zunge über die Lippen und grinse. »Weil mir langweilig war.«

Sie will kontern, aber als sie den Mund öffnet, kommt Bishop zurück und knallt die Tür hinter sich zu.

»Schlampe.«

Ich sehe ihn prüfend an. »Wen nennst du Schlampe?«

Er reißt seinen Stuhl zurück und fährt sich mit den Händen durchs Haar. »Versuch es gar nicht erst, Nate.«

Mein Blick fällt auf Brantley, der mich aufmerksam betrachtet. Zwischen den beiden spielt sich irgendetwas Größeres ab, und wir wissen alle, dass es noch schlimmer wird, wenn Madison den Mist mit Daemon herausfindet. Wusste ich etwa davon? Nein. Schon seit Generationen wird der Name Hayes von der Elite, den Normalsterblichen sowie von allen gefürchtet, die auch nur den allerkleinsten Schimmer von unserem Leben haben. Aber das ändert sich gerade, weil Bishop ein wenig Menschlichkeit durchscheinen lässt. Er ist nicht so bösartig und kaltherzig wie sein Vater, was definitiv eine gute Sache ist, doch darüber hinaus stehen wir bei ihm an erster Stelle und nicht der Thron. Das ist der Grund, warum er sich mit vielen seiner Entscheidungen schwertut. Ich kann sehen, wie er mit sich ringt. In so einer miesen Lage war er nicht mehr, seit Madison in sein Leben trat.

»Weiter.« Tillie reißt mich aus meinen Gedanken.

»Du wirst hierbleiben, bis wir die losen Enden verbunden haben. Mehr gibt's dazu nicht zu sagen.«

Sie sieht zu meinem Vater. »Sie waren also auch daran beteiligt, mich hierherzuschaffen?«

»Nein«, unterbreche ich und grinse von einem Ohr zum anderen. »Mit Gabriel ist es etwas ganz anderes.«

»Das ergibt für mich keinen Sinn. Du bringst mich her –« Sie verstummt plötzlich, und ihre Augen werden glasig, als sie über meine Schulter schaut. Mir gefriert das Blut in den Adern, und ich beiße die Zähne zusammen. Diesen Penner hier zu haben ist nicht optimal, wenn man bedenkt, wie er und Tillie zueinander stehen. Ich bin kein verdammter Idiot. Ich habe gesehen, was zwischen ihnen läuft. Am liebsten würde ich ihm das Gesicht abreißen und es ihr zum Fraß vorwerfen. Augenblicklich schwappen Hass und Wut in mir hoch und drohen, über die Ufer zu treten.

Tillie dreht sich um, und ich kann förmlich zusehen, wie sich ihre Schultern entspannen. »Oh, hey.«

Bishop sieht mich an. Er versucht, mich zu beruhigen. Damit ich wieder runterkomme, aber es funktioniert nicht.

Ich verziehe das Gesicht und mache schon den Mund auf, um ihm mitzuteilen, dass er sich verpissen soll, doch Brantley tippt unter dem Tisch mit seinem Fuß gegen mein Bein und bricht den Bann, der mich rotsehen ließ, während innerlich schon der Soundtrack von *Kill Bill* in mir dröhnte.

Ich sehe Brantley an, er schüttelt den Kopf.

Ich atme aus, balle ein paarmal die Fäuste und blende in meiner Wut aus, worüber die anderen quatschen. Ich muss dringend runterkommen. Bevor ich Tillie traf, habe ich nie so eine verdammte Wut in mir gespürt. Sie ist die Einzige, die diese Saiten in mir zum Klingen bringen kann.

Und wie ich das hasse.

Sie ist meine Schwäche.

»Du musst zurück aufs Festland«, platze ich heraus, und diesmal tritt Brantley mich hart. Aber das geht mir am Arsch vorbei. Sie ist allein meine Angelegenheit. Ich habe keine Ahnung warum, aber er hat sein Spiel ruiniert und sein Schlüsselspieler ist irreparabel verbrannt.

Ich sehe Tillie an. »Ich brauche dich wieder im Haus. Bis ich etwas anderes sage.«

Sie wirft lachend den Kopf in den Nacken, und ein sarkastisches Glucksen kommt über ihre verflucht heißen Lippen. »Ich nehme keine Befehle von dir entgegen, *Nate*.«

Ich springe vom Stuhl auf, das Scharren der Stuhlbeine zerreißt die Stille. Ich gehe langsam auf sie zu und lasse sie dabei nicht aus den Augen. »Wirklich?«

Sie grinst, lehnt sich in ihrem Stuhl zurück und fährt sich mit der Zunge über die Lippen. *»Wirklich.«*

»Auch wenn ich Gefahr laufe, das Arschloch zu sein …«, unterbricht Cash. »Ihr seid doch beide nicht mehr ganz dicht.«

Ich beuge mich vor, die Hände auf beide Seiten ihres Stuhls gestützt. »Das ist ja süß.« Schmunzelnd berühre ich mit meiner Nasenspitze ihre und ignoriere ihren Duft.

»Was ist süß?« Ihre Augen kreuzen kurz meinen Blick. Ihre Brust hebt und senkt sich langsam.

Klick! Ich lasse eine Handschelle erst um ihr Handgelenk zuschnappen und gleich darauf die andere um mein eigenes.

Sie schnappt nach Luft und zerrt an der Handschelle.

Ich feixe und knabbere an ihrer Unterlippe, bevor ich mich wieder aufrichte. »Dass du denkst, du hättest die Macht, etwas gegen mich auszurichten. Nur um es noch mal klarzustellen, *Prinzessin:* Hast du nicht. Steh auf.« Ich reiße sie hoch.

»Ich hasse dich.«

Ich verdrehe die Augen und ziehe sie hinter mir her zu meinem Platz. Sie steht hilflos neben meinem Stuhl, der Anblick bringt mich ein wenig zum Lachen.

»Halt's Maul, Nate. Ich hasse dich.«

»Du musst mich nicht mögen, um dich auf meinen Schwanz zu setzen, Prinzessin.« Dann ziehe ich sie auf meinen Schoß, bis sich ihr Hintern an meinem Schritt reibt.

Ich stöhne und beiße mir auf die Lippen, während ich sie so zurechtrücke, dass mein bestes Stück etwas entlastet wird.

Sie schlägt die Beine übereinander, sitzt jetzt quer über meinem Schoß und nicht mehr direkt auf meinem Schwanz. Sie bewegt sich wieder und grinst auf mich herab. »Du glaubst, du hast die Macht? Als ich das letzte Mal zwischen meinen Beinen nachgesehen habe, war alles noch da.«

Ich kichere, lege eine Hand auf ihren Oberschenkel und drücke fest genug zu, um ihr vorgetäuschtes Selbstbewusstsein ein wenig anzukratzen. Mit der anderen Hand fasse ich ihr Kinn und drehe ihr Gesicht zu mir. »Deine Vagina ist mir vertraut, *Princessa*, aber wenn du die Scheiße noch mal versuchst, reiß ich dir die Kleider vom Leib und vögel dich direkt hier auf dem Tisch so grün und blau, bis dir Hören und Sehen vergeht. Stell mich nicht auf die Probe, Baby, du wirst nicht mehr so reizvoll sein, wenn ich mit dir fertig bin.«

Sie sieht mich mit zusammengekniffenen Augenlidern an, und ich warte auf ihre Reaktion. »Was?«, ziehe ich sie auf. »Wie du weißt, kann ich das den ganzen Tag machen …«

»Ich denke, wir hatten genug Ablenkung, Nate. Sag mir lieber, was das heißen soll, dass du Tillie zum Festland zurückbringen willst. Ich dachte, wir wären uns einig, dass sie hierbleibt, bis wir herausfinden –« Bishop stoppt mitten im Satz. Aus gutem Grund.

Tillie darf nicht wissen, was wir wissen. Nicht weil ich Mistkerl es ihr nicht erzählen will, sondern weil ich glaube, dass sie es im Moment nicht verkraften kann. Und das will etwas heißen, denn sie kann echt eine Menge ab. Aber das hier? Nein.

Ich lecke mir über die Lippen und lehne mich entspannt auf meinem Stuhl zurück. »Ich habe meine Meinung geändert. Wir können nicht hierbleiben. Wir müssen zurück, und es ist mir lieber, sie ist bei mir.«.

Bishops Blick wandert zwischen uns hin und her. Er sinkt in seinen Stuhl. »Das ist Angelegenheit des Königs, Nate. Du kennst die Regeln.«

Ich zucke mit den Schultern. »Scheiß auf die Regeln. Das ist auch ihre Welt, B. Sie hat genauso ein Recht auf Informationen wie wir. Zur Hölle, sie wird hier die Sache in Gang bringen, nachdem wir mit ihr fertig sind.«

»Äh, Entschuldigung, aber –«

Ich beachte sie nicht. »Also ist es für sie am besten, wenn sie mit uns geht, bis wir die Lösung für das erste Problem gefunden haben …«

»Ja, aber ich will nicht –«

Ich schneide ihr wieder das Wort ab. »Oder möchte das jemand bestreiten?«, frage ich, lasse den Blick um den Tisch wandern und sehe einen nach dem anderen den Kopf schütteln.

»Ja! Verflucht, ich –«

Ich fahre ihr mit der Hand über den Mund.

»Gut. Dann ist ja alles klar. Sammelt den Verlorenen und Abel wieder ein. Dasselbe gilt für euch zwei.«

Tillie schlägt meine Hand von ihrem Mund weg. »Boah!«, schreit sie. »Wie ich dich hasse. Fessel mich lieber an Bran Bran!«

»Wow!« Brantley starrt sie an. »Ich hab dich nicht angelogen, verflucht! Der Spitzname ist nur gestattet, wenn ich dich anlüge, verdammt noch mal!«

Sie lächelt ihn an, und ich kann sehen, wie seine Augen fast zu Schlitzen werden. *»Ich habe meine Meinung geändert.«*

Brantleys Gesicht bekommt einen kalten, gleichgültigen Ausdruck, und ich muss mir ein Lachen verkneifen. »Du gehst nicht nur ihm, sondern auch mir mächtig auf den Sack, aber die Scheiße fress ich nicht. Das ist total unfair.«

Ich schubse Tillie von meinem Schoß, und sie stolpert so ungeschickt auf ihre Füße wie ein neugeborenes Rehkitz.

Ich lache und erhebe mich. »Ich gebe dir vielleicht eine Kostprobe, wenn sie sich nicht benimmt.«

Tillie wischt sich die Haare aus dem Gesicht. »Na, in dem Fall benehme ich mich so schlecht, wie ich nur kann.«

Die Neckerei mit Brantley stört mich nicht, zumindest nicht bis zu einem bestimmten Punkt. Ich habe sie bei weit fragwürdigeren Sachen erwischt, deshalb weiß ich, wie sie zueinander stehen. Die kleine verdorbene Verbindung, die sie teilen, beunruhigt mich weder, noch kümmert sie mich einen Scheißdreck. Er ist bloß ihr … Ersatz für mich.

Abgesehen davon ist er mein Bruder. Aber Daemon? Wenn er auch nur in ihrer Nähe atmet, verwandele ich mich in den Leibhaftigen. Will ich sie zu meiner Frau machen? Nie im Leben. Oder wenigstens eine Beziehung mit ihr haben? Kommt gar nicht infrage. Ich bin noch lange nicht so weit, meinen Schwanz an eine Leine legen zu lassen. Aber habe ich Gefühle für sie? Ja. Ich bin Manns genug, das zuzugeben. Allerdings nur mir gegenüber, nie gegenüber anderen. Tillie spielt mit meinen Gefühlen wie auf einer verdammten Geige. Ich habe am eigenen Leib erfahren, was passiert, wenn ich ihr auch nur die Hälfte von mir gebe. Ich verliere mich in ihr wie in einem Rausch, aus dem ich nicht mehr erwachen will. Und wenn ich mich ihr ganz hingeben würde? Das würde ich nie überleben.

Fürs Erste wird sie meine Worte schlucken müssen. Oder dran ersticken. Was auch immer. Hauptsache, es funktioniert.

»Wohin?«, unterbricht Bishop. »Wo werden wir sie hinbringen?«

Ich lege den Kopf schief. »Die Eltern sind ab morgen weg, aber da Madison dort ein und aus geht, ist das nicht der ideale Ort.«

»Stimmt. Damit ist mein Haus ausgeschlossen und das meiner Eltern auch«, sagt Bishop, sein Blick wandert zu Brantley.

»Ich kann problemlos ein verdammtes Haus kaufen«, werfe ich schnell ein, bevor er Brantley anspricht.

Der sieht zu mir herüber und beißt sich auf die Zähne. »Nee, schon gut. Wir können sie in meinem unterbringen. Es gibt jede Menge Räume, in die wir sie einschließen können, falls sie nicht macht, was man ihr verdammt noch mal sagt.« Nun sieht er zu Tillie.

»Bist du sicher?«, frage ich und gehe über seine Bemerkung über Tillie und das Befolgen von Befehlen hinweg. Das Mädchen macht nie und nimmer, was man ihr sagt, außer wenn ihre Lippen meinen Schwanz umschlossen haben. Ich sehe ihn mit bohrendem Blick an. Wahrscheinlich bin ich der Einzige, der ihn durch und durch kennt, aber selbst mir ist klar, dass es Geheimnisse gibt, mit denen er hinter dem Berg hält. Und alle sind mit diesem Haus verbunden.

»Ja, ich bin sicher.«

Lüge.

8. KAPITEL

TILLIE

»Warum bin ich immer noch mit den Handschellen an dich gefesselt? Du weißt doch, dass ich nicht abhauen werde.« Ich hebe demonstrativ die Hand. Nach einem wie immer langen Flug fahren wir in einer Stretch-Limousine vor Brantleys Haus vor. Bishop sitzt neben Nate, und der neben Brantley. Neben mir sitzen Abel und Daemon, der bisher kaum ein Wort gesagt hat. Ich nutze die Gelegenheit und sehe zu Bishop.

»Ihn von Madison fernzuhalten wird ein Unwetter heraufbeschwören, auf das keiner von uns eingerichtet ist, B.«

Er begegnet meinem Blick. »Vielleicht hätte sie darüber schon vor längerer Zeit nachdenken sollen, Tillie.«

»Was soll das nun wieder heißen?«, frage ich ihn und kneife die Augen zusammen. Ich bin grundsätzlich mit Mädchen solidarisch. Ja, dass ich mehr Zeit mit den Kings verbringe, als mir lieb ist, hat rein gar nichts zu bedeuten, wenn es um Madison geht.

Er kichert und schüttelt den Kopf. »Du solltest vielleicht mit ihr reden, wenn sie sich mal nicht mit Schnee abgeschossen hat.«

Es verschlägt mir fast die Sprache. »Du hast doch nicht – Bishop, du weißt verdammt gut, dass sie normalerweise keine Drogen nimmt. Sie ist, sie hat …«

»… sich verändert«, fährt Bishop dazwischen. »Sie hat sich verdammt verändert. So was passiert. Und jetzt ist es passiert, verdammt noch mal«, seufzt er, als die Limousine vor dem Haus anhält. Bishop verbirgt das Gesicht in den Händen und schüttelt den Kopf. Sein Schmerz und sein Kummer erfüllen den Wagen.

»B, möchtest du mit mir darüber reden?« Ich tue so, als wäre niemand sonst im Auto, weil die anderen Penner gerade überhaupt keine Rolle spielen. Alles, was zählt, ist, dass die märchenhafteste Liebesgeschichte, die die Welt je gesehen hat, auf der Kippe steht. Die Apokalypse der Liebe sozusagen.

»Mach einfach, dass du rauskommst.«

Wir steigen einer nach dem anderen aus, während Nate bei geöffneter Autotür sitzenbleibt. Als sein Gespräch mit Bishop beendet ist, steigt er aus, knallt die Autotür zu, und sein Blick wandert zu Bran Bran.

»Er kommt morgen zurück«, murmelt Nate, zerrt mich hinter sich her, an sein Handgelenk gekettet habe ich auch keine andere Wahl, als ihm zu folgen, und führt mich die steinernen Treppenstufen zu Brantleys Haus hinauf.

Es ist abgefahren, aber da ich schon ein paarmal hier gewesen bin, ist der Überraschungseffekt verpufft.

Nate stößt die Tür auf, und wir sind von völliger Stille umgeben.

»Bran Bran, gibt's hier kein Licht?«

Er stöhnt gequält auf. »Ich schwöre bei Gott, Tillie, langsam ist die eine oder andere Verwarnung fällig. Du kriegst drei pro Tag.« Das Licht geht an, und wir sehen uns dem wunderbar verwunschenen Herrenhaus gegenüber. »Bei der dritten leg ich dich übers Knie und vermöble dir den Hintern, bis er grün und blau ist. Abgemacht?«

Ich hebe trotzig eine Augenbraue. Er sieht mich während

dieses Geplänkels nicht mal an, sondern konstatiert einfach Tatsachen. Als er bemerkt, dass ich nicht antworte und alle um uns herum verstummt sind, schaut er mir tief in die Augen. »Abgemacht?«

Ich zucke mit den Schultern. »Abgemacht.«

Nate zerrt an den Handschellen. »Sie macht absichtlich Ärger. Hör auf, Öl ins Feuer zu gießen.«

Brantley dreht sich um und wirft einen Blick über die Schulter, seine Augen sind dunkler. »Zufällig mag ich meinen kleinen Troublemaker.« Er zwinkert und führt uns dann weiter ins Haus. Die Wände sind rot und schwarz und von altem fleckigem Fachwerk eingefasst. Die Fenster sind bunt verglast und haben hölzerne Fensterkreuze. Das Wohnzimmer ähnelt einer verdammten Kirche. Das Kaminfeuer flackert und verglüht zu Asche.

»Wer hat den Kamin angemacht?«, frage ich und ziehe an Nates Arm, um ihn zum Sofa zu bewegen. Meine knapp sechzig Kilo gegen seine, wie viel, um die achtzig? Da kann ich nicht viel ausrichten.

Ich halte inne und wende mich an Nate, der sich nur mit Mühe das Lachen verkneifen kann.

»Beweg dich!«, ächze ich und werde langsam sauer, weil ich genug von seinen Mätzchen habe. Schließlich gibt er nach, folgt mir und zieht mich auf dem Sofa an seine Seite.

Brantley beantwortet meine Frage erst gar nicht. »Also, das ist der Deal«, sagt er stattdessen. »Ihr werdet alle hierbleiben, allerdings alle im Untergeschoss, weil es hier nur einen Ein- und Ausgang gibt. Im Lauf der Woche dürft ihr dann auch in die anderen Stockwerke, aber seid gewiss, dass ich um den ganzen Schuppen Wachen postiert habe. Sie werden keine Warnschüsse abgeben. An eurer Stelle würde ich es also gar nicht erst versuchen. Ihr habt sicher vom Friedhof der Vitiosis hinten im Garten gehört? Nun ja, nicht alles Blut, das auf diese Erde vergossen wurde, war Blut der Vitiosis, wenn ihr wisst, was ich meine.«

Abel räuspert sich. »Und was mache ich hier?«

Brantley sieht ihn an und beugt sich mit ausdrucksloser Miene vor. »Du bist unser Wunderkind.«

Ich massiere mir mit meiner freien Hand die Schläfe. »Oh nein. Oh –« Endlich erinnere ich mich. »Oh, mein Gott! Wo ist Bailey?«

Brantley verstummt.

»Bran Bran …« Ich schwöre, wenn er sie umgebracht oder weggegeben hat, werde ich nie wieder ein Wort mit ihm reden, und die nächste Leiche auf dem Friedhof der Vitiosis wird definitiv ein Vitiosis sein.

»Das ist deine zweite Verwarnung. Und sie ist im rechten Seitenflügel untergebracht. Ich sehe sie nicht sehr oft. Was für ein Scheißglück.«

Ich atme langsam aus. Der Tag hat mich ziemlich mitgenommen.

Ich spüre, wie sich die schwere Schelle an meinem Handgelenk lockert, dehne meine Hand und drehe mich zu Nate um. »Danke.«

Er begegnet meinem Blick, und für den Bruchteil einer Sekunde meine ich etwas zu sehen. Etwas Vertrautes, aber Verletztes. Wir haben kein Wort mehr über sie verloren, seit er mich in die Zelle gesperrt hatte, und ich bin mir auch nicht sicher, ob es mir anders lieber gewesen wäre.

»Wie soll ich dir vertrauen?«, frage ich ihn. Die Antwort auf diese große Frage hätte ich wirklich gerne gewusst. »Wo du doch immer nur Spielchen spielst.«

Nates Lippen heben sich zu einem Schmunzeln. »Ganz einfach, lass es.« Dann packt er meinen Arm und reißt mich hoch. Als Daemon aufspringt, baut sich Nate vor ihm auf. »Und dich muss ich wohl nicht warnen, dass du deine Hände bei dir behältst, Junge?«

Ärger darüber, wie er mit Daemon umspringt, kommt in mir hoch, und ich klopfe auf Nates Arm. »Lass ihn in Ruhe, Nate.«

Daemon sieht zuerst mich und dann Nate an. »Nein, musst du nicht, auch wenn ich mir nicht sicher bin, ob sie auf deine Hände steht.«

»Ich bin müde. Lasst uns einfach alle ins Bett gehen.«

»Abel bleibt hier«, murmelt Brantley und zeigt auf das Sofa. »Du wirst an unserem Treffen heute Abend teilnehmen. Besser, du fängst mit dem Lernen an.«

Abel lässt sich wieder aufs Sofa fallen.

»Hier, ich gehe sie holen. Du setzt dich mit Abel hin und erklärst ihm alles«, weist Brantley Nate an, der ihn aufmerksam betrachtet. Irgendwas geht zwischen den beiden vor, und ich weiß nicht, ob wir mitkriegen, was los ist.

Nate und Brantley wechseln einander ab, aber ich habe das Gefühl, worum auch immer es geht, hat nichts mit mir zu tun.

Als Brantley sich an mir vorbeidrängt, fällt mein Blick wieder auf Nate, der mit Abel spricht. Wir gehen durch den dunklen Flur, an dessen betagten Wänden alte Porträts hängen. Nate ist seit Perdita noch schwieriger geworden. Es ist, als ob er die Brüche, die er erlebt hat, in einen Sack einnähen und vergessen will, aber das Böse in ihm ist so stark, dass die Nähte immer wieder aufplatzen. Einerseits möchte ich ihm helfen andererseits bestrafen. Aber ihn zu bestrafen bringt ihn nur noch mehr in Rage, also muss ich den umgekehrten Weg einschlagen und sowohl Hass als auch Liebe vermeiden.

Ich muss ihm gegenüber gleichgültig werden.

Brantley hat nicht gelogen, eine Treppe tiefer gibt es Schlafzimmer. Dieses Stockwerk ist so unheimlich, dass es mich geradezu gruselt. Die Wände sind in einem dunklen Weinrot gestrichen, und es gibt nur einen langen Korridor, der so schmal ist, dass ich darin Platzangst bekomme. Von dort gehen drei Türen zu drei Schlafzimmern ab. Jeder Raum ist mit einem Einzelbett ausgestattet und hat ein kleines Bad.

Brantley lehnt sich gegen den Türrahmen, während ich mich auf die Matratze sinken lasse.

»Wirst du mich im Zimmer einschließen?«

»Nein«, antwortet Brantley. »Aber ich werde die Tür am Ende des Flurs abschließen.«

Ich seufze und lehne mich vor. »Warum fühle ich mich immer noch wie eine Gefangene?«

»Weil du eine bist.« Er ist schon im Begriff zu gehen, wirft aber noch einen Blick über die Schulter. »Ich habe deine und *Daemons* Tür nicht abgeschlossen. Versuch, mit ihm zu reden, Tillie, und herauszufinden, was in seinem Kopf vorgeht.«

»Brantley?«, rufe ich ihm hinterher. »Wo ist Nates Vater?«

Brantley gluckst. »Alles zu seiner Zeit.«

»B?«, flüstere ich und sehe aus dem Augenwinkel, dass seine Schritte ins Stocken geraten. Ich konzentriere mich auf einen einzelnen Fleck an der Wand, der *so verflucht* einsam wirkt. »Versprich mir, dass ihm nichts passiert. Dass dieses kranke Auf und Ab nicht endlos weitergeht.«

Als sich Brantley umdreht, kann ich ihm endlich in die Augen schauen. Meine Gefühle schnüren mir die Kehle zu, und ich schlucke meine Tränen hinunter. Keiner hier darf meine Schwäche sehen. Nate am allerwenigsten.

»Du wirst es noch lernen, vielleicht bist du auch schon dabei, dass Nate zwei verschiedene Seiten hat. Das macht ihn aus, so tickt er nun mal. Seine Reaktionen auf die Umstände sind unberechenbar, und wir können uns nie sicher sein, mit welcher Seite wir es zu tun haben. Der des Spaßvogels oder der Malum-Seite. Ich weiß, er liegt mit seinen beiden Persönlichkeiten in einem permanenten Kampf. Aber eines darfst du nie vergessen, seine beiden Seiten haben eine Gemeinsamkeit.«

Ich lege den Kopf schief und ziehe die Nase hoch. »Und was?«

Er sieht mich verblüfft an. »Dich.«

9. KAPITEL

TILLIE

Man kann einfach nicht erklären, warum Menschen bestimmte Dinge tun oder warum sie so unterschiedlich sind. Ich habe es versucht. Dass ich den größten Teil meines Lebens von Menschen umgeben war, die ganz und gar nicht mit sich im Reinen waren, hat mich in der Hinsicht bestimmt einiges gelehrt.

Wie kann es sein, dass ich so viel für Daemon empfinde, obwohl ich gar nicht viel über ihn weiß? Fühle ich mich ihm verbunden? Sicher. Liebe ich ihn? Ein bisschen. Verbinden uns Geheimnis und Gefahr? Ganz bestimmt. Daemon ist die Ruhe vor dem Sturm. Man weiß, es könnte tödlich ausgehen, aber immerhin in geregelten Bahnen. Bisher habe ich dasselbe von Nate und Bishop gedacht, aber in letzter Zeit wurden ihre Entscheidungen von etwas sehr viel Mächtigerem angetrieben.

Liebe und Hass.

»Was macht dein Kopf?«, frage ich und setze mich neben Daemon auf die Bettkante. Der Raum ist meinem ziemlich ähnlich. Genau genommen sind sie sogar identisch. »Dieser Ort macht mir eine Gänsehaut.«

Daemon rückt näher an mich heran und lässt die Füße aus dem Bett baumeln. Für eine ganze Weile gibt es nur ihn, mich und die Stille.

»Ich habe dich vermisst.«

Ich lecke mir über die Lippen, sehe ihn an und nehme seine Hand. Mit den kurzen Haaren sieht er anders aus. Es verleiht seinem hübschen Gesicht eine rauere Note. Ich vermisse seine Haare. Ich lege meine Hand auf seinen Kopf, fahre mit den Fingern über seine Kopfhaut und spüre die Stoppeln unter meiner Handfläche.

Er schließt die Augen, sein Gesichtsausdruck wird sanft. »Ich habe dich auch vermisst.«

Langsam öffnet er die Augen, und sein Blick fällt auf meinen Mund. Ich erstarre. Wegen der Sprachbarriere zwischen uns haben wir uns immer von dem leiten lassen, was sich im Moment richtig angefühlt hat. Er gab mir Trost, wenn ich ihn brauchte, und ich entfachte sein Feuer, wenn er danach begehrte, aber ihn jetzt zu küssen fühlte sich verkehrt an. Ich darf ihn nicht glauben machen, dass wir einfach da weitermachen können, wo wir vor ein paar Monaten aufgehört haben. Zu viel hat sich verändert, so viel verhärtet. Ich bin nicht mehr das Mädchen, das ich war, als er mich verlassen hat, und er nicht mehr der Junge, den ich kannte, als ich ging.

Ich streiche über sein Gesicht und fahre mit den Fingern über seine Unterlippe. »Du brauchst die Freiheit, Daemon.«

»Freiheit«, spricht er mir nach und betont jeden einzelnen Buchstaben.

Ich nicke. »Frei.«

Er rückt ein Stück von mir weg. »Ich werde nie frei sein, Puella. Niemand kann mich befreien. Nicht mal du.« Sein Blick durchbohrt mich.

Ich unterdrücke ein Lachen. »Wie sollte ich dich befreien können?«

Er gibt keine Antwort, sieht mich aber weiter an. Ich wehre mich gegen das Gefühl, auf seinen Schoß kriechen zu wollen.

»Hast du …« Er hält mitten im Satz inne und sieht sich suchend um, »… mein Buch durchgeschaut?«

Wie in einem Zeitraffer fühle ich mich in die Seiten des Puer Natus zurückkatapultiert. »Noch nicht.«

»Tu es«, verlangt er, wendet sich von mir ab und starrt an die Wand.

Ich bringe es nicht über mich, ihm zu sagen, dass ich nicht weiß, wo das Buch sich momentan befindet, also entscheide ich mich, ihn zu fragen. »Kannst du mir nicht einfach erzählen, wie es endet?«

Er antwortet nicht und blendet mich aus. Ich erhebe mich langsam vom Bett, beuge mich vor und drücke meine Lippen auf seine Stirn, verharre so eine Weile und nehme den Geruch von Schmutz, Blut und etwas Süßlichem in mich auf.

»Es tut mir leid, Daemon.«

Ich verlasse ihn und sinke, kaum zurück in meinem Zimmer, auf mein Bett.

Warum kann ich ihn nicht retten? Ich würde es gerne, doch ich kann nicht. Niemand außer ihm selbst kann ihn retten, und selbst das halte ich nicht für möglich.

Der Wind fährt mir durch die Haare und wirbelt sie durcheinander, als ich den betonierten Weg hinunterrenne. Die Stadt ist verwaist, und als ich anhalte und aufsehe, bemerke ich, dass ich vor Madisons und Bishops Wohnung stehe. Es gibt keinen Portier, keine Autos, kein Licht und keinen Strom. Die Sonne geht gerade unter, und das glühende Orange wird langsam zu einem dunklen Braun. Beim Gehen wirbele ich mit den Füßen das bereits verwelkte Herbstlaub auf. Warum bin ich überhaupt gerannt? Ich drehe mich um und sehe zehn Männer, in einer Reihe aufgestellt. Schwarze Kapuzen verbergen ihre Gesichter. Sie heben langsam ihre Köpfe, und die Gesichtsbemalung des Dia de Los Muertos wird sichtbar, auch wenn die Farben schon verlaufen sind. Ich fange an zu schreien, als der Song ›Pop goes the Weasel‹ ertönt. Ich halte mir die Ohren zu, falle auf die Knie und wiege mich vor und zurück.

»Aufhören!«, schreie ich so laut, dass meine Kehle vor Schmerz pocht.

Der quälende Sound bricht ab, und endlich herrscht Stille. Ich mache vorsichtig die Augen auf, nur dass ich mich jetzt auf einem Friedhof wiederfinde. Ich erkenne ihn wieder. Der Grabstein vor mir fällt mir ins Auge, DAEMON steht in großen keltischen Buchstaben darauf. Nicht mehr. Nur »Daemon«.

»Was?«

›Pop goes the Weasel‹ dröhnt wieder los, das Gras gibt unter meinen Füßen nach, und ich falle.

»Nein!« Ich schüttele den Kopf, von der Dunkelheit in dem Grab eingehüllt. »Nein!«, schreie ich, suche an den Wänden nach Halt, um mich emporzuziehen, halte aber nichts als lose Erde in den Händen, und die Dunkelheit wird noch undurchdringlicher. Die zehn Kings stehen im Kreis um das Grab herum und schauen auf mich herab.

»Lasst mich raus!«

Erde prasselt in das Grab und auf mein Gesicht nieder …

Ich schrecke aus dem Schlaf hoch, jemand sitzt am Fußende meines Bettes. Schweiß läuft mir über das Gesicht.

»Daemon?« Ich ziehe mir die Bettdecke bis zum Kinn, den Albtraum noch frisch vor Augen. *Das ist nicht wirklich passiert.*

»Schlecht geträumt?«, fragt er, ohne mich anzusehen.

Ich befeuchte meine Lippen. »Ja.« Ich frage mich, wie spät es ist, meiner inneren Uhr nach nehme ich an, es ist früher Morgen.

»Geht es dir gut?«

Daemon schaut mich an. »Nein. Lies das Buch zu Ende, Puella. Tu es für mich.«

Ich schlucke. »Okay.«

Er steht auf und geht zur Tür hinaus. Ist er nur gekommen, um mir das zu sagen? Warum versetzt er mich, seit er zurück ist, mehr als sonst in Angst?

Ich reibe mir die Schläfen, schließe für einen Moment die Augen, um die richtigen Worte zu finden oder einen klaren Gedanken zu fassen. Ich atme langsam aus, werfe die Decke von mir und laufe den Flur hinunter, bis ich vor der Tür stehe. Dort drücke ich die Türklinke, aber es ist abgeschlossen. Gerade als ich dagegen hämmern will, fliegt sie auf, und Nate steht mir gegenüber.

Er senkt den Kopf. »Komm schon.«

»Was ist mit Daemon?«

Nate presst die Kiefer zusammen und schließt die Tür. »Er bleibt hier unten. Freiwillig. Lass uns gehen.«

Ich folge ihm die Treppenstufen hinauf zurück ins Erdgeschoss. Als wir die Küche betreten, treffen wir auf Bailey, die auf einem Barhocker sitzt und Müsli isst.

»Hey!« Ihr Gesicht leuchtet auf, sie schwingt ihre schmächtige Gestalt vom Hocker und kommt auf mich zu.

»Brantley hat mir gesagt, dass du da bist, und da dachte ich mir, ich sag mal Hallo.«

Ich ziehe sie an mich, um sie zu umarmen, auf vertraut familiäre Weise. »Wie geht es dir?«, frage ich, lege ihr die Hände auf die Schulter und betrachte sie neugierig. »Er hat dir nichts getan, oder?«

»Sei nicht gleich so dramatisch, kleiner Troublemaker.«

Meine Wangen schmerzen schon von dem breiten Lächeln in meinem Gesicht. »Darf ich sagen, dass mir ›Troublemaker‹ deutlich lieber ist als ›Prinzessin‹?«

Mir fällt Brantley ins Auge, der gerade Kaffee in einen Becher einschenkt. Er trägt bequeme graue Jogginghosen und kein T-Shirt. Er trägt überhaupt nichts. Seine strähnigen dunklen Haare fallen ihm in die Stirn, und sein Blick nimmt mich ins Visier. Sein Schwanz zeichnet sich deutlich unter seiner Hose ab, und ich muss mich wirklich beherrschen, um nicht irgendwas albern Mädchenhaftes zu veranstalten, wie stöhnen oder mir auf die Lippen beißen.

Mein Blick landet schließlich in Brantleys Gesicht, der mich über den Rand der Kaffeetasse hinweg angrinst. »Du sabberst, als hättest du noch nie gesehen, was ich in der Hose habe.«

Ich verdrehe die Augen und wende mich wieder sicherem Terrain zu, Bailey.

»Wie geht es dir?«

Sie zuckt die Achseln. »In Ordnung. Ich werde nächstes Jahr auf die Riverside gehen. Ich denke, bis dahin improvisiere ich einfach ein bisschen.«

Ich werfe einen scharfen Blick Richtung Brantley. »Stimmt das? Ganz miese Schule …«

Nate tritt mir von hinten gegen das Bein. »Das ist meine Schule, über die du lästerst. Wortwörtlich. Sie *gehört* mir.«

Ich lass mich auf einen Barhocker plumpsen, und Brantley schiebt mir eine Tasse Kaffee rüber. Ich nippe vorsichtig an dem heißen Getränk. »Was hast du denn gemacht, seit du hier bist? Besucht du deine alte Schule, bevor du auf die RPA wechselst?«

»Nee, ich nehme mir den Rest des Jahres frei.«

»Oh, das ist übel. Du sitzt also hier fest und bist diesen herrischen Mistkerlen ausgeliefert?«

Sie zuckt die Schultern. »So schlimm ist es nun auch wieder nicht. Brantley schmeißt mit Kreditkarten nach mir, und ein funkelnagelneues Auto hat er mir auch gekauft.«

Ich schiele zu Brantley. »In ihrer Sprache ist das wohl der Ausdruck von ›Liebe‹.«

Brantley zeigt mir den Mittelfinger. »Halt die Klappe.«

Ich kichere und wende mich wieder Bailey zu. »Hast du was von deinen Eltern gehört?«

Ihr Körper erstarrt förmlich, und ihre Gesichtszüge entgleisen. »Ja, einmal. Als ich ihnen mitgeteilt habe, dass Brantley mich aufnimmt, haben sie sich für alles entschuldigt und zu vertuschen versucht, was sie mir angetan haben, um mich nach Hause zu kriegen. Ich habe abgelehnt. Um ehrlich zu sein, ich glaube, die haben Angst.«

Ich schnaube. »Aus gutem Grund. Hat Brantley dir von dem Vitiosis-Friedhof hinter der Villa erzählt? Denn ich muss dir sagen …«

Bailey wirft lachend den Kopf in den Nacken. Sie ist so hübsch. Sie wird die Schule im Sturm erobern, nicht allein wegen ihrer Schönheit, sondern auch wegen des Namens Vitiosis.

»Ja«, kichert sie. »Das war die erste Drohung, die er gegen mich hatte.« Sie steht vom Barhocker auf, als Bishop und Eli in die Küche kommen. »Oh! Ich habe ein Geschenk für dich.«

Ich setze mich senkrecht auf. »Für mich? Warum?«

Sie wird rot. »Ich weiß nicht. Du hast mich gerettet. Ich werde immer in deiner Schuld stehen. Aber fürs Erste …«

Sie lehnt sich über die Kücheninsel und streckt dabei ihren kleinen knackigen Hintern für alle Kerle gut sichtbar in die Luft. Sofort schaue ich zu Nate. Ich wette, der Scheißkerl weidet sich daran, aber zu meiner Überraschung grinst er mich feixend an. Mein Magen überschlägt sich bei diesem Blick.

»Überrascht?« Sein Grinsen verdüstert sich.

Verdammt.

Bishop bekommt davon nichts mit, Eli schon. Er legt den Kopf schief und formt mit den Lippen ein »O«.

Brantley schüttelt den Kopf und lacht.

Bailey kommt wieder aus der Versenkung, Gott sei Dank,

und überreicht mir ein kleines Kästchen von Tiffany & Co. »Das ist für dich. Eine Kleinigkeit, die mich wegen deines Tattoos am Oberschenkel an dich erinnert hat.«

Unwillkürlich fasse ich mir an den Oberschenkel, bevor ich das Kästchen öffne.

»Heilige Scheiße«, flüstere ich. Es ist eine rotgoldene Krone, und jeder einzelne Zacken ist mit glitzernden Diamanten besetzt. Die Kette daran funkelt, als Sonnenlicht darauf fällt.

Ich klappe das Kästchen wieder zu. »Das kann ich nicht annehmen, Bailey. Das ist viel zu viel. Ich mag …«

»Sie mag chinesisches Essen«, fährt Nate dazwischen und verschluckt sich fast vor Lachen.

Bailey blickt mich finster an. »Pass mal auf, du wirst das jetzt umlegen und lieben, weil ich ernsthaft beleidigt sein werde, wenn du es nicht tust. Es ist gar nichts, ehrlich, und wenn es dir damit besser geht, ich habe es mit Brantleys Geld bezahlt. Also …«

»Das Geld ist auch deins, Bailey, denn es ist ein Treuhandfonds.«

»Pst.« Ich lege meinen Zeigefinger auf die Lippen und grinse Brantley an. »Das macht es schon viel erträglicher.« Ich hole tief Luft und nehme die Kette heraus. »Ich finde sie ganz wunderbar. Danke.« Ich stehe auf und umarme sie fest. »Wirklich. Dich zu retten war nicht allzu schwierig. Ich wünschte, ich wäre öfter mit diesen Arschgeigen unterwegs. Vielleicht könnte ich dann noch ein paar mehr Mädchen retten.« Das sollte ein Scherz sein, aber sie erstarrt in meiner Umarmung.

»Ja. Wenn das nur so wäre«, flüstert sie mit traurigem Gesicht.

»Verdammt, Cousinchen, an deinem Pokerface müssen wir aber noch arbeiten.« Brantley packt sie am Arm und schleift sie aus der Küche.

Was?

»Was war das denn?«, frage ich Nate, der mich immer noch blöd angrinst. »Hör auf, so zu grinsen, verdammt.«

Sein Gesicht wird sofort ausdruckslos. Warum? Warum nur muss ausgerechnet dieser so frustrierend schöne Mann, der mich ständig auf die Palme bringt, der Fluch meines Lebens sein? Dann lächelt er milde. »Das geht dich überhaupt nichts an.«

Bishop wirft mir eine kleine Schachtel zu. »Du musst dich mit Madison und Elena in Verbindung setzen. Die beiden drehen schon am Rad, weil sie befürchten, du wärest bereits tot oder zumindest vermisst. Ich habe ihnen versichert, dass es dir gut geht, aber ich glaube, es ist besser, du sagst es ihnen selbst.«

Ich greife nach der Schachtel, in der ein Handy liegt. »Dein Ernst? Und was soll ich ihnen deiner Meinung nach sagen?«

Bishop wirft einen Seitenblick auf Nate. »Nichts über Daemon jedenfalls. Sag einfach, dass du bei uns bist, zumindest so lange, bis uns was Besseres einfällt.«

»Worum geht es hier eigentlich? Und warum soll ich wegen Daemon lügen?«

Bishop starrt Nate an.

»Bishop!«, fauche ich ihn an und weiche Nates Blick aus. »Du willst, dass ich meine beste Freundin anlüge, weil es sie womöglich um den Verstand bringen könnte?«

Ich sehe Bishops Blick hart werden. »Sie hat schon längst ihren verdammten Verstand verloren, Tillie.« Daraufhin schaut er zu Nate. »Ihr beide müsst mit ihr reden, sobald das hier vorbei ist. Es gibt noch eine Menge, das sie euch nicht erzählt hat.« Damit stürmt er so abrupt aus der Küche, wie er vorhin reingekommen ist. Meine Brust zieht sich zusammen. Ich bin diese Dramen dermaßen leid.

Ich drehe mich um, und wer steht vor mir? Nate. »Warum ist das alles so kompliziert?«

Wo Abel abgeblieben ist, wage ich erst gar nicht zu fragen.

Zurück in meinem Schlafzimmer schalte ich das Handy ein, ziehe die Beine unter den Hintern und rufe Madison an. Ihre Nummer kenne ich auswendig.

»Hallo?« Madison geht nach dem fünften Klingeln ran.

»Maddie?«

»Tillie!«, kreischt es aus der Leitung. »Wo bist du? Ich komme sofort und hole dich.«

Ich schüttele den Kopf. »Ich kann nicht. Tut mir leid. Ich kann nicht.«

»Tillie«, säuselt Madison. »Die haben dir schon das Gehirn weichgekocht. Lass mich dich holen kommen. Du brauchst mal ein bisschen Durchblick.«

Nun, falls Daemon hier unten bleiben will, werde ich ihm wohl sagen können, dass sie kommen wird und er sich von ihr fernhalten muss. Zumindest nehme ich das an. Ich habe es immer gehasst, ihm von ihr zu berichten. Es hat ihn fast zerrissen, wie ich vermutet habe. Jetzt muss ich nur noch Gabe finden, weil ich dieses Buch brauche.

»Ich bin in –«

Plötzlich steht Nate in der Tür und starrt mich finster an.

»Ich rufe dich zurück.«

»Was, zur Hölle, glaubst du, was du da tust?«, fragt er und sieht auf das Handy.

»Ich wollte ihr gerade sagen, dass sie herkommen soll, und dann Daemon, dass er unten warten soll.«

Nate rauft sich vor Verzweiflung die Haare, bis sie in alle Himmelsrichtungen abstehen, was seine erotische Ausstrahlung noch verstärkt. »Tillie, sie kann im Moment nicht herkommen.«

»Nate, ich sitze hier herum und warte auf Gott weiß was. Das macht mich noch wahnsinnig. Ich langweile mich zu Tode.«

Nate reckt den Hals und macht große Augen.

»Nein.« Ich schüttele den Kopf. »Du bleibst da stehen. Ich mache das nicht mit.«

Doch er schlendert auf mich zu, packt mich am Arm und zerrt mich auf die Füße.

»Ich bin es leid, herumgeschubst zu werden wie eine verdammte Puppe.«

»Es könnte schlimmer sein«, brummt er und führt mich aus dem Zimmer.

»Was genau könnte schlimmer sein, als so herumgeschubst zu werden?«

»Du könntest auch durchgevögelt werden wie eine Puppe. Geh vor. Brantley schmeißt heute Abend eine Party, und du stellst gefälligst deine Leichenbittermiene ab.«

»Das ist nicht so einfach –« Ich halte inne und kneife die Augen zusammen, als könnte ich so die Erinnerungen vertreiben. *Dorothy lebte in Kansas, in der Mitte der großen Prärie …*

Ich muss tief Luft holen, um nicht zu schreien und zu ersticken, als ich daran denke, wie ich wach wurde und sie fand.

»Hey!« Nate rüttelt mich.

Ich fahre zurück. »Fass mich nicht an, verflucht.« Ich schiebe mich an ihm vorbei. »Schön, dass Brantley eine Party veranstaltet. Ich könnte ein wenig Abwechslung gebrauchen.« Vor Daemons Zimmer bleibe ich stehen und öffne vorsichtig die Tür. Ich brauche etwas, um die in mir brodelnde Wut zu besänftigen.

Sein Bett ist leer.

Ich drehe mich zu Nate um: Panik fährt mir durch die Glieder. »Wo ist er?«

Nate bleibt vor der Tür stehen und schaut abwechselnd mich und das Bett an.

»Verdammt noch mal, Nate!« Ich stoße ihn vor die Brust. »Was hast du getan!« Er lässt sich ohne Gegenwehr von mir herumschubsen. Sein Blick ist starr, seine Kiefermuskeln angespannt. »Er ist ausgegangen. Wird später wieder zurückkommen.« Dann stürzt er davon und lässt mich stehen, in einem leeren Raum mit ungezähmten Träumen.

10. KAPITEL

TILLIE

Ich ziehe am Saum des Kleids, das ich mir von Bailey geliehen habe. Ein schwarzer, langärmeliger, ziemlich durchsichtiger Fummel, der mir knapp bis zum Oberschenkel reicht. Darunter trage ich einen Spitzen-BH und freche Jungenshorts, beides in Schwarz. Ich bin nicht gerade stolz auf diese Klamotten, aber mir ist heute Abend nach etwas Spontanem zumute. Ich will nicht über meine Vergangenheit nachdenken, sondern dass sie verschwindet. *Ich möchte gefühllos werden.* Ich bin den Schmerz leid. Aber so ticke ich nicht, auch wenn es besser wäre, wenn mich gewisse Dinge oder Menschen kalt lassen würden. Ich kann zwar so tun als ob, aber damit belüge ich mich nur selbst. Und ich bin ziemlich gut darin, mich selbst und andere zu belügen. Jedenfalls, wenn das der einzige Weg ans rettende Ufer ist, sorge ich dafür, dass ich auf dem Wasser treibe und nicht versinke.

Drinnen dröhnt die Musik schon so laut, dass man sie bis in den Garten hört. Nachts ist es hier draußen noch gruseliger. Ich bin ganz und gar nicht begeistert. Die Rückseite von Brantleys Haus bringt die Architektur des Hauses erst richtig zur Geltung. Der rechte und linke Flügel bilden ein »U«, in dessen Mitte ein Garten angelegt wurde. Blumen aller Art sprießen und sind die einzigen Anzeichen von Leben. Das ist so unerwartet wie aufschlussreich. Wo der Garten in den Wald übergeht und wo irgendwo, zwischen den Bäumen verborgen, der Friedhof der Vitiosis liegt, lodert ein großes Lagerfeuer in den Nachthimmel.

Mich fröstelt, und ich bekomme am ganzen Körper Gänsehaut. Alles, was mit Bran Bran zu tun hat, ist echt unheimlich.

Als mir von hinten ein Glas gereicht wird, drehe ich mich um, weil ich sehen will, wer da gekommen ist. Cash sieht mit einer hochgezogenen Braue auf mich hinunter. »Ich dachte, du könntest einen vertragen.«

»Danke.« Ich nehme den Drink und führe das Glas an die Lippen. »Ich nehme an, Liebhaber eins und zwei haben dich noch nicht gesehen?« Er mustert mich von Kopf bis Fuß.

»Bran Bran und Nate? Nein.« Ich schüttele den Kopf und kichere in mich hinein. Ich hatte heute Nacht nicht vor zu trinken. Ich will eigentlich immer noch nicht, andererseits, ein Glas wird schon nicht schaden. Also lasse ich das Brennen meine verwirrten Gefühle und Gedanken sich beruhigen.

»Komm mit, da sind ein Haufen Leute, die dich gerne sehen würden …«

»Tatsächlich?« Ich betrachte ihn abschätzig grinsend. »Du bist ein miserabler Freund, Cash.«

»Autsch.« Er presst eine Hand gegen seine Brust. »Das tut weh, Prinzessin, echt weh.«

Ich schubse ihn aus Spaß, als wir uns auf den Weg zum Lagerfeuer machen.

Die Leute haben sich locker um das Feuer versammelt, sitzen auf alten Holzstämmen und trinken aus Plastikbechern. Leute, die ich noch nie gesehen habe. Als wir nahe genug sind, verstummen alle, und nur noch der Song aus den dort aufgestellten Lautsprechern ist zu hören.

Ich senke den Blick. Das Schweigen geht mir auf die Nerven. Ich ziehe eine Augenbraue hoch, dann setzen alle ihre Gespräche fort.

Ich wende mich Cash zu. »Sind die alle Teil unserer Welt?«

Cash lacht. »Hilfe, nein. Sie wissen nur, wer du bist.«

»Oh.« Ich trinke einen großen Schluck. »Interessant.«

»Was ist daran interessant?«, fragt Cash, mich aufmerksam betrachtend.

»Dass sie wissen, wer ich bin, aber ich selbst nicht.« Das stimmt. Ich habe keine Ahnung. Ich wusste früher mal, wer ich war. Warum ich hier war, und ich kannte meine Bestimmung. Ich hatte eine Vorstellung, wie mein Leben verlaufen sollte, aber vor allem hatte ich ein lebenswertes Leben, weil es jemanden gab, für den es sich zu leben lohnte. All das habe ich nun nicht mehr. Ein Baby auf die Welt zu bringen ist nur der Anfang dessen, was es bedeutet, Mutter zu sein. Ich habe mich von dem Moment an als Mutter gefühlt, als sich die beiden Teststreifen rosa färbten. Und jetzt? Kann ich das nicht mehr.

Ich trinke noch einen Schluck und schenke mir aus der neben Eli stehenden Flasche nach. *So viel zu dem Thema, nur ein Glas, und ich trinke eigentlich nicht.* Nur Eli, Cash, Jase und Hunter sitzen bei mir. Ich erkenne, dass sie sich zu meinem Schutz wie ein Wolfsrudel um mich geschart haben. Sie mögen wild sein, herzlos und ohne Gnade, und für die meisten Menschen unerreichbar, aber mir gegenüber verhalten sie sich anders. Nur unterschwellig, aber doch unverkennbar. Und ich weiß das durchaus zu schätzen.

»*Princessa*, ich glaube, du hast jetzt genug …«, meint Hunter und sieht mich kritisch an, als er mir abermals die Flasche reicht.

»Meines Wissens …« Ich schnappe mir die Flasche und fülle mein Glas. Richtig, ein Glas. Ich habe ein gottverdammtes

Whiskeyglas bekommen, während alle anderen aus Partybechern trinken, »… bin ich für mich selbst verantwortlich, und ich gehöre niemandem.«

»Bist du dir da so sicher?«, lässt sich Nates Stimme vernehmen. Ich erstarre und weigere mich, ihn anzusehen. Aus den Boxen tönt jetzt ›Break Up With Your Girlfriend, I'm Bored‹ von Ariana Grande.

»Absolut!« Ich verdrehe die Augen und ignoriere die Tatsache, dass er heute noch besser aussieht als sonst.

Seine Haare sehen aus wie eine tödliche Kombination aus *»Ich scher mich den Teufel«* und *»Frisch vom Titelbild des GQ Magazins entsprungen«*. Seine Tattoos schauen unter dem Kragen und den Ärmeln seines weißen T-Shirts hervor, schlingen sich um seinen Hals und seine Arme. In der Kombination mit der schwarzen zerrissenen Jeans und den Timberlands macht ihn das heiß wie einen Hexenkessel, der überzukochen und uns alle ins Verderben zu reißen droht.

»Willst du den Rest deines Lebens sauer auf mich sein, oder was?«, witzelt er. Seine Witze sind niemals lustig, wenn sein Mund sich zu einem teuflischen Lächeln verzieht. Ich kippe mir lieber den Rest meines Drinks hinter die Binde.

»Ja.«

Ich finde, dass ich die Droge wechseln sollte, und stehe auf. Ich bin echt nicht der Typ für Whiskey. Eigentlich hasse ich das Zeug. Wenn ich schon trinke, dann will ich wenigstens meine Portion Süßes.

Nate schweigt und lässt seinen Blick über meinen Körper wandern. *Scheiße, wie ich diesen Song mag.*

»Mein lieber Schwan, mein kleiner Troublemaker sieht aus, als hätte er heute Nacht noch was vor«, brummt Brantley, und tritt neben Nate.

Ich fühle seine Hände auf meiner Taille, aber den Blick von

Nate fühle ich noch intensiver. Er fasst mich zwar nicht an, aber das ist auch gar nicht nötig. So ist das eben mit Nate. So steht es nun mal zwischen ihm und mir, aber was auch immer sich zwischen uns abspielt, genügt nicht, um ihm zu verzeihen. Ich begreife die Wut, mit der er mich in die Zelle gesteckt hat, noch immer nicht, und bis es mir jemand erklärt, werde ich es auch nicht kapieren. Das Schlechteste in ihm kam zum Vorschein, er wurde geradezu zum Tier, doch in letzter Zeit hat er mir auch die Seite gezeigt, wegen der ich mich in ihn verliebt habe. Ich hasse es. Es ist so viel leichter, ihn zu hassen, wenn er sich gemein benimmt.

»Und ob ich das habe«, flüstere ich und versuche den Nachgeschmack des Whiskeys runterzuschlucken. Nates Blick ruht immer noch auf mir. Ich hasse es, dass ich ihm mit meinen Gefühlen ausgeliefert bin. Ich kann es nicht ausstehen, kontrolliert zu werden, aber das ist es, was er mit mir macht – er bringt mich unter seine Kontrolle. Er sieht mich nicht nur an, er beobachtet mich. Er studiert mich, analysiert mich und reißt mir mit einem Augenzwinkern das Fleisch von den Knochen.

Ich schiebe mich schnell an ihnen vorbei und mache mich auf den Weg zur Küche, um etwas zu finden, das nach etwas schmeckt, statt weiter Softdrinks in mich hineinzuschütten.

Mein Handy vibriert in der Tasche, und ich gehe dran ohne nachzusehen, wer mich anruft.

»Du bist bei Brantley, richtig?«, höre ich Madison am anderen Ende der Leitung sagen. Ich habe schon den Mund geöffnet, um ihr zu versichern, dass ich vorhatte, es ihr zu sagen, aber sie würgt mich ab. »Lass es, ich versteh schon, Tillie. Ich wünschte nur … ich wünschte, ich könnte mit dir reden.«

»Das kannst du, Madison. Egal, was mit euch beiden ist, musst du wissen, dass ich dich verstehe und immer für dich da bin …«

Meine Antwort wird unterbrochen, als die Haustür aufgeht. Madison und Tate marschieren herein, derart in Schale geworfen, dass aufgebrezelt drastisch untertrieben wäre.

11. KAPITEL

TILLIE

Über meine linken Füße stolpernd und Gläser umstoßend eile ich auf sie zu.

Madison lächelt, dann schlingt sie die Arme um meinen Hals.

»Madison …«

»Ist er mit jemandem hier?«, fragt sie.

»Was? Wer?«, frage ich irritiert zurück. Ich lasse den Kopf hängen, als mir aufgeht, dass sie von Bishop spricht. »Maddie, nein. Was zum Henker? *Nein!*«

»Verteidigst du ihn etwa?«, gibt Tate ihren Senf dazu.

Sofort komme ich wieder runter, und ich sehe sie unverwandt an. »Wie wäre es, wenn du dich raushalten würdest, Tate?«

»Jetzt haltet beide mal die Klappe, ja?«, schnaubt Madison.

Ich schüttele den Kopf, mein Blick wandert zu Madison. Ich bin wütend. Ich weiß nicht, wieso, aber jetzt ich bin wütend auf sie. Mir ist klar, dass es unvernünftig ist, aber ein beträchtlicher Teil von mir begreift dieses Leben auf eine Weise, die diese beiden Mädchen niemals verstehen werden – was meinen Beschützerinstinkt weckt. Nicht bloß gegenüber Nate und Brantley, sondern auch gegenüber Bishop. Ich liebe Madison, und ich werde ihr immer die Treue halten, trotzdem muss sie aufhören, so ein Drama zu machen.

»Madison, ich werde *nicht* still sein. Du kannst Tate sagen, sie soll sich verpissen, wenn sie nicht ihren Mund halten kann.« Ich sehe Tate finster an. »Quatsch nicht über Sachen, die du nicht verstehst, oder hau ab!«

Tate verdreht die Augen. »Das ist nicht dein Haus, Tillie. Und das sind auch nicht deine Freunde!«

»Eigentlich hat sie recht, Tate. Was sie sagt, gilt, und du kannst dich verpissen, wenn sie dich nicht hierhaben will«, wirft Brantley in aller Seelenruhe ein, seine Gegenwart senkt sich wie ein Schatten über mich.

Tate wirft Madison einen Blick zu, die jetzt stumm dasteht. »Lässt du etwa zu, dass die so mit mir reden?«

»Wie denn, Tate? Du bist nur hier, weil du eine einzige Geschichte gehört hast, und glaub mir, ich verstehe das. Wir lieben Madison beide, aber ich glaube nicht, dass du momentan gut für sie bist.«

»Oh, aber du schon?«, motzt Tate und funkelt mich an.

Am liebsten würde ich der Zicke eine scheuern. Vielleicht, weil Nate und ich in einer angreifbaren Position sind und ich keine Lust habe, zu erleben, wie Tate sich vor ihm in den Staub wirft, oder meine Geduld mit diesem Mädchen ist endgültig zu Ende und sie ist mir inzwischen egal – aber wie auch immer, im Moment kann ich mich einfach nicht mit ihr abgeben.

»Madison ist – «

Madison wendet sich Tate zu und fährt sie an: »Klappe, Tate! Warte einfach im Auto auf mich, oder geh und besorg dir was zu trinken.«

Ich schaue zu, wie Tate schnaubend ins Haus stürmt und direkt die Küche ansteuert, aber einen Haken schlägt, als sie sich stattdessen im Wohnzimmer wiederfindet. Kein Wunder – sie war noch nie zuvor hier.

»Sorry.« Madison atmet auf und reibt sich mit beiden Händen das Gesicht. Ich schaue mich über die Schulter nach Brantley um, der sich ausschließlich auf mich konzentriert. Er spießt mich mit Blicken auf und hebt die Flasche zum Mund.

Ich nicke, zwischen uns vollzieht sich ein stummes Zwiegespräch. Schließlich nickt er und geht. Er torkelt leicht. Ist er betrunken?

Ich ringe den Drang nieder, ihm nachzulaufen, um herauszufinden, was anliegt. Wie es um die Menschen in meinem Leben steht – einschließlich mir selbst. Wir sind alle ein verdammtes Fiasko, doch vielleicht haben wir uns ja gerade deshalb gefunden. Weil wir alle vom selben Pfad abgewichen sind.

»Können wir uns irgendwo unterhalten? Ich will Bishop gerade nicht sehen.«

»Klar.« Ich räuspere mich und deute auf den langen Korridor. »Wir finden irgendwas in diesem verfluchten, unheimlichen Haus.«

Sie lacht, zugleich kullern Tränen über ihre Wangen. Mist.

Schweigend gehen wir den Gang hinunter. Der Alkohol hat meine Beine in Pudding verwandelt, und nun, da sie hier ist, bedaure ich es umso mehr, so rücksichtslos gewesen zu sein. Ein Moment der Schwäche.

Ich biege in das erste Zimmer auf dem Weg ab, und mache Licht, nachdem ich lange die Wand nach dem Lichtschalter abgetastet habe.

Als das Licht aufflammt, sehen wir uns einem großen Arbeitszimmer gegenüber. Hinter dem Schreibtisch, vom Boden bis zur Decke, Bücherregale, dahinter, ordentlich daruntergeschoben, ein Schreibtischsessel. Ich rieche beinah den Staub in der Luft.

»Ich frage mich, ob dieses Zimmer jemals benutzt wird«, denke ich laut.

Madisons Blick huscht panisch im Zimmer umher. »Das ist Luces Arbeitszimmer.« Sie weicht zunächst zurück, doch dann schließt sie plötzlich die Augen und schließt die Tür.

»Ich muss mit dir reden.«

»Endlich«, gebe ich zurück und gehe tiefer in das Zimmer hinein, das ich definitiv nicht betreten sollte.

Madisons Blick fällt auf die Ecke hinter mir, und ich drehe mich um, weil ich wissen will, was sie sieht, und erkenne den Spirituosenschrank. »Aber zuerst brauche ich was Starkes.«

Ich widerspreche ihr nicht, und ich widerspreche auch nicht, als sie die Bernsteinflüssigkeit statt nur in ihres in zwei Gläser gießt.

Eines gibt sie mir, dann nimmt sie neben mir auf dem Zweiersofa aus braunem Leder auf der anderen Seite des Zimmers Platz.

Sie trinkt einen Schluck. »Bishop und ich – wir sind nicht zusammen.«

Ich verschlucke mich. »Was?«

Noch ein Schluck. »Ja.« Dann steht sie auf, geht wieder zur Hausbar und bringt dieses Mal die Glasflasche mit, als sie zu mir zurückkommt.

»Wieso?«

Sie gießt sich nach. »Aus mancherlei Gründen, aber vor allem …« Sie versenkt noch mehr Schnaps. »Weil ich es verkackt habe.«

Ich schüttele den Kopf, kippe in einem Zug meinen Drink und greife nach der Flasche. »Das geht so nicht. Ihr zwei gehört zusammen. Ihr habt immer schon perfekt zusammengepasst.«

»Wirklich?« Sie richtet ihren Blick auf mich, und zum ersten Mal erkenne ich, wie tief ihr Schmerz wirklich sitzt. Wie konnte mir das bisher entgehen? Ich war wohl eine schreckliche Freundin. Auf der Stelle überkommen mich Schuldgefühle.

Sie lacht leise. »Ich weiß nicht. Ich würde sofort mit dir und Nate tauschen wollen.«

Wieder verschlucke ich mich – diesmal jedoch aus einem anderen Grund. »Warum solltest du? Ich meine, was zur Hölle, Maddie? Nein. Wir sind – *nein!*«

»Ihr seid was, Tillie? Du bist seine ganze Welt. Für ihn beginnt und endet alles mit dir. Er hat keine Geheimnisse vor dir. Du bist ein wichtiger Teil dieser Welt, und alle lieben dich – verdammt, wie ich dich darum beneide.« Seufzend vergräbt sie das Gesicht in den Händen. »Ich weiß, das ist erbärmlich, und, ja, ich weiß, ich liebe Bishop, und er liebt mich, aber manchmal genügt Liebe nicht, um es zu packen, verstehst du?«

»Ja, das weiß ich, aber das gilt nicht für dich. Herrgott, Madison, was ist passiert? Und mach dich nicht lächerlich, was Nate angeht. Er *hasst* mich. Er ist seit Monaten grausam zu mir, seit ich zurück bin, und es wurde noch schlimmer, als –« Ich halte inne, schnappe mir die Flaschen und schenke mir nach. *Mein Moment der Schwäche ist noch nicht vorüber.* »Egal, nein, wir sind echt nicht zu beneiden.« Ganz und gar nicht. Vielleicht hatten wir mal eine Chance, aber seit wir beide einen zutiefst geliebten Menschen verloren haben, empfinden wir gegenwärtig keine Liebe mehr. Liebe würde uns nur an unseren Verlust erinnern.

»Ich meine es ernst, wenn ich sage, dass das mit euch beiden hinhauen würde. Das Einzige, das euch daran hindert, zusammen zu sein, ist eure verdammte Dickköpfigkeit.«

»Es liegt nicht daran allein, Maddie. Mit uns wird es nie etwas. Wir tun einander nicht gut. Aber wie auch immer, es geht hier nicht um mich und Nate, es geht um dich und Bishop.«

»Richtig.« Madison seufzt, massiert sich den Kopf. »Ich habe ihn betrogen.«

»Was?« Ich springe vom Sofa auf, mein Glas fällt auf den Teppich, ich will sie schon verfluchen. Als sie den Kopf schüttelt.

»Warte, lass mich ausreden.«

»Madison …«

Ich habe Bishops beständige Loyalität ihr gegenüber immer beneidet. Er hurt nicht herum wie Nate, und darum habe ich sie beneidet.

»Wie konntest du?«, flüstere ich kopfschüttelnd.

Bishop.

»Das ist nicht so einfach zu erklären, Tillie. Ich habe nicht – er hat nicht – ich wollte –« Sie verstummt und schaut mich an, ihre Augen sind rot umrändert. »Ich wurde vergewaltigt.«

Ich erstarre, Wut überkommt mich in brutalen Wogen. Selbst meine Fingerspitzen kribbeln vor Wut. »Was?«

Sie ist nur mehr ein Häuflein Elend, das sich energisch die Tränen aus dem Gesicht fegt. »Ich bin so sauer, dass ich mich immer noch davon beeinflussen lasse, bis auf den heutigen Tag, aber ich kann nichts dagegen tun …«

Ich habe mich nicht gerührt. Meine Glieder sind zu Stein erstarrt. Ich will mich auch gar nicht rühren. Am liebsten würde ich ausflippen. Doch das Erste, was aus meinem Mund kommt, ist: »Weiß Bishop davon?«

Denn wenn Bishop Bescheid weiß und es ihr vorwirft, dann, ich weiß auch nicht, bin ich nicht mehr für mein Handeln verantwortlich.

Sie schüttelt den Kopf und reißt gequält die Augen auf. »Nein, Tillie. Bitte, sag es ihm nicht!«

»Es ihm nicht sagen?«, zische ich. Ein wenig zu grob, ich weiß, aber was soll es?

Ihr Blick nagelt mich fest. »Du musst mir versprechen, es niemandem zu sagen …«

»Warum nicht?« Ich suche in ihren Augen nach einem Hinweis. *Irgendeinem Hinweis.*

»Weil, wenn er es erfährt, werden wir alle sterben.«

»Was zum –«

Da fliegt die Tür auf und Bishop steht schäumend im Rahmen.

»Was zum Teufel tust du hier, Kitty?«

Ich spüre, wie ihr Bein an meinem zittert, mache einen Satz und baue mich vor ihr auf.

»Bishop, hau ab!«

Sein Blick schwenkt abrupt zu mir. »Was hat sie dir erzählt, was sie getan hat? Schau …« Bishop kommt näher, während ich hundert verschiedene Möglichkeiten verwerfe, ihm das Knie in die Eier zu rammen. Ich meine, klar, er würde mich danach ohne Frage umbringen, aber wenigstens würde ich Madison genug Zeit verschaffen, sich zu verdrücken. *Madison.* »Ich lasse mich nicht gerne bescheißen. Ich habe Nate seine ersten beschissenen Mätzchen durchgehen lassen, weil er zu den Kings gehört und weil die Jungs ihre Spielchen abziehen, ohne es dabei jemals zu weit zu treiben, sodass ich nicht gleich Alarm geschlagen habe. Immerhin sind wir doch Gentlemen. Euer Herz ist uns wichtiger als eure Pussy …«

»Bishop!«

Er dringt in meine Komfortzone ein. »Weg da, Tillie!«

12. KAPITEL

NATE

Brantley marschiert mit einer Flasche Scotch lose zwischen den Fingern vor einer Schlafzimmertür auf und ab.

Ich neige den Kopf. »Was zum Henker treibst du da?« Ich hatte schon so das Gefühl, dass ihm die Sache mit Tillie an die Nieren gehen würde, aber damit schießt er jetzt den Vogel ab. Vielleicht liegt ihm ja mehr an ihr, als ich dachte …

»Erspar mir gefälligst, was du denkst, Nate. Mit Tillie hat das nichts zu tun.«

In meinem Hirn arbeitet der Alkohol, macht mir die Glieder taub, aber das interessiert mich gerade null. Lieber fühle ich das kühle Nichts in mir vibrieren als die geschmolzene Lava von Tillie Fucking Stuprum durch meine Adern brodeln. Ich gleite an der gegenüberliegenden Wand hinunter und sehe weiter zu, wie er nervös auf und ab läuft wie ein Löwe im Käfig, der seine Beute beschützt.

»Also, was ist in dich gefahren? So habe ich dich ja noch nie erlebt. Muss ich mir Sorgen machen? Hat unser Dunkler Prinz sich etwa verliebt?«

Er hält inne, knurrt mich an und schluckt einen Schwall der bernsteinfarbenen Flüssigkeit. Dann läuft er wieder vor der Tür auf und ab. In der Annahme, keine Antwort von ihm zu bekommen, strecke ich ein Bein aus und lege lose den Arm über das Knie. »Glaubst du, Tillie wird mir eines Tages verzeihen?«

»Nein.« Wie aus der Pistole geschossen.

Ich schnaube und lecke mir über die Lippen. »Ja, wahrscheinlich hast du recht.«

Er tigert weiter auf und ab. Er ist durcheinander und total von der Rolle. Wie ein wildes Tier, das aus seinem Käfig auszubrechen droht. Mein Blick fällt auf den Türgriff. Das goldene Muster fesselt mich länger, als es sollte; es ist nicht so, dass der Türgriff irgendwie seltsam wäre, dieses ganze Haus ist unheimlich und speziell. Es heißt auch das »Dunkle Haus«, und es trägt diesen Titel wahrhaftig zu Recht. Mit seinen spitzen Giebeln aus Beton und den hinter Mauern verborgenen Gärten, durch die man von einem Flügel des Hauses in den anderen gelangt, würde es der Addams Family Ehre machen. Aber das gotische Gemäuer gehört der Familie Vitiosis praktisch seit Menschengedenken. Nun schweift mein Blick zum nächsten Türgriff neben dem ersten. Glattes, schlichtes Silber, nichts Besonderes, und vor allem nicht aus Gold. Ich betrachte den nächsten, dann fährt mein Kopf zur anderen Seite herum, um auch noch den Rest anzusehen. Meine Haut kribbelt vor Neugier, als ich den Blick wieder auf den ersten Türgriff vor mir richte. Das Gold glänzt wie der Heiligenschein eines Engels, und an der Basis erkenne ich ein einsames Muster, das mich an eine Lotosblüte erinnert.

Ich springe auf, Adrenalin durchströmt mich. »Was ist hinter der Tür da?«

Brantley erstarrt kurz, dann stürzt er auf mich zu, packt mich bei der Kehle und schleudert mich gegen die Wand hinter mir, sodass mein Hinterkopf hart gegen das Gemäuer schlägt. Er legt den Kopf schräg und mustert mich. Mit erweiterten Pupillen. Ja, jetzt ist er echt sauer!

Er beugt sich vor, sein Mund berührt mein Ohr. »Du kannst sie nicht haben«, zischt er und drückt mir einen Kuss auf die

Wange, bevor er sich von mir abstößt und sein Auf und Ab fortsetzt.

»Tja, jetzt bin ich erst recht neugierig. Du versteckt sie hinter dieser Tür, Bran Bran?« Ich werfe ihm Tillies Spitznamen für ihn an den Kopf.

Er zeigt mir den Mittelfinger.

Ich stoße mich grinsend von der Wand ab und gehe auf ihn zu. Ich habe nicht vor, ihn auf die Probe zu stellen. Niemand stellt einen verdammten Wolf auf die Probe, der nicht gefressen werden will, es sei denn, es handelt sich um die verdammte Tillie.

»Ich will sie sehen.«

Er kann unmöglich ein Mädchen da drin festhalten. Ich meine … echt jetzt? Das wäre ja total durchgeknallt. *Was andererseits absolut zu Brantley passen würde.*

Er knurrt und knirscht mit den Zähnen. Gerade öffnet er den Mund, um etwas zu sagen, als hinter uns Elis Stimme laut wird. »Yo! Madison und Bishop haben sich gerade mächtig gezofft, und Tillie war mittendrin!«

»Was zum Henker?« Ich schmettere die Faust gegen die Wand und springe auf. Ich habe keinen verfluchten Schimmer, was da zwischen den beiden läuft, aber was es auch sein mag, sie müssen ihr Problem aus der Welt schaffen, bevor ich sie beide auf Perdita in eine Zelle sperre und den Schlüssel wegwerfe.

Was eigentlich gar keine schlechte Idee ist.

Brantley und ich flitzen den Korridor und die Stufen vom zweiten Stockwerk in die erste Etage und schließlich ins Parterre hinunter. Mein Fuß setzt in der Halle auf, als ich Madison aus der Richtung des Hauptgangs schreien höre – genauer aus Luces Arbeitszimmer.

Brantley bleibt stehen, als ihm aufgeht, wo die beiden stecken, doch als Tillies Stimme an unsere Ohren dringt, laufen wir beide weiter.

»Was zum Teufel, Bishop? Du verdammter, selbstsüchtiger –«

»Das reicht!«, versetze ich, als ich ins Zimmer stürze, mein Herz rast unregelmäßig, mein Blick fliegt prüfend über Tillie, um mich davon zu überzeugen, dass sie nicht verletzt ist. Es wäre eine furchtbare Schande, wenn ich auf meinen Bruder losgehen müsste.

Madison kommt auf mich zugelaufen und schlingt die Arme um meine Taille.

»Mach die Tür zu!«, weise ich Brantley an, auch wenn das hier *sein* verdammtes Haus und Bishop der Anführer ist. Aber der Anführer ist momentan nicht ganz bei sich, also muss ich natürlich in seine Fußstapfen treten.

Ich presse die Lippen auf Madisons Stirn und lege eine Hand unter ihr Kinn, um ihr Gesicht anzuheben. »Wen muss ich kaltmachen?«

Tränen kullern ungehindert über ihre geschwollenen Wangen. Sie ist so quälend schön wie immer, was einem aber kaum noch auffällt, wenn Tillie sich im selben Raum aufhält.

»Es ist nichts.«

»Madison …«, drängt Tillie sie.

Madison wischt ihre Tränen weg. »Es ist nichts. Ich habe Bishop betrogen, jetzt hasst er mich, und jetzt ist es aus zwischen uns, und deshalb streiten wir uns. Aber ich gehe jetzt nach Hause.«

»Warte!« Als sie gehen will, packe ich ihren Arm und halte sie auf. Weil abhauen kann sie wirklich gut. Aber jetzt strapaziert sie meine Geduld, und wenn, was sie gerade gesagt hat, stimmt, und sie Bishop wirklich betrogen hat, dann haben sie und ich wahrhaftig ein Problem. Denn was das angeht, bin ich ein Heuchler – betrügen kann sie, wen sie will, aber nur mit meinem Schwanz. *Könnte sie*. Denn ich habe sie niemals angerührt.

»Nate!«, schreit Madison, ich zucke zusammen und lasse sie los. Sofort stürmt sie zur Tür hinaus und verschwindet im Dunkeln. Bei Gott, ich habe keine Ahnung, was ich sagen soll, und richte den Blick stattdessen auf Tillie.

»Und jetzt sag mir alles!«

Doch Tillie starrt mich trotzig an. »Einen Scheißdreck erzähle ich dir.« Dann torkelt auch sie hinaus und lässt Bishop, Brantley, Eli und mich stehen und Gesichter ziehen wie Leute, die vollkommen den Überblick verloren haben.

»Bravo, Jungs, ihr habt echt ein Händchen für Frauen …«

»Halt dein Maul, Eli«, versetze ich.

»Verrückt fickt besser«, kichert Bishop und wischt sich über den Mund. »Aber von Liebe wissen die einen Scheiß.«

»Stimmt, was sie gesagt hat?«, frage ich Bishop, weil ich seine Version hören will.

Er breitet weit die Arme aus. »Ja, hab es mit eigenen Augen gesehen.«

Ich lasse mich auf das Sofa fallen und fahre mir durch die Haare. »Ich schwöre, diese Mädchen kosten mich jeden Tag Jahre meines Lebens. Tillie und – ausgerechnet …« Als ich in die Runde blicke, wirken alle augenblicklich ernüchtert. »Und Madison und dieser … Was ist da passiert?«

Bishop sinkt auf den Fußboden und zieht die Knie an die Brust. »Keine Ahnung. Sie hat ihn in unserem Haus gevögelt. Auf meinem Bett. Jemand hat es aufgezeichnet und mir geschickt. Ich hatte es schwarz auf weiß, trotzdem habe ich sie gefragt. Sie hat es zugegeben. Damit hat es sich. Es war an dem Tag, bevor –« Bishop verstummt. »Bevor es passiert ist. Die Sache in deinem Haus, danach, da habe ich sie zum letzten

Mal gevögelt. Damit sie weiß, zu wem sie gehört.« Wieder verstummt er, diesmal werden seine Augen glasig. »Oder gehörte.«

Ich muss lachen. »Nett.«

»Großer Gott«, brummt Eli, als Hunter, Jase und Ace hereintrotten. Alle drei sturzbesoffen.

Ich übernehme es, sie auf den neusten Stand zu bringen, dann sitzen alle auf dem Fußboden herum.

»Hast du ihn gekannt?«, frage ich Bishop, die Hand vor dem Mund.

Bishop schüttelt den Kopf. »Hab den Typen noch nie im Leben gesehen. Aber wenn ich –«

Ich pflichte ihm nickend bei. Er muss nicht erst aussprechen, was er denkt, weil es praktisch bereits erledigt ist. Wenn Bishop ihn nicht findet, dann werde ich es verdammt noch mal tun. Die Sache ist gerade ganz oben auf meiner Tagesordnung gelandet.

»Und was machen wir jetzt mit Tillie?«, durchbricht Brantley die Spannung.

Ich atme auf und lehne mich auf dem Sofa zurück. »Keine Ahnung, aber ich denke, es ist an der Zeit, ihr zu verraten, warum wir sie geschnappt und ihren Hintern nach Perdita geschafft haben.«

»Wirklich?«, fragt Bishop und sieht mich an. »Glaubst du, sie kommt gerade damit klar, wo …«

»Ja.« Ich räuspere mich. »Fuck.«

13. KAPITEL

TILLIE

Schmerz definiert uns nicht, aber er formt uns. Wir kommen als Neugeborene auf die Welt und fangen ganz neu an. Ein neues Leben, eine unverbrauchte Seele. Dann beginnt das Leben, und jede Entscheidung, die man trifft, hat Auswirkungen. Jede Narbe hat eine Geschichte oder auch nicht, dann ist es nur eine Narbe, doch ob sie nun eine Geschichte hat oder nicht, bleibt sie doch eine Narbe, eine Narbe, die uns nicht definiert. Wie also sollte es der Schmerz?

Ich wälze mich auf die Seite, schließe die Augen und wiege meine Gedanken in den Schlaf. Damit ich den Alkohol ausschwitze und morgen neu starten kann.

Aber so läuft das leider nicht.

Tränen rinnen aus meinen Augenwinkeln, als ich mich auf den Rücken drehe. Alles fühlt sich schwer an. Ich will nicht in diesen Mauern leben. Wozu lebe ich überhaupt hier?

»Puella«, flüstert Daemon von der anderen Seite meines Zimmers, dass ich zusammenfahre, als ich ihn in meiner Tür stehen sehe. Er war die ganze Nacht still, und nun habe ich Gewissensbisse, weil ich ihn ganz vergessen hatte.

»Geht es dir gut?«, erkundige ich mich, weil ich immer wissen muss, dass es ihm gut geht. Aber meine Gnade ist überhaupt keine Gnade. Er ist von Finsternis und seinen Dämonen überwältigt, aber gehört nach wie vor zu mir.

Ruhe überkommt mich, als er näher an mein Bett tritt. Er hebt die Hand an meine Wange und wischt mir die laufenden Tränen ab. »Weinen heißt fühlen.«

Ich schlucke. »Das ist ja das Problem«, entgegne ich leise kichernd.

»Ich habe noch nie geweint.«

Wieder muss ich schlucken. Ich weiß. Daemon ist kalt wie Eis, aber einen Teil des Eises hat er für mich geschmolzen, und dafür bin ich ihm dankbar. Er weiß nicht einmal, auf wie viele Arten er mich gerettet hat. Ich verzehre mich nach seiner Gegenwart. »Alles gut, Daemon.«

»Leg dich hin.« Er deutet aufs Bett.

Ich tue, was er mir sagt, und strecke mich auf dem Rücken aus, seine Berührung beruhigt meine Nerven. Er tätschelt mir sanft die Stirn, und jede Liebkosung wirkt auf mich wie ein heilendes Licht. Zwar fügt er nicht zusammen, was in mir zerbrochen ist, aber er erfüllt mich mit Frieden.

Auf einem Tisch steht ein Fläschchen mit einer blauen Flüssigkeit. Meine Füße stecken in Holzschuhen mit roten aufgebogenen Spitzen. Was zum Teufel? Ich sehe mich im Zimmer um. Nichts. Nur dieses Fläschchen. Ich will nach der Flüssigkeit greifen, aber meine Hand rutscht ab. Ich bin frustriert, Schweiß rinnt mir über die Haut. Warum bekomme ich diese blöde Flasche nicht zu fassen? Endlich gelingt es mir doch, und ich ziehe den verdammten Korken heraus. Auf einem Zettel am Flaschenhals steht »Trink mich«. Fein, bin ich jetzt Alice im Wunderland? Die Jungs verarschen mich offenbar mal wieder.

Ich trinke das Fläschchen in einem Zug aus. Saurer Glibber verklebt mir die Mandeln, und mir fällt wieder ein, wie ich mal versucht habe, Knetmasse zu essen. Dann wird das Fläschchen in meiner Hand größer. Was? Es wird größer und größer, dehnt sich mit jeder Sekunde weiter aus. Und plötzlich stehe ich neben einer ins Ungeheuerliche gewachsenen Flasche.

Auch das Zimmer wirkt vergrößert. Alles hier ist plötzlich verdammt riesig!

Da fällt mein Blick auf das Tischbein, in dessen Holz etwas wie ein Buch geschnitzt ist. Ich gehe näher ran. Ich erkenne die perfekt ausgeführte Darstellung eines aufgeschlagenen Buches. Seltsam. Ich gehe noch näher ran und streiche mit den Fingern darüber. Puer Natus.

Ich schnappe nach Luft und schaue mich um, ob ich herausfinden kann, wer mir diesen kranken Streich spielt, doch meine Finger haben das Buch kaum berührt, als sich ein schwarzes Loch vor mir auftut und mich verschlingt.

Und ich komme auf einem Friedhof wieder zu mir.

Auf einem der Grabsteine steht DAEMON.

Hier war ich schon einmal. Was geht hier vor? Dann gibt das Gras unter meinen Füßen nach, und ich versinke unter die Erde. Was als Nächstes kommt, weiß ich: Die Kings begraben mich bei lebendigem Leib.

Dreck fliegt über das Grab, die Gesichter sind nicht deutlich genug zu erkennen. Mit bloßem Fuß trete ich auf etwas Schleimiges. Ich blicke nach unten, und was ich sehe, sind Daemons Augen, die mich aus der Erde anstarren. Er ist zornig, die Brauen hat er energisch zusammengezogen. Dann schließen sich seine Finger um meinen Fußknöchel.

»Tu, was du willst.«

Damit zieht er mich unter die Erde.

»Nein!«, schreie ich und springe vom Bett. Dieser Traum war furchterregender als der erste, und ich fühle deutlich, dass meine Albträume von Mal zu Mal schlimmer und lebhafter werden.

»Ein Albtraum?«, fragt eine tiefe Stimme aus der Zimmerecke, die ich sofort als die von Nate erkenne.

Ich rutsche nach hinten, bis ich mit dem Rücken gegen das Kopfteil pralle. »Ja.«

»Albträume helfen dir zu akzeptieren, was gut ist, sie erinnern dich daran, dass dein Leben noch viel übler sein könnte«, gibt er mit ruhiger Stimme zurück.

Ich bin mir nicht sicher, mit welchem Nate ich es zu tun bekomme, und dass ich ihn nicht sehen kann, macht es auch nicht gerade besser.

»Kann sein.« Ich weiß nicht, was ich sonst sagen soll. Er ist keine Hilfe gegen meinen unregelmäßigen Herzschlag. Ich bin nach der vergangenen Nacht noch total durch den Wind, und ganz ehrlich, ein bisschen angeschickert bin ich auch noch. Eigentlich hasse ich Alkohol.

»Ich habe dich angelogen«, sagt er mit leiser, heiserer Stimme.

»Dachte ich mir schon«, antworte ich, lege mich hin und ziehe mir die Bettdecke unters Kinn. Wenn ich ihn schon nicht sehe, kann ich mich ebenso gut in den Schutz der Bettdecke zurückziehen. Es ist, als wollte man ein Bein über die Bettkante baumeln lassen, traut sich aber plötzlich nicht mehr, weil man Angst hat, ein Dämon könnte einen beim Fuß packen. Und in meinem Fall ist Nate der Dämon, was die Wahrscheinlichkeit, dass genau das passiert, beträchtlich erhöht.

»Ich hasse dich, Tillie. Und ein Teil von mir wird dich immer hassen, und ich denke, das ist etwas, womit du dich abfinden solltest.«

»Warum?« Das Wort bleibt mir im Hals stecken. Und sofort hasse ich es, dass ich meine Gefühle herausgelassen habe.

»Weil du mich an alles erinnerst, was ich verloren habe. Du

erinnerst mich an sie. Alles an dir lässt mich an sie denken. Dein Geruch, dein Lachen, dein Lächeln …«

Nun kann ich die Tränen nicht mehr zurückhalten. Sie haben mich völlig in ihrer Gewalt. Daher reagiere ich nicht und lasse ihn stattdessen aussprechen.

»Alles, was ich an dir zu lieben gelernt habe, wurde mit unserer Tochter begraben. Wie du sie morgens zum Lachen brachtest, wenn du ihre Windeln gewechselt hast; wie du sie zu uns ins Bett geholt hast und wir die von uns geschaffene verdammte Vollkommenheit bewundert haben. Aber das ist vorbei, Tillie, jetzt gibt es nur noch Wut und Kränkung, und so viel beschissenen Schmerz, den zu fühlen kann ich mir nicht leisten. Das lenkt mich nur ab.«

Ich spüre, wie ich allmählich abdrifte. »Dann lass mich gehen.«

Er zögert. »Ich kann nicht.

Mir stockt der Atem. Wird er es endlich zugeben?

»Das ist auch deine Welt. Du verdienst die Krone, die dir aufgesetzt wurde, und du verdienst den Schlussstrich, den ich ziehe.«

»Schlussstrich?« Nun bin ich hellwach. »Was soll das heißen, Schlussstrich?«

Stille.

Schnell schlage ich die Bettdecke zurück, die Dunkelheit muss mich in Sicherheit wiegen. Auf Zehenspitzen nähere ich mich der Stelle, an der ich ihn vermute, und strecke ziellos die Hand nach ihm aus, um ihn vielleicht zu berühren.

Als meine Hand in seinen Haaren landet, zucke ich zurück und sinke auf die Knie, da ich ihn endlich gefunden habe. Ich will ihn nicht mehr anfassen als unbedingt nötig. Seine Berührung bedeutet mir alles, was gut ist, und alles, was schlecht ist. Ich darf mich nicht in ihm verlieren. Ich muss es schlau anfangen. Ich muss es ihm heimzahlen. *Nein, musst du nicht.* Und ob ich muss.

»Sag mir, was das heißen soll«, hauche ich. Fast spüre ich seinen schweren Atem auf meinen Lippen, der Geruch von Whiskey und seinem Herrenduft erfüllt den Raum zwischen uns.

»Wenn ich dir das sage, Tillie, musst du mir dein Wort geben, dass du tust, was man dir sagt, und nicht leichtsinnig reagierst. Ich denke, das wird –« Er verstummt kurz. »Ich denke, du kannst uns helfen, und dass ein Schlussstrich zwischen uns dir helfen wird.«

»Mir helfen?«

Er wechselt das Thema. »Habe ich dein Wort?«

»Ja«, antworte ich auf der Stelle. »Hast du.«

Er atmet auf. »Wir glauben nicht, dass Micaela den plötzlichen Kindstod gestorben ist.«

Ich weiche zurück und erstarre.

Er legt einen Arm um meine Taille. »Ich habe dich. Kommst du damit klar?«

Komme ich klar?

Nein.

Ja.

Ich muss.

»Ja …«

Sein Arm fasst mich fester, aber er zieht mich nicht an sich, was ich durchaus zu schätzen weiß. Aber er deutet damit an, dass er da ist und mich halten wird.

»Wir glauben, sie wurde ermordet, und wir glauben, dass Hector dahintersteckt.«

Alles um mich herum wird schwarz.

14. KAPITEL

TILLIE

Meine Haut schwillt an vor Hitze. Ein Arm hält mich gepackt. Abgestandener Whiskeydunst weht in meine Haare. Ich schlage die Augen auf, und es ist hell im Zimmer, durch das kleine Fenster unter der Decke scheint die Morgensonne.

»Ich gebe mir alle Mühe, vernünftig zu sein, weil ich dir gerade etwas echt Finsteres gesagt habe, aber dein Hintern schmiegt sich an mich, und wenn du noch einmal damit wackelst, falle ich über dich her, ob du es willst oder nicht – aber seien wir ehrlich, du würdest es wollen.«

Ich ignoriere seine typischen Sperenzchen und drehe mich in seiner Umarmung um. »Du hast hier bei mir geschlafen.«

»Ja«, nickt er, seine schläfrigen Augen sehen mich neugierig an, aber er hält sich bedeckt. Ich weiß nicht, ob er immer schon so war, und bisher ist es mir auch noch nicht aufgefallen, aber auf jeden Fall schirmt er sich mehr ab als bisher. Und das bereitet mir Kopfzerbrechen.

»Warum?«, frage ich mit vor Verzweiflung heiserer Stimme. »Warum hast du in meinem Bett geschlafen?«

»Weil zu wissen, dass es dir gut geht, die Qual lohnt, dich in den Armen zu halten.«

Ich zucke zusammen, seine Worte drehen mir das Herz auf links. »Ich will aber nicht, dass du dich quälst, Nate.«

»So ist es nun mal. Und ich bin daran gewöhnt.«

Ich stoße mir den Kopf, als ich zur Decke blicke. »Hat er das wirklich getan?«

Da Nate schweigt, wende ich mich wieder ihm zu, verzweifelt auf Erklärungen hoffend, die ich womöglich gar nicht hören will.

»Ja, jedenfalls nehmen wir an, dass er es getan hat. Aber ich muss dir zu der Nacht ein paar Fragen stellen. Meinst du, du schaffst das?«

In meinem Verstand rauscht es wie bei einem Fernseher ohne Empfang. Ich atme langsam aus und schließe die Augen. »Ich muss.«

Er stützt sich auf einen Ellbogen und mustert mich interessiert. Ich achte nicht auf die Sonne, die im Fenster hinter ihm untergeht und Glanzlichter in sein dunkelblondes Haar zaubert, und ich denke nicht daran, dass die Morgenversion von Nate immer viel liebenswürdiger ist als die am Nachmittag.

»Ist dir irgendetwas aufgefallen, als du an dem Abend schlafen gegangen bist? War etwas anders als sonst? Irgendwas?«

Der Schmerz packt mein Herz und drückt es unablässig zusammen. Ich will nicht daran denken. Ich will nicht, dass die Erinnerungen in meine ohnehin haltlose Seele einsickern. Aber es ist zu spät, schon blitzen im Schnellfeuertakt Bilder vor meinem inneren Auge auf und blenden mich.

Ich kneife die Lider zusammen. »Ja, da war etwas.« Die Worte kommen leiser als beabsichtigt.

Nate bleibt stumm.

Als ich an jenem Abend die Tür zumachte, strich kühl der Wind durch mein Haar. Danach schlüpfte ich unter meine Seidenlaken und schlief ein. Später wachte ich schweißgebadet auf, mein Gesicht war tropfnass. *Warum bin ich in dem Moment aufgewacht?*

Nein, bin ich gar nicht.

Oder doch?

Meine Augen gehen auf, ich stürze aus dem Bett, zerre mir die Laken vom Leib. »Ich glaube, ich hatte nicht abgeschlossen, Nate …«

Er sieht mir forschend ins Gesicht. »Das ist nicht deine Schuld. Mein Haus ist so gut gesichert, dass man das auch gar nicht muss. Niemand betritt unerlaubt den Grund und Boden der Kings. Außer Hector. Er hätte sich auch dann Zutritt verschafft, wenn du abgeschlossen hättest.

Ich beginne auf unruhig kribbelnden Beinen hin und her zu laufen. Ich muss mich bewegen, sonst stehe ich das nicht durch. »Was soll das heißen? Hast du mich deshalb eingesperrt –« Mir weicht die Farbe aus dem Gesicht, das Blut gefriert mir in den Adern. »Und was sollte das mit dem Maskenball …«

»Keine Ahnung«, brummt Nate, steigt aus dem Bett und zieht sich das Shirt über den Kopf, dass ihm mal wieder die Haare in allen Richtungen zu Berge stehen. »Aber das finden wir heute Abend raus.«

»Wie?«, frage ich, abermals habe ich das Bedürfnis, mir die Beine zu vertreten. Brantley hat bestimmt einen Fitnessraum im Haus.

»Heute Abend gibt es wieder eine Dinnerparty. Im selben Aufzug. Du begleitest uns, bleibst aber immer in unserer Nähe.«

Ich nicke, während ich mir die schweißnassen Handflächen an den Hosenbeinen abwische.

»Oh.« Bevor er verschwindet, dreht sich Nate auf der Schwelle noch mal um. »Und diese Dinnerparty wird größer als die letzte. Kings von überallher werden erwartet, und weitere Mädchen. Mädchen, die ich kenne.« Sein Blick nagelt mich fest.

Ich zögere. »Warum sollte mir das was ausmachen. Ich weiß ja, wie du früher rumgehurt hast.«

»Darum geht es ja, es ist nicht wirklich vergangen. Ich kenne diese Leute seit meiner Kindheit. Es wird auch ein Mädchen kommen, das ich zuletzt mit vierzehn gesehen habe, und sie war es, die mir die Unschuld genommen hat.« Er wartet auf meine Reaktion, aber mein Pokerface ist einfach zu gut, deshalb wird er mir auch nichts anmerken.

»Wieso sagst du mir das? Wir sind nicht zusammen, Nate.«

»Das ist mir schon klar, ich will nur, dass du weißt, ich werde sie dort treffen –«

»Du bist ekelhaft, du kannst jetzt gehen.«

Was er dann auch tut.

Ich würde gerne ignorieren, dass Nate mich, wieder einmal, verletzt hat. Aber es ist mein Fehler, dass ich Gefühle habe. Ich bin neugierig, wer dieses Mädchen ist, andererseits sind wir, was ihn und mich angeht, offensichtlich miteinander fertig. Ich muss mir ins Gedächtnis rufen, dass er sich mir gegenüber in dieser Sache ausschließlich wegen Hector anständig verhält. Weil er sich genau wie ich an ihm rächen will. Sobald die Rache vollzogen ist, wird er mich wie eine unerfreuliche Erinnerung abtun. So viel ist mir klar.

Ich tue einen unsteten Atemzug. »Reiß dich zusammen, Tillie, und spiel einfach mit.« Ich setze ein falsches Lächeln auf, sozusagen zu Übungszwecken. Wenn er seine Ex – wer immer sie sein mag – anschleppen will, bitte sehr! Ich werde schon mitspielen, allerdings um zu gewinnen; und meine erste Maßnahme, nachdem die Würfel schon mal gefallen sind, sieht vor, dass ich die heißeste Frau vor Ort sein werde.

Als ich an Daemons Zimmer vorbeikomme, werfe ich einen Blick hinein, um ihn zu fragen, ob er mich begleiten will. Er würde ja eine Maske tragen, und Madison würde höchstwahrscheinlich sowieso nicht dort aufschlagen, was wäre also schon groß dabei? Aber sein Zimmer ist verwaist.

Wieder mal.

Der Raum wirkt unberührt, das Bett ist so ordentlich gemacht, als hätte nicht mal jemand auf der Kante gesessen.

Vielleicht ist er reinlich und hält Ordnung. Er ist wohl wieder ausgegangen, um weiß Gott was zu unternehmen, oder er ist mal wieder im Auftrag der Kings für die Verlorenen tätig.

Seufzend steige ich die Treppe hinauf und gehe geradewegs in die Küche. Ich habe Hunger und will Pfannkuchen.

Als ich eintrete, ist niemand dort, ich mache mich daran, die Schränke nach den erforderlichen Zutaten zu durchsuchen.

Mehl, Eier, Butter, Milch. Scheiße, wie ich Pfannkuchen liebe.

Ich schalte die Anlage ein und drücke »Play«. Ich benötige etwas, um mich über Nate und seine dumme Beichte heute Morgen zu beruhigen. Ich spiele ›Young God‹ von Halsey ab, gebe meine Ingredienzien in eine Schüssel und beginne sie umzurühren, nach einer Weile gehe ich so energisch zu Werk, dass sich mein Haarknoten löst.

Ich halte inne, bücke mich, lasse den Kopf hängen, kämme mir die Haare nach vorne und verschlinge sie erneut zu einem hohen Knoten. Als ich mich schwungvoll wieder aufrichte, steht, gegen einen Schrank gelehnt, Brantley direkt vor meiner Nase.

»Was machst du?«, brüllt er über die laute Musik.

»Pfannkuchen.«

Als Halsey singt *»if you want to go to heaven then you should fuck me tonight«*, stibitze ich mit den Fingern Teig aus der Schüssel und lecke ihn ab, ohne Brantley dabei aus den Augen zu lassen. Das wird ein Spaß.

Seine Augen werden schmal, während mein Blick auf seine Klamotten fällt: weite kurze Sporthosen, kein Hemd, auf seiner Brust glänzt Schweiß.

»Hast du gerade trainiert?«, frage ich mit einem Fingerzeig auf seinen Body.

Langsam löst er den Blick von mir und nimmt den Deckel vom Mixer. »Ja. Warum?« Ich sehe, wie sich seine Wangen zu einem Lächeln verziehen.

Ich mache weiter. »Muss ich auch.«

Er deutet mit einem Nicken auf die Treppe. »Level drei.«

»Ist da nicht auch dein Zimmer?«, frage ich und rühre den Teig weiter.

»Ja, nur mein Zimmer und der Fitnessraum. Aber du trainierst besser vor den Pfannkuchen, der Teig muss ja sowieso noch eine Stunde im Kühlschrank warten.«

»Was?« Ich starre ihn an. »Seit wann das denn?«

Brantley funkelt mich an und schaltet, als sein Shake fertig ist, den Mixer aus. »Seit Ewigkeiten. Weiß doch jeder, dass Pfannkuchenteig vor der Zubereitung eine Stunde im Kühlschrank ziehen muss.«

Brantley Vitiosis ist offenbar aus unzähligen Schichten zusammengesetzt, und ich bin dankbar, dass er ein paar davon für mich ablegt. »Oh, Bran Bran, du bist so süß.«

»Die erste Verwarnung für heute«, brummt er lässig, während er seinen Proteinshake in einen Mixbecher gießt.

Also stelle ich meine Mixtur in den Kühlschrank und nehme, da ich schon mal davorstehe, eine Wasserflasche heraus. »Ich bin ganz Ohr, aber dann isst du mit mir.«

Als ich mich lachend zu ihm umdrehe, ist er bereits verschwunden. Wie schaffe ich es bloß, mit einer Horde launischer, heißer, sexuell aufgeladener junger Männer zu leben?

Ach ja, richtig, wegen meines Blutes.

Nachdem ich Bailey ein paar Trainingsklamotten abgeschwatzt hatte, bin ich in den zweiten Stock gegangen; vorher verabredeten wir noch, heute gemeinsam shoppen zu gehen, weil ich unbedingt neue Anziehsachen benötige. Das viele Geld auf meinem Konto hätte ich fast vergessen, so unwirklich kommt es mir vor.

Als ich langsam den Gang entlangschlendere, sehe ich am anderen Ende eine Tür aus schwarzem Holz, in das Muster geschnitzt sind. Ohne Zweifel Brantleys Zimmer. Ich frage mich, wie es wohl aussehen mag. Ist es so düster wie er, oder doch weiß und neutral? Aber Letzteres scheint mir irgendwie nicht plausibel zu sein.

Ich halte auf die zweite Tür zu und öffne sie. Und als ich den Raum dahinter wahrnehme, klappt mir buchstäblich die Kinnlade runter. Klar, weiß ich, dass die Jungs ihr Training ernst nehmen, aber hier drin könnte ich wohnen. Die Wände sind vom Fußboden bis zur Decke aus Glas und so gebaut, dass sie einen Bogen um die gesamte Rückseite des Hauses schlagen. Der Fitnessraum bietet Aussicht auf den Wald, man sieht sogar die Lichtung mit dem Friedhof. Mich schaudert. Dieses Haus ist so verflucht unheimlich.

Dieser Fitnessraum ist vermutlich der geschäftsmäßigste Teil im ganzen Haus. Die Sportgeräte sind perfekt angeordnet, alles, was ein reguläres Fitnessstudio zu bieten hat, ist hier, und noch ein wenig mehr. Auch ein Stepper. Fuck sei Dank.

Aus einer Ecke lächelt mich ein Punchingball an. Eine Runde Boxen wäre jetzt nicht schlecht. Ich muss vor heute Abend meine überschüssige Energie abbauen, bevor ich auf Nate und das Mädchen treffe, das ihm die Unschuld geraubt hat.

Während ich langsam auf das Laufband zugehe, stecke ich mir die Ohrhörer rein und gehe meine Playlist durch. Ich steige darauf und drücke sofort »Stufe 12«. Ich bleibe bei Halsey, weil ich nach heute früh mehr von ihrer beruhigenden Stimme brauche. Als ›Without Me‹ beginnt, nehme ich Geschwindigkeit auf. Ich brauche jedes Mal ein paar Minuten, bis ich meinen Rhythmus finde, bis dahin schnaube und schnaufe ich wie ein schlaffes Rennpferd, das seit Monaten nicht trainiert hat – was ich auch nicht habe. Doch dann wird meine Atmung gleichmäßig, und der Songtext tritt in den Hintergrund. Aber der wütend über mein Gesicht fließende Schweiß verlangt ohnehin nach etwas Aggressiverem als diesem Gegenstück zum bekümmerten Schlag meines Herzens. Als ›Go Fuck Yourself‹ von Two Feet Halsey ersetzt, belasse ich es dabei, denn wer würde das nicht? Schließlich sind das die besten zwei Minuten oder so der Musikgeschichte. Dieser Beat. Ich kippe die Rampe auf »2«. Bald brennen meine Oberschenkel, mein Herz hämmert, und in den nächsten zwanzig Minuten denke ich nur noch an meine schmerzenden Muskeln.

Als ich das Laufband schließlich abschalte und herunterspringe, mache ich vor Schreck einen Satz, als ich Nate an der Tür stehen sehe. Ich reiße mir die Kopfhörer raus. »Was willst du denn hier?«

Er reagiert nicht, er schaut bloß zu, wie ich nach meiner Wasserflasche greife. Sein Blick wandert an meinem Körper hinunter, und ich verfluche wieder mal Bailey und ihre dürftigen Klamotten. Ich bestehe nur aus einem hellgrünen Sport-BH und schwarzen Elastan-Shorts, die so knapp sitzen, dass mir früher oder später buchstäblich der Hintern herausguckt.

Aber Nate ignoriert mich und marschiert stattdessen zu den Krafttrainingsgeräten. »Trainieren. Was hast du denn gedacht?«

Am liebsten würde ich mich nach dem Lauftraining verdrücken, andererseits will ich auch nicht heraushängen lassen, dass seine Anwesenheit mich so unübersehbar stört.

Also gehe ich zum Punchingball und ziehe mir, während ich ihn finster anstarre, die Boxhandschuhe über. Er zieht sein

Hemd aus, wirft es, die Rückenmuskeln streckend, über eine Bank.

Die Tattoos auf seinem Rücken folgen der Bewegung der Muskeln. Links der Elite-Kings-Schädel über New York, über den Trapezmuskeln windet sich in altenglischer Schrift das Wort »MALUM« so wie das Wort »King« über sein Becken.

Ich muss aufhören zu glotzen.

Um mich abzulenken, schiebe ich mir wieder die Ohrstöpsel rein und wähle Rihannas ›Desperado‹. Ich binde mir die kleineren Handschuhe um die Fingerknöchel. *Wieso gibt es hier Boxhandschuhe für Mädchen?* Und recke den Hals. *Für Bailey natürlich* … Ich starte einzelne kurze Geraden gegen den harten schwarzen Sack. *Einatmen, ausatmen* … Bei jedem Treffer spanne ich die Bauchmuskeln an, Schweiß dringt mir weiter aus allen Poren. Als die Einzelgeraden nichts mehr bringen, gehe ich zu Eins-zwei-drei-Kombinationen über. Zuerst schneller, dann wieder langsam, aber die ganze Zeit mit gestrafften Bauchmuskeln und beherrschter Körpermitte.

Je länger ich zuschlage, umso mehr brennen meine Arme, aber es fühlt sich gut an. Ridge und ich haben das früher am Wochenende immer in meiner Garage gemacht, daher fällt es mir leicht, in die Kombinationen zurückzufinden. Allmählich beginnt mir alles, was bis zu diesem Punkt in meinem Leben passiert ist, durch den Kopf zu gehen, und ich merke, dass meine Schläge immer härter werden. Meine Aggression erreicht ein neues Level, und ich hole zu einem Roundhouse-Kick aus, ehe ich mit den Geraden und Haken weitermache. Ich möchte gar nicht mehr damit aufhören. Ich möchte auf diesen Boxsack einschlagen, bis mir die Arme abfallen. Mir fallen die Kopfhörer raus, und der laute Bass der Musik, für die Nate sich unüberhörbar entschieden hat, ›Na Na‹ von Trey Songz, erfüllt jeden Kubikzentimeter des Raums. Um nicht draufzutreten, schiebe ich mit dem Fuß die Kopfhörer aus dem Weg. Eins, zwei, drei, härter noch, die Arme brennen, meine Bauchmuskeln fühlen sich an wie Lava.

Wer weiß, wie es ist, angestarrt zu werden, kennt das Gefühl. Als ich abrupt aufblicke, werde ich von Nate und Brantley abgelenkt, die beide dastehen und mich beobachten. Als der Boxsack mich fast erschlägt, schlinge ich, um ihn aufzuhalten, die Arme darum.

»Was?«, blaffe ich die beiden an.

»Willst du damit deinen Zorn abbauen? Eigentlich wirkst du wütender als vorher«, zieht Nate mich auf. »Gibt es dafür Gründe?« Er grinst mich an und streckt die Arme aus. Mir fällt auf, dass beide Jungs für das Training gerüstet sind: keine Shirts und passende Sportshorts.

Ich bin dermaßen am Arsch, wenn es um die zwei geht.

»Ja, es gibt tatsächlich einen Grund«, brumme ich und hole federnd erneut nach dem Boxsack aus. »Pfannkuchen.«

Einen Augenblick darauf steht Brantley auf der anderen Seite des Sacks. »Brauchst du einen Sparringspartner?«

Mein Blick fliegt zu ihm.

»Ich meine, ich habe so ein Gefühl, als hättest du das früher schon mal gemacht. Stimmt's?«

»So ungefähr«, grummele ich und richte mir die Boxhandschuhe.

»Wir wissen so vieles nicht über dich, kleine Terroristin …«, ärgert mich Brantley und greift nach den Sparringpads. Mein Blick fällt auf den seilspringenden Nate.

Er verdoppelt das Tempo, sein Blick durchbohrt mich bei jedem Schwung. Ich weiß gut, dass Nate und Brantley die Sportlichen unter den Jungs sind, vor allem Nate. Er trainiert alles Mögliche, um in Form zu bleiben. Darunter CrossFit und Parkour.

Nun kreuzt er, ohne einen Sprung auszulassen, die Seile.

Mein Blick huscht zu Brantley. Ich lächele, hole aus und dresche auf die Pads.

Die Jungs sind alle draußen hinter dem Haus, also mache ich mich an die Pfannkuchen. Auf die Dusche verzichte ich erst mal, weil mir sonst der Appetit vergeht. Alle Kings sind da – außer Abel, der sich komplett verdünnisiert hat. Ich mixe erst mal noch eine Ladung Teig und rühre sie dann unter den aus dem Kühlschrank. Ich mache die Pfanne heiß und gebe Teig für zwei Pfannkuchen auf einmal hinein. Da die Anlage noch an ist, lasse ich dazu Musik laufen. Mein erster Besuch in Brantleys Haus war irgendwie verstörend. Mittlerweile liebe ich es. Ich liebe die in dem alternden Gemäuer aufgehobene Geschichte und den Charakter.

Als ›It's a Vibe‹ von 2 Chainz beginnt, jongliere ich mit Pfannkuchen und vergesse darüber alles andere.

Ich spüre ihn schon, ehe ich mich umdrehe. Nate füllt jeden Raum, den er betritt.

Er kommt näher und klaut sich einen Pfannkuchen. »Hast du für heute Abend was anzuziehen, oder musst du noch shoppen gehen?«

Ich funkle ihn an. »Die sind noch nicht fertig!« Ich deute auf die Pfannkuchen. »Ich besorge mir ein Kleid und was ich sonst noch so brauche, damit ich meinen Hintern nicht in Baileys Sachen quetschen muss. Und ich nehme Madison mit.«

Er hört auf zu kauen. »Wieso?«

»Wieso ›wieso‹?«, frage ich zurück und sehe ihn aus schmalen Augen an.

»Weil sie verdammt noch mal Bishop betrogen hat. Ich kann mir nicht mal –«

»Du bist ein beschissener Heuchler, wenn du wütend auf sie bist, weil sie fremdgegangen ist, wo du dasselbe fröhlich mit mir abgezogen hast.«

Er lacht, aber nicht freundlich, und ich kapiere sofort, dass ich mir den Mund verbrannt habe und gleich – wahrscheinlich in Flammen aufgehen werde. »Ich habe dich niemals betrogen, Tillie.«

»Doch, hast du.«

»Wie zum Henker soll ich dich betrügen, wenn wir nie wirklich zusammen waren? Erklär mir den Scheiß bitte mal, weil –«

Ich wende das Gesicht ab, bevor ich ihm mit dem Pfannenwender eins überziehe, doch seine Hand packt mein Kinn und er reißt mein Gesicht herum und quetscht es grob zusammen, sodass ich ihn ansehen muss. Er blickt forschend in meine Augen, und wie seine Pupillen sich ausdehnen, weiß ich, dass, was immer er nun vorhat, mir wehtun wird. »Wie kann ich ein Mädchen betrügen, das mir niemals gehört hat?«

Autsch.

Ich befreie mein Gesicht aus seinem Griff, mein Herz sinkt bis auf den tiefsten Meeresgrund. »Du hast recht. Mein Fehler. Tu, was du nicht lassen kannst, Nate.« Ich will mich im Moment nicht einmal auf einen Streit mit ihm einlassen. Seine Worte machen mich viel zu wütend.

Er nimmt sich noch einen Pfannkuchen. »Und das ist es auch nicht, warum ich sauer auf sie bin.«

Ich beiße die Zähne zusammen, meine Wut will einfach nicht nachlassen.

Er macht weiter. »Sondern weil …«

»… weil es verdammt noch mal nicht um dich geht«, beende ich seinen Satz und packe die letzten Pfannkuchen auf den Stapel. Es war immer schon ein Thema für mich, wie sehr er immer um Madison besorgt ist. Ich weiß, ich denke nicht klar, aber jede will die Einzige sein. Nicht eine von zweien.

Da er nichts dazu äußert, werde ich sogar noch zorniger, ich stelle den Herd aus und schnappe mir den Teller mit den Pfannkuchen. Ich beachte ihn nicht, während er mich zweifellos beobachtet, wie ich der Küche herumgehe und schließlich hinausgehe, zu den übrigen Kings, die mit strahlenden Augen die Pfannkuchen willkommen heißen. Ich setze mich zu Eli und Hunter und lehne mich zurück. Brantley sitzt mir reglos gegenüber. Ich schalte ab und schaue zu, wie die Jungs zulangen, während mir selbst der Appetit vergangen ist. Als mich unter dem Tisch ein Fuß anstößt, schaue ich zu Brantley hoch, der mich interessiert betrachtet.

»Alles gut?«, formuliert er stumm und blickt forschend in meine Augen.

Nein.

Es ist alles andere als gut. Ich wollte die Stärkere sein und Nate hart an die Kandare nehmen, aber das kann ich nicht. Ich kann nur meiner Wege gehen. Er ist Gift für mich, und ich muss ihn verlassen. Nie werde ich ihm gehören. Wäre ich Madison, hätte er mich niemals so behandelt – das wird mir jetzt klar.

Ich schüttele den Kopf, gleite vom Stuhl und stürme zurück auf mein Zimmer. Ich muss aus diesem verschissenen Haus raus. Ich renne an Daemons Zimmer vorbei, doch er ist wieder mal nicht da.

Das macht alles noch schlimmer. Ich spüre, wie sich in meinem Kopf alles dreht, und mir gefällt nicht, wie sich das anfühlt. Ich stoße meine Zimmertür auf und schnappe dieselben Klamotten, die ich gestern anhatte, nachdem ich kurz unter der Dusche war. Als ich wieder reinkomme, steht Bishop in der offenen Tür und sieht mich an.

»Hey«, sage ich, greife nach meinen Sachen und stecke das Handtuch um meinen Leib fest. Kann ich nicht mal ein paar Sekunden ohne diese Arschlöcher sein? Ich erinnere mich daran, heute Vormittag Madison einzuladen, ich benötige dringend weibliche Gesellschaft.

»Gibt es irgendetwas, das du mir wegen der Madison-Sache verheimlichst?«, fragte er und leckt sich die Lippen.

Kopfschüttelnd sortiere ich meine Kleidung. »Und selbst wenn, Bishop, ich werde sowieso immer zu ihr halten. Sie ist meine beste Freundin, und ich würde niemals ihr Vertrauen missbrauchen.«

Er legt den Kopf schief, sein Blick wandert an meinem Körper auf und ab. »Obwohl Nate und sie sich so nahestehen? Das hat dir nie was ausgemacht. Warum eigentlich nicht?«

Ich atme aus und setze mich auf die Bettkante. Ich schätze, das Gespräch ist jetzt angesagt. »Weil ich Nate nichts bedeute. Ich meine, das war mal anders, ich war die Mutter seiner –« Ich halte inne, schließe die Augen. »Aber im Grunde hat er mich nie geliebt. Er hat nie –«

Bishop schüttelt den Kopf. »Mädchen und ihr Liebesbedürfnis. Das ist ein Teil des Problems.« Er kommt jetzt ins Zimmer und lehnt sich gegen die Wand.

»Liebe hat nur dann einen Sinn, wenn man sie einem einzigen Menschen schenkt«, erinnere ich ihn.

»Das habe ich«, gibt er zurück, ohne den Blick von mir zu wenden. »Aber sie hat mir mein Scheißherz gebrochen. Jetzt weiß ich nicht mehr, woran ich bin.«

Die Energie im Raum verändert sich.

Er würde doch nicht …

Sein Blick fällt auf meinen Mund.

Okay, vielleicht doch?

»Ich will dir nicht an die Wäsche, Tillie. Komm mal wieder

runter. Dafür bin ich nicht der Typ. Aber ich muss zugeben, ich würde mich danach, was die Sache zwischen ihr und Nate angeht, verdammt viel besser fühlen.«

Ich atme auf und entspanne mich. »Mit dem Unterschied, dass ich Nate nichts bedeute.« Ich verdrehe die Augen und stehe auf, um ins Bad zurückzugehen.

Bishop tritt einen Schritt vor. Ich erstarre zu Stein, als er wie ein Berg über mir aufragt.

Ich müsste lügen, wenn ich behaupten wollte, dass ich nicht versucht wäre, mich besser fühlen zu wollen, indem ich Nate verletze, aber um nichts in der Welt würde ich Bishop dazu benutzen. Bevor er irgendeine Dummheit begeht, muss Madison erst mal mit ihm reden.

Als meine Tür auffliegt, weicht Bishop rasch zurück.

Eli mustert Bishop und mich.

»Was?«, blafft Bishop, bevor er aus meinem Zimmer stürmt.

Okay, das sah jetzt scheiße aus. Obwohl nichts vorgefallen war, sah es ganz so aus, als wäre hier irgendwas gelaufen.

»Na, na, na, wie es aussieht, lernst du endlich, wie der Hase läuft …«, zieht Eli mich auf und geht dann wieder, ohne mir zu verraten, wieso er überhaupt hergekommen war.

Ich gehe stöhnend ins Bad und ziehe mich an, bevor alles noch schlimmer wird. Ich muss mir heute ein Auto kaufen. Und Unterwäsche.

15. KAPITEL

TILLIE

Da Bailey mich in letzter Minute im Stich gelassen hat, sitze ich jetzt in Brantleys Wagen und warte auf Madison. Ich hätte Nates Auto nehmen können, wollte ihm aber keinen weiteren Anlass geben, mit mir zu sprechen. Der V8-Motor grollt tief unter meinem Hintern, und ich bereue es, nicht lieber eines seiner neuen Autos genommen zu haben. Was mich zu der Frage führt, wo ich dieses Monstrum in der Stadt überhaupt parken soll?

Da kommt Madison aus dem Haus gelaufen, springt die Stufen herunter und klettert auf den Beifahrersitz. Ich mag dieses Haus nicht. Dort wohnen zu viele schlechte Erinnerungen. Genau hier hat vor nicht allzu langer Zeit der Leichenwagen gestanden.

Ich schlucke und drehe das Radio leiser, damit wir uns unterhalten können.

»Hast du Brantleys Karre gestohlen?«, grinst Madison, während sie sich das lange Haar hochsteckt. »Ich bin beeindruckt.«

Ich lege den Gang ein und trete aufs Gaspedal. »Nicht gestohlen, ich durfte sie mir nehmen.«

»Wow«, brummt Madison. »Ist ja irre.«

Sie kapiert nicht, und das ist auch gut so. Für sie ist Brantley noch der große, böse Wolf, was er ja auch ist, bloß dass er nicht mein Haus umpustet.

»Ich muss ein Auto kaufen und Klamotten, auch was, das ich heute Abend anziehen kann«, erkläre ich, während ich die Hauptstraße ansteure.

Sie räuspert sich. »Und wie war er so?«

»Na ja«, antworte ich und rutsche unbehaglich auf meinem Hintern herum. »Er kam heute Morgen in mein Zimmer, weil er mit mir reden wollte, und dann platzte Eli rein, und das sah überhaupt nicht gut aus. Ich hatte bloß ein Handtuch um, weil ich gerade aus der Dusche kam, und in dem Augenblick steht Bishop plötzlich vor mir.«

Als ich mich ihr ein Stück zuwende, sehe ich, dass sie die Arme verschränkt hat und ihr Blick den draußen vorübersausenden Bäumen folgt.

»Es ist nichts passiert«, stelle ich klar, weil ich das Bedürfnis habe, mich zu rechtfertigen.

Sie dreht sich zu mir um. »Weiß ich. Ich weiß, dass du so etwas niemals tun würdest. Aber ich mache mir Sorgen, dass er zu jemandem wie Tate gehen könnte, die so etwas *ganz bestimmt* tun würde.«

»Wieso geben wir uns eigentlich noch mit der Schlampe ab?«, grolle ich vor mich hin. »Du meinst, das würde sie dir antun?« Ich meine, ich weiß, dass sie es mir angetan hat, aber ich stehe ihr auch nicht so nahe wie Madison.

»Mit dir hat sie es gemacht.« Madison stiert mich an.

»Tja, ich denke, du solltest dich mit dem, was passiert ist, abfinden, bevor er irgendwas tut, das er später bereut, weißt du?«

Sie stößt Luft aus. »Ja, ich weiß.«

»Kannst du mir noch was über das, was vorgefallen ist, erzählen?«

Sie schüttelt den Kopf. »Nein. Zu gefährlich.«

Ich seufze. »Gut, dann lass uns jetzt das Geld meiner Mutter verprassen.«

Madison lacht, ihre Miene ändert sich, als würde die alte Madison an die Oberfläche kommen wollen.

Wir enden bei Porsche.

Wieso bin ich bei Porsche?

»Kauf ihn«, sagt Madison und saugt an ihrem Iced Caramel Macchiato. »Ernsthaft, ich finde, du solltest.«

Der Autoverkäufer blickt zwischen uns beiden hin und her. »Sind Sie alt genug?«

Ich verdrehe die Augen und ziehe meine Kreditkarte aus der Brieftasche. »Ja.«

Mit fetten Fingern nimmt er die Karte, seine Augen beginnen gierig zu glänzen. »Und Ihren Ausweis, bitte, Ma'am.«

Ich gebe ihm den Ausweis.

Er nickt, studiert den Ausweis und vergleicht den Namen mit dem auf der Kreditkarte. Ich beobachte, wie die Erregung vollends Macht über ihn bekommt und er sich erwartungsvoll strafft. »Also, den 918 Spyder?«

Ich kneife mir in die Lippe.

»Ja«, stimmt Madison zu und hakt sich bei mir unter. »Und wir sollten ihn in Rosa nehmen. Passend zu deinen Haaren.«

»Nein!«, blaffe ich den Autoverkäufer an. »Lassen Sie das, bitte, und achten Sie nicht auf meine Freundin.«

»Welche Farbe hätten Sie denn gerne? Wenn Sie eine Sonderlackierung wünschen, lässt sich das machen, wir liefern Ihnen den Wagen dann in ein paar Werktagen. Das gilt auch für alle anderen Extras, für die Sie sich entscheiden.«

Ich lasse mir seine Worte durch den Kopf gehen. »Ich will ihn bloß schnell.«

Er nickt. »Wir können zusätzlich –« Als er diverse Motormodifikationen runterrasselt, kann ich ihm nicht mehr folgen.

Grinsend richte ich den Blick auf das Auto. »Ich will ihn in Rot. Blutrot.«

Er verstummt und gafft von mir zu dem Wagen und wieder zurück. »Wird gemacht.«

Wir gehen in sein Büro und ich fülle den Papierkram aus. Das Geld geht für etwas drauf, das lächerlich ist, mich aber glücklich macht. Es ist ihr Geld, das sie mir hinterlassen hat, und es wird mein Leben lang reichen, und wenn ich mir jeden Tag so eine Karre kaufe, andererseits kommt es mir noch immer nicht wie mein eigenes Geld vor.

Wir fahren aus der Stadt, Kleider, Make-up und Schuhe füllen den Kofferraum – und die komplette Rückbank von Brantleys Auto. Mein neuer Wagen kommt erst in drei Tagen, was aber okay für mich ist. Solange er nur unterwegs ist.

»Wohin jetzt?«, fragt Madison und setzt ihre Sonnenbrille auf.

Mir fällt etwas ein, und ich grinse. »Hast du Lust, mich heute Abend auf einen Maskenball zu begleiten?«

Sie gibt mein Grinsen zurück. »Aber herzlich gerne …«

16. KAPITEL

NATE

Ich liege auf der Couch in Brantleys Lounge, ein Glas Whiskey locker zwischen den Fingern, die Krawatte lose um den Hals. Die Maske liegt auf meinem Bein, die weißen Knochen meiner Vorfahren starren mich höhnisch an. Als ich sie das letzte Mal trug, hatte ich Micaela in einem und Tillie im anderen Arm.

Ich kippe den Whiskey hinunter und genieße das Brennen im Hals.

»Hast du gehört?«, brummt Brantley, als er hereinstürmt, sich die Krawatte abreißt und sie quer durchs Zimmer schleudert. Dann öffnet er die obersten Hemdknöpfe und krempelt die Ärmel hoch. »Tillie kommt heute Abend mit Madison.«

Ich verdrehe die Augen. »Ja, aber das überrascht mich nicht. Sie will die Jungs aufstacheln, weil ich ihr gesagt habe, dass Billie kommt.«

Brantley zuckt nicht mal, er sieht mich unverwandt an. »Echt …«

Ich gluckse. »Echt.«

»Und du hast mit ihr geredet?«

Ich nicke. »Ja.«

Brantley sagt dazu nichts, und das muss er auch nicht. Ich weiß, was er von Billie hält. Überhaupt nichts, er hasst sie.

Er macht den Mund auf, doch dann schüttelt er den Kopf. »Tillie braucht keine Verstärkung, Nate, das weißt du. Wenn sie Billie die Fresse polieren wollte, würde sie das auch ohne Madisons Hilfe hinbekommen. Billie wäre tot. Aber deine erste Tussi hier anzuschleppen ist echt ein Tiefschlag. Ich muss wissen, warum.«

»Madison kommt?«, fährt Eli dazwischen, der im gleichen Aufzug wie Brantley und ich mit einem Wodka in der Hand hereinschneit, in der anderen Hand hält er seine Maske. Gefertigt aus den Knochen *seiner* Vorfahren. Bloß dass seine nicht so angepisst von ihm sind wie meine von mir.

Ich beuge mich vor und greife nach der Flasche Scotch vom Couchtisch, mit den Zähnen schraube ich den Verschluss ab und spucke ihn ins Zimmer. »Ja.«

»Interessant, wenn man bedenkt, wie ich Tillie und Bishop früher am Tag erwischt habe.«

Mein Blick schießt im selben Moment zu Eli, als Brantley lacht. »Was?«

Eli grinst mich mit hochgezogenen Brauen an. »Was? Das überrascht dich doch wohl nicht, oder? Ich meine, wenn man so an dich und Madison denkt …«

Ich habe zwei Möglichkeiten. Entweder ich fresse seinen Scheiß oder ignoriere ihn. Ich trinke in einem Zug, ohne Eli aus den Augen zu lassen. »Sie kann vögeln, mit wem sie will.«

Eli blickt mich weiter an, die braunen Haare fallen schlaff über seine unschuldigen Augen. Er ist ein paar Monate jünger als der Rest von uns, und so behandeln wir ihn auch, aber das bedeutet auch, dass er ein loses Mundwerk hat. Viel loser als meines.

Brantley beobachtet mich mit einem düsteren Grinsen im Gesicht. Er weiß, dass ich nur bluffe, aber ich hasse es, dass er in mir liest wie in einem beschissenen offenen Buch.

»Pass auf, dass ich nicht mit dir anfange.« Ich grinse ihn an. »Blumen, Gold, Geheimnisse … Türen …«

Er zeigt mir mit zusammengebissenen Zähnen den Mittelfinger. Ich weiß, dass er in seinem verfluchten, gruseligen Haus etwas oder jemanden versteckt. Ich weiß es einfach. Überall fühle ich ihre Anwesenheit, sie haust kaum merklich in den Ecken und Fugen, nachts kommt sie zum Vorschein, und am Tag verschwindet sie wieder.

»So viele Fragen für Bran Bran …«

»Sind wir so weit?«, blafft Bishop vom Eingang, und ich muss erneut in Gedanken bis zehn zählen.

»Ja.« Ich erhebe mich von der Couch und stolziere an ihm vorüber.

»Nate!«, ruft Bishop, als ich die Tür erreiche, aber ich habe keine Lust, mich nach ihm umzudrehen und ihm irgendwelche Aufmerksamkeit zu schenken. Wir waren mal beste Freunde, er und ich, aber seit Madison ein Teil der Geschichte wurde, haben Brantley und ich uns mehr miteinander verbunden.

»Ja?« Ich drehe mich nun doch zu ihm um. Shit. Wie soll ich mich an eines unserer Gebote halten, wenn ich nicht damit klarkomme, dass Bishop Tillie angefasst hat? Und warum zum Teufel macht mir das mehr aus als das Wissen, dass auch Brantley was mit ihr hatte? Weil es Verrat ist. Deshalb hat Brantley nie irgendetwas hinter meinem Rücken gemacht.

Im Unterschied zu mir, damals, das eine Mal mit Madison und Brantley …

Fuck.

»Alles gut?«, will Bishop wissen, und in dem Moment bleibt die Welt einen Herzschlag lang stehen. Schweigen dehnt sich zwischen uns und zerstreut sich unter die übrigen Kings, die uns aufmerksam beobachten.

»Ja«, antworte ich grinsend und setze meine schönste falsche Miene auf. »Immer.«

Nie.

17. KAPITEL

TILLIE

Die schwarze Seidenmaske schmiegt sich fest an mein Gesicht. Natürlich habe ich mich abermals für ein rotes Kleid entschieden. Eng an der Taille, mit einem herzförmigen, trägerlosen Ausschnitt, fällt der enganliegende Rock erst um die Füße weit, der lange Schlitz reicht bis über die Hüfte, sodass ich die Unterwäsche weglassen musste. Madison und ich waren heute auch noch beim Friseur. Mein Haar war so ausgebleicht, dass ich es nicht mehr ertragen konnte und etwas Neues wollte. Zuerst dachte ich an mein natürliches Blond, habe dann aber gekniffen. Also rührte der Friseur ein neues Pink an, das nach dem Auswaschen metallisch hell glänzte.

Meine Augen blicken vor Lidstrich und -schatten dunkel und schwer, meine Lippen leuchten mörderisch blutrot.

»Ich werde mich bestimmt übergeben müssen«, murmelt Madison neben mir, als der Fahrer uns zu einem Hotel im Herzen von New York City kutschiert, wo der Abend stattfinden soll.

»Wenigstens nicht wieder in seinem Haus.«

»Stimmt«, nickt Madison und rückt ihre Maske zurecht. Sie trägt die gleiche Maske wie ich, allerdings in Rot. Ihr Kleid ist schwarz und kurz. Aus offensichtlichen Gründen wollte sie ein kurzes Kleid. Und seit wir uns schminkten, hat sie getrunken.

»Kommst du klar?«, frage ich, als sie an einer Sektflöte nippt.

»Ja«, sagt sie und kippt den Rest hinunter.

Das wird kein gutes Ende nehmen.

Der Fahrer hält vor einem Hotel in der Upper East Side, und wir steigen aus, unsere Absätze klappern über den Beton. Ich umklammere meine Clutch und greife mit der anderen Hand nach ihrer.

»Alles wird gut, Maddie.«

Sie wimmert: »Das glaub ich dir.«

Der Portier hält uns die Tür auf, und wir durchqueren die Halle und machen uns auf dem Weg zu dem Ballsaal, wo die Party stattfindet, wie ich den Hinweisschildern und den ähnlich gekleideten Leuten auf dem Weg dorthin entnehme.

In der Handtasche vibriert mein Handy, und ich ziehe es heraus, als wir zu der Frau kommen, die mit einem Klemmbrett vor der Tür wartet.

Sie beäugt Madison misstrauisch, doch als sie sich mir zuwendet, macht sie Augen. Interessant. Meistens erkennen die Leute Madison vor mir, aber allmählich habe ich kapiert, dass der Wind sich gedreht hat, was allerdings auch davon abhängt, mit welchen Leuten wir gerade zusammen sind. Mit Riverside-Schülern? Klar? Aber mit Volljährigen und Erwachsenen, die bis zum Hals in der Welt der Elite Kings stecken? Nein.

»Tillie Stuprum und Madison *Venari*.« Ich presse ihren Namen schroff durch die Zähne, weil ich mich ein wenig für meine Freundin schäme. Nur zu gerne hätte ich »Madison Hayes« gesagt und beobachtet, wie der Zicke die Augen aus den Höhlen springen, während sie sich vor Madison in den Staub wirft.

Ich kichere still über meine Gedanken, entsperre mein Handy und entdecke eine Nachricht von Nate, die mein Herz schneller schlagen lässt.

Wir müssen reden.

Ich sehe die Frau an, die gerade unsere Namen abhakt, dabei blickt sie mich immer noch unverwandt an. »Ja, treten Sie bitte ein. Danke, Miss Stuprum.«

Ich zerre Madison am Arm hinter mir her, aber kaum sind wir drin, bin ich von der Szenerie absorbiert. Gedämpftes Licht, auf einer improvisierten Bühne spielt eine Band, Menschen im Gespräch miteinander. Aber die Gespräche verebben fast, als Madison und ich hereinkommen. Ich fühle Tausende Blicke auf mir und kenne den Grund dafür.

»Du meine Güte«, zischt Madison und lehnt sich bei mir an. »Ich meine, die Leute in ihren Kreisen oder in der Schule kennen mich, aber das hier ist etwas vollkommen anderes. Alle starren dich an, als hättest du das beschissene Königreich eigenhändig hochgezogen.«

»Nicht ich«, knurre ich verhalten. »Bloß meine Vorfahren.«

»Princessa«, lässt sich hinter mir eine Stimme vernehmen, und als ich mich umdrehe, sehe ich einen mir unbekannten Jungen. »Ich führe Sie beide zu Ihrem Tisch.«

Ich nicke und erlaube ihm, meinen Arm zu nehmen und mich, mit Madison im Schlepptau, tiefer in den Saal hinein und ganz nach vorne zu führen. Als wir dort ankommen, schweift mein Blick über alle (meine) Kings: Nate, Bishop, Brantley, Eli, Cash, Hunter, Ace, Chase. Nate, der mich von der anderen Tischseite finster anstarrt, entdecke ich sofort. Ich setze mich auf den freien Stuhl neben Bishop, während Madison auf meiner anderen Seite Platz nimmt; da Jase nicht hier ist, ganz in der Nähe ihres Bruders Hunter. Das mäßige Licht betont nur die bereits aufgeladene Atmosphäre.

Als Bishop sich zu mir beugt, lege ich Madison unterm Tisch die Hand aufs Knie.

»Eli hat heute früh bestimmt in deinem Topf gerührt«, schnurrt mir Bishop ins Ohr. Okay. Alles klar. Ich meine, ein

Blick auf Bishop, und er hat dich am Schlafittchen. Ich glaube, ich bin nur deshalb gegen ihn immun, weil ich Madison so sehr die Treue halte und weil er immer nur ihr gehört hat. Aber damit keine Missverständnisse aufkommen, ich verstehe sehr, sehr gut, woher der Rummel um ihn rührt, vor allem, wenn er mir gerade etwas ins Ohr flüstert.

Mein Blick fällt auf Nate. Neben ihm sitzt ein Mädchen mit einer rosa Spitzenmaske. Ich fühle, wie mir die Galle hochkommt. Soweit ich es von hier aus erkennen kann, hat sie dunkles Haar, gebräunte Haut und eine sehr schlanke Figur. Sie sieht mich grinsend an und lehnt sich dabei gegen Nate.

Ich könnte sie umbringen. Was durchaus okay wäre. Kein Problem, da ich weiß, dass Brantley und die übrigen Kings mir bei der Entsorgung ihrer Leiche helfen würden.

»Du kannst sie nicht töten«, gluckst mir Bishop ins Ohr und reißt mich aus meinen Mordplänen. »Will sagen, klar könntest du, niemand hätte etwas dagegen, aber sie spielt keine Rolle. Der einzige Grund, warum er sie hergeholt hat, ist der beklagenswerte Versuch, dich von sich zu stoßen.«

Madison tätschelt mir beruhigend die Hand, als mein Handy zu vibrieren beginnt. Ich beuge mich wieder zu Bishop. »Interessiert mich nicht.«

»Wirklich?«, gibt er zurück und sieht dabei Nate an.

»Wer ist das überhaupt neben ihm?«

Bishop greift nach seinem Drink, dann antwortet er: »Billie. Sie wurde mit zwei von einer Elite-Familie adoptiert. Sie und Nate haben, als sie noch jung waren, einen Sommer lang rumgevögelt, und sie war sein erstes Mal.«

»Hab ich gehört«, gebe ich zurück und hebe meine Sektflöte. Dann nehme ich mein Handy.

Madison: *Danke fürs Aufpassen. Ich sehe, was Nate vorhat, aber du kannst Bishop benutzen, wie es dir beliebt. Ich weiß, er tut dir weh, und da ist es mir lieber, er benutzt dich als sonst jemand. Wenn du weißt, was ich meine.*

Ich lese, was sie geschrieben hat, da kommt eine weitere Nachricht herein.

Offensichtlich hast du nicht die Erlaubnis, irgendetwas zu unternehmen.

Ich grinse. *Meine beste Freundin!*

Es sei denn, ihr wollt beide erschossen werden.

Ich grinse noch breiter, und ein Kichern entschlüpft meinen Lippen.

Ich liebe dich.

Ich warte die nächste Nachricht nicht ab, stecke das Handy weg und beuge mich zu Bishop hinüber.

»Kannst du mir etwas versprechen?«, frage ich ihn, obwohl er mir nicht den Dreck unterm Fingernagel schuldet.

»Was?« Er scheint nicht begeistert, aber das überrascht mich nicht.

»Mach keine Dummheiten, solange du nicht die ganze Geschichte gehört hast.«

Mit einem dreckigen Grinsen legt er den Arm auf meine Stuhllehne. »Ja, alles klar.«

Er ist ja so ein Arsch.

»Ich gebe mir alle Mühe, nicht total auszuflippen, weil wir

alle kein Problem damit haben, unsere Partner zu wechseln …«, brummt Eli, der sich Bishop zuneigt, aber so laut spricht, dass ich ihn mühelos verstehen kann.

Brantley gluckst vergnügt. »Sag ich doch.« *Verdammt, was sagst du?*

Den Rest des Geplänkels ignoriere ich, stattdessen sehe ich mich nach Hector um und frage mich, was Bishop von dieser Enthüllung hält und was die Jungs durch die Bestätigung ihres Verdachts zu erreichen hoffen. Sie können ihn doch nicht töten, oder doch?

Als über den Tisch ein mädchenhaftes Lachen an mein Ohr dringt, fährt mein Blick zu Billie und Nate auf. Sie lehnt sich gegen ihn, seine Lippen liebkosen ihren schlanken Hals, seine Hand unter dem Tisch liegt vermutlich auf ihrem Bein.

Ich beiße die Zähne zusammen.

»Ich will ja nicht stören«, flüstert hinter mir eine Stimme. Eine unbekannte Stimme.

Ich drehe mich auf meinem Stuhl um und sehe einen großen, sehr maskulinen Mann von wohl fünfundzwanzig Jahren. »Bitte sehr.«

Als sein Blick auf mich fällt, schauen mich hinter seiner leuchtend roten Knochenmaske lebhaft blaue Augen an. »Magst du tanzen?«

Ich lächle den Fremden an, da ich es kaum erwarten kann, mich von diesem Kreis zu entfernen, also stehe ich auf und nehme seine Hand. Unter den Ärmeln seines Anzugs winden sich Tätowierungen hervor, als er mich auf die Tanzfläche führt, dort biegt er meinen Körper gegen seinen und schlingt einen Arm um meinen Rücken.

»Kannst du meinen Schritten folgen?«, fragt er, dabei nähert sich sein Mund meinem Hals.

Ich schlucke. »Ja.«

Er drängt mich näher an sich, während ich gegen den Drang ankämpfe, ihn nach seinem Namen zu fragen.

»Nun hör mir gut zu, aber lächle und tu dabei so, als würde ich dir sagen, wie sehr ich mich danach sehne, mit der Zunge über deinen Kitzler zu lecken, bis du meinen Namen so laut schreist, dass du Nates Existenz in deinem Leben infrage stellst …« Seine Stimme ist tief und sexy, und seine Worte berühren mich an Stellen, an denen ich berührt werden will.

Meine Schenkel ziehen sich zusammen.

Er gluckst. »Braves Mädchen.«

Ich lächle, jedoch ohne nur so tun zu müssen, seine schmutzigen Worte und das Gefühl seines festen Körpers unter meinen Händen genügen. *Aber wer ist er?*

»Euer Verdacht trifft nicht ganz zu. Hector ist für den Tod deiner Tochter verantwortlich, aber auch wieder nicht. Was das angeht, übrigens mein herzliches Beileid.«

Wir bewegen uns so rhythmisch zu ›Myth‹ von Tsar B über die Tanzfläche, als wären wir dazu geschaffen, miteinander zu tanzen. Seine Lippen huschen über mein Schlüsselbein. »Alles verändert sich in einem Tempo, dass deine Kings nicht mehr mitkommen. Wir trauen ihnen nicht genug, um ein Treffen mit ihnen zu arrangieren. Ihre Treue wird immer nur den Kings gelten.« Er wirbelt mich herum, dann pralle ich wieder gegen seinen Körper.

Ich lehne mich zurück, um ihm in die Augen schauen zu können. Sie sind so blau. Die Wimpern dunkel, ein Bartschatten ziert das perfekte kantige Kinn. Seine Haut ist mit Tattoos übersät, und irgendetwas sagt mir, dass ich mein Höschen durchnässe, wenn er diese Maske absetzt.

»Wer bist du?«

Er legt den Kopf schief, seine Lippen biegen sich zu einem

breiten Grinsen und offenbaren vollkommen gerade, weiße Zähne. Da wandert seine Hand vom Rücken zu meinem Hintern, und er drückt mich gegen seinen Schritt. Stöhnend schmiege ich den Kopf in seine Halsbeuge. Er dünstet Sex aus wie niemand vor ihm – abgesehen von Nate. Ich bin mir durchaus bewusst, wie das hier auf die Leute ringsum wirken muss. Seine andere Hand greift nach meinem Kinn, und er hebt meinen Kopf an, damit ich ihn ansehen muss.

»Ich gehöre zu den Rebellen, Süße.« Als seine Lippen auf meine treffen, lasse ich ihn gewähren, seine Zunge gleitet über meine Unterlippe, und ich greife in sein Haar, um ihn zurückzuhalten, doch dann ziehe ich ihn stattdessen weiter an mich. Er hält inne und lächelt mich an. »Du wirst eine Nachricht bekommen.«

Dann lässt er mich atemlos allein und mit durcheinanderwirbelnden Hormonen auf der Tanzfläche stehen.

Nun …

… denn.

Soll man mich eine Rebellin nennen, weil ich von einem Rebellen gevögelt werden will. Doch kaum hat er mich stehen lassen und seine knisternde Energie mitgenommen, überfallen mich Schuldgefühle. Nicht weil ich ihn geküsst habe. Scheiß auf Nate. Sondern weil ich einen Rebellen geküsst habe.

Als ich an unseren Tisch zurückkehre, empfängt Madison mich grinsend und mit dem nächsten Glas in der Hand.

Ich nehme es ihr ab und stürze den Inhalt hinunter, dann lehne ich mich auf meinem Stuhl zurück.

Nate sehe ich nicht einmal an, aber dann beugt sich Bishop zu mir. »Braves Mädchen, zieh ruhig deine Show ab. *Aber kann ich dir vertrauen?*«

Ich wende mich zu ihm und blicke ihn forschend an. »Hast du das inszeniert?«

Bishop antwortet nicht, sieht mich nur neugierig an. »Was glaubst du denn?«

Ich trinke einen Schluck. »Habt ihr alle Bescheid gewusst?«

Bishop lächelt. »Sieh dir mal Nate an, er würde am liebsten alle in der Luft zerreißen. Meinst du wirklich, er würde so etwas unterschreiben? Nein. Nur ich. Du wolltest spielen?«, fragt er, seine Augen verdunkeln sich. »Nun, dann ist es Zeit zu spielen. Aber schaff dir erst mal Madison vom Hals.«

Mist.

»Maddie?«, flüstere ich ihr, während die Musik verebbt und Hector die Bühne in der Saalmitte betritt, ins Ohr. Ich bin noch von dem, was ich nun tun soll, absorbiert, als die Lichter erlöschen und ein Scheinwerfer Hector anstrahlt.

Es fällt mir schwer zu atmen, Wut steigt brodelnd an die Oberfläche.

Als er lächelt, machen ihn die Falten im Gesicht nur noch anziehender. Seine Tattoos winden sich unter dem Anzug hervor, sein Haar ist an den Seiten kurz geschoren und oben lang. Es gibt das Böse, und es gibt Hector Hayes. Und es gibt einen Grund, aus dem er so ist, wie er ist, der Grund ist, dass er mit einem seelenlosen Leib herrscht. Er gehört der Alten Schule an und lässt keine andere Treue gelten als die zu den Kings.

»Weiß er von Abel?«, frage ich Bishop leise.

Bishop grinst. »Nein.«

Da vibriert mein Handy, und ich ziehe es unter dem Tisch hervor. Nichts von Nate, aber eine Nachricht von einer »Unbekannten Rufnummer«.

Dein Stöhnen klingt mir noch in den Ohren. Willst du beenden, was wir angefangen haben?

Ich verziehe die Lippen zu einem Grinsen. *Ist das die Nachricht, die ich erwarten sollte?*

Ich warte auf die nächste Nachricht, doch schließlich schiebe ich das Handy wieder in meine Clutch, als mich unter dem Tisch jemand tritt. Mein Blick trifft auf Nate, der mich finster anstarrt.

Ich schaue weder weg, noch knicke ich ein.

»Ich muss mich mal frisch machen gehen«, brumme ich, dass Hector mitten in seiner Rede ist, interessiert mich einen Scheißdreck.

Ich stehe auf, dränge mich rasch zwischen Tischen und Stühlen hindurch und eile in den kleinen Korridor, in dem das »Toiletten«-Zeichen leuchtet. Als ich durch die Damentoilette flitze, verschwindet das einzige andere Mädchen dort auf der Stelle, und ich beuge mich, eine Hand auf dem Bauch, über die Waschbecken. Was tue ich hier eigentlich? Könnte ich wirklich mit einem anderen schlafen? Auch wenn Nate mich auf eine Weise verletzt hat, wie ich noch nie zuvor verletzt wurde. Gott, ich muss mich zusammenreißen.

Ich drehe das Wasser auf, als die Tür auffliegt und Nate hereinspaziert und mich anfunkelt.

»Raus hier«, sage ich und schaue wieder in den Spiegel.

Im nächsten Moment steht er hinter mir und wirbelt mich zu ihm herum. Er packt mich bei der Kehle und stößt mich grob gegen die Wand. »Was glaubst du eigentlich, mit wem du dich abgibst, Tillie?«, fragt er und krallt die Finger um meinen Hals.

»Jedenfalls nicht mit dir, Nate!«, schreie ich ihn an. »Ich habe dein ewiges Hin und Her gründlich satt!«

Als ich ihn zurückstoße, weicht er nicht von der Stelle. Mit einem Knie spreizt er mir die Beine, während die andere Hand nach meinem Oberschenkel greift und zudrückt. Mit geschlossenen Augen schlage ich mir innerlich die Hitze aus dem Kopf, die seine Berührung in mir auslöst. Sein Mund berührt mich seitlich am Hals, während seine Hand weiterwandert, bis die Fingerspitzen zwischen meinen Beinen verharren. Als er mit einem Finger eindringt, verliere ich den Halt, doch er lässt meinen Hals los und fängt mich rechtzeitig auf und windet meine Beine um seine Taille.

Er gluckst, jedoch tief und finster. »Bist du feucht für ihn?«

Ich erstarre, Angst fährt mir in die Knochen. »Nein«, setze ich an, doch dann führt er den Finger, den er mir reingesteckt hatte, zu meinem Mund und schiebt ihn zwischen meine Lippen. Ich beiße ihn, er senkt den Blick und gräbt die Finger der anderen Hand hart in meine Wangen.

»Beiß mich noch mal, und du siehst, was du davon hast.«

Ich beiße abermals zu.

Er zwingt mich in die Knie, dreht mich um und drückt mich gegen die Waschbeckenfront.

Er schiebt mir das Kleid hoch und versohlt mir den blanken Hintern. Dann packt er meinen Haarschopf und reißt meinen Kopf zurück.

»Schau dich nur selbst im Spiegel an, Tillie.«

Ich spüre, wie seine Finger, diesmal von hinten, wieder in mich eindringen. Ich erröte ob dieser Invasion. Aber nicht weil sie mich beschämt, sondern weil es sich so gut anfühlt. »Ich will, dass du dich an diesen Moment erinnerst, wenn du das nächste Mal meinst, du müsstest für einen anderen feucht werden.«

Ich spanne mich um seine Finger, und er grinst hinter seiner Maske. Er öffnet den Reißverschluss und reibt mit der Schwanzspitze über meine empfindlichste Stelle, bevor er in mich stößt.

Stöhnend finde ich an irgendetwas Halt, gleite jedoch ab

und fasse nach dem Wasserhahn, während er mich bei der Kehle packt.

»Ist es das, was du willst? Dich wie eine schwanzgeile billige Schlampe auf dem Klo ficken lassen?« Seine Worte tun weh, aber ich blende sie aus. »Dann ficke ich dich auf dem Klo wie eine billige Schlampe.«

Er stößt schonungslos in mich, jedes Mal touchiert sein Schwanz meinen Muttermund. Ich spüre meine Magennerven flattern, mein Orgasmus ist beschämend nah. Meine Muskeln ziehen sich kurz zusammen, dann löst sich die Spannung, und ich komme. Er wird langsamer und entleert sich in mir. Dann zieht er sich zurück, und nun, da die Anspannung nachlässt, erhebe ich mich und glätte mein Kleid. Shit. Was habe ich getan? Ein Schluchzen steigt mir in die Kehle, als mir klar wird, dass ich mich gerade seinem Willen unterworfen habe, aber ich darf mich nicht zum Opfer meiner Gefühle machen, weil ich verdammt noch mal kein Opfer bin.

Ich streiche über meine Augenbraue und drehe mich zu ihm um, als er seinen Reißverschluss hochzieht. »Du hast recht, Nate, ich war feucht für ihn.« Er hält inne, aber ich bleibe fest. »Und dass du mich wie eine billige Schlampe auf der Toilette vögelst, hält mich noch lange nicht davon ab, auch mit ihm zu vögeln, tut mir leid.«

Ich dränge mich an ihm, doch er hält mich zurück, stößt mich wieder gegen die Wand und drückt mir die Kehle zu. Aber diesmal gebe ich nicht nach.

»Ich bringe jeden um, der dir zu nahe kommt.«

Ich grinse. »Meinetwegen. Solange du damit wartest, bis ich ihn um den Verstand gevögelt habe.«

Dann schubse ich ihn weg und straffe die Schultern. Höchste Zeit, mich wieder dem eigentlichen Grund meines Hierseins zuzuwenden, und das bedeutet – kaum betrete ich den

Ballsaal wieder, sehe ich, dass Bishop und Madison nicht mehr am Tisch sitzen.

»Um Himmels willen.« Ich eile zum Tisch zurück und greife nach meiner Clutch. Ich bleibe stehen und beuge mich zu Brantley hinunter.

»Du riechst nach Sex, ich fühle mich übergangen«, grinst Brantley über sein Glas.

Hector schwallt nicht mehr am Rednerpult, dort steht jetzt ein anderer Anzugträger, der wie ein weiteres reiches Arschgesicht dieser speziellen Welt aussieht.

»Wo sind Bishop und Madison?«, erkundige ich mich, ohne auf seine Spitze zu achten.

Brantley zuckt die Achseln. »Madison ist rausgelaufen, und er ist ihr gefolgt, glaube ich.«

Ich sehe, wie Nate seinen Platz am Tisch wieder einnimmt, aber ich schenke ihm keine Beachtung, stehe gleich wieder auf und bahne mir einen Weg zurück in die Hotelhalle. Als ich Madisons Nummer wähle, geht nur die Mailbox an.

»Was zum Henker?« Gerade als ich das Handy wieder wegstecken will, erscheint Madisons Name auf dem Display. »Gott sei Dank«, sage ich. »Wo –«

»Tillie, du musst mir helfen.« Im Unterschied zu ihren Worten klingt sie irgendwie teilnahmslos.

»Wird gemacht. Aber wo steckst du?«

»Fahr mit dem Lift in den einundzwanzigsten Stock. Und komm allein, okay?«

»Okay … bist du allein?«

»Nein«, gibt sie zurück, und ich kappe die Verbindung, als ich Nate und eine Handvoll Kings in meine Richtung kommen sehe.

Rasch laufe ich zu den Aufzügen und drücke in einer Sekunde tausendmal »Aufwärts«.

»Komm schon, komm schon …«

Bestimmt ist Bishop bei ihr, deshalb ist sie nicht allein.

Es macht »Ping«, und die Lifttüren öffnen sich langsam wie nie; als ich nach links schaue, sehe ich Nate und Brantley, die mich anstarren und zu laufen beginnen. Ich drücke schnell den Knopf für die zwanzigste Etage.

Die Jungs würden es mitbekommen, wenn ich auf der einundzwanzigsten aussteige. Daher muss ich in die nächsthöhere Etage die Treppe nehmen. Die leise Musik in der Liftkabine beruhigt meine wild umherspringenden Gedanken leider kein bisschen. Was zum Teufel läuft hier? Als der Aufzug hält, stürze ich hinaus und spähe den langen Korridor rauf und runter, bis ich den Ausgang ins Treppenhaus entdecke. Ich renne los und reiße die Tür auf, dann raffe ich mein Kleid und stürme die Treppe hinauf. Wieder klingelt mein Handy, Nates Name leuchtet auf, aber ich drücke ihn weg. Als ich den einundzwanzigsten Stock erreiche, klingelt es wieder.

Als ich dieses Mal Madisons Namen sehe, gehe ich ran: »Ich bin da!«

»Zimmer vier-null-eins.«

Dann unterbricht sie die Verbindung.

Ich schwöre bei Gott …

Ich öffne die Treppenhaustür, finde 401 auf der Stelle und greife nach dem Türgriff.

»Ich bin's.« Ich klopfe leise an die Tür.

Sie öffnet, und das Erste, das mir auffällt, ist, dass sie weint.

Das Zweite ist, dass sie ein Messer in der Hand hat.

Und das Dritte, dass von ihren Fingern Blut tropft.

18. KAPITEL

NATE

»Wo zum Henker …« Ich dresche die Faust gegen die Wand und gehe auf dem Korridor der Zwanzigsten auf und ab. Als der Aufzug hält, drehen Brantley und ich uns in die Richtung, sehen aber nur Bishop, Eli, Cash und Hunter herauskommen.

»Habt ihr sie gefunden?«, will Bishop wissen, sein Blick fliegt von einem zum anderen.

»Was? Tillie? Nein. Verdammt, sie –«

»Nicht Tillie. Madison.« Bishop tritt vor und zurück, in Wellen geht Wut von ihm aus.

Ich richte den Blick auf ihn, plötzlich misstrauisch, in was die beiden Mädchen sich womöglich hineingeritten haben.

»Moment, heißt das, die beiden sind zusammen?«

»Das nehme ich an.« Bishop rauft sich frustriert die Haare. »Ich bin Madison nachgelaufen, aber als ich in die Hotelhalle kam, war sie plötzlich verschwunden.«

»Erinnert mich bitte daran, meine Zukünftige nicht in die Nähe dieser beiden Totalausfälle zu lassen. Ich meine, nicht mal zum Spaß.« Eli schüttelt grinsend den Kopf.

»Scheiße, sie hat *hier* angehalten. Auf diesem Stockwerk«, brummt Brantley.

Mein Blick fällt aus schmalen Augen auf das Treppenhaus, das Hinweisschild leuchtet wie ein Signalfeuer für ich weiß nicht was. Ich trete einen Schritt vor.

»Yo! Nate!«, ruft Cash mich, aber ich ignoriere ihn.

»Sie hat die verdammte Treppe genommen«, murmele ich, schon schlagen meine Füße ein Tempo an, von dem ich nicht wusste, dass ich es in mir habe.

»Nate!«, bellt Bishop hinter mir, aber Brantley ist schon an meiner Seite.

»Sie hat die beschissene Treppe genommen!«, brülle ich, die Wut hat mich fest im Griff.

»Sie ist sogar für uns zu schlau«, grunzt Brantley neben mir. »Eine Scheißplage ist sie.«

Wir springen die Stufen hinauf, immer zwei auf einmal, bis wir die Tür zur einundzwanzigsten Etage erreichen.

Ich reiße sie auf und trete langsam vor.

Stille.

Vollkommene, totale Stille.

Ich drehe mich zu den übrigen Kings um, die, einer nach dem anderen, auf den Gang hinaustreten.

Bishop richtet den Blick auf mich, er legt den Kopf schräg.

»Dieses Stockwerk?«, flüstert er, als er näher kommt.

Ich nicke. »Ja. Ziemlich sicher.«

Ich deute auf einzelne Türen und dirigiere die anderen dorthin, ich selbst lege das Ohr an die Tür von Nummer 401.

19. KAPITEL

TILLIE

»Verdammte Scheiße!« Ich laufe im Schlafzimmer auf und ab, das Messer lose, mit spitzen Fingern in der Hand. Warum, weiß ich nicht, aber es erscheint mir notwendig, die Stimme zu senken.

Dann bleibe ich stehen und drehe mich zu ihr um. »Hast du ihn getötet?«

Sie schuttelt den Kopf. »Nein. Ich habe ihn nur ein bisschen geritzt …«

Mein Blick schweift über ihre blutgetränkten Hände und kehrt dann zu ihren Augen zurück. »Klar.« Meine Geste mit der Messerspitze erfasst sie vom Scheitel bis zur Sohle. »Ein bisschen.« Ich seufze. »Wo ist er?«

Madison sieht mit ihren Rehaugen zu mir hoch, dann deutet sie auf das hinter einer Schiebetür verborgene Schlafzimmer. »Im Badezimmer. Er verblutet da.«

Ich gehe langsam zur Schiebetür. »Darf ich fragen, was dich auf die Idee gebracht hat, diesen Mann zu ritzen?«

Madison entgleisen die Gesichtszüge. »Es ist er, Tillie …«

»Moment mal.« Ich bleibe stehen und blicke mich nach ihr um. »Du meinst *er* er?«

Sie nickt mit dem Kopf. »Ja, es ist er. Ich weiß noch immer nicht, für wen er arbeitet oder warum, aber es ist er.«

Ich drehte das Messer zwischen den Fingern. Ich habe von

dem irren Scheiß gehört, den Madison Brantleys Dad angetan hat, daher ist mir klar, dass sie nicht wegen des Schlitzens so aufgebracht ist. Sondern wegen dem, was dazu geführt hat. Seufzend gehe ich geradewegs ins Badezimmer. Den stechenden metallischen Blutgeruch nehme ich bereits wahr, bevor ich zur Tür komme, trotzdem stoße ich sie mit einem Tritt auf, der Knall, als sie gegen die rückwärtige Wand prallt, hallt durchs Schlafzimmer.

Ups.

Ich blicke auf den Mann in der Badewanne hinunter. Gut sieht er aus. Und jung.

Ich gehe in die Knie und fahre mit dem Messer über seine Brust, während ich mir Mühe gebe, meine Wut zu zügeln.

Er hat meiner Freundin wehgetan.

»Wie heißt du?«, frage ich ihn, indem ich mit der Ferse die Tür hinter mir zuknalle. Dann strecke ich mich und lege den Riegel vor. Ich weiß sehr gut, wozu Madison fähig ist, aber ich will mich erst mal davon überzeugen, dass sie diese Last nicht allein schultern muss. Was bedeutet eine Sünde mehr schon gegen die stetig zunehmenden Gründe, warum ich mental so verflucht instabil bin.

»Joshua.«

»Joshua.« Ich streiche weiter mit der Messerspitze über seine Brust und grinse breit. »Hm, und du ziehst gerne Mädchen aus, Joshua? Hm?«

Ich erhebe mich, lege die Klinge zurückweichend auf das Handtuchregal. Der Saum meines Kleides ist bereits mit dem Blut auf dem Boden besudelt.

Er reagiert nicht, aber das ist okay. Ich brauche seine Reaktion nicht. Ich öffne langsam den Reißverschluss, und mein Kleid sinkt zu einem Stoffhäuflein um meine Beine zusammen. Ich habe nicht gründlich durchdacht, wie ich ohne Klamotten hier rauskommen soll. Aber ich habe mich längst zu weit vorgewagt.

»Gefällt dir das, Joshua? Hm?«, frage ich und sehe ihn schief an, während ich auf meinen halb nackten Körper deute.

Und wenn ich halb nackt sage, meine ich halb nackt, denn dank meines nuttigen Kleides, das ein Unterhöschen nicht zuließ, trage ich nur noch einen BH.

Da klopft Madison an die Tür.

Ich achte nicht auf sie.

»Bin ich dir noch nicht nackt genug?«

Ich verdrehe die Arme auf den Rücken und hake den Büstenhalter auf, der darauf auf den Boden fällt. Nun stehe ich splitternackt da.

»Besser so?«, frage ich, aber er kann mir nicht antworten, weil Blut aus seinem Mund quillt.

Ich fahre mit der Zunge über meine Lippen, dann steige ich zu ihm in die Wanne, der intensiv stechende Metallgeruch weht über mich hinweg. Immer noch rinnt Nates Sperma an meinen Schenkeln hinunter.

Aber ich fühle mich völlig leer.

Es ist mir egal.

Ich fahre mit der Klinge über sein hübsches Gesicht.

»Warum kommst du mir so bekannt vor?«

Die Klinge wandert über sein Kinn und weiter zum Hals.

»Warum hast du meine Freundin vergewaltigt?«

Wieder antwortet er nicht, und wieder quillt Blut zwischen seinen Lippen hervor.

Er stirbt.

Er wird nichts mehr sagen.

Ich beuge mich zu seinem Ohr vor. »Warum?«

Da haucht er ein einziges Wort: »Umwälzung.«

Als sich flatternd seine Lider schließen, nähere ich mich

noch weiter. Mir ist bewusst, dass er sterben wird. Aber sein Tod soll nicht zulasten von Madisons Gewissen gehen. Also drücke ich die scharfe Klinge gegen seinen Hals, bis sie in sein Fleisch dringt wie ein heißes Messer in Butter und Blut sich über meine Hände ergießt. Dabei bleibe ich vollkommen gelassen.

Ich atme ein und aus, während das Messer tiefer eindringt.

Er bewegt sich nicht mehr.

Als ich das Messer herausziehe und das Blut überallhin spritzt, bemerke ich erst, dass es mit Nachdruck an die Tür klopft. Im nächsten Moment fliegt die Tür auf und Nate erscheint auf der Schwelle, hinter ihm Brantley und Bishop.

20. KAPITEL

TILLIE

»Ups«, sage ich und lasse das Messer auf die Leiche fallen.

»Ups?«, zischt Nate verdrießlich und wendet sich ab. »Alle außer Brantley raus hier!«

Alle drängen sich an den beiden großen, dominanten Männern meines Lebens vorbei. Nate atmet tief durch und lehnt sich gegen die nun geschlossene Tür. Nach ein paar Sekunden zückt er sein Handy, sendet eine Nachricht und steckt es sogleich wieder weg.

»Mein kleiner Troublemaker«, grinst Brantley und nähert sich mir, er ergreift meine Hand und hilft mir aus der Badewanne. »Ich bin gerade stolz auf dich und ein kleines bisschen erregt.« Sein Blick verfinstert sich. »Rot steht dir einfach gut.«

»Bring sie nicht raus«, knurrt Nate, ohne meinem Blick zu begegnen. Er trottet ins Zimmer und dreht das Duschwasser auf. »Wasch dir das Blut ab.«

Ich stehe unter dem Duschkopf und sehe das Wasser über meine Haut und auf den Toten zwischen meinen Füßen prasseln.

Als es sich klärt, stelle ich das Wasser ab und steige aus der Wanne, als Brantley die offensichtlichen Blutspuren vom Boden wischt und das Handtuch zu dem Toten in der Badewanne wirft.

»Komm her«, sagt Nate, nimmt meine Hand und zieht mich aus dem Schlamassel.

»Kalt«, sage ich fröstelnd und greife nach dem Badetuch, das er mir reicht. Ich schlottere unkontrollierbar am ganzen Leib und muss mich aufs Äußerste zusammenreißen, um nicht die Beherrschung zu verlieren.

Nate trocknet mich ab, während Brantley im Zimmer umherschlurft und dafür sorgt, dass alles in der Wanne landet.

»Hast du die Nachricht gesendet?«, fragt Brantley Nate.

»Ja«, antwortet Nate, dessen Hand mich am Genick packt. »Warum hast du das getan? Was ist in der Zwischenzeit passiert, seit wir unten gevögelt haben?«

Ich mache den Mund auf, um ihm alles zu erklären, aber die Loyalität zu meiner Freundin hält mich zurück.

»Wieso hasst du mich?«

Warum habe ich das jetzt gesagt?

»Er hasst dich nicht«, flüstert Brantley, der mir die Beine abtrocknet, hinter mir.

Ich richte meine Aufmerksamkeit auf Nates Blick, der so eindringlich ist, dass er mir glatt ein Loch in den Schädel brennen könnte. »Du hasst mich.«

Nate antwortet nicht.

Als Brantleys Hand an der Innenseite meines Oberschenkels hinaufgleitet, schließe ich die Augen, ich wimmere leise, und mein Kopf sinkt nach vorne, auf Nates Brust.

Nate versteift sich.

Brantleys Hand wandert weiter hinauf, er drückt die Lippen auf meine Schulter. »Atme, mein kleiner Troublemaker, dann geht es dir besser. Wenn wir bei dir sind, bist du sicher …«

Ich halte die Luft an, mein unbeständiges Herz springt immer noch in meiner Brust herum.

Ich habe einen Mann getötet.

Der meine beste Freundin vergewaltigt hat.

Der Blutgeruch mischt sich in meine Lust, Brantleys Küsse auf meine Schulterblätter verdrehen mir den Kopf. Ich stöhne abermals und inhaliere Brantleys Geruch. Sein fester Körper hat sich nicht von der Stelle gerührt.

Ich reibe meinen nackten Hintern an Brantley, der stocksteif hinter mir steht und über meinen Nacken leckt, während eine Hand zwischen meine Beine greift und sein Daumen meinen Kitzler berührt. Als er zu kreisen beginnt, entfährt mir ein neuerliches Stöhnen, meine Beine zittern. Ich blicke zu Nate hoch, der mich mit versteinerten Gesichtszügen aufmerksam betrachtet. In dem Moment, als Brantleys Finger in mich eindringt, greift Nate nach meinem Kinn und zieht mein Gesicht zu sich.

Er presst die Lippen auf meine. »Ich hasse dich nicht, Baby.«

Ich schlinge einen Arm um seinen Nacken, mit der anderen Hand greife ich nach Brantleys Erektion in seiner Jeans.

Brantley öffnet den Reißverschluss, sein mächtig gepiercter Schwanz fällt mir in die Hand.

Nate packt mich und schlingt meine Beine um seine Taille. Seine Küsse kommen langsamer, sanft leckt seine Zunge über meine. Seine Zungenschläge, seine Liebkosungen, seine Hüftschwünge.

Während Nates Becken an mir kreist, ziehe ich an Brantleys Schwanz.

»Fuck«, stöhnt Brantley hinter mir. »Ich weiß nicht, wie lange ich das aushalte, ohne in ihr zu sein.«

Nate hält inne und sieht mich neugierig an. Dann lässt er mich auf den Boden sinken, und mit mir sinkt die lustvolle Stimmung.

»Fuck.« Nate schlägt gegen die Wand. »Wieso zum Henker

kann ich dich nicht teilen?« Damit reißt er die Tür auf und lässt mich mit Brantley im Badezimmer zurück.

»Um unser beider willen ziehen wir uns lieber wieder an«, lacht Brantley kopfschüttelnd.

Ich wische mir über die Wangen. »Ja.«

Brantley reicht mir seine Anzugjacke. Als ich mich eng hineinwickle, denke ich, dass sie fast wie ein Kleid aussieht. Wir gehen aus dem Badezimmer. Es ist dunkel, aber ich höre Stimmen aus dem anderen Zimmer.

»Du hast mich gefragt, warum er dich hasst …«, beginnt Brantley und fasst nach meiner Hand.

»Ja?«

»Weil er dich gar nicht hassen kann.«

»Wenn du das sagst, klingt es so einfach, so nachvollziehbar.«

»Weil ich mich auf das Gefühl beziehe. Tja …«

Ich frage nicht. »Eines Tages werde ich dich fragen, wie du das meinst …«

Brantley kichert. »Darauf würde ich wetten.«

Ich hebe meine Schuhe auf und schlüpfe hinein, dann fasse ich meine nassen Haare zu einem langen Pferdeschwanz zusammen. Als wir den Hauptraum betreten, werden wir dort von allen anderen einschließlich Nate erwartet.

»Nate hat Bescheid gesagt, wir müssen uns jetzt verziehen, damit die Spuren beseitigt werden können«, brummt Bishop, wobei er mich ansieht. Tausend Fragen stehen in seinen Augen geschrieben, Fragen, die ich jedoch nicht beantworten werde.

Madison sitzt allein auf einem Stuhl, den Blick auf den Boden gerichtet. Nate spricht mit ihr, aber ich sehe, dass ihr alles zum einen Ohr hinein- und zum anderen wieder hinausgeht.

»Müssen wir uns darüber unterhalten, dass ihr drauf und dran wart, in einem Badezimmer Sex zu haben, in dem ein Toter liegt, nachdem unsere kleine Königin hier den Typ kaltgemacht hatte?«, erkundigt sich Eli, dessen Blick im Zimmer umherschweift. »Oder kommt das einfach auf die Liste der übrigen Dinge, über die wir nicht sprechen?«

Ich gehe zu Madison, ohne auf ihn zu achten.

Nate steht defensiv da und funkelt mich an. Aber seine Gefühle sind mir im Augenblick gleichgültig; ich will mich nur davon überzeugen, dass es meiner Freundin gut geht.

Als ich ihr die Hand aufs Knie lege, flattern ihre Augenlider. »Soll ich dich nach Hause bringen?«

Ich bekomme mit, dass etwas in ihren Augen aufblitzt. Zuerst bin ich nicht schnell genug, um es zu deuten, doch dann sehe ich genauer hin. Wie ihr Blick zuerst zu mir huscht, dann zu Bishop, und dann wieder zu mir. Da begreife ich, was da aufblitzt – Angst, und natürlich wird Madison tun, was Madison immer tut.

Davonlaufen.

Und niemand kann sie aufhalten.

»Hey«, rede ich ihr zu und nehme ihre Hand. »Ich fahre dich heim.«

Ich stehe da, sie hinter mir, als Nate seine Jacke auszieht, um sie ihr um die Schultern zu legen.

Zähneknirschend kämpfe ich gegen meine irrationalen Gedanken an. So ist Nate nun mal. Er kümmert sich. Die wenigen Menschen in seinem Leben bedeuten ihm etwas. Da ich das weiß, kann ich schlecht wütend werden.

»Wir müssen den Hinterausgang nehmen. Die Aufzeichnungen werden bestimmt gelöscht, damit so wenig wie möglich unternommen werden muss und alles sauber über die Bühne geht«, sagt Bishop und fährt sich mit der Hand durchs Gesicht.

»Sollten wir dann nicht auf demselben Weg raus, um ihnen die Arbeit zu erleichtern, sonst müssten sie sich ja zwei Garnituren Überwachungskameras vornehmen?«, frage ich Bishop.

Doch Nate schüttelt den Kopf. »Nein, weil wir dann auf andere Dinge achten müssten, zum Beispiel, dass ihr zwei Anzugjacken anhabt, oder auf Zeugen. Das spielt sowieso keine Rolle, weil sämtliche Aufzeichnungen gelöscht werden.«

Nates Blick begegnet meinem.

Ich schaue weg. Neuer Plan. Blicke ihm nie wieder in die Augen.

Nachdem Bishop Cash und Eli angewiesen hat, auf das Räumkommando zu warten, bahnen wir uns über die Feuertreppe langsam einen Weg nach draußen. Dort warten bereits zwei große schwarze Limousinen. Bishop hält uns die Tür auf und bedeutet uns, zuerst einzusteigen. Madison rutscht auf der gegenüberliegenden Bank ganz in die Ecke, ich setze mich neben sie.

Nate lässt sich neben mir nieder, Bishop, Brantley und Hunter auf der anderen Seite.

Hunter betrachtet Madison eingehend, Sorge steht ihm ins Gesicht geschrieben.

Als Nates Oberschenkel sich an meinen presst, weiche ich vor ihm zurück.

Er lacht. »Das kommt ein bisschen spät, wenn man bedenkt, dass ich heute Abend schon in dir war.«

Alle sind sich unserer giftigen Beziehung deutlich bewusst und kümmern sich um ihre eigenen Angelegenheiten.

Ich schnappe nicht nach dem Köder und ignoriere ihn einfach. Ich bin müde. Ich wünschte, Daemon würde mir sagen, dass alles gut wird. Ich vermisse seine Gegenwart, seine Berührung. Warum nur fühle ich mich von den Verworfenen angezogen? Als würde meine Seele sich mit der Finsternis verbinden und sich an die Verdorbenen halten, weil der Verdruss in alltäglichen Seelen nicht ausreicht, um irgendeinen Funken in mir zu entzünden. Die Männer meines Lebens haben etwas gemeinsam – das Böse.

Nate scheint schwer neben mir zu zappeln. Seine Beine wippen unausgesetzt, ständig greift er sich in die Haare.

Er ist frustriert, eine tickende Zeitbombe, die in drei Sekunden explodiert.

Das geht so weiter, bis wir vor Brantleys Haus halten.

Mein Blick fällt auf Madison. »Kommst du mit rein?«

Sie schüttelt den Kopf. »Nein, ich fahre nach Hause. Allein.«

»Scheiß drauf«, schreit Bishop endlich. »Du wirst uns diese Scheiße jetzt ein für alle Mal erklären!«

»Ich muss dir überhaupt nichts erklären, Bishop! Raus!«

Mein Blick fliegt zwischen den beiden hin und her.

»Wenn ich aus diesem Auto aussteige, Madison, dann für immer«, knurrt er verhalten.

Gott verdammt, Madison! Sag es ihm doch einfach, mir zuliebe. Wenn sie nicht endlich den Mund aufmacht, wird sie diesen Mann für immer verlieren.

»Bitte sehr«, brummt sie und starrt aus dem Fenster.

Ich schaue tatenlos zu, wie Bishop aussteigt und hinter sich die Tür zuknallt.

»Madison …«, setze ich an.

»Nicht.« Sie schüttelt den Kopf, Tränen rinnen ihr über die Wangen. »Ich verdiene ihn nicht, und es ist sowieso zu viel.«

»Dann sehen wir uns morgen.« Ich drücke ihr noch einmal das Bein, dann steige ich auch aus. Als die Limousine anfährt, kommt mir der Gedanke, dass Nate mit ihr gefahren sein könnte, doch dann höre ich hinter mir seine Schritte.

Schwer.

Wütend.

Da weiß ich, dass unser Streit noch nicht ausgestanden ist.

»Tillie!« Er pfeift hinter mir her.

Ich reagiere nicht darauf, halb weil ich sauer bin, vor allem aber, weil ich kein verfluchter Hund bin und weil es so seine Art ist, hinter Mädchen her zu pfeifen. Stattdessen beschleunige ich meine Schritte, das Problem ist bloß, dass dadurch auch mein Herz schneller schlägt. Am liebsten würde ich laufen. Nicht davonlaufen wie Madison, sondern laufen wie beim Joggen. Oder doch um mein Leben laufen, weil mir Angst das Rückgrat hinaufkriecht, als ich hinter mir seine Schritte auf dem Gehweg höre, und plötzlich stürme ich vorwärts, lasse die Clutch fallen, umgehe die Haustür und sause seitlich ums Haus. Als ich die Gärten passiere, werfe ich auch die Schuhe von mir, Tränen strömen mir übers Gesicht.

Derweil kommen seine Schritte immer näher, fallen schwerer, trotzdem schieße ich wie der Blitz weiter und renne auf die Lücke im Wald zu. Feuchte Grashalme peitschen meine Knöchel, der Pferdeschwanz löst sich, und meine Haare wehen im Wind. Die Tränen wollen nicht versiegen. *Wieso heule ich eigentlich?*

Wieso gleichen meine Gedanken einer unleserlichen Schrift? *Wieso bin ich so fertig?* Wieso hasst er mich so inbrünstig? So viele verfluchte Fragen. Darum weine ich. Ich fliege den Trampelpfad entlang, meine Zehen versinken im Matsch. Erst am Eingang zum Friedhof der Vitiosis bleibe ich stehen und wische mir verirrte Haarsträhnen aus dem Gesicht. Das gesicherte Tor, dessen gotische Spitzen pittoresk in den Himmel ragen, lenkt mich einen Augenblick zu lange ab, denn nun prallt etwas hart gegen meinen Rücken und wirft mich nach vorne, dass ich mit ausgestreckten Händen, das Gesicht voran im Dreck lande. Nates massive Brust drückt gegen meinen Rücken, während er millimeterweise nach oben kriecht, mich schließlich herumdreht und mir weit die Beine grätscht. Er liegt mit seinem gesamten Gewicht auf mir und schlägt mir die Hand auf den Mund.

»Du wirst jetzt den Mund halten und hören, was ich dir zu sagen habe …«

Ich tue, was er sagt, weil Nate einem, wenn er wütend ist, echt Angst einjagen kann, und mein Selbsterhaltungstrieb steht nicht unter Drogen.

Er blickt mir forschend in die Augen, seine sind beinah schwarz. Seine Lippen teilen sich, als er tief Luft holt. »Du willst wissen, weshalb ich dich hasse?«

Jetzt will ich es gar nicht mehr wissen.

Als er mir die Wangen zusammenquetscht, springt unwillkürlich mein Mund auf. »Ich habe dir das schon gesagt, aber ich werde mich gerne noch einmal wiederholen. *Weil du mich verdammt noch mal an sie erinnerst!*«

Ich erstarre.

Oh nein, nein, ich will das nicht. Nicht jetzt, nicht nach allem, was heute Abend bereits passiert ist, bitte. Ich will nicht. Ich presse die Lider aufeinander.

»Du hast mir das verdammt schönste kleine Mädchen der Welt geschenkt, Tillie, aber ich habe alles kaputt gemacht. Sie kam mit meiner Welt in Berührung. Und jetzt? Jetzt werde ich ständig daran erinnert, *weil du existierst!*«

Tränen strömen mir übers Gesicht, der Schmerz schnürt mir die Kehle zu. Purer, unvermischter Schmerz rieselt durch mein Blut und steigt rauschend in meine Ohren.

Aber er macht weiter. »Jede Sekunde jedes verfluchten Tages kämpfe ich innerlich eine Schlacht gegen mich selbst. Ich hasse dich. Ich hasse deinen Geruch, weil ich mich erinnere, wie er sich in ihren unschuldigen Duft mischte; ich hasse deine Stimme, weil ich mich erinnere, wie du mit ihr gesprochen hast, und wie sie jedes Mal sanfter wurde, wenn du ihren Namen gesagt hast. *Micaela …*«

Feuer brennt in meiner Brust, als ich ihren Namen höre. *Ich will das jetzt nicht hören.*

»Du wirst mich anhören, Tillie, weil du denkst, dass der Hass, den ich für dich empfinde, dass meine Gefühle gegen dich so oberflächlich sind wie Bishops Gefühle gegen Madison. *Aber du kennst mich.* So bin ich nicht drauf. Daher hättest du wissen müssen, dass es mehr damit auf sich hat, wenn ich so zu dir bin. Aber das hast du nicht. Du hast geglaubt, ich hasse dich wegen weiß der Teufel was, weil du geglaubt hast, ich kriege davon einen Ständer, wie Bishop. *Aber da irrst du dich.* Es geht verdammt viel tiefer als das.«

Er atmet aus, seine Hand löst sich von meinem Mund und fährt mir an die Kehle.

»Ich wollte dir niemals wehtun. *Niemals.* Aber jeden beschissenen Tag, jeden beschissenen Tag erinnere ich mich und werde wegen dir von ihr heimgesucht. Ja, kann sein, dass es nicht deine Schuld war, *aber so gehe ich nun mal damit um.*« Seine Lippe kräuselt sich. Sein Blick fällt auf meinen Mund, sein Daumen drückt gegen meine Unterlippe. »Wie du ihr jeden Abend mit diesen Lippen einen Gute-Nacht-Kuss gegeben hast.« Sein Blick beginnt zu lodern und richtet sich unverwandt auf mich. »Oder dass du mehr Zeit mit ihr verbracht hast als ich. Wie ich mich beraubt gefühlt habe.«

Die Tränen hören nicht auf, es bricht mir das Herz. Er hat ja recht. Und ich dachte, der einzige Grund, aus dem er mich mit seinem Hass eindeckt, wäre irgendein Spielchen, das den Kings in den Kram passt. Rätsel, Sex aus Hass, übler Missbrauch. Das gehört alles zu ihrem Vorspiel. Und jetzt teilt er mir mit, dass das auf mich nicht zutrifft? Ich bin verwirrt. Verletzt, benommen und verwirrt.

Sein Hass geht tiefer als eine Fleischwunde. Das erkenne ich jetzt. Sein Hass reicht bis ins Mark und sitzt für alle Zeit dort fest.

Ich schließe die Augen. »Es tut mir leid.«

Er lässt abrupt von mir ab und steht langsam von der Erde auf.

»Ich wusste es nicht. Ich wusste nicht, dass es tiefer geht.«

Er rauft sich die Haare. »Du musst dein Leben auf die Reihe kriegen, weil ich nicht mehr lange bei dir sein kann.« Damit blickt er mich an. »Wenn es nicht bald geschieht, werde ich dich unwiederbringlich zerstören.«

»Nicht –« Kopfschüttelnd trete ich einen Schritt vor. Mit zuckenden Fingern. Ich muss dafür sorgen, dass es ihm besser geht. Jedenfalls für den Moment. Nicht dafür, dass es ihm morgen oder für immer besser geht, sondern dass es ihm hier und jetzt besser geht. Er verstummt nun, sieht mich aber weiter an.

»Ich werde dich zerstören, Tillie.«

»Dann tue es nicht, Nate«, gebe ich mit einem Flüstern zurück, meine Hand kriecht an seiner Brust hinauf und windet sich schließlich um seinen Nacken. Ich recke mich auf die Zehen und ziehe sein Gesicht zu mir herab. Dann küsse ich ihn zart, nicht mit offenem Mund, sondern irgendwie auf dem Weg dahin. Er bleibt stumm und rührt sich nicht.

Ich vergrabe die Finger in seinem Haarschopf und küsse ihn abermals, sanfter, sauge behutsam seine Unterlippe in meinen Mund und küsse ihn aufs Neue. Seine Lippen beben und öffnen sich dann langsam, während er mir einen Arm um den Rücken legt und mich an sich zieht. Sofort mache ich einen Satz und schlinge, ohne dass wir voneinander weichen, die Beine um seine Taille. Seine Zunge windet sich um meine, unsere Lippen verschmelzen miteinander. Er macht ein paar Schritte und bettet mich rücklings ins Gras, ohne dass sich unsere Lippen voneinander lösen. Als er sich zwischen meinen Beinen niederlässt, spreize ich sie für ihn; seine Küsse werden zuerst zärtlich, dann fordernd, jeder Zungenschlag erinnert mich an seine groben Worte vorhin, und jedes Saugen zeigt mir, dass er offenbar zur Vernunft gekommen ist. Er reißt mir die Jacke auf, eine Hand greift nach meiner Brust, Daumen schnellen über die Brustwarze. Ich fühle seinen Schwanz gegen mich drängen, und ich setze mich auf, damit er mir die Jacke abstreifen kann. Er unterbricht unseren Kuss schließlich doch und schleudert sie achtlos zur Seite. Seine Augen blicken wild, seine Brust hebt und senkt sich rasch, als er den Anblick meines nackten Körpers im Dreck in sich aufnimmt.

»Das war das letzte Mal, dass du irgendetwas von Brantley angenommen hast – das gilt auch für seinen verfickten Schwanz. Hast du mich verstanden?«

Wenn Nate dir seine Seele offenbart, nimmt er deine eigene in Geiselhaft. Aber ich nicke zustimmend, weil ich weiß, dass ich damit fertig bin. Ich liebe diese Jungs, und Brantley mehr als die anderen, aber Nate hat recht. Ich kann das auch nicht mehr, auch wenn er teilweise dafür verantwortlich ist, weil er ständig testet, wie weit er, als der Masochist, der er nun mal ist, damit klarkommt.

Er zieht sein Hemd aus und wirft es weg. Ich hole tief Luft, als ich die schroffen, gebrochenen Linien betrachte, die plötzlich im Mondlicht aufscheinen. Er beugt sich hinunter und drückt mir Küsse auf die Schenkel. Ich lehne mich zurück, werfe den Kopf hin und her und verdrehe die Augen. Als sein Mund zwischen meinen Beinen eintaucht, beiße ich mir auf die Lippen, weil ich lieber keinen Laut von mir geben will. Doch als seine Zunge meine Klitoris umspielt, entfährt mir ein Wimmern. Wieder rollt mir eine Träne über die Wange.

Wieso weine ich jetzt schon wieder? Egal, es fühlt sich gut an. Das hier fühlt sich gut an.

Ich schaue auf ihn hinunter, wie er da zwischen meinen Schenkeln kniet, die Muskulatur unter den Schultertätowierungen strafft sich. Als er den Blick hebt, verliere ich die Beherrschung, so schnell wie möglich braut sich mein Orgasmus zusammen. Er leckt sich die Lippen, gleitet an mir herauf, öffnet den Gürtel und den Reißverschluss.

Ich lege mich zurück, sein Blick lässt mich nicht los, wandert zu meinen Lippen und dann wieder zu den Augen. Als wollte er sich diesen Moment einprägen. Dann dringt er in mich ein, und flatternd fallen mir die Lider zu.

»Mach die Augen auf«, fordert er, bewegt sich behutsam in mir und zieht sich wieder zurück.

Ich gehorche, öffne die Augen und sehe ihn an, meine Hand greift wieder in seinen Nacken. Mit meinen Schenkeln zieht sich mein Lustzentrum zusammen, und ich wölbe mich ihm entgegen, um dem Höhepunkt entgegenzufiebern.

Er legt sich wieder hin, sein Blick begegnet meinem, er dringt abermals langsam ein. Rein und raus, in einem gemächlichen Rhythmus, während mein Mund ihn ohne Unterlass küsst. Schweiß tropft von meiner Haut, während nichts das Geräusch unserer sich aneinanderreibenden Körper und den auf uns herabscheinenden Mond stört. Mein Orgasmus erklimmt ungeahnte Höhen, ich greife in seine Haare, meine Küsse werden verzweifelter, dringlicher. Seine Hüften bedrängen mich hart, in einem stetigen Rhythmus. Er stößt mich, und jeder neue Stoß bringt mich dem Abgrund näher. Ich stöhne leise, als der Orgasmus mich zerreißt und sich mit nie gekannter Wucht in mir entlädt. Und plötzlich zuckt er, stöhnt in meinen Mund und beißt mir in die Lippe, bis mir etwas süß, metallisch in die Kehle rinnt. Anschließend bleiben wir noch eine Zeit liegen und warten darauf, dass unsere Körper sich beruhigen.

Das war gerade der intensivste Sex, den ich jemals erlebt habe, aber mein Herz hat er nicht geheilt. Er lehnt sich zurück und sieht mich unter schweren Augenlidern neugierig an, und ich erkenne, dass alle anderen Gefühle, die er mir je offenbart hat, verschwunden sind, und ich kenne den Grund.

Das war unser Lebewohl.

21. KAPITEL

TILLIE

Nach dem Drama auf dem Friedhof blieb Nate dabei, dass ich nie wieder etwas von einem anderen Mann annehmen darf, also zog ich sein Hemd an, und er musste ohne Hemd zurückgehen. Wir sprachen kein Wort mehr.

Aber bevor wir zur Vorderseite des Hauses zurückkehrten, hob er meine High Heels auf und griff sich meine Handtasche. Dann begleitete er mich in mein Zimmer hinunter, und als wir an Daemons Raum vorüberkamen, blieb er augenblicklich davor stehen. Als ich dachte, jetzt sagt oder tut er irgendwas, ging er weiter.

Dann warf er meine Schuhe und die Tasche in mein Zimmer und ging.

Ohne ein weiteres Wort.

Er hat mir das Letzte geraubt, das mir noch selbst gehört hat, und nun bin ich so ausgelaugt, dass ich keinen Moment länger die Augen aufhalten kann.

Nach der längsten Dusche aller Zeiten, mit der ich alle Aspekte der vergangenen Nacht abwasche, winde ich mich unter der Bettdecke in Unterwäsche und nehme mir vor, mehrere Wochen lang zu schlafen.

Über mir grollt Donner, als ich an Daemons Grab stehe. Wasser strömt mir übers Gesicht und klatscht mir die Haare an die Haut.

»Warum bin ich hier?«, schreie ich gegen die prasselnden Regentropfen und die krachenden Donnerschläge an. »Was willst du von mir?«

Da erscheint Daemon auf seinem Grabstein, der Kopf ist ihm auf die Brust gesunken, ein Arm ruht zart über den Knien. Ich sehe, wie der Regen sein Haar durchnässt, dass es ihm tief ins Gesicht hängt.

»Daemon?«, sage ich leise und trete einen Schritt vor. »Du bist … Bist du?«

Langsam hebt er den Kopf. »Finde es, Tillie. Befreie mich …«

Da werde ich wach, reibe mir den Schlaf aus den Augen und höre mein Telefon klingeln. Mein Telefon klingelt? Ich beuge mich über die Bettkante zum Boden hinab, wo Nate das Handy heute Nacht abgelegt hat.

»Hallo?«

»Tillie?«

Ich erstarre. »Gabriel.«

Er seufzt. »Ja, ich bin es. Ich habe etwas für dich, das du vielleicht wiederhaben willst.«

»Moment«, zische ich, aus Angst, jemand könnte mich belauschen. »Wo bist du? Ich dachte, Nate hätte dich entführt.«

»Das Gespräch sollten wir nicht jetzt führen. Ich muss dich sehen, um dir das Buch zurückzugeben. Können wir uns auf dem Parkplatz treffen?«, quatscht er dazwischen, dann beschreibt er mir den Weg.

»Ja«, murmele ich. »Ich bin um eins da.«

Ich beende die Verbindung und massiere mir die Schläfen. Endlich bekomme ich Daemons Buch zurück, hoffentlich finde ich mich dann so gut darin zurecht, dass ich herausfinde, warum ich es gefunden habe und was es überhaupt bedeutet.

22. KAPITEL

NATE

Tillie steht mit dem Handy in der Hand vom Fußboden ihres Zimmers auf. Dann verschwindet ihre schmächtige Gestalt im Badezimmer.

»Ich sage doch, wäre sie jemand anders, hätten wir da auch eine Kamera installieren können«, brummt Cash und grinst mich an.

»Wenn du da eine Kamera anbringst, bringe ich dich um«, versetze ich und blicke ihn finster an.

»Was?«, gibt Cash spöttisch zurück. »Dann darf Brantley sie sehen, wir aber nicht?«

»Er *durfte* sie sehen«, korrigiere ich ihn und streiche mit dem Finger über meine Lippe.

Am Tisch wird es still.

»Habt ihr zwei euch endlich mal ausgesprochen?« Brantley verzieht den Mund zu einem schiefen Lächeln.

»Ist sie etwa in meinem Bett?«, frage ich schmachtend, mit hochgezogenen Brauen.

»Nein, aber sie hat dich trotzdem bei den Eiern, deshalb hätte ich gerne etwas mehr Klarheit«, geht mir Brantley weiter auf den Geist.

»Ich kann dich echt besser leiden, wenn du auf alle Welt sauer bist und die Klappe hältst.« Damit wende ich mich wieder der Kamera zu.

Brantley gluckst vergnügt. »Sackgesicht.« Dann deutet er auf die Kamera. »Glaubst du, das war er?«

Ich nicke. »Ja.«

»Und sie wird sich mit ihm treffen?«, fragt Brantley weiter.

»Ja«, wiederhole ich. »Da muss ich jetzt durch. Sie muss da durch.«

»Du meinst, dadurch kommt sie wieder in Ordnung?«

Ich stecke mir einen Joint zwischen die Lippen, lasse ihn auflodern und blase achselzuckend eine dichte Rauchwolke ins Zimmer. »Weiß der Teufel. Vielleicht ist sie ja komplett ausgerastet.«

»Wäre das ein Problem für dich?«, will Brantley wissen, und ich wende mich ihm zu und schenke ihm meine ungeteilte Aufmerksamkeit.

»Du stellst mir heute Morgen schrecklich viele Fragen, Bran Bran. Hat dir letzte Nacht jemand einen Blowjob verpasst?«

Er lacht und grinst dann breit. Ein paar von den Jungs kichern.

Aber Brantley sieht mich finster an.

»Halt jetzt bloß deine Fresse«, blaffe ich ihn an, worauf er nur noch breiter grinst. »Arschloch.«

Bishop hat die ganze Zeit geschwiegen und träge dieselbe Stelle auf dem Tisch angestarrt.

Ich reiche ihm den Joint, er nimmt ihn und steckt ihn sich zwischen die Zähne. »Ich habe verdammt keine Ahnung, was ich mit Madison machen soll.«

Brantley schüttelt den Kopf. »Und genau deshalb bin ich Single.«

»Bist du das denn?«, frage ich und sehe ihn an. Jetzt bist du dran. Bastard.

Er kneift die Lider zusammen. »Fick dich.«

»Moment mal«, geht Cash dazwischen. »Was soll das heißen?«

Lachend nehme ich Bishop den Joint ab und stecke ihn mir in den Mund. Dann sehe ich Cash grinsend an und schüttele den Kopf. »Nichts.« *Nichts, das dich etwas angeht.*

»Die beruhigt sich schon wieder.«

Bishop lehnt sich zurück und schließt die Augen. Wie wir beide hat er während der vergangenen Monate hart zu kämpfen gehabt.

»Bald ist Halloween«, grinse ich mit dem Joint im Mundwinkel. »Da können wir uns mit den Mädchen amüsieren.«

Bishop verzieht den Mund. »Ich bin dabei.«

»Eine Party auf dem Friedhof?«

Brantley grinst. »Ich freue mich drauf.«

Da bemerke ich eine Bewegung auf dem Monitor, wir sehen alle hin und beobachten Tillie, wie sie im Zimmer umhereilt und schließlich schwungvoll die Tür aufmacht. Als wir hören, wie sich die Tür am Ende des Flurs öffnet und schließt, schalten wir den Monitor aus.

Dann kommt sie herein. »Hey, Brantley –« Sie verstummt. »Wo bin ich denn hier hereingeplatzt?«

Sie hat sich die Haare gebürstet und jede Menge Make-up aufgelegt. Ich weiß, sie steht auf den Mist, brauchen tut sie ihn nicht.

»Nichts.« Ich fische die Schlüssel aus meiner Tasche und werfe sie ihr zu. Sie fängt den Bund aus der Luft. »Und du nimmst meinen Wagen …« Als ich sagte, sie dürfte nichts von Brantley nehmen, habe ich nicht nur seinen Schwanz gemeint.

Sie reißt die Augen auf. »Danke. Meiner müsste morgen hier sein.«

»Du hast dir ein Auto gekauft?«, fragt Brantley, als sie sich auf den Boden plumpsen lässt und in ihre Sneakers schlüpft.

»Ja, als ich mit Madison shoppen war, habe ich mir einen fahrbaren Untersatz gekauft.«

»Welche Marke?« Brantley und seine Fragen.

»Lass mich raten«, brumme ich. »Einen Range Rover.«

»Nee«, verkündet sie und rappelt sich mit meinen Schlüsseln in der Hand wieder auf. »Einen Porsche.«

»Hast du den in Schwarz gekriegt?«, erkundige ich mich und blicke sie an. Alle Kings fahren traditionell schwarze Autos. Eine Tradition, die natürlich ihren Anfang nahm, als wir Kings wurden. Teil der Gebote ist das eigentlich nicht.

Sie gibt meinen Blick zurück, doch ihren Augen geht das Feuer, das sonst in ihnen brennt, heute ab. Weil sie etwas vor mir verbirgt, wovon sie glaubt, dass ich es nicht weiß. Ihr Mangel an Vertrauen in die Kings zerrt an meinen Nerven.

»Nee.« Sie schaut grinsend auf Brantley hinunter. »In Blutrot.«

Brantley lacht, dann blickt er in meine Richtung. »Hab ich dir doch gesagt – Rot ist ihre Farbe.«

Ich verdrehe die Augen. »Sei um drei wieder hier.«

Sie winkt in die Runde und marschiert zur Haustür hinaus. Wir sitzen schweigend, bis wir den Motor grollen und meinen Wagen die Auffahrt hinunterrollen hören.

»Drei, zwei, eins …« Wir springen auf und laufen zu den beiden vor dem Haus geparkten Range-Rover-SUVs. Ich gleite auf den Fahrersitz des einen, Bishop steigt in den zweiten.

Als ›Get Dough‹ von Dead Obies pulsierend aus der Anlage dröhnt, dreht Brantley auf. Gut so. Ich brauche dringend eine Ablenkung von meinen Gedanken.

Wir biegen auf die Hauptstraße ab, Brantley drückt ein paar Tasten, dann leuchtet das GPS meiner Karre auf. Wir haben unsere Autos alle mit GPS ausstatten lassen. Eine reine Vorsichtsmaßnahme. Sämtliche Kings und alle, die ihnen nahestehen, Ehefrauen und dergleichen, verfügen über die gleiche Grundausstattung. Ein grüner Lichtpunkt zeigt flackernd an, wo Tillie sich gerade befindet. Auf dem Weg in die Stadt.

Da klingelt mein Handy. Ich schalte den Lautsprecher zu. »Was?«

»Ich werde sie gleich treffen«, antwortet mein Vater. »Nate?«

Ich antworte zuerst nicht, reibe mir stattdessen das Kinn. »Was?«

»Sie schwebt in Gefahr. Das solltest du wissen.«

»Ja«, brumme ich. »Ja, ich weiß.«

»Und was unternehmt ihr alle gegen eine Situation, durch die die letzte lebende Stuprum ständiger Gefahr ausgesetzt ist?«

Ich rutsche auf meinem Platz herum. »Wir haben einen Plan.«

»Den du mir mitteilen könntest?«

»Fuck, nein …«, gebe ich höhnisch zurück. »Du bist ein Nomade, und deshalb kann man dir noch weniger trauen als den verfluchten Rebellen oder dem beschissenen Kreis.«

Er seufzt. »Aber ich bin auch dein Vater, und um des lieben Friedens –«

Ich beende das Gespräch und werfe das Handy Brantley in den Schoß.

»Wie kommt der Penner dazu, sich neuerdings aufzuführen, als wäre er der verdammte Daddy Malum«, knurrt Brantley. »Wichser.«

Ich lasse ihn abblitzen.

»Schlägst du jetzt Rotalarm wegen Tillie?«, fragt Brantley und beobachtet mich aus dem Augenwinkel. »Rotalarm« wegen einer Frau bedeutet, dass alle Kings die Finger von ihr lassen müssen. Es gibt immer nur ein Mädchen, das den Rotalarm wert ist. Und das heißt, sie wird nicht geteilt. Bishop hat damit bis zu Daemons Ableben gewartet.

Ich lasse mir Brantleys Worte durch den Kopf gehen. Wenn ich wegen ihr Alarm schlage, ist die Angelegenheit besiegelt. Dann wird sie niemand mehr anfassen. Flirten? Ja, okay, aber nur als Spielerei zwischen uns dreien – und für Brantley wäre sie tabu. Ein Mann, der noch bei Verstand ist, würde den Rotalarm erst auslösen, wenn er sozusagen offiziell mit einem Mädchen liiert ist – und das schon länger. So wie Bishop und Madison. Aber egal, ich bin sowieso nicht bei Verstand.

»Ja, verdammt, ja, das mache ich.«

Darauf brechen alle in Gelächter aus. Einschließlich Brantley.

»Endlich. Und wie hast du sie dazu gekriegt, dir zu verzeihen?« Brantley grinst.

»Hä?« Ich schaue ihn mit Unschuldsmiene an. »Oh, sie hat mir keineswegs verziehen, und wir sind auch nicht zusammen. Vielleicht nie wieder, vielleicht schon nächste Woche wieder – wer weiß das schon.«

»Trotzdem schlägst du wegen ihr Alarm!«, ruft Brantley lachend.

»Ja.« Ich nicke mit dem Kopf. »Damit keiner von euch Wichsern ihr mit seinem Schwanz zu nahe kommt.«

»Scheiße.« Brantley kichert. »Noch nie in der Geschichte des Elite Kings Clubs hat einer wegen einer Frau Alarm geschlagen, mit der er nicht einmal eine Beziehung hatte.«

»Tja, ich bin eben einmalig.« Für das dreiste Lächeln in meinem Gesicht kann ich nichts.

Brantley schüttelt den Kopf. »Du stehst auf total durchgeknallte Mädchen.«

»Du etwa nicht?« Ich blicke ihn an. Ich muss unbedingt herausfinden, was er vor mir geheim hält.

»Nein.« Brantley funkelt mich an. »Nicht mehr.«

»Und worauf stehst du dann?«, hake ich grinsend nach. Öffnet er sich jetzt vielleicht ein wenig?

»Wenn sie Heilige sind.«

23. KAPITEL

TILLIE

Ich schließe die Fahrertür, nachdem ich vor einem Rohbau geparkt habe. Ich treffe ihn weiter oben, ohne daran zu denken, dass die Betonrampen noch jede Minute einstürzen könnten.

Gabriel lächelt, als er mich sieht, dennoch schaut er sich aufmerksam um. Hinter ihm steht ein Leibwächter, der einen Anzug und eine dunkle Sonnenbrille trägt.

»Tillie.« Er nickt mir zu.

Ich lächle. »Gabriel.«

Er reicht mir einen Koffer. »Es ist da drin. Ich hoffe, du findest einen glücklichen Abschluss, wenn du es durchhast.«

Ich lache. »Oh, das bezweifle ich.« Doch als ich erkenne, wie er mich ansieht, habe ich ein schlechtes Gewissen. Wenn er vorgibt, freundlich zu mir zu sein, macht er es sehr gut, denn in seiner Gegenwart tendiere ich jedes Mal dazu, ihm zu glauben.

»Nate hat Sie gehen lassen?«, frage ich und lege den Kopf schief.

»Ja, er weiß, er kann mich sowieso nicht lange festhalten, und selbst ihm ist klar, dass ich besser zum Verbündeten tauge als zum Feind.«

»Und, konnten Sie es trotzdem?«

»Was?« Er faltet die Hände vor dem Bauch, und ich schaue zu, wie seine Daumen sich rasch umeinanderdrehen.

»Ihrem Sohn ein Feind sein.«

»Nein«, antwortet er wie aus der Pistole geschossen. »Nein, das konnte ich nicht.«

Ich umklammere den Koffergriff. »Danke dafür.« Damit drehe ich mich wieder zu Nates Wagen um.

»Tillie?«, ruft Gabriel mir nach. »Ich weiß, dass du meinen Sohn liebst, und ich weiß, dass er dich liebt.«

Ich beiße die Zähne aufeinander. Niemand sagt diese Worte in seinem Interesse außer ihm selbst. Vielleicht bin ich ja unvernünftig, aber ich mag es nicht, wenn alle Welt das zu mir sagt. Wissen etwa alle, was in Nates Kopf vorgeht? Weil ich mir, um das mal klarzustellen, nämlich fast sicher bin, dass nicht mal Nate weiß, was in seinem Kopf vorgeht.

Gabriel fährt fort: »Aber in dieser Welt herrschen andere Regeln. Die Loyalitäten sind anders verteilt.«

Ich öffne die Fahrertür, ohne ihn aus den Augen zu lassen. »Ich weiß sehr gut, wie es in dieser Welt zugeht, Gabriel, und wer weiß, ob ich überhaupt loyal zu ihm stehe?«

Ich ziehe mir die Sonnenbrille ins Gesicht und starte den Wagen, dann lege ich den ersten Gang ein und rolle vom Parkplatz. Als ich ihn nicht mehr sehe, lasse ich den Wagen ausrollen, klappe den Kofferdeckel auf und sehe das Buch. Ich blättere darin und finde die Seite, die ich gesucht habe. Ich weiß, dass die meisten Zeichnungen auf Perdita entstanden, aber ich weiß auch, dass der Schluss woanders gezeichnet wurde.

Ich blättere die Seite um.

Eine weitere Skizze von der Wohnwagensiedlung, in der ich aufgewachsen bin. Als die Ampel grün wird, wende ich abrupt und schalte in den Zweiten runter. Jetzt weiß ich, wohin ich fahren muss, und ich mache es mir zur Aufgabe, das verfluchte Buch bis zum Ende des Tages durchzugehen.

Als ich ein Kind war, hatte ich einen Schwarm. Als Teenager hatte ich einen Schwarm. Als ich … Mein Verstand plagt sich, während ich die lange, verwaiste Straße hinunterbrause. Viel schlimmer als bei meiner Abfahrt. Dem Park gegenüber liegt ein verlassenes Haus, die Mauern sind mit Graffitis übersät, die Fensterscheiben eingeworfen, der Wind trägt verstreuten Abfall vor sich her.

Ich lasse den Wagen ausrollen, das vertraute Tor ist fest verschlossen.

Ich schlage die Augen nieder. »Was hat es mit diesem Tor auf sich, Daemon? Und warum hast du so häufig mich gezeichnet?«

Nates Auto tuckert noch unter mir im Leerlauf.

Abermals schlage ich Puer Natus auf und blättere durch sämtliche Skizzen. *Die Kinderrassel.* Die Zelle in Perdita. *War das die Zelle, in der er gesessen hat?* Ja? Mir tut der Kopf weh, ich kann mich nicht erinnern.

Ich blättere weiter und halte die Luft an, als ein Armband zwischen den Seiten herausfällt. Ein geflochtenes Bändchen. Ich habe es getragen, als ich klein war. *Als ich einen Schwarm hatte.* Die Zeichnung dazu zeigt zwei verschränkte Hände, um die Schuhe der beiden liegen Kiesel und Erde verstreut. Der Betrachter der Zeichnung schaut von oben auf die Gegenstände. Das Mädchen auf dem Bild trägt mein Bändchen.

Ich werfe das Buch auf den Beifahrersitz. »Oh, mein Gott.«

Ich stoße die Fahrertür auf und beginne draußen auf und ab zu streichen, unter meinen Sohlen knirscht der Schotter. »Warum …« Ich überdenke meine Erinnerungen. Wie konnte es mir entgehen, dass Daemon dieser Junge war? Er war mein Schwarm, als ich dreizehn war. Er hat meine Hand gehalten und mein Herz schneller schlagen lassen. *Mein Herz.* Ich kralle die Hände in meine Brust, flüssige Hitze überläuft meine Haut. Ich muss ihn finden. Ich muss ihn fragen, was zum Henker das zu bedeuten hat.

Ich steige wieder ins Auto, knalle die Tür zu und greife nach dem Buch.

»Beende das Buch, Puella.«

Ich schreie frustriert auf und schlage die Seite um.

Ein gebrochenes Herz klagt aus den Seiten.

Ich blättere weiter, wende den Buchdeckel um. Eine Krippe, dunkel und alt, die aussieht wie die, in der das biblische Baby lag. Jesus? Ja, Jesus. Aber in dieser Krippe liegt kein Baby, stattdessen ein Schild: VERKAUFT. Die Schrift bedeckt das kleine Kissen.

Ein Baby wurde verkauft. Wer wurde verkauft?

Mein Herz zieht sich zusammen. Das Thema Baby geht momentan über meine Kraft. Es ist zu heikel und erinnert mich zu sehr an *sie*.

Nur wenige Seiten liegen noch vor mir, also blättere ich weiter und erkenne Hectors Haus.

Hector? *Sie?* Hätte ich ihren toten Körper nicht mit eigenen Augen gesehen, könnte ich jetzt annehmen, dass Hector sie mir genommen, sie aber nicht hatte umbringen … Ich würge.

Als ich zur vorletzten Seite weiterblättere, sehe ich die Rückansicht eines kleinen Mädchens. Sie hat langes Haar, sehr langes Haar, das ihr bis ins Kreuz fällt.

Dann schlage ich die letzte Seite auf. Dieses Mal ist es eine Zeichnung von Brantleys Haus.

Keine weiteren Seiten mehr.

Warum? Er hatte doch gesagt, ich würde alles erfahren, wenn ich zur letzten Seite komme!

Ich schalte in den ersten Gang, fahre schlitternd auf die Fahrbahn zurück und mache mich auf den Weg zu Brantley.

Ich muss mit Daemon sprechen, ich muss auf der Stelle mit ihm sprechen.

24. KAPITEL

TILLIE

Man beurteilt einen Ozean ebenso wenig nach der Wasseroberfläche, wie man einen der Kings niemals, und ich meine niemals, nach seinem Verhalten beurteilt. Diese Jungs wissen mehr, als sie zeigen, und sie sind schlimmer, als man je zu begreifen vermag. Das kann gut oder schlecht sein. Ich weiß das alles, trotzdem ertrage ich es nur bis zu einem gewissen Punkt, dass sie ständig vor jedem, auch vor mir, irgendwelche Geheimnisse haben.

Ich stoße Brantleys Haustür auf, werfe Nates Schlüssel auf das Tischchen für allen möglichen Kleinkram.

Ich schließe die Haustür und eile dem Eingang zum Parterre und meinem Zimmer zu. Ich muss Daemon fragen, was dieses Buch mit mir zu tun hat und warum er mir nicht gesagt hat, dass er dieser Junge war. Habe ich *deshalb* immer etwas für ihn empfunden? Weil meine Gefühle für ihn, unter all den Verheerungen meiner Vergangenheit, immer schon da waren?

Ich weiß es nicht, aber als ich den langen Flur entlanggehe, weiß ich, dass ich es herausfinden werde.

Ich hebe die Faust und klopfe ein paarmal an seine Türe, aber niemand reagiert.

»Daemon?«

Ich packe den Türgriff und drücke, sein Schlafzimmer sieht ganz genauso aus wie immer. Ich habe ihn nun schon mehrere

Abende lang nicht gesehen, und langsam beginne ich mir Sorgen zu machen. Er ist nicht mehr derselbe, seit wir ihn gefunden haben.

Seufzend lasse ich mich mit dem Buch in der Hand auf sein Bett sinken. Ich fahre mit dem Handgelenk durch das Armbändchen und lockere es, bis es bequem passt, dann lege ich mich zurück und blättere aufs Neue in den Seiten.

Vielleicht ist mir ja irgendetwas zwischen den Blättern entgangen. Vielleicht gibt es etwas »zwischen den Zeilen«, das ich nicht kapiere …

25. KAPITEL

NATE

Verrat fühlt sich an, als würde einem jemand bei lebendigem Leib die Eingeweide herausreißen. Als würdest du zusehen, wie dich jemand, dem du vertrauen zu können glaubtest, den Haien zum Fraß vorwirft. Sodass das Maß deines Vertrauens übervoll ist. Aber immerhin bist du danach ein paar Sekunden lang vollkommen taub. Alles kommt zum Stillstand, und du denkst: *Tja, fuck, und was jetzt?*

Ich habe nicht so gefühlt, als uns aufging, dass Hector womöglich in Micaelas Tod verwickelt war. Ich wurde sofort von völliger Taubheit erfasst.

»Wir müssen vorsichtig sein, wie wir unseren Plan umsetzen«, brummt Brantley und steckt sich eine Kippe zwischen die Lippen.

Ich bleibe still, den Blick auf eine Stelle an der Wand gerichtet, um bloß keine Gefühle zu zeigen.

Bishop sitzt da und lässt den Kopf hängen. »Wir können ihn nicht töten.«

Meinen Lippen entringt sich ein Fauchen. »Was zum Henker soll das heißen? Wenn er meine Tochter ermordet hat, Bishop, ist er tot, ganz gleich, ob ich mit ihm draufgehe oder nicht.«

Bishop reibt sich mit den Handflächen energisch das Gesicht, sein Verdruss ist nicht zu übersehen. »Er ist immer noch mein Scheißvater, Nate.«

»Und seit wann spielt das für dich irgendeine Rolle?«, schieße ich zurück und kneife die Augenlider zusammen.

»Seit wir seinen Tod planen!« Bishop erhebt sich von dem Tisch, an dem zu sitzen wir uns alle in Brantleys Haus gewöhnt haben. Er marschiert hinaus, die Tür fällt hinter ihm ins Schloss.

Brantleys Blick begegnet meinem. »Wenn das stimmt, ist er tot.«

Eli rutscht unbehaglich herum. »Hector Hayes erledigen? Den Daddy der EK? Ich weiß nicht … Ich kapiere ja, dass du wütend bist, Mann, aber …«

»… aber gar nichts«, fährt Jase dazwischen. Jase ist der ältere Bruder von Hunter und Madison, aber da Hunter so alt ist wie wir, war er irgendwie immer schon da.

Jase richtet den Blick seiner dunklen Augen auf mich. »Wenn es sich bewahrheitet, dass er hinter ihrem Tod steckt, dann hast du mein Wort darauf, dass ich voll hinter dir stehe, Nate.«

Mir ist klar, dass unsere Uneinigkeit auf Bishop zurückzuführen ist; wäre er uneingeschränkt dabei, wäre die Entscheidung ohne Ja und Aber gefallen …

Als sein Handy vibriert, steht auch Brantley vom Tisch auf. Sein Blick fällt auf mich. »Sie hat das Buch wieder? Was nun?«

Ich streiche mit einem Finger über meine Lippe und lasse mir seine Worte durch den Kopf gehen. »Nun warten wir.«

Nachdem ich Brantleys Haus verlassen habe, brauche ich dringend etwas, um wieder runterzukommen, also wähle ich Billies Nummer, während ich zu meinem Wagen zurückschlendre. Der Schlüssel steckt, aber alles riecht nach ihr. Ihr Duft verbindet sich mit allem, was mir gehört, sogar mit meinem Schwanz.

Den ich jetzt stöhnend in meiner Hose richte, weil ich an ihren perfekten kleinen Hintern denken muss.

»Fuck«, knurre ich und schicke Billie eine SMS:

In zehn Minuten vor deinem Hotel.

Als ich Billie aufgenommen habe und in den Zweiten runterschalte, geht in meiner Windschutzscheibe bereits die Sonne unter.

»Ich muss schon sagen …«, flüstert Billie auf dem Beifahrersitz. »Ihre Königliche Hoheit beeindruckt mich«, schnurrt sie mit Blick auf ihr Handy. Ich werfe einen Blick über die Schulter und sehe, dass sie sich Tillies Instagram anschaut. »Niedliches Baby … oh, tut mir leid …«

Mein Kiefer spannt sich an, meine Fäuste umklammern das Lenkrad.

»Wohin fahren wir?« Sie legt das Handy in ihren Schoß.

»Zu einer Versammlung.«

»Und warum? Ich meine, was habe ich bei einer Versammlung verloren?«

Ich fahre mir mit der Hand über die Stirn. »Ich benötige deine Hilfe.«

»Wobei?«, bringt Billie mich weiter in Zugzwang.

»Ich muss jemanden brechen«, murmele ich.

Billie zögert. »Ich kann nicht zu einer Versammlung mitkommen, Nate. Das ist nicht erlaubt.«

Ich steige so hart auf die Bremse, dass meine Reifen den Asphalt aufreißen. Dann atme ich tief ein und aus. »Du hast recht. Steig aus!«

Als sie die Hand nach mir ausstreckt, zucke ich zusammen und weiche vor ihr zurück.

»Steig. Aus.«

Sie gleitet vom Beifahrersitz, und ich lege den ersten Gang ein. Sie hat recht. Billie kann an keiner Versammlung teilnehmen. Sie gehört nicht zu den Kings. Und eine Stuprum ist sie schon gar nicht.

26. KAPITEL

TILLIE

Schweiß strömt mir über den Körper, als ich das Laufband auf 14 hochschalte. Meine Beine legen ein Tempo vor, das ich nicht für möglich gehalten habe, mein Blick ist starr auf die vordere Glasfront gerichtet. Aus den im Fitnessraum aufgestellten Lautsprechern dröhnt ›Love Lies‹. Meine Kopfhörer habe ich irgendwo liegen gelassen, und ich habe geschlagene zwanzig Minuten benötigt, um herauszufinden, wie diese protzigen Lautsprecher funktionieren. Mit brennenden Oberschenkeln und schmerzenden Beinen ziehe ich das Training durch. Der Timer zeigt 1:34:09. Ich bin anderthalb Stunden ohne Unterbrechung gelaufen? Ja, Probleme haben mich hierhergetrieben, die ich bestimmt nicht wieder mit hinausnehmen werde. Hinter dem dichten Baumbestand geht allmählich der Mond auf, und ich weide mich an seiner natürlichen Schönheit. Ich verstehe jetzt, warum Brantley seinen Fitnessraum so und nicht anders angelegt hat. Es tut nicht bloß gut, hier zu trainieren, vor dieser Aussicht zu trainieren bringt eine ganz andere Art Entspannung.

Rechts, neben einem blühenden Strauch fällt mir eine Bewegung ins Auge. Ich kneife die Augen zusammen, entdecke aber nur den hellen Kontrast von etwas Weißem zwischen den Sträuchern.

Was zum Teufel war das?

Es sah beinah aus wie …

»Ein Gespenst«, rufe ich und schalte das Laufband ab. Ich bleibe stehen und blinzele, um besser sehen zu können. Als die Gestalt sich erneut rührt, erstarre ich zu Stein.

Kein Gespenst.

Ein Mädchen.

Rasch steige ich vom Laufband und laufe zur Glasfront. *Kann sie mich sehen?* So weißes Haar wie ihres habe ich noch niemals gesehen. Es kann unmöglich natürlich sein. Sie hat ein rundes, kindliches Gesicht und eine sehr, sehr zierliche Figur. Das weiße Strandkleid klebt und hängt gleichzeitig an ihr, die Haare trägt sie anscheinend kunstvoll geflochten, der Zopf fällt anmutig bis zum Steißbein.

Ich lege den Kopf schief, und sofort fällt ihr Blick auf mich.

Ich verharre reglos. Entweder gebannt von ihrer reinen, unschuldigen Schönheit oder nach dem Schreck, entdeckt worden zu sein. Nun löst sie ihren Blick von mir. Ich bin mir nicht sicher, ob sie mich überhaupt sehen kann, jedenfalls fährt sie nun fort, die Blumen zu gießen.

»Hast du ein Gespenst gesehen?«, fragt Brantley, der in der Tür steht.

Ich zucke zusammen und schaue mich über die Schulter nach ihm um. »Kann schon sein.« Ich zucke die Achseln. »Wer ist das?«

Als er neben mich tritt, spüre ich körperlich, wie sich die Luft zwischen uns verändert. Als er nicht antwortet, richte ich den Blick auf ihn.

»Bran?«

Er beißt die Zähne aufeinander und vergräbt die Pranken in den Hosentaschen. »Nur ein Mädchen.«

»Nur ein Mädchen?«, frage ich. »Darf ich fragen, wer sie ist und wieso sie hier ist?«

Er dreht sich auf dem Absatz um und stürmt aus dem Fitnessraum.

Am liebsten würde ich die ganze Nacht hier stehen bleiben und sie anschauen, und ich könnte es auch, ganz einfach, weil sie so wunderschön ist. Als würde man einem Engel beim Harfenspiel zusehen, man ist gebannt, bleibt aber skeptisch. Als Brantley zu ihr stürzt, lässt sie den Kopf hängen.

Obwohl ich ihren Wortwechsel nur von ferne beobachte, spüre ich ihre Emotionen, als würden sie mir mit nicht zu bewältigender Folge um die Ohren gehauen.

Sie zieht die Brauen zusammen, dann befreit sie ihren Ellbogen aus seinem Griff. Aber sie wirkt dabei nicht wütend – sie wirkt verwirrt.

Ich schwöre, als sie den Blick wieder hebt, fühle ich ihren Atem eisig im Genick. Dieses Mädchen ist der Wahnsinn. Ich bin auf der Stelle fasziniert, aber ein großer Teil von mir möchte das lieber für sich behalten. Vor Brantley – sogar vor ihr.

Ich trinke einen Schluck Wasser und beginne zurückzuweichen, dann geht mir auf, dass ich wie ein Stalker rüberkomme.

Als ich zum Boxsack komme, brummt mein Handy, widerwillig nähere ich mich weiter und entsperre das Telefon.

Nate: *Sag Brantley, du kommst heute Abend mit ihm.*

Meine Finger schweben über der Tastatur, während ich überlege, was ich ihm antworten soll.

Ich: *Wohin?*

Nate: *Zu einer Versammlung. Und bring das verfluchte Buch mit.*

Ich: *Musst du eine neue Freundin retten?*

Nate: *Ja.*

Ich: *Wen?*

Nate: *Dich.*

Ich stehe da, wie vom Donner gerührt, und lese wieder und wieder, was dort steht, bis ich die Augen schließe und neongrelle weiße Blitze hinter meinen Lidern flackern. Dich.

Ich greife mir meine restlichen Sachen und sause die Treppe hinunter, zurück in mein Zimmer. Als ich an Daemons Zimmer vorüberkomme, sehe ich ihn rücklings auf seinem Bett liegen.

Ich seufze, mein Herz schlägt leichter.

Ich öffne seine Tür weiter und klopfe behutsam dagegen. Er wendet mir den Kopf zu.

»Hi.« Ich trete ein, die Tür lasse ich auf.

»*Princessa*«, sagt er leise, seine Augen schließen und öffnen sich wieder. »Geht es dir – gut?«

Ich nicke, spitze die Lippen. »Warum, Daemon? Warum hast du mir nichts gesagt?« Ich nehme, die Hände unter den Oberschenkeln, auf der Matratze Platz.

Er atmet geräuschvoll aus. »Das ist nicht, worauf es ankommt.« Sein Englisch wird allmählich besser.

»Was soll das heißen? Wir kannten uns, Daemon, ich war in dich verknallt.«

Er nickt, sein Lächeln erstarrt. »Und ich in dich.«

Ich lecke mir über die Lippen. »Ich habe dich lange nicht gesehen.«

Er erhebt sich ein Stück vom Bett und legt mir eine Hand

auf die Wange. »Das ist auch gut so, *Princessa*, sehr gut sogar.« Als er mir die Hand auf die Brust legt, zucke ich zusammen. »Lass deine Wunden heilen.«

Ich drücke ihm einen Kuss auf den Scheitel und lasse ihn allein. Er ist viel allein. Ich hoffe nur, es geht ihm gut.

In meinem Zimmer gehe ich unter die Dusche, schrubbe mich dreimal so schnell wie sonst ab und verteile die Seife über meinen Körper, bis sie schäumt. Ich wollte ihn so viel fragen, aber er schien zu müde zu sein. Wenn man bedenkt, was er alles durchgemacht hat, fühlt es sich falsch an, ihn zu irgendwas zu drängen.

Ich springe in eine leichte, hautenge Jeans und ein Ramones-T-Shirt, werfe mir die Haare über die Schultern, schlüpfe in meine Lederjacke und renne nach oben, um Brantley zu suchen.

Er wartet in der Halle auf mich. Er trägt einen Kapuzenpulli, dunkle Jeans und ein rotzfreches Grinsen.

»Warum grinst du so, und warum habe ich das Gefühl, dass mir der Grund nicht gefallen wird?«

Er kichert. »Beeil dich, die Versammlung fängt bald an.« Ich lasse mich von ihm an der Hand, Tür um Tür, durch die dunkle Halle führen. Irgendwann einmal muss ich dieses Haus erkunden. Aber nicht heute. Wir gelangen ans Ende eines zweiten, etwas intimeren Essbereichs. Dort hängt zerbrechlich ein Kristalllüster von der Decke, rings um einen großen, rechteckigen Esstisch stehen dunkelrote Stühle.

»Hallo, Liebes«, sagt Scarlet, während sie mit Schachteln hantiert, die, wie ich erkenne, Make-up enthalten.

»Hi.« Ich habe sie oder Elena schon eine Weile nicht mehr gesehen, und ein Teil von mir empfindet Gewissensbisse, weil ich mir nicht die Zeit genommen habe, mich mit Elena zu treffen. Daher nehme ich mir jetzt vor, sie zu besuchen.

Scarlet war schon immer eine Schönheit, und die Ähnlichkeit zwischen ihr und Bishop fällt sofort ins Auge. *Weiß sie von Abel?* Vermutlich nicht. *Weiß sie über Hector Bescheid?* Ich würde die Frage gerne mit Nein beantworten, aber ich bin nicht naiv. Ich sehe die Brüche in diesen Menschen, wo andere bloß seidenglatte Oberfläche sehen würden.

»Was ist los?« Ich blicke von ihr zu Brantley.

Brantley nimmt auf einem der Stühle Platz. »Du musst dich anmalen, bevor du uns begleitest, *Princessa* …«

»Zu der Versammlung? Letztes Mal habe ich mich auch nicht angemalt …«

Scarlet hält inne, ihre Hände verharren in der Luft, bevor sie fortfährt, ihre Pinsel in Theaterschminke zu tauchen.

»Weil du eigentlich gar nicht dabei sein solltest«, sagt Brantley betont sanftmütig.

»Normalerweise darf keine Frau daran teilnehmen.« Scarlet sieht mich mit einer hochgezogenen Braue an. »Aber bei dir ist das was anderes.«

Ja, davon habe ich auch schon gehört.

Ich setze mich und schaue zu, wie sie Brantleys Gesicht mit schwarzen und weißen Pinselstrichen verziert.

»Und was steckt *dahinter?*«, frage ich mit Hinweis auf die Theaterschminke. »Klar, ich weiß, dass die Leute sich zu Halloween schminken, aber warum die Kings es tun, habe ich nie begriffen.«

Scarlet widmet sich weiter Brantleys Gesicht. »Nun, der Grund, aus dem die Kings sich seit jeher schminken, ist erheblich schlichter als der, aus dem sich die Leute zu Halloween verkleiden, oder warum sie an Allerheiligen feiern. Wir wollen unseren Männern damit zeigen, dass wir alle sterblich sind.« Scarlet richtet ihren Blick auf mich. »Die Frauen der Kings lernen, ihre Männer vor den Versammlungen so zu schminken.

Auf diese Weise sagen wir ihnen, dass sie nicht unsterblich sind. Dass ihr Fleisch menschlich ist und bleibt und ihre schwarzen Herzen auch bloß ein Muskel sind.«

Interessant, denke ich. »Und ich werde jetzt auch geschminkt?«

Scarlet lacht. »Ja, aber nach Art der Stuprum.«

Jetzt bin ich wirklich gefesselt. Brantley vollendet seine Maskerade, und als er sich zu mir umdreht, muss ich grinsen. »Du siehst gut aus, Bran Bran …«

Er zeigt mir nur den Mittelfinger.

Ich setze mich auf den von Brantley geräumten Stuhl und streiche mir die Haare aus dem Gesicht.

Scarlet schaut mich an. »Eigentlich gleicht deine Maske der der Kings, nur dass du den hier …« Sie präsentiert mir einen kleinen Diamanten, der rot im Licht funkelt und glitzert. »… auf der Stirn trägst.«

Ich lege den Kopf schief. »Und wenn er runterfällt?«

Sie lacht. »Ich versichere dir, das wird er nicht. Aber ich will, dass du ihn von nun an behütest. Willst du das für mich tun?«

»Ja«, antworte ich und schenke ihr ein ermutigendes Lächeln. »Das will ich tun.«

Als sie mit meiner Maskerade beginnt, achte ich nicht mehr auf Brantley, dessen Handy alle zwei Sekunden losplärrt.

»Gut siehst du aus«, sagt er, als ich vom Stuhl gleite. »Aber das kannst du nicht anbehalten«, bemerkt er und deutet auf meine Klamotten.

Ich hebe eine Braue, aber es fühlt sich komisch an, wie von tausend Schichten Schminke beschwert. »Wieso nicht?«

»Weil es eben nicht geht.«

Scarlet räuspert sich. »Du hast Größe 34, ja?«

Ich blicke sie an. »An guten Tagen. Sonst eher 36. Warum?«

Sie fördert ein schwarzes Kleid zutage, das mehr nach Kleidergröße 0 als nach 34 ausschaut. Skeptisch nehme ich es ihr ab.

»Zieh es an, dazu Stiefel bis zu den Oberschenkeln. Und, Tillie?«, ergänzt sie, als mein Blick auf das winzige schwarze spitzenbesetzte … *Kleid* … fällt. »Trag es wie die Königin, die du bist.«

Ihre Worte durchströmen mich mit der Macht jedes einzelnen Buchstabens.

Ich lächle, dann nicke ich. »Mache ich.« Hoffentlich. Ich stolpere rasch aus dem Esszimmer und verschwinde in Luces Büro, in dem wir uns erst vor Kurzen noch alle versammelt hatten. Ich ziehe mich aus und stehe splitternackt da, als plötzlich die Tür aufgeht.

»Oha.« Brantley dreht sich und schlägt die Hände vor die Augen.

»Himmel noch mal, Bran Bran … Wie oft hast du mich schon nackt gesehen?« Lachend ziehe ich mir das Kleid über den Kopf.

Seine Schultern beben belustigt. »Ja, schon, aber nicht mehr so oft.«

»Was soll das heißen?« Ich ziehe mein Haar unter dem Kragen hervor und drapiere es mir über die Schulter.

»Spielt keine Rolle«, brummt er. »Bist du angezogen?«

Ich verdrehe die Augen und hebe meine Sachen vom Boden auf. »Ja, ich muss nur noch die Stiefel holen gehen.«

Ich sause hinaus und wieder herein, und schließlich habe ich die Stiefel fest um meine Beine gezurrt. Scarlet hat mir mit diesem Kleid ganz schön was zugemutet; es ist kurz und eng, und am Busen, zwischen den Brüsten, prangen Spitzenschichten; durch den kurzen Schlitz am linken Oberschenkel kann man mit ziemlicher Sicherheit meinen G-String erkennen.

Ich schlendere auf Brantleys Wagen zu, der zornig auf der Stelle vibriert. Ich öffne die Tür, steige ein und wuschele mir das Haar auf.

»Jesus, Maria und –« Kopfschüttelnd legt er den ersten Gang ein, dann zischen wir über die Auffahrt. »Ja, Daddy wird über dieses Kleid nicht glücklich sein.«

Ich klappe den Spiegel herunter und verteile gleichmäßig weinroten Lippenstift auf meinen Lippen. »Das hat ihm bisher nie was ausgemacht.«

Schweigen.

»Was?«, blaffe ich Brantley an, als er sich nicht weiter äußert.

»Nichts. Bloß dass du sofort weißt, dass ich Nate meine, wenn ich »Daddy« sage ...«

Mist. Ich klappe den Spiegel zurück und versuche es mir auf dem Beifahrersitz bequem zu machen. »Das Buch habe ich dabei. Warum soll ich mitkommen?«

Als Brantley wieder schweigt, beginne ich mich über sein ausweichendes Gebaren zu ärgern. Keine Ahnung, wie Madison so lange damit klargekommen ist. Während ich die Luft beim geringsten Hauch einer Lüge tödlich vergiften werde, damit die Jungs an ihrem eigenen Bockmist ersticken, ohne dass ich etwas davon einatmen muss.

»Das wirst du noch sehen.«

Nach weiteren zehn Minuten Fahrt öffne ich Instagram. Ich stelle die Kamera auf »Selfie« und mache ein Foto von mir, wie ich mich in Brantleys Arm schmiege. Er blickt finster, aber egal, er blickt ja immer finster. Unsere Theaterschminke leuchtet aus dem Foto, als wären wir gerade *The Walking Dead* entstiegen, und ich muss vor Stolz auf unser erstes gemeinsames Foto grinsen.

»Ich hasse Fotos.«

Ich teile das Bild mit ihm und poste es dann auf Instagram – und Facebook. »Pech.«

Weitere fünf Minuten später rollen wir über den Kies einer wohlbekannten Auffahrt. Anscheinend hat Daemon hier auch auf Madison geschossen. Weil ich zu der Zeit nicht da war, habe ich eins und eins bisher noch nicht zusammengezählt. Aus Angst, meine Schminke zu verschmieren, versuche ich mir nicht über die Lippen zu lecken.

Wir fahren vor, und da steht das Haus, in dem Madison und ich einen Underground-Kampf gesehen haben und ich einer Handvoll jüngerer Kings begegnete. Ich steige aus, schlage die Beifahrertür zu und blicke Brantley misstrauisch an.

»Wieso brennt kein Licht?«

Er zündet sich grinsend seine Zigarette an. »Weil du hier, wie ich dir gesagt habe, bei einer Versammlung bist.«

»… und was zum Teufel hast du eigentlich an?«, höre ich Nate brüllen, der buchstäblich aus dem Wald auf mich zugestürmt kommt.

»Entschuldige –«

Er packt mein Handgelenk und zerrt mich um den Wagen.

Doch ich reiße mich los. »Fick dich und verpiss dich!«

Seine Hand fährt mir an die Kehle, und er kneift die Lider zusammen. Die weißen, wolfsähnlichen Kontaktlinsen starren mich an, als würde ich in die Augen eines Toten blicken.

»Verarsch mich nicht, Tillie. Das ist heute nicht der richtige Zeitpunkt, deine große Klappe aufzureißen.«

Ich will seinen Arm wegschlagen, aber er packt nur umso fester zu und stößt mich gegen Brantleys Wagen.

Nase an Nase sehe ich ihn forschend an. »Wann hast du dich so verändert?«

Seine Mundwinkel heben sich zu einem Grinsen. »Ich habe mich nicht verändert, Tillie. Du hast mich bloß nie gekannt.«

Endlich lässt er mich los und stößt mich zurück. Nun richtet er den Blick auf Brantley. »Es hat angefangen, aber Bishop ist noch nicht hier.« Ich sehe ein paar weitere Jungs Nate von der Waldlichtung folgen.

»Von Madison hab ich auch noch nichts gehört …« Mein Blick wechselt von Nate zu Brantley.

Beide bleiben stumm.

»Gehen wir«, sagt Nate und deutet mit einem Nicken Richtung Wald. Ich laufe los, um zu ihm aufzuschließen, und ringe mit mir, ob ich neben ihm oder Brantley gehen will, doch bevor ich mich entscheiden kann, finde ich mich neben Nate wieder, Eli, Cash und Hunter auf meiner anderen Seite. Im Wald ist es dunkel, nur der Mond scheint hier und da auf die leichten Wegbiegungen. Orangefarbene Flammen züngeln zum mitternächtlichen Himmel, und schließlich öffnet sich die Lichtung zu einem weiten Rund. Genau hier waren wir auch mit Bailey, nur dass ich offenbar aus einer anderen Richtung gekommen bin. Ein paar weitere Jungs sitzen auf einem Holzstamm. Sie sind jünger, ich erkenne in ihnen die Jungs der früheren Nacht. Sie lümmeln sich zu viert auf dem Stamm und glotzen mich an. Hinter dem großen Lagerfeuer sitzen auf einem anderen Stamm drei Männer aufgereiht. Als ich in einem Hector erkenne, erstarre ich und beiße die Zähne aufeinander. Dass ich hier bin, liegt an ihm – *richtig?* Da fällt mir eine Bewegung auf einem weiteren Stamm an der Seite, den jungen Kings gegenüber, ins Auge, eine weitere Reihe Typen: Jase, Spyder und noch einer, an dessen Namen ich mich nicht erinnern kann.

Die nächste Generation Kings.

Hinter ihnen erblicke ich weitere, allerdings leere Holzstämme. Nate drückt mich auf den, auf dem die anderen sitzen.

Hector schaut zu uns rüber. »Malum, wo ist mein Sohn?«

Ich sehe zu Nate hoch, seine Kiefer hinter der Theaterschminke mahlen. »Weiß nicht. Das wollte ich Sie gerade fragen.«

Darauf beugt sich Hector zu dem Mann neben ihm hinüber. Ich erkenne niemanden, aber wie sollte ich auch bei all der Theaterschminke.

»Was geht hier vor?« Ich sehe Nate an. Meine Nerven liegen blank, als mir klar wird, warum er etwas dagegen hatte, dass ich so angezogen bin. Ich sitze mitten in einem Käfig voller ausgehungerter Löwen.

Er schaut auf mich hinunter. »Es ist eine Versammlung, bei dem alle Kings einmal im Monat zusammenkommen, um Kontakt zu halten.« Dann atmet er sichtlich aus. »Sieh mich an, Tillie.«

Langsam hebe ich den Blick zu ihm auf.

»Das ist hier nicht der Ort, um sich wie eine Zicke aufzuführen. Du könntest sonst einen Krieg anzetteln, auch wenn die meisten Kerle hier dich nur ansprechen würden, wenn du sie dazu aufforderst. Außer Hector.« Er zögert, wieder mahlen die Kiefer. »Weißt du noch letztes Jahr, als Madison zu den Rennen kam? Sie und Bishop hatten einen Riesenzoff, am Ende saß sie bei ihm auf dem Beifahrersitz und hat ihm eine Standpauke gehalten.«

Nein, aber das verrate ich ihm nicht.

Er fährt fort: »Nun, da fand auch eine Versammlung statt. Es ist jedes Mal anders. Wenn es einen Verrat gegeben hat, wird der Verräter anwesend sein …« Er deutet auf den Käfig, in dem Bailey damals gesessen hat. »… und wir reagieren angemessen auf den Verrat. Wenn eine Prüfung ansteht, gibt es ein Rennen oder einen Kampf. Die Kings organisieren den Untergrundhandel in achtundvierzig Bundesstaaten der USA; auch wenn wir in New York City und den Hamptons ansässig sind, gehört uns das ganze verdammte Land. Wir unterhalten Verbindungen mit allen Nationalitäten des Organisierten Verbrechens: Italiener, Russen, Yakuza. Mit sämtlichen Truppen der Fünf Familien, der MS-13, den Motorradgangs, aber auf die kommt es nicht an. Unsere Kontakte reichen direkt ins Weiße Haus, zur CIA und zu jeder verdammten Verbrecherorganisation, die du dir denken kannst. Und soll ich dir was sagen, *Princessa?*«, fügt er dann leise hinzu. »Alle sind sie mit uns verbündet. Das unterscheidet die Elite Kings von anderen. Keiner legt sich mit uns an, weil alle auf unserer Seite sind, und weil wir das komplette Organisierte Verbrechen mit einem Handstreich auslöschen könnten. Na ja, mit der CIA und anderen Regierungszweigen verhält es sich etwas anders. Die können wir nicht gerade vernichten, aber es gibt ein Einvernehmen.«

Diese Informationen hauen mich um. Ich wusste immer, dass die Kings eine tödliche Gefahr darstellen, aber darauf war ich nicht vorbereitet.

Er ist noch nicht fertig. »Und von all dem abgesehen, leben wir in unserer eigenen Welt. Wir bewegen uns in unseren eigenen Kreisen und haben eigene Regeln.«

»Das hört sich nach Macht im Übermaß an.«

Er kichert. »Nur für Leute, die nicht damit umzugehen wissen. Wir sind dafür erschaffen und ausgebildet. Wir wissen nicht bloß, wie wir damit umgehen müssen, wir wissen unsere Macht auch zu nutzen. In vielerlei Hinsicht.«

Ich wechsele das Thema. »Und das hier sind alle Kings, die noch übrig sind?«

Er nickt. »Alle, die älter sind als Hector, sind entweder tot oder von hier weggezogen, sodass sie nicht jeden Monat herkommen, sondern nur, wenn sie es einrichten können.« Er schüttelt den Kopf. »Es gibt nicht viele Kings, aber diese Welt braucht sie, weil es ohne sie keine Ordnung gibt.«

»Wieso bin ich hier?«, stelle ich die Frage, die mich schon die ganze Zeit quält.

»Weil in einem Monat …« Nate schaut zu Hector hinüber. »… Hector in diesen Käfig gesperrt wird, und ich will, dass du dann dabei bist. Dazu musst du jetzt schon wissen, was sich hier abspielt. Präge dir ein, wer wo Platz genommen hat.« Als ich den Blick nach links wende, überläuft mich eine Gänsehaut. Ich sehe, dass mich die Jüngeren bereits beobachten.

»Wann werden sie eingeführt?« Nickend deute ich auf die Jungen.

Nate gluckst amüsiert. »Nach Weihnachten und Neujahr. Wir stecken allerdings in einem Dilemma, weil Abel hier ist. Und Nix wird nicht sehr erfreut sein, vom Thron gestoßen und auf den zweiten Rang verwiesen zu werden.«

Mir brummt der Schädel. Diese Welt ist dermaßen komplex, dass ich schon nicht mehr mitkomme.

»Aber wieso bin ich *hier*, Nate?«

Als er nach dem Buch greift, will ich es ihm zuerst nicht überlassen. Er beginnt darin zu blättern, und ich bemerke, wie sich tödliche Stille über alle senkt.

»Hast du es durch?«

Ich nickte. »Ja, aber viel Sinn ergibt es nicht. Ich meine, ich weiß jetzt, dass Daemon mich schon kannte, als ich jünger war, und ich kann mich auch noch lebhaft an ihn erinnern. Aber –«

»Wieso?«, fragt Nate, schlägt das Buch zu und wendet sich mir zu. »Weißt du, warum oder wieso er dich damals kannte?«

Er sucht etwas in meinem Blick. Irgendetwas. Vielleicht, ob ich endlich kapiere, was zum Teufel eigentlich vorgeht, aber da ist nichts, weil das alles für mich überhaupt keinen Sinn ergibt.

Ich lasse den Kopf hängen. »Ich versuche immer noch, es herauszufinden.«

Weiß er es und wartet er nur darauf, dass ich es herausfinde, oder hat er keine Ahnung und sie brauchen mich, damit ich es herausfinde?

»Moment.« Ich lege ihm eine Hand auf den Arm, die Elektrizität, die – wie üblich – von ihm auf mich übergeht, ignoriere ich geflissentlich. »Du weißt es auch nicht, oder?«

Nate schüttelt den Kopf. »Nein. Wir versuchen dahinterzukommen, welches verdammte Spiel er spielt.«

Ich lache schnaubend. »Daemon spielt ein Spiel, das euch Jungs nicht behagt. Gott, wie ich ihn liebe.« Ich beiße die Zähne aufeinander und balle die Fäuste. »Warum fragst du ihn nicht einfach?«

Nate schüttelt den Kopf und schlägt die Augen nieder. Dann springt er wütend auf und verschwindet hinter dem Lagerfeuer. Ich schaue Brantley an. »Was hab ich denn gesagt?«

»Ach, das Übliche, weißt du. Gestanden, dass du einen anderen liebst, und so was alles.«

Ich verdrehe die Augen.

Da erhebt sich Hector, in der Hand eine Zigarre, einen Fedora fest auf den Kopf gedrückt. Er ist durch und durch böse, das habe ich immer gewusst, aber … Ich unterbinde meinen Gedankengang.

»Das erste Gebot …«, beginnt er, und sämtliche Kings antworten im Chor: »Trinke das Blut deiner Feinde und speie auf das Grab deiner Lieben.«

Was? Mein Blick wandert langsam von einem zum anderen.

»Das zweite Gebot …«

»In jedem King ein Bruder, öffne dich ihm, lass ihn teilhaben an …«

»Das dritte Gebot …«

»Silberne Schwäne, mit gestutzten Flügeln, versenke dich tief, ihn ihren Sünden …«

Mit eiserner Faust ergreift Furcht mein Herz und will mich nicht mehr loslassen. Ich spüre, wie ich zu hyperventilieren beginne, unwillkürlich sucht mein Blick Nate. Als ich ihn finde, erkenne ich, dass er mich bereits beobachtet.

»Das vierte Gebot …«

»Verrat ist Todsünde, schneide Verrätern den Hals ab und lass sie ausbluten …«

»Das fünfte Gebot …«

»Töte, die dir im Weg stehen, beerdige deine Sünden mit ihrem Leichnam …«

Stille.

Heilige Scheiße.

Ich atme hörbar und heftig.

»Stuprum?«, ruft Hector, und mein Blick zuckt in seine Richtung. Ich weiß, ich muss mich zusammennehmen, wenn ich nicht lebendig gefressen werden will, aber ich habe gerade ein gruseliges Ritual mit angesehen, das anscheinend vom Anbeginn der Zeit an weitergegeben wurde. »Erhebe dich!«

Ach du Scheiße. Ich stehe auf, straffe die Schultern und demonstriere ein Selbstvertrauen, das ich, wie ich tief im Innern weiß, gar nicht habe.

»Trage dieses Kleid und verdiene dir deine Krone«, hallen Scarlets Worte in meinem Kopf nach.

Hector deutet auf mich. »Ihr fragt euch vermutlich alle, warum die Stuprum heute hier ist. Nach Katsia ist sie die neuste Linie, sie wird ihre rechtmäßige Stellung auf Perdita einnehmen.«

Nein, scheiße, ganz sicher nicht!

Ich ziehe eine Braue hoch.

Hinter den Flammen hüstelt Nate, und wieder fliegt mein Blick zu ihm. Orangene Farbtupfer lecken an den ausgeprägten Zügen seines schönen Gesichts. Er schüttelt den Kopf.

Ich falle ein wenig in mich zusammen, da ich weiß, dass ich Hector unmöglich berichtigen kann.

»Da ihre Mutter sie nicht gelehrt hat, wie wir vorgehen, muss sie erkennen, wie die Dinge liegen. Sie muss noch vieles lernen.« Hector richtet den Blick auf mich. In seinen dunklen Augen lodert das Feuer. »Und wir benötigen ihre *volle* Aufmerksamkeit.«

Ich erstarre zu Stein.

Nate windet sich.

Brantleys Kopf fährt hoch zu Hector.

Damit hat er es im Grunde bestätigt. Ohne es zu wissen, hat er gerade vor uns allen bestätigt, dass er – Tränen treten mir in die Augen, mein Verstand verwirrt sich. Hector quasselt weiter irgendwelchen Scheiß, aber ich höre nichts mehr außer meinem Blut, das durch meine Adern rauscht und mir zu den Augen herauszuspritzen droht. Ein schrilles Kreischen reizt meine Ohren bis aufs Blut, und alles ringsum ist in tiefes Rot getaucht.

Ohne es mitzubekommen, trete ich einen Schritt vor.

Und noch einen.

Und noch –

Da schlingt sich ein kräftiger Arm um meine Taille und zieht mich an eine harte Männerbrust.

»Nicht, Baby. Halte dich an den Plan.« Nates Stimme besänftigt meinen Zorn, lindert ihn wie kühlende Salbe eine Brandwunde. »Ich verspreche dir, seine Zeit wird kommen.«

Dann beginnt er mich allmählich zurückzuziehen, bis ich schließlich auf seinem Schoß sitze. Hector kann ich jetzt unmöglich ansehen, und ich möchte nur noch von hier verschwinden. Stattdessen schmiege ich mich an Nates Brust und berge mein Gesicht in seiner Halsbeuge. Ich spüre seinen Puls an meinen Lippen, sein Duft weht meine Sinne an wie eine unterschwellige Erinnerung daran, dass er mich *hat*. Selbst wenn er mich hasst, hat er mich doch. Sein Daumen beschreibt Kreise auf meinem Oberschenkel, aber seine Arme schließen mich fest ein. Ich fühle mich geborgen und warm. Mit geschlossenen Augen versuche ich wieder herunterzukommen.

Halte dich an den Plan.

Er hat es getan.

Halte. Dich. An. Den. Plan.

Daemon. Wenn ich sonst an Daemon denke, tröstet es mich meistens so sehr wie nichts sonst zuvor, aber in Nates Armen geschieht gar nichts. Ich denke an meinen Rettungsanker Daemon, und nichts geschieht. Überhaupt nichts. Weil Nate alles ist, das ich brauche. Es ist gefährlich, einen Menschen zu brauchen, der einen selbst nicht braucht. Nachdem Hector eine Weile gesprochen hat, kürzt er die Versammlung ab, indem er erklärt, er müsse seinen Sohn finden. Irgendetwas geht vor zwischen Bishop und Madison; vielleicht hat sie ihm endlich die Wahrheit gesagt, und er dreht sich jetzt immer schneller im Kreis und verliert die Beherrschung. Immerhin habe ich ihm dieses Wild abgenommen.

Die älteren Kings verschwinden. Ich rücke ein Stückchen von Nates Brust ab und sehe ihn neugierig an.

»Danke. Dass du das getan hast.«

Er krümmt einen Finger um mein Kinn und zwingt meinen Mund an seinen. »Du bist verdammt noch mal das stärkste Mädchen in dieser Welt, Tillie. Und du bist klüger als die meisten Wichser, die hier sitzen. Mach was draus!«

Ich lasse mir das durch den Kopf gehen. Dann nicke ich. Er zieht meine Unterlippe in seinen Mund, dann klatscht er mir auf den Hintern, damit ich aufstehe, was ich auch tue.

»Wo zum Teufel steckt Bishop?«, knurrt Brantley, während die Jüngeren und Jase auf uns zukommen.

Jase beißt die Zähne zusammen, doch dann sieht er mich kopfschüttelnd an. »Wahrscheinlich bei Madison.«

»Bei der Madison, die ich schon fast zwei Tage nicht mehr gesehen habe?«

Jase schaut sich abermals unter den Kings um, sodass ich mich vor ihm aufbaue. »Ich rede mit dir, nicht mit denen. Was ist los?«

Er zuckt die Achseln. »Weiß ich nicht.« Damit dreht er sich um, und ich sehe ihm nach, wie er im Gehölz verschwindet.

Auf dem Heimweg in Brantleys Wagen stellt Nate unversehens die Musik aus. »Fahr zu Bishop.«

»Wieso?« Brantley biegt auf den Seitenstreifen ab und setzt den Blinker.

Nate streicht sich mit dem Finger über den Mund. »Tate hat mir eine Nachricht geschickt.«

Ich erstarre.

»Reg dich nicht auf, Tillie, es ist nicht so, wie du denkst«, spottet Nate, während ich mir in den Hintern beißen könnte, weil ich mir meine Eifersucht anmerken lasse. »Sie schreibt, er schmeißt in seiner Bude eine Party. Der Wichser sieht rot, weil Madison ihm Partys immer verboten hat.«

Brantley wendet und verbrennt dabei reichlich Gummi.

Nate wirft seinen Kapuzenpulli nach hinten. »Zieh den an und sag kein verdammtes Wort. Das Letzte, was ich jetzt gebrauchen kann, ist, mich mit irgendwelchen Arschgeigen herumschlagen zu müssen, die dich zu ausgiebig anglotzen.«

»Ah, okay, und was war mit uns, als wir auf dem Klo gevögelt haben?« Ich deute vom Rücksitz aus auf Brantley und mich.

Eli schnaubt neben mir, auf der anderen Seite kichert Hunter.

Nate antwortet nicht, weil er eben nicht erläutern muss, warum er irgendwas sagt oder tut. Weil, er ist ja Nate.

Mein Stichwort, die Augen zu verdrehen.

Ich streife den Pulli über und sehe zu, wie er bis zu den hohen Stiefeln über mein Kleid fällt. Der Pulli riecht nach ihm, ich schmiege mich in die Baumwolle wie in seine Arme. Ich fühle mich beruhigt und geborgen. Den Pulli kriegt er nicht mehr wieder.

Eli greift nach seinem Handy und zeigt uns seinen nagelneuen pastellgrünen Maserati. Den hat er sich gewünscht, seit er mit Bishops gefahren ist. Ich gebe mir derweil Mühe, nicht vor Langeweile komplett abzuschalten. Ich mache ein Selfie, auf dem ich ein trauriges Gesicht schneide. Wegen der Theaterschminke sieht es absolut albern aus, trotzdem poste ich es bei Instagram, mit der Unterschrift: GEFANGEN.

Zehn Minuten später fährt Brantley uns in eine hell erleuchtete Tiefgarage. Eine von der Art, deren Betonsäulen buchstäblich das Hotel darüber einschließlich Inhalt tragen.

»Wie kann so etwas sicher halten? Das Gebäude darüber?«

Nate gluckst. »Du sitzt mit uns in einem Auto und hast Sicherheitsbedenken wegen des Gebäudes?«

Als wir aussteigen, nimmt Nate meine Hand und führt mich zum Aufzug. Daemons Buch klemmt noch sicher unter meinem Arm, der Schädel brummt mir noch vom Irrsinn der hinter uns liegenden Nacht.

Warum sollte ich das Buch zu der Versammlung mitbringen?

Als der Lift erscheint, füllt sich der Raum zwischen uns mit leiser klassischer Musik. Mein Blick schweift von einem zum anderen, und fast muss ich darüber lachen, wie seltsam das alles ist, die Musik, ihre massigen, gluckenhaften Leiber, ihre raumgreifenden Persönlichkeiten.

Doch dann fällt mir wieder ein, dass ich hier mit ihnen

eingesperrt bin und dass ich nirgendwohin kann, wenn ich Nate auf die Nerven gehe.

Nachdem Nate einen Code eingetippt hat, hält der Lift auf der Penthouse-Ebene. Als sich die Türen öffnen, begegnet uns Finsternis; ich trete hinaus, blicke nach links und rechts und versuche in Bishops protzigem Apartment irgendwas zu erkennen.

»Hier ist niemand«, stelle ich das Offensichtliche fest. »Verdammt –« Ich drehe mich um, aber alle sind wie vom Erdboden verschluckt. Die Lifttüren sind fest geschlossen.

Ich stehe nicht auf Angst, Angst macht mich gewalttätig. Wenn sich jemand an mich heranschlich, war ich für das, was mit seinem Gesicht geschah, nicht verantwortlich. Und mit seinem Schwanz auch nicht.

»Echt jetzt?« Ich verdrehe die Augen und mache noch einen Schritt in den großen Raum. Das einzige Licht spendet der Mond, der in die hohen, vom Boden bis zur Decke reichenden Fenster des Wohnraums scheint. Um ihn zu betreten, muss man ein paar Stufen überwinden. Ich wende mich nach links und erkenne – nichts.

Okay. Ich schließe die Augen, atme ein und wieder aus. Ich werde beißen, jedenfalls ein bisschen.

»Was wollt ihr Typen von mir?« Ich halte die Augen geschlossen, aus Angst, ich könnte mein Leben an mir vorüberziehen sehen, wenn ich sie öffne.

»Sorry, aber es musste so sein, Tillie, wir können nicht länger zu demselben Lied tanzen. Wir hatten Geduld, ja, verdammt, wir hatten wirklich Geduld …«, sagt Nate, und ich wirble zu seiner Stimme herum, aber wieder begegnet mir nur das Nichts.

»Was soll das heißen?«

»Wach auf, kleiner Troublemaker …«, neckt mich Brantleys Stimme, die von den Wänden wiederhallt.

»Ich kann nicht, Bran Bran!«, schreie ich und knete meine Finger. »Weil ich nicht träume.«

Da wird mir eine Kapuze übergestülpt und nimmt mir vollends die Sicht. »Was zur Hölle?«

Dann werden mir die Hände auf den Rücken gedreht und mit Handschellen gefesselt, ich drehe und winde mich, um mich aus dem Zugriff dessen zu befreien, der hinter mir steht.

»Beweg dich.« Nates Stimme streichelt meinen Nacken.

Ich unterdrücke den Drang auszutreten. »Ich stehe nicht auf solche Spiele …«

Als ich das »Ping« des Lifts höre, stößt er mich vorwärts, sofort werde ich erneut geschubst, eine zweite Hand umklammert meinen Oberarm, unter den ich mir Daemons Buch geklemmt habe. Das Licht aus der Fahrstuhlkabine dringt durch das Material des über meinen Kopf gestülpten Sacks.

Ich atme schwerer. »Ist das nicht ein bisschen dramatisch?«, frage ich humorlos, um mitten in der Kabine meine falsche Selbstsicherheit auszuspielen.

Nate gluckst vergnügt. »Ich bin fertig, Tillie.«

Fertig? Was meint er damit? Fertig womit? Wir waren nie ein Paar. Als die Türen sich öffnen, werde ich zurück in die Tiefgarage gezerrt. Vor uns wartet mit laufendem Motor ein Auto, und ich spüre, wie alle zu Stein erstarren. Der Wagen klingt üppig, nach dem satten Bollern eines teuren Motors.

Wieder Stille.

»Redet ihr etwa hinter meinem Rücken über mich?«, ziehe ich sie auf. Was ich echt lassen sollte. Ich bin gerade nicht in der Position, den Jungs auf den Geist zu gehen.

Autotüren schlagen, dann rauscht der Wagen von dannen, dass der Asphalt in Fetzen zu gehen droht.

»Bewegung.« Nate drückt mich auf die Rückbank von Brantleys Auto, dann fahren auch wir.

Nach zwanzig Minuten wird der Wagen langsamer und biegt um schmale, enge Kurven.

Das Auto hält an, ich werde hinausgezerrt. Hätte ich nicht Nates Kapuzenpulli angehabt, der mir, nebenbei erwähnt, momentan den einzigen Trost spendet, hätte ich mir bestimmt den Hintern abgefroren.

Vor meinem Gesicht flammt ein Feuerzeug auf, Licht durchdringt das Gewebe, und ich erkenne Nate, der dreckig grinst. »Sag ihren Namen, Tillie.«

»Was?« Ich reiße den Kopf zurück. »Wovon redest du überhaupt?«

Das Feuerzeug erlischt. »Unsere Tochter ist gestorben.«

»Hör auf, Nate!«

Wieder flammt das Feuerzeug auf. »Sie ist gestorben, Tillie, und es hat mich zerrissen, und eine Hälfte von mir hat sie mit ins Grab genommen. Aber, hör mir jetzt zu, sie ist tot.«

»Hör auf«, warne ich ihn und verschließe die Augen.

Ich brauche Daemon. Warum habe ich das bloß getan? Sobald ich zurück bin, werde ich als Erstes mit ihm gemeinsam wieder nach Perdita verschwinden. So übel ist es dort gar nicht. Zumindest bin ich dort fern von den Ungeheuern, die in der Dunkelheit auf mich lauern.

»Sag es, Baby!«

»Nein«, versetze ich, und abermals presse ich die Augenlider aufeinander.

»Warum hältst du Daemons Buch so fest?«, will Nate wissen. Umkreist er mich jetzt? Und sind wir hier überhaupt allein? Aber wieso spricht dann sonst niemand? Durch den Sack spüre ich sachte Wasser auf meinen Kopf tropfen.

»Weil du mir gesagt hast, ich soll es mitbringen.«

»Hast du gefunden, was du wissen musstest?«

Ich schüttele den Kopf. »Nein …«

»Sag ihren Namen«, wiederholt er brummend.

»Nate, bitte«, flehe ich, meine Schultern beben. »Ich will nicht. Kannst du das nicht verstehen?«

»Ich versichere dir, ich verstehe dich, trotzdem, sag ihren Namen. Du sprichst ihren Namen nicht mehr aus. Tu es jetzt!«

»Bruder …«, geht Brantleys Stimme dazwischen, doch er verstummt.

»Sag es, Tillie.« Tränen laufen mir übers Gesicht, meine Knie sind weich wie Wachs. »Sie ist fort. Du hast getan, was du konntest, es war nicht deine Schuld.«

»Es war meine Schuld«, schreie ich ihn an. »Es war meine Schuld. Ich hatte die Tür nicht abgeschlossen, ich war die Letzte, die sie gesehen hat, ich habe sie ins Bett gebracht, *ich habe ihr das letzte beschissene Buch ihres Lebens vorgelesen!*« Ich schluchze so haltlos, dass es mir die Brust erschüttert. »Ich habe sie umgebracht. Ich war es. Ich bin an allem schuld.«

Nate muss vor mir in die Knie gegangen sein, da ich sein Gesicht jetzt genau vor mir ausmache. »Es ist *nicht* deine verdammte Schuld!«

Tränen rinnen mir über die Lippen, ich schmecke ihr Salz auf der Zungenspitze. »Doch.«

»Nein, Baby.« Nun legt er durch den Sack die Hände auf mein Gesicht. »Du kannst nichts dafür. Ich mache dir keinen Vorwurf. Niemand macht dir deshalb einen Vorwurf. Der einzige Mensch, der dir das vorwirft, bist du selbst –«

»Daemon«, hauche ich. »Ich muss dafür sorgen, dass er mich versteht. Ich glaube, er versteht nicht, dass ich sie nicht getötet habe, Nate.« Abermals ergreift mich Schluchzen, und es schnürt mir die Kehle zu.

Als Nate mir die Kapuze vom Kopf reißt, prasselt mir der Regen ins Gesicht. Trotz der Dunkelheit entdecke ich hinter mir zwei geparkte Autos, deren Scheinwerfer uns anstrahlen.

Als Erstes bemerke ich, dass Nate vor mir kniet, und als Nächstes bemerke ich, dass sämtliche Kings, darunter auch Bishop, sich hinter Nate im Halbkreis aufgestellt haben, und als Drittes bemerke ich hinter Nate einen Grabstein, darauf die Buchstaben: **DAEMON**

Mein Blick kehrt zurück zu Nate. »Was soll das? Wieso sind wir hier?«

Nate leckt sich die Lippen, sein Daumen drückt gegen meinen. »Daemon weiß es, Baby.«

»Nein –« Ich schüttele den Kopf. »Er hat sich verändert. Verirrt. Diese Albträume …« Ich zögere, blicke weiter Nate an. »Warum sind wir hier? Hier ist der Ort meiner Albträume.«

Nate sieht mich neugierig an, ich mustere ihn mit schräg gelegtem Kopf. »Daemon war nie in der Zelle, Baby.«

Ich fahre hoch. »Was? Doch, war er, und seitdem war er bei mir. Er wohnt bei Brantley im Zimmer neben meinem.«

Als Nate mich jetzt anschaut, wird sein Blick zum ersten Mal seit Langem weich. »Er war niemals dort. Du hast ihn selbst erschaffen, ein Mechanismus, der dir irgendwie geholfen hat, Micaelas Tod zu bewältigen. Um den Verlust, den Schmerz, die Schuldgefühle zu verarbeiten. Dazu hast du auf den Menschen zurückgegriffen, der dir immer ein Rettungsanker gewesen ist.«

»Du …«, hauche ich kopfschüttelnd. »Das ergibt keinen Sinn, weil er da war, Nate. Er war da, und du sagst mir jetzt, ich bin verrückt geworden?« Erneut schüttele ich den Kopf. »Wenn ich das getan hätte, dann hätte ich auf *dich* zurückgegriffen, Nate, nicht auf Daemon.«

Nate beißt die Zähne aufeinander, dann drückt er seine Lippen auf meine. »Nein, Baby, davor konnte ich dich nicht bewahren.«

Ich breche in Tränen aus, verziehe jämmerlich das Gesicht.

»Ich habe mit eigenen Augen gesehen, wie ihr euch in Perdita vor mir gestritten habt.«

Nate fährt mit der Zunge über seine Lippen. »Ich habe nicht mit ihm *gesprochen*, Tillie. Wie hätte ich das auch tun können?«

Meine Schultern sinken, ungehindert fließen die Tränen. »Ich bin verrückt geworden.«

»Nein«, brummt Brantley hinter Nate. »Du bist nicht verrückt, kleiner Troublemaker, du bist auch nur ein Mensch. Du hast nach etwas gegriffen, wovon du wusstest, dass es dir helfen würde. Andere greifen zu Drogen, Alkohol, Sex ...« Grinsend versetzt er Nate einen Fußtritt. »Du hast nach Liebe gegriffen. Das macht noch lange keine Verrückte aus dir. Es macht dich zu einem menschlichen Wesen.«

Ich vergieße neue Tränen, schließlich verschlucke ich mich an meinem Schluchzen, falle nach vorne und lande an Nates Brust. »Er lebt also wirklich nicht mehr?«

Nate küsst mich kopfschüttelnd auf den Scheitel. »Nein.«

Ich klammere mich an sein tränennasses T-Shirt, und wir sitzen weitere zwanzig Minuten im strömenden Regen, während ich den Verlust meines Schwarms mit *dreizehn* beklage. Der seitdem häufiger für mich da war als irgendwer sonst. Selbst nach seinem Tod war sein Geist noch ein Anker für mich.

Ich wische mir das Gesicht an Nates T-Shirt, löse mich endlich von ihm und rechne damit, dass die Kings inzwischen verschwunden sind, aber sie sind immer noch hier. Vom Regen durchnässt stehen sie immer noch da, wo ich sie vor zwanzig Minuten aus den Augen verloren habe.

»Jetzt sag ihren Namen, Baby«, flüstert Nate mir ins Ohr, indem er mich zärtlich küsst.

»Micaela.«

27. KAPITEL

NATE

Ich hebe sie hoch, trage sie zu Brantleys Wagen zurück und schließe die Tür hinter ihr. Tillie hat jemanden gebraucht, um sie wieder in die Spur zu stellen. Weil jeder bisweilen jemanden braucht, um wieder gesund zu werden. Daran ist überhaupt nichts falsch. Es ist keine Schwäche, einen anderen Menschen zu brauchen. Es ist menschlich, und schließlich betrifft es Tillie.

»Wird sie wieder?«, erkundigt sich Bishop und beobachtet mich genau.

»Ja, deshalb fühle ich mich auch nicht mehr so scheiße, weil wir das getan haben.« Ich schließe die Handschellen auf und werfe sie auf den Boden.

»Ach, komm schon, das war wie in den alten Zeiten«, grinst er.

Ich sehe ihn finster an. »Ja, bis zu dem Moment, an dem ich mit eigenen Augen ansehen musste, wie ihr trotz allem wegen eines anderen das Herz bricht.«

Brantley versteift sich. »Ja, ich weiß, was du meinst.«

Wichser.

»Schön, weil wir nämlich noch ein Problem haben«, brummt Bishop und rammt die Hände in die Hosentaschen.

»Was könnte denn noch schieflaufen?« Brantley stößt den Atem aus und lehnt sich auf seinen Wagen. »Wir haben uns noch nicht um deinen Alten gekümmert, und dann sind da noch die Rebellen, die Tillie hart zusetzen, Tillie und Madison, die sich einen auf Madisons Nebenbuhler runterholen, und dann noch das verfluchte Buch …«

»… mit dem Madison auf und davon ist.«

Seufzend öffne ich die Beifahrertür und gleite hinein. Ich kann mich jetzt nicht weiter um Madisons Dramen kümmern. Wenn sie auf und davon ist, werde ich sie nicht jagen. Im Moment interessiert mich ausschließlich Tillie. Brantley umrundet das Auto und schiebt sich auf den Fahrersitz. Ich fahre mir mit den Fingern durch die Haare und wringe das Wasser heraus.

»Alles okay?«, fragt Tillie vom Rücksitz. Ich habe keinen Bock mehr, sie über absolut alles zu belügen, also drehe ich mich zu ihr um und sehe sie unverwandt an.

»Madison ist abgehauen.«

Tillie blinzelt ein paarmal, dann seufzt sie. »Können wir uns alle bei Brantley versammeln? Ich muss euch allen etwas mitteilen.«

Meine Brauen schießen in die Höhe. »Klar.«

Sie ist nicht bloß durchgedreht und sang- und klanglos untergegangen, sie weiß auch noch etwas, wovon wir keine Ahnung haben?

Brantley wirft mir einen Seitenblick zu, dann rasen wir los, weg von dem Friedhof. Ich lege die Finger an die Lippen und mache meinen Frieden mit der Malum-Grabstelle, wo mein kleines Mädchen liegt. Brantley strapaziert seine Hinterreifen und lenkt den Wagen auf die Hauptstraße. Eines Tages werden wir wiederkommen und Micaela besuchen. Doch nicht jetzt.

28. KAPITEL

NATE

Ich nehme auf einem der Stühle im Esszimmer von Brantleys Haus Platz. Ich beobachte, wie die Kings sich auf die übrigen Stühle sinken lassen, Bishop am Kopfende, ich zu seiner Rechten und Brantley links von ihm. Auf der gesamten Rückfahrt hierher schoss mir die Frage im Kopf herum, was Tillie uns zu sagen haben mochte. Nun spreize ich die Beine, beuge mich zur Seite und streiche mit dem Zeigefinger über meine Oberlippe. Ich beobachte sie, wie sie auf und ab geht wie ein Tiger im Käfig. Von links nach rechts, und wieder nach links. Als wir alle sitzen, holt sie tief Luft.

»Ich muss euch allen etwas sagen, und Bishop, versteh bitte, dass ich nicht schon früher etwas gesagt habe.«

Als ich sie mit Blicken festnagle, spüre ich, wie sich meine Stirn in Falten legt. Ihr Blick begegnet meinem, ihre Augen überzieht ein Glanz, den ich nur so deuten kann, dass sie mich um Verzeihung bittet.

Ich senke den Blick.

Sie legt fragend den Kopf schräg.

Meine Lippen verziehen sich zu einem Grinsen, als ich nickend in meinen Schoß blicke.

Sie kapiert sofort, und wie ein braves, anständiges Mädchen kommt sie um den Tisch herum. Was nicht heißen soll, dass Tillie unter allen Umständen gehorcht, aber ich weiß, wann sie mich braucht, und jetzt, in diesem Moment braucht sie mich. Ich schiebe mit den Waden meinen Stuhl zurück, das Quietschen der Stuhlbeine auf dem Parkett durchbricht die Stille. Sie lässt sich auf meinem Schoß nieder, kommt auf meinem Schwanz zur Ruhe. Ich unterdrücke ein Stöhnen und hebe die Faust zum Mund. Als Brantley mich unter dem Tisch tritt, hauche ich ihm zwinkernd einen Luftkuss zu.

»Wie du gesagt hast, *Princessa*«, brummt Bishop, schenkt noch ein Glas Whiskey ein und schiebt es ihr hin. Sie nimmt es, das Haar fällt ihr aus dem Gesicht, als sie es leert. Ich schiele fast, als ich dagegen ankämpfe, mir die langen Strähnen um die Faust zu winden, sie über diesen Tisch zu legen und –

»Madison wurde vergewaltigt«, flüstert Tillie auf meinem Schoß.

Ich erstarre, jetzt kämpfe ich gegen den Drang, eine plötzliche Bewegung zu machen, sie zum Beispiel von mir zu stoßen und einen Tobsuchtsanfall zu kriegen.

»Was?«, blafft Bishop, schiebt seinen Stuhl zurück und starrt Tillie an.

Tillie erhebt sich nun, doch mein Arm legt sich um ihre Taille und hält sie fest. Ihren Hintern an meinem Schwanz zu spüren ist das Einzige, was mich davon abhält, die Nerven zu verlieren und auf sie loszugehen.

»Beruhig dich, ich will nur an den Scotch …«, flüstert sie mir zu.

Ich lasse ein wenig nach, und sie beugt sich vor, nimmt die Flasche und lässt sich wieder auf mir nieder.

Wo sie verflucht noch mal auch hingehört. Diese Königin braucht keinen Thron, um sich daraufzusetzen, nur meinen Schwanz.

Sie schraubt den Verschluss auf und schnippt ihn weg. »Ja.« Sie kippt noch einen Schuss Whiskey. »Dieser Kerl, den ich versehentlich getötet habe.« *Versehentlich.* »Nun, das ist der Kerl, der es getan hat, und ehe einer von euch mich mit tausend Fragen löchert, versteht bitte, dass es mir scheißegal ist, was irgendeiner von euch sagt. Madison ist meine beste Freundin. Wenn es sein müsste, würde ich ihre Geheimnisse mein ganzes Leben bewahren, und bevor ihr noch irgendwas dagegen sagt –« Alle halten jetzt die Klappe, wie immer, wenn Tillie spricht. »Wenn ihr mir vorhalten wollt, dass ich ihre Geheimnisse für mich behalten habe, dann sitzt ihr alle im Glashaus, wenn man bedenkt, dass ihr selbst bis zum Hals in derselben Scheiße sitzt.«

Ich beiße mir auf die Wangen, um nicht in Lachen auszubrechen. Als mein Blick auf Brantley trifft, scheint es ihm genauso zu ergehen, da er sich die Hand vor den Mund hält, denn davon abgesehen, dass Tillie ihren Status endlich nutzt, um das Wort zu ergreifen, wurde meine Schwester offenbar vergewaltigt. Ich verlange Wiedergutmachung, und Bishop, na ja – ich sehe ihn an und bemerke, wie er sich zurückfallen lässt und gegen die Wand prallt. So habe ich Bishop in all den Jahren, die ich ihn nun kenne, noch nie gesehen. Er ist derart blass im Gesicht, als wäre sämtliches Blut aus seinem Kreislauf gewichen, um seinen unbändigen Zorn zu befeuern. Langsam gleitet er an der Wand hinunter und landet auf seinem Hintern. Fuck.

Ich massiere meinem Mädchen den Oberschenkel, tätschele sie und beuge mich zu ihrem Ohr hinüber. »Hoch mit dir, Baby.«

Sie tut es, und als ich aufstehe, setzt sie sich auf meinen Platz. Ich gehe langsam zu Bishop. Ich muss genau aufpassen, was ich als Nächstes tue.

»Außerdem weiß ich nicht mehr, als dass sie gesagt hat, dass er sie manipuliert hat. Dass er irgendwas gegen sie verwendet hat. Aber jedes Mal, wenn ich sie danach gefragt habe, hat sie dichtgemacht. Ich musste schwören, darüber zu schweigen, aber mal ehrlich, das hätte sie nicht tun müssen, weil ich es sowieso für mich behalten hätte …«

Ich lasse mich auf den Boden sinken. »Hey …« Ich versuche Bishops Aufmerksamkeit zu erregen, doch sein Blick ist glasig auf irgendetwas vor ihm gerichtet und weilt ziellos bei irgendwelchen Gespenstern. Sein Gesicht drückt herzzerreißende Reue aus.

Fuck.

Ich greife schroff nach seinem Kinn und kehre mir sein Gesicht zu. Dann nähere ich mich ihm, bis unsere Nasen sich berühren. »Lass dich davon nicht unterkriegen. Wir holen sie zurück, du sprichst dich mit ihr aus, und dann wird jemand dafür bezahlen.«

Sein Adamsapfel hüpft, und er reißt sich los. »Nein.«

Ich lege den Kopf schief und sehe ihn aus schmalen Augen an. »Nein?«

Sein Kiefer mahlt. »Das ist alles nur wegen mir.«

»Bro –«

Er richtet abrupt den Blick auf mich. »Nein.«

»Was zum Henker soll das heißen?«, blaffe ich ihn an. »Wir holen sie zurück …«

Bishop blickt mich lachend aus seinen dunklen Augen an. »*Falls* sie überhaupt noch ein Teil unseres Lebens sein *wollte*, Nate, hätte sie mir dann nichts gesagt, nachdem es passiert war? Dann hätten wir entsprechend darauf reagieren können. Stattdessen hat sie getan, was Madison immer macht, und ist *davongelaufen*. Ich bin fertig, Alter. Ich kann ihr nicht mein ganzes Leben lang nachjagen.«

Mein Herz hämmert gegen meinen Brustkorb. An dem, was er sagt, ist alles Mögliche falsch. Erstens, würde Tillie jemals vor mir davonlaufen, könnte ich ihr dazu nur viel Glück wünschen, weil ich uns beide lieber umbringen würde, als sie ein Leben führen zu lassen, in dem ich ihr nicht mit meiner bloßen Existenz gehörig auf die Nerven gehen könnte. Und zweitens sieht das alles Bishop überhaupt nicht ähnlich.

Nun steht er auf und lässt die Nackenwirbel knacken. Als sein Blick auf mich fällt, sehe ich den Zorn in den dunklen Tiefen seiner Augen flackern, aber auch noch etwas anderes.

Er ist todmüde.

»Falls und wenn sie zu mir zurückkommen will, werde ich hier sein. Aber bis dahin ist sie nicht mein Problem.« Damit schiebt er mich weg und nimmt wieder Platz, als wäre überhaupt nichts geschehen.

Er nimmt sein Glas. »Wir finden heraus, wer der Flachwichser war und zu wem er gehört hat. Ich werde mich, wie es sich gehört, um sie kümmern, weil sie eine Frau genommen haben, die mir gehört hat, aber von da an ist es damit, mit ihr vorbei und *sie* ist Vergangenheit. Jedenfalls bis auf Weiteres.«

Tillies Blick begegnet meinem, ihre Augen sind groß wie Untertassen. Ich gebe ein leises Grollen von mir, dann nehme ich meinen Platz am Tisch wieder ein, und Tillie lässt sich wieder auf meinem Schwanz nieder.

Tillie räumt die Spülmaschine ein, als ich in die Küche komme und mich gegen den Türrahmen lehne. Sie dreht sich zu mir um.

»Hi.«

Ich bin müde, die feuchten Klamotten kleben an mir wie Kletten der schlimmsten Sorte. Eigentlich müsste ich den Rest meines Lebens verschlafen, stattdessen stoße ich mich vom Türrahmen ab und gehe zu ihr, dann winde ich einen Arm um ihre Taille, bis sie gegen mich prallt.

»Komm mit mir nach Hause.«

Sie erstarrt und schiebt den nächsten Teller in die Maschine. »Nate.« Anschließend wendet sie sich in meinem Griff um und schaut mir in die Augen. Ich fasse ihr mit der anderen Hand ins Genick, es juckt mir in den Fingern, an ihren Haaren zu ziehen und sie zu vögeln, bis sie wund ist. »Wir dürfen das nicht«, flüstert sie und schüttelt den Kopf.

»Was?« Ich stoße sie von mir. »Ich bin nicht vor dir auf die Knie gefallen, ich habe dich lediglich gebeten, mit mir heimzukommen. Aber wenn du willst …«, ich streiche mit den Fingern über die Innenseite ihres Oberschenkels, der Zeigefinger fährt dabei über ihr Höschen, »… dass ich vor dir auf die Knie falle und dich auf die besondere Art verwöhne, kein Problem, weil ich nämlich verdammt noch mal *am Verhungern* bin.«

Ich ziehe mich zurück und blicke auf sie hinunter, als sie nicht antwortet; die Lippen hat sie zwischen die Zähne geklemmt, die Augen sind geschlossen.

»Ich kann dir unmöglich verzeihen.«

Ich streife ihre Lippen mit meinen. »Du musst mir nicht verzeihen, um in mein Gesicht zu kommen, Baby. Die Diskussion hatten wir doch schon.« Ich umklammere ihre Schenkel und hebe sie auf den schwarzen Marmortresen. Sie öffnet mir bereitwillig die Beine, als ich vortrete und sie umstandslos an mich ziehe. Ich packe ihren runden Hintern und reibe mich gierig an ihr.

»Ich werde Jahre brauchen, um zu vergessen, was du getan hast …« Als sie die Augen schließt, streiche ich mit der Zunge über ihr Schlüsselbein und lecke dann über ihren Hals und den Mund. Ich beiße ihr in die Unterlippe und sehe, wie sich ihre Lippen teilen, höre, wie ihr ein leises Stöhnen entweicht. Am liebsten würde ich all ihre Laute verschlingen.

Meine Finger bohren sich in ihren Nacken, während meine Lippen ihren Mund streifen. »Dann lass es uns wenigstens heute Nacht vergessen.«

Darauf schlingt sie die Arme um meinen Hals. »Aber nur heute Nacht, und morgen früh setzt du mich wieder hier ab.«

Ich nicke. »Abgemacht.«

Fuck. Nein.

»Gut«, seufzt sie, worauf ich zurücktrete, damit sie vom Tresen hüpfen kann. »Nur diese eine Nacht.«

29. KAPITEL

TILLIE

Auf der Fahrt zu Nates Haus kommen wir an dem chinesischen Restaurant vorbei, in dem wir vor ein paar Monaten waren. Er hält dort an, ohne dass ich etwas dazu bemerke, während ich fortfahre, mir mit einem Abschminktuch die Reste der Theaterschminke aus dem Gesicht zu reiben.

Er fährt zum Schalter und bestellt meine sämtlichen Lieblingsspeisen. Der Geruch lenkt mich von dem Song ab, der gerade im Radio läuft. Ich kann nicht glauben, was heute Nacht alles vorgefallen ist, doch da ich inzwischen ausreichend Zeit hatte, mich zurückzulehnen und mir alles noch mal durch den Kopf gehen zu lassen, kommt es mir im Nachhinein seltsam vor, dass Daemon immer nur gelegentlich auftauchte, und zwar immer nur dann, wenn ich wegen irgendeines Traumas gerade ohnehin nicht klarsehen konnte. Sein Bett war immer ordentlich gemacht, und auch wenn es eindeutig Daemon war, hatte ich immer das Gefühl, dass er es irgendwie auch *nicht* war. Deshalb habe ich auch gezögert, ihn zu küssen, deshalb sah er irgendwie anders aus, und deshalb habe ich ihn in meinen Albträumen vielleicht auch jedes Mal getötet.

Seufzend greife ich die Tüte und öffne die frittierten Kokosgarnelen, meine absolute Lieblingsspeise.

»Was geht dir im Kopf herum?«, erkundigt sich Nate und beäugt mich misstrauisch über die Schulter.

»Nur dass ich mir total bekloppt vorkomme.« Ich beiße in eine Garnele und beginne langsam zu kauen.

Nate kichert. »Wir sind alle vollkommen irre, Tillie, es kommt nur darauf an, für wen wir zurechnungsfähig bleiben. Du musst das für dich selbst schaffen. Die Liebe ist bloß ein Anker. Es kann nicht an mir liegen, ob du untergehst oder dich über Wasser hältst. Darauf darfst du dich nicht verlassen, wenn du nicht durchdrehen willst.«

Ich beiße noch mal ab und werfe das Schwanzende zurück in die Tüte. »Ich verstehe, was du meinst. Also soll ich für die Liebe zurechnungsfähig bleiben? Oder für die bloße Möglichkeit der Liebe?«, frage ich, aufrichtig an seiner Antwort interessiert.

Nate steuert die geschützte Auffahrt zu seinem Heim an, das auch mal mein Heim war. Er schnaubt und tritt auf die Bremse. »Fuck, nein, du bleibst für dich selbst zurechnungsfähig, weil du anderen diese Macht über dich nicht geben darfst. Aber du musst es schaffen – für dich selbst!«

»Und was ist mit dir?«, erkundige ich mich. Zwischen mir und Nate gibt es nie irgendwelche Peinlichkeiten. Wir kennen unsere dunkelsten, schmutzigsten Geheimnisse; wenn man die verborgenen Winkel in der Seele eines anderen kennt, erwächst aus dieser Vertrautheit Kraft.

»Für mich am allerwenigsten«, erwidert er leise, dann stößt er die Fahrertür auf und schlägt sie hinter sich wieder zu.

Keiner pfuscht einem so in den Verstand wie Nate. Mit einem wie ihm zu gehen, passiert nicht einfach so. Man muss erst einmal jede Menge unterschiedliche Schichten abschälen, ehe man zu seinem Kern vordringt und endlich sagen kann, man hat ihn gefunden. Wir gehen miteinander, und wir sind zusammen. Ich würde gerne denken, dass ich die Einzige bin, die bis zu seinem Kern durchgedrungen ist, weiß aber angesichts meines Geisteszustands nicht, ob das etwas ist, worauf ich stolz sein könnte.

Ich öffne die Beifahrertür und steige in die kühle Nacht hinaus, Schauer laufen mir über die Hand. Es ist eisig, und meine Klamotten sind immer noch feucht. Nate verriegelt mit einem »Piep« sein Auto, und wir steigen die Stufen zur Haustür hinauf. Als er sie mit dem Hacken schließt, ziehe ich sofort seinen Kapuzenpulli aus, um schleunigst das schwer an mir klebende nasse Kleid loszuwerden.

»Oh«, seufzt Elena, ihre Schultern erschlaffen, sie lässt den Kopf hängen und wischt sich unvergossene Tränen aus dem Gesicht. »Es tut mir leid, ich wollte nicht unhöflich sein. Es ist so schön, dich zu sehen, Tillie, Süße, ich dachte bloß, es ist Madison.«

Nate verstaut den Autoschlüssel in der Hosentasche, ohne seine Mutter dabei aus den Augen zu lassen.

»Schon gut, mir tut es leid, Elena. Ich helfe, so gut ich kann.« Ich würde sie gerne trösten, doch sie wirkt völlig aufgelöst.

Ihr Blick begegnet meinem. Und zum ersten Mal fällt mir ihr Aussehen auf. Normalerweise glüht sie förmlich (wahrscheinlich von den ekelhaften grünen Shakes, die sie ständig trinkt), und ihr Körper ist immer so straff und fit. Doch als ich sie jetzt anschaue, wirkt sie wie eine Frau, die seit Wochen nichts mehr gegessen hat, und die Falten um ihre Augen legen den Schluss nahe, dass sie gegen den Schlaf angekämpft und alles versucht hat, die Augen offen zu halten. Die dunklen Ringe darunter erhärten meinen Verdacht weiter.

Sie rafft den Cardigan um ihren Leib. »Ich gehe wieder schlafen.« Auch sie hat in den vergangenen Monaten viel verloren. Nicht nur Nate und ich haben Micaela verloren, sondern auch alle anderen in ihrem Umfeld, vor allem Elena, und nun ist auch noch Madison verschwunden.

»Warte«, sage ich und trete einen Schritt vor.

Elena dreht sich zu mir um. »Ja?«

Ich hebe die Tüte mit warmem chinesischen Essen. »Bitte, iss mit uns.«

Ihr Gesicht wird weicher, ein Lächeln umspielt ihren Mund. »Ich möchte mich aber nicht aufdrängen …«

»Mom«, knurrt Nate, und ich bedeute ihm mit einem scharfen Blick, seine verfluchte Stimme zu senken.

Er verdreht die Augen. »Ich meine, *Mom*«, berichtigt er sich liebenswürdig. »Iss mit uns.«

Sie reibt sich mit dem Saum des Cardigans über die Wangen, dann nickt sie. »Gut.«

Als Nate in die Küche eilt und Licht macht, warte ich auf sie.

»Es tut mir leid, Tillie, ich bin momentan zu nichts zu gebrauchen.«

»Das muss dir nicht leidtun«, gebe ich zurück und rücke ihr einen Barhocker zurecht. »Glaub mir, mir steht es nicht zu, darüber zu urteilen …«

Nate schnaubt.

Ich werfe ihm den nächsten scharfen Blick zu.

Ich glaube nicht, dass ich jemals darüber hinwegkommen werde, *jemanden gesehen zu haben, der in Wahrheit gar nicht da war*. Ich bin sicher, dass diese Arschlöcher mich, wenn die Erinnerung daran verblasst, damit aufziehen werden, bis ich entweder sterbe oder sie alle umbringe. Letzteres hört sich amüsanter an.

Nate gießt seiner Mutter Sprudelwasser, mir stilles Wasser ein, da er weiß, dass ich Sprudelwasser nicht ausstehen kann, weil es für mich wie Magensäure schmeckt, dann öffnet er die Imbisskartons, stellt drei Teller auf den Küchentresen und schwingt einen Hocker auf die andere Seite der Kücheninsel, damit er uns gegenübersitzen kann. Ich dachte, es würde mir schwerfallen, hier zu sein, aber das ist es nicht. Im Gegenteil, ich fühle mich ihr sogar ein wenig näher. Als würde ich in der Küche noch Micaelas Gegenwart fühlen.

Wir machen uns über das Essen her, Elena nimmt nur eine kleine Portion, und ich werde sie nicht drängen. Immerhin isst sie überhaupt etwas.

»Wie ist es dir ergangen, Schatz?«, erkundigt sie sich, als sie sich ein wenig gebratenen Reis in den Mund schiebt.

»Ich habe überlebt.« Ich schenke ihr die Andeutung eines Lächelns.

Nate räuspert sich. »Mom?«

Sie blickt ihn an.

»Wo ist Joseph?«

Da legt sie ihre Gabel auf den Tisch. »Danke für das Essen. Ich bin müde. Ich gehe wohl besser schlafen.«

Als Nate sich anschickt, den Mund aufzumachen, ist der *nächste* scharfe Blick fällig. Er klappt den Mund wieder zu. Elena küsst uns beide auf den Scheitel und verschwindet dann in der Halle.

Sie ist kaum außer Sicht, als Nate seine ganze Aufmerksamkeit mir zuwendet. »Wenn du mich noch mal so ansiehst, nehme ich dich so hart durch, dass dir die Augen aus dem Kopf springen.«

»Droh mir nicht.« Ich nehme mir noch eine Garnele und beiße hinein. »Meinst du, sie wird wieder?«

Nate schüttelt den Kopf. »Nein, aber sie wird es überleben, wie wir alle.«

Wir sitzen und essen alles auf, dann huschen wir in der Küche umher und räumen auf. Als wir danach langsam nach oben gehen, fallen mir die Augen zu und Nate legt einen Arm um mich.

»Du brauchst ein Bad.«

»Hm«, gebe ich zurück, nach den Dramen der Nacht werden mir die Lider schwer.

»Ich lass dir eins ein.« Er setzt mich auf sein Bett, und ich schaue zu, wie er ins Badezimmer geht. Ein paar Minuten später steckt er den Kopf durch die Tür und streckt die Hand nach mir aus. »Zieh dich aus.«

Ich verdrehe die Augen. »Und ich dachte schon, du wolltest nur nett zu mir sein.«

»Im Leben nicht.«

Ich winde mich aus dem Kleid und kicke mein Höschen von mir, dann folge ich ihm ins Bad.

Kein Schaum, keine romantischen Kerzen, selbstverständlich nicht, trotzdem bin ich begeistert, als ich einen Fuß vorsichtig ins warme – fast schon zu heiße – Wasser tunke.

Seufzend tauche ich mit dem ganzen Körper ein und genieße das Kribbeln auf meiner Haut, das allmählich nachlässt, als ich mich an die Hitze gewöhne. Hinter mir steigt Nate in die Wanne, aber ich achte nicht darauf, wie das Wasser über den Wannenrand schwappt. Er zieht mich an seine Brust, sein Schwanz bohrt sich mir ins Kreuz.

Er küsst meinen Nacken.

»Eine Nacht«, hauche ich.

Seine Zunge beschreibt kleine Kreise. »Eine Nacht«, gibt er zurück.

»Versprochen?« Ich neige den Kopf, damit er besser an meinen Hals kommt.

Mit einem Finger streicht er zwischen meine Beine und umkreist dann meinen geschwollenen Kitzler. »Versprochen.«

Als er langsamer wird, lasse ich das Becken gegen ihn kreisen und beiße mir auf die Unterlippe.

»Steh auf und komm an meinen Mund.« Dabei beißt er mir ins Ohr.

Ich stehe auf, spreize die Beine und schaue zu, wie das Wasser über meine straffen Schenkel rinnt. Nate späht zu mir hoch, fasst nach meinen Oberschenkeln und zieht sich daran zwischen meine Beine. Dabei lässt er mich nicht aus den Augen, dann streckt er die Zunge heraus und leckt die Wassertropfen auf, die über meine Haut gleiten. Anschließend zieht er mich grob nach unten, ich falle, meine Knie knallen hart auf den Wannenboden. Während sein Blick mich weiter festhält, führt er den Mund zwischen meine Beine und leckt rund um meine Klitoris. Mein Kopf fällt nach hinten, und ich greife in seinen Haarschopf.

»Mach die Augen auf, und fass mich nicht an.«

Ich tue, wie mir geheißen.

»Nimm die Hände auf den Rücken.«

Ich mache auch das, lege die Handgelenke übereinander. Er beugt sich über den Wannenrand und greift nach irgendwas, dann fesselt er mir damit die Handgelenke.

»Sieh mich an, Tillie.«

Ich blicke mit schräg gelegtem Kopf auf ihn hinunter. Mein Herz flattert in meiner Brust umher. »Sag mir, was du willst. Willst du, dass ich dich lecke?«

Ich nicke, die Lippen aufeinandergepresst. Warum so schüchtern? Ich neige den Kopf und grinse. »Ja, ich will, dass du mich leckst.«

Ein finsteres Lächeln spielt um seinen Mund, zu einer Musik, zu der man einen Sarg in die Grube senken könnte. Dann beugt er sich vor, sein Mund trifft auf meine Falten, seine Zunge gleitet rasch darüber hin. Träge dringt er tiefer ein und leckt mich innen. Ich umschließe den Eindringling mit bebenden Schenkeln. Der Orgasmus fegt über mich hinweg wie ein Zyklon der Kategorie fünf und droht Todesopfer zu fordern, plötzlich erhebt er sich, und sein feuchter Schwanz steht direkt vor meinem Gesicht. Das über sein Becken tätowierte Wort KING scheint mich zu verspotten.

»Gefällt dir das, Baby?«, will er wissen, seine Finger umklammern mein Kinn und heben ihm grob mein Gesicht entgegen. »Auf den Knien, den Blick auf das Wort gerichtet, dem du *gehörst*, ja, so ist es, Tillie. Fuck, du *gehörst* diesem King.«

Ich beuge mich vor und fahre mit der Zunge über seinen Schaft. Warum stöhnt er so, wenn ich etwas so Einfaches wie meine Zunge einsetze, wo ich ihm doch gehöre? Der kleinste Muskel in meinem Körper verfügt offenbar über die größte Macht. Sanft schließe ich die Lippen um seinen Schwanz und beginne zu saugen, ich nehme ihn so tief auf, dass die Eichel meine Mandeln streift. Dann ziehe ich mich zurück, ohne ihn aus den Augen zu lassen, ich sehe, wie er die Brauen zusammenzieht und seine perfekten Zähne an seiner Unterlippe knappern. Dann türmt er mein Haar über dem Kopf auf und beginnt mein Gesicht ruckartig über seinem Schwanz vor und zurück zu bewegen. Ich nehme ihn, mein Speichel vermischt sich mit seinem Sperma und tropft mir vom Kinn. Als er sich erneut zurückzieht, strecke ich die Zunge heraus und lecke mir stöhnend den Rest von den Lippen.

»Mehr.«

»Du bist mein dreckiges, kleines Mädchen, Tillie. Daran hat sich überhaupt nichts geändert.«

Er zerrt an meinen Haaren, bis ich spüre, wie die Haarwurzeln reißen. Ich sehe mich nun auf der Höhe seiner tätowierten Brust, vor den wunderschönen Engelsflügeln, also fahre ich mit der Zunge darüber. Mein Kitzler pocht weiter vor Verlangen, und ich schmecke ihn auf der Zungenspitze wie eine bittersüße Erinnerung daran, wem genau ich gehöre, wie er sich ausdrückt.

»Engelsflügel …«, hauche ich, während meine Zunge den Windungen folgt.

Er nimmt meine Zunge zwischen zwei Finger. »*Weil selbst Luzifer früher einmal ein Engel war.*« Dann fährt seine Hand an meine Kehle. »Steig aus der Wanne und bück dich vor dem Spiegel.«

Ich tue, wie mir geheißen, klettere aus der Badewanne und wende mich dem großen, vom Boden bis zur Decke reichenden Spiegel gegenüber zu. Langsam beuge ich mich vor, am liebsten würde ich die Hände um meine schlanken Fesseln legen, aber ich blicke bloß über meine Schulter, dass meine langen pinkfarbenen Haare auf die andere Seite fallen.

Ich grinse. »Bestraf mich!«

Er leckt sich die Lippen und stellt sich hinter mich. Ich sehe, wie sein Blick sich verdunkelt und wie er die Schultern zurücknimmt. Dann bringt er einen Finger in Position, dringt ein und beginnt kleine Kreise zu beschreiben. »Du hast jemanden außer mir gebraucht …«, setzt er an, und im nächsten Moment spüre ich einen deftigen Schlag auf den Hintern.

Ich zucke zusammen, schließe die Augen. Aber so schlimm war es nicht, ich weiß, zu wie viel mehr er fähig ist.

Klatsch! Wieder breitet sich Schmerz über meine Pobacke aus, die unter seiner Misshandlung heftig erbebt. »Das war deine dritte Sünde …«, knurrt er, seine Finger umschließen mein Geschlecht von hinten. Er massiert meine Klitoris, bis ich unter seiner Bewegung den Verstand zu verlieren drohe. Schließlich lässt er los, und ich warte.

Klatsch! Der Hieb sitzt fester, viel fester. Ich schreie gequält auf, es fühlt sich an, als wäre die Haut aufgeplatzt. So sehr brennt es.

»Ich habe Brantley angefasst«, flüstere ich, weil ich mehr will. Ich will, dass er mich noch härter für alles bestraft, was er mir angetan hat. Denn nach dem heutigen Tag werden er und ich miteinander fertig sein. Weil ich ihm nichts schuldig bin, und weil ich mich nicht dafür schämen muss, wie ich die Dinge angepackt habe.

Nate gluckst unheimlich. »Kein anderer Mann, der Hand an dich legt, hat mir je so viel ausgemacht wie Daemon, als er dein Scheißherz wollte, Baby.«

Ich höre, wie er etwas vom Boden aufhebt. Das metallische Klicken lässt mich nervös schlucken.

Klatsch! Der Gürtel beißt in meine Haut, dass ich den Schrei, der sich mir entreißt, nicht unterdrücken kann. Der Schmerz, der mir jetzt in die Haut fährt, hat eine ganz neue schrille Qualität, die ich glaube, nicht mehr aushalten zu können. Nun wirft er den Gürtel weg und beugt sich über mich. Ich spüre seine Zunge in mich gleiten, dann beginnt er genussvoll zu lecken.

»So nass bist du für mich. So nass für den Schmerz, und deshalb werde ich dich immer besitzen wollen …«

Im nächsten Moment spüre ich, wie seine Zunge über meinen Hintern leckt. Dann steht er auf, packt meinen Hals und dreht mich zu sich um. Als seine Finger sich krümmen, öffne ich langsam die Augen. Der Schreck dringt mir bis in die Knochen, als ich Blut auf seinen Lippen glänzen sehe.

Mein Herz hämmert. Vor Lust dreht es mir förmlich den Magen um.

Er sieht mich weiter düster und gierig unter halb geschlossenen Lidern an. »Küss mich, Baby. Küss deine Sünden fort.«

Ich beuge mich vor und sauge seine Zunge in meinen Mund. Der metallische Blutgeschmack rinnt über meine Zunge, weiter bis in den Hals.

»Geh aufs Bett und warte auf mich.«

Mit leuchtend roten Wangen richte ich mich wieder auf. Dann trotte ich nickend Richtung Schlafzimmer. Adrenalin lässt mein Herz rasen, wahrscheinlich kommen manche Mädchen auf die Art ums Leben. Aber ich vertraue Nate. Wir brauchen das hier beide gleichermaßen, genau darauf lief das unausgesprochene Sehnen heute Nacht hinaus. Wir müssen beide mit dem, was heute geschehen ist, abschließen. Und mit dem, was Micaela zugestoßen ist.

Nun knie ich am Fuß des Bettes und warte. Fein umspielt die Andeutung eines Lächelns meine Lippen. Ich kann nichts dafür, ich bin zwar in keinem möglichen Wortsinn »unterwürfig«, aber ich spiele gerne, wahrscheinlich ebenso gerne wie Nate, weshalb unsere Tricks im Bett auch immer das reine Gift waren. Bevor wir Eltern wurden. Wenn man das erste Kind bekommt, werden einem schlagartig gewisse Dinge klar. *Du darfst das nicht sagen, dies nicht essen, so nicht vögeln* … Alles klar, oder? Plötzlich trifft man jede Entscheidung auch als Elternteil.

Aber, nun ja, das Problem haben wir nicht mehr, und ich spüre aufs Neue, wie das Gift in meine Poren dringt und sich in meinem Knochenmark einnistet. Die Frage ist nur, werde ich wachsen lassen, was da wachsen will, oder werde ich es gleich wieder eingehen lassen?

Da kommt Nate ins Schlafzimmer geschlendert. Nackt und grüblerisch. Er legt den Kopf schräg und geht dann zur Kommode. Als er der obersten Schublade eine silbrige Klinge entnimmt, erstarre ich zu Stein. *Scheiße, so endet es jetzt für dich, Tillie. Dass du dich mit den Kings eingelassen hast, ist dein Tod.*

Seinen Mund beschleicht ein grausames Grinsen. »Hoch mit dir aufs Bett!«

Ich rappele mich auf und ziehe mich aufs Bett zurück. Auf Knopfdruck kommt eine lange Klinge zum Vorschein. Er kommt näher, bis er den Bauch gegen mein Gesicht presst. Dann fährt er mit der stumpfen Seite des Messers über meine Brust, bis ich heftig und angestrengt atme. Er zieht das Messer über die Brustwarze, umkreist sie damit.

»Vertraust du mir?«

Ich lecke mir die Lippen und schließe die Augen.

»Antworte, Tillie, hast du mir vertraut, und vertraust du mir jetzt?«

»Ja«, hauche ich, als das Messer über die Innenseite meines Oberschenkels streicht. »Brauchst du ein Safe Word?« Er scheint mich zu necken, und kurz erhasche ich einen Blick auf Nate.

In meinen Augen lodert das Leben. »Nein.«

»Deine zweite Sünde war, dass du mir *nicht genug* vertraut hast.« Als er das Messer umdreht, fühle ich einen Stich. »Ich habe immer gesagt, dass ich darauf stehe, dich zu zerbrechen, damit ich dich anschließend wieder so zusammensetzen kann, wie ich dich haben will, vielleicht auch, um einen Teil von dir zu behalten, den ich dir niemals wiedergebe. Vielleicht versuchen wir das ja mal in Wirklichkeit …«

Mir gefriert das Blut in den Adern, als ich die Nässe an meinem Oberschenkel hinablaufen fühle. Als ich die Augen aufschlage, beugt er sich um mich herum, sodass ich seine Halsbeuge vor mir sehe. Unter der glatten Haut pulsiert die Halsschlagader, und ich muss mich gegen den Drang stemmen, mich darüber zu neigen und die Zähne darin zu vergraben, bis er schreit.

Er schließt die Augen und atmet tief ein, dabei ergreift ein erbarmungsloses Grinsen Besitz von seinen Lippen.

»Du gehörst mir.«

Er lässt das Messer sinken, streicht damit über meinen Körper und wirft mich dann auf den Rücken, dass sich das Haar um meinen Kopf wickelt. Anschließend schaue ich zu, wie er sich wieder zwischen meinen Schenkeln niederlässt. Doch statt mich wieder zu lecken, saugt er das Blut von meiner Haut.

»Das war eine furchtbare Sünde. Es tut mir leid, Baby, aber du weißt ja, wie eifersüchtig ich bin …«

Er saugt an meinen Schenkeln, bis mein Becken, das sich nach Reibung sehnt, abhebt; dann beißt er zu, zuerst die eine, dann die andere Seite, dabei nähert er sich Biss für Biss der Stelle, an der Schenkel und Vagina aufeinandertreffen. Ein letztes Knabbern, dann richtet er sich auf. Sein großer, wütender Schwanz pocht, von der Spitze fliegen Spermatropfen. Schließlich schleudert Nate das Messer quer durchs Zimmer und beugt sich über mich, bis sein Schwanz mich bis zum Anschlag ausfüllt.

Ich schreie vor Lust, als seine einfache Zudringlichkeit den nächsten Orgasmus durch meine Knochen jagt.

Ich bin so was von fertig mit ihm.

Er zieht ihn raus und dreht mich auf den Bauch, dann packt er meine Hüften und zieht mich hoch, bis ich das Gesicht in die Kissen drücke und den Hintern herausstrecke. Die Finger graben sich in mein Fleisch, als er erneut zustößt, während noch mein zweiter Höhepunkt allmählich verebbt. Er stößt mich hart, seine Hoden klatschen gegen meine Klitoris. Schweißt tropft mir von der Stirn, als er seinen Angriff fortsetzt und mich mit jedem neuen Stoß zu zerreißen droht. Dann wälzt er mich wieder auf den Rücken und wirft mich gegen das Kopfende.

Ich ächze, als mein Schädel gegen den Marmor knallt. Alles dreht sich um mich, verschwimmt vor meinen Augen. Er kriecht zu mir, zerrt mich an den Schenkeln übers Bett und versenkt sich langsam abermals in mir.

»Deine letzte Sünde waren deine Selbstvorwürfe.«

Er stößt zu, seine Hand greift nach meiner Kehle. Er drückt zu, bis ich zu keuchen anfange. Wieder und wieder drängt er sich quälend langsam gegen mich und lässt mich nur nach Luft schnappen, wenn ich mit der Hand auf seinen Arm schlage.

Dann wird er langsamer, sein Mund nähert sich meinem, und er dringt mit der Zunge ein.

»Mach nie wieder so einen Scheiß, oder ich lasse beim nächsten Mal nicht los.«

Er gibt meine Kehle erst frei, als er sich an meinem Kitzler reibt und ich ein weiteres Mal schreiend komme und mein Leib sich zuckend und misshandelt streckt.

Endlich zieht er sich zurück, packt seinen Schwanz und reibt ihn, bis sein heißer Samen über meine Brüste und mein Gesicht spritzt. Dann tunkt er die Finger hinein, verreibt den Saft und hält mir die Finger hin.

»Mach den Mund auf.«

Ich tue es und lecke die salzige Flüssigkeit von den Fingerspitzen.

Schließlich lässt er sich neben mich fallen, zieht das Seidenlaken um uns und nimmt mich in den Arm. Wieder einmal bin ich zu erschöpft, um mir sein Sperma abzuwaschen. Ich schließe die Augen, als er zarte Küsse auf meine Stirn drückt und mit dem Zeigefinger Kreise um meinen Oberschenkel zieht.

30. KAPITEL

TILLIE

Die Morgensonne schaut unter den dunklen Vorhängen hervor auf unsere Sünden der vorigen Nacht. Ich will die Beine über die Bettkante heben und zucke zusammen, als sie ein heftiger Schmerz durchzuckt. Ich hebe die Bettdecke an und werfe einen Blick auf das Zerstörungswerk. Die Spuren von Fingern und Bissspuren und geronnenes Blut um den hübschen, kleinen Schnitt zieren meine Oberschenkel. Die Wunde war nicht so tief, dass sie genäht werden musste, das getrocknete Blut hat offensichtlich genügt, um den Schnitt zu versiegeln.

»Oh Gott«, stöhne ich kopfschüttelnd.

Gestern haben wir einen Gipfel erklommen, den ich noch nicht sehen konnte, als ich zum ersten Mal mit Nate schlief. Ich hatte wohl vergessen, wie schlimm es mit ihm werden kann. Ich ziehe mir das erste Kleidungsstück, das ich auf dem Boden finde – wieder mal einen seiner Kapuzenpullis –, über den Kopf und lasse es bis auf meine Knie fallen. Mein Magen knurrt, aber ich habe Nate versprochen, dass es bei einer Nacht bleibt, und so soll es sein. Wir müssen uns jetzt weiter auf unseren nächsten Schritt konzentrieren. Es hat ja keinen Zweck, wie verwundete Krieger herumzulaufen, wenn wir uns nur gegenseitig verwunden – nicht unsere Feinde.

»Wo willst du hin?« Er schlingt einen Arm um meine Taille und zieht mich ins Bett zurück.

»Ich muss los«, antworte ich lachend.

Auf seinem Nachttisch klingelt das Handy. Ächzend tastet er ziellos danach und hält es sich ans Ohr. »Was?« Er blickt mich an. »Wirklich?«

»Was?«, formuliere ich lautlos, weil ich mich frage, wieso er mich ansieht, als wollte er mich vernaschen. Falls er mich vernaschen will, werde ich dafür sorgen, dass ich mit Gift gewürzt bin, aus Rache für den mörderischen Sex gestern Abend.

»In einer halben Stunde.« Er beendet das Gespräch und grinst mich an. Ich kämpfe gegen den Drang an, ihn zu schlagen, weil es einfach nicht gerecht ist, dass er am frühen Morgen schon dermaßen perfekt aussieht. »Dein Auto ist da. Ich schätze, ab jetzt reitest du nicht mehr auf meinem Schwanz.«

Als ich ein Kissen nach seinem Gesicht werfe, bricht er in lautes Lachen aus, hinter den vollkommenen Lippen blitzen seine makellos weißen Zähne.

»Bastard.«

Ich ziehe mich nicht extra um, vor allem, weil ich sowieso keine Klamotten hier habe. Und da meine unschuldige Unterwäsche nun davon zeugt, wie schmutzig wir es letzte Nacht getrieben haben, lasse ich auch die hier zurück, als Souvenir für ihn oder als Erinnerung für andere Mädchen, die er womöglich mit hierherbringt, die Beine in die Hand zu nehmen und um ihr Leben zu rennen. Mir bleibt nur noch das zerknüllte Kleid, das ich dankenswerterweise schon früh am Abend ausgezogen hatte.

Als wir Brantleys Auffahrt hinauffahren, wende ich mich Nate zu und erkenne, wie absolut fertig wir beide aussehen. Als kämen wir gerade aus einem Kriegsgebiet. Er hat überall dunkle Flecken am Hals und … ein blaues Auge?

»Shit? Habe ich dich letzte Nacht geschlagen?«

Er nippt an seinem Kaffee und sucht nach seiner Sonnenbrille. »Du hast nach mir getreten, als ich dich zum fünften Mal geleckt habe.«

»Nate«, winde ich mich.

Ich klappe den Spiegel herunter und zucke zusammen. »Ich sehe aus wie Scheiße.« Dunkle Augenringe, totenbleiche Haut, die Haare eine Zuflucht für obdachlose, verirrte Vögel.

»Unmöglich. Steig aus.«

Wir steigen beide aus, und da fällt mein Blick auf die Neuerwerbung, die mitten auf Brantleys Auffahrt wartet.

Ich halte grinsend darauf zu, als die Haustür aufgeht und Eli und Brantley herauskommen.

Brantley wirft mir die Schlüssel zu und macht Augen, als sie zwischen Nate und mir landen. »Ihr seht beide aus wie Scheiße. Muss ja eine tolle Nacht gewesen sein.«

Ich schnappe mir die Schlüssel und entriegele den wirklich umwerfenden Wagen. Tiefergelegt, mattschwarze Felgen und verdeckte Scheinwerfer. Das glänzende Blutrot funkelt in der Morgensonne.

Nate beugt sich auf der Beifahrerseite hinein. »Gute Wahl, Baby.«

Ich richte mich auf. »Machen wir zusammen eine Spritztour. Wir müssen mal was Stinknormales unternehmen.«

Brantleys Blick begegnet Nate. »Ja, Hector hat für Freitagabend eine neue Versammlung einberufen.«

»Was?«, ruft Nate.

Ich erstarre. »Die Letzte ist doch noch keinen Monat her – lediglich Tage, oder?«

Brantley nickt, ohne Nate aus den Augen zu lassen. »Deshalb ist es ja auch aufschlussreich, dass er es getan hat, außerdem hat er gebeten, dass Tillie daran teilnimmt.«

»Tillie wird nicht dabei sein«, erklärt Nate nüchtern.

»Tillie steht genau hier, und Tillie hat überhaupt nichts dagegen …«, ergänze ich, schließe die Fahrertür und steige die Stufen hinauf.

»Tillie geht verdammt noch mal nirgendwohin«, brüllt Nate hinter mir.

Ich zeige ihm den Mittelfinger und mache mich auf den Weg nach unten, als Brantleys Worte mich aufhalten: »Ich hab ein anderes Zimmer für dich, du musst hier nicht bleiben, wenn du nicht willst. Schließlich bist du keine Gefangene mehr, das war nur, weil wir erst mal klären mussten, was mit Daemon war. Wir konnten ja nicht zulassen, dass du Madison von ihrem toten Bruder erzählst.«

Ich wende mich ihm zu. »Es gefällt mir hier.«

Brantley lächelt. Er lächelt. Er grinst nicht, er sieht mich nicht spöttisch an. Er lächelt und zeigt zwei Reihen blendendweißer Zähne in einem gebräunten Gesicht. »Ich weiß. Du bist auf dieser Etage, auf der anderen Seite ist das Arbeitszimmer meines Vaters. Hab das Mädchen dein Zeug hintragen lassen.«

Auf dem Weg zur Tür danke ich Brantley. Ich verliebe mich auf den ersten Blick in das Zimmer. Es gibt dort ein großes Erkerfenster zum Hinterhof. Die Wände sind weiß, die Bettwäsche nur eine Schattierung dunkler; als ich eine von zwei abgehenden Türen öffne, erblicke ich ein Badezimmer, das ungefähr so groß ist wie das unten im Haus – eine Badewanne gibt es nicht. Hinter der zweiten Tür verbirgt sich ein begehbarer Kleiderschrank. Meine Kleider wurden bereits sorgfältig auf Bügel gehängt. Ich denke an sein Hausmädchen. Ich würde es ihm zutrauen, dass er das süße, unschuldige Mädchen wie eine Sklavin hält, aber während mir der Gedanke noch durch den Kopf schießt, weiß ich tief im Inneren, dass das nicht der Fall ist. Wie er sich in ihrer Gegenwart bewegt, wie sie sich im

Angesicht des Teufels zusammenreißt. Sie gehört nicht zu denen, die Brantleys Zorn auf sich ziehen. Sie gehört zu denen, die eine vollkommen andere Seite an Brantley kennen, vielleicht ist sie sogar die Einzige.

Vielleicht bin ich auch geistesgestört.

In Anbetracht der jüngsten Ereignisse plädiere ich für Letzteres, greife nach ein paar Klamotten, schlüpfe unter die Dusche und genieße das auf meinen geschundenen Körper prasselnde heiße Wasser.

Nachdem ich mich eingecremt und meine Haare geföhnt habe, ziehe ich mich rasch um. Auf die Bürste habe ich heute verzichtet, stattdessen fällt mein Haar nun in einer natürlichen Welle über meinen Rücken. Ich gleite gerade in meine Jimmy Choos, als die Tür aufgeht.

Da steht Nate, frisch geduscht, in einer hellblau verblichenen Jeans, einem Philipp-Plein-Hemd und seiner Lederjacke, in deren Kragen eine Kapuze eingenäht ist.

Ich habe mich für meine hautengen weißen Jeans und ein weites schwarzes Baumwoll-Shirt entschieden und, passend zu meinem neuen Auto, die rote Lederjacke übergestreift.

»Im Ernst, Tillie, du kannst am Freitag nicht mitkommen.«

Ich schließe das letzte Riemchen, erhebe mich und greife nach meinem am Strom hängenden Handy. »Ich kann, und ich werde. Er hat mich gebeten zu kommen.«

»Vorher sperre ich dich ein.«

»Und ich breche rechtzeitig aus.« Grinsend lege ich meine Armbanduhr an und besprühe mich mit Valentino-Parfüm.

Das Zimmer wirkt sofort kleiner, als er hereinkommt. »Das könnte hässlich werden.«

»Damit kenne ich mich aus, Nate …«, brumme ich und hebe die Hand an seine Wange. »Ich bin schon mit Hässlicherem fertig geworden.«

Er mustert mich neugierig, windet sich und löst sich von mir. Shit. *Tillie, du Idiotin, hör auf anzufassen, was du nicht haben kannst.*

»Ich hasse es, dass du das auf dich genommen hast«, erwidert er und greift nach meiner Hand.

Ich lasse zu, dass er sie nimmt. »Besser ich als Madison.«

»Besser ich oder Bishop. Ihr zwei seid nicht zu kontrollieren.«

Damit begleitet er mich hinaus, ich greife nach meiner Bankkarte und schiebe sie mir zusammen mit dem Handy in die Gesäßtasche. Dann schließe ich meine Tür, und wir wenden uns in die entgegengesetzte Richtung, bis wir am Fuß der Treppe auf die anderen warten.

Es ist still dort, der einzige Laut ist das Ticken einer großen Standuhr in der Halle.

»Hast du das gehört?«, frage ich Nate.

»Nein?« Er lauscht mit schräg gelegtem Kopf, als abermals ein Flüstern zu hören ist, fliegt sein Blick die Treppe hinauf. »Ja, jetzt habe ich es gehört.«

»Dieses Haus ist so unheimlich.«

Nates Mundwinkel verziehen sich zu einem Grinsen. »Ja, unheimlich, und voller Geheimnisse. Nicht wahr, Bran Bran?« Nate schiebt sich die Pilotenbrille über die Augen.

Brantley zeigt ihm den Mittelfinger, dann gesellt er sich zu den anderen, und wir gehen einer nach dem anderen langsam hinaus.

Eli, Cash und Jase steigen in einen Ford Raptor, und Hunter rutscht zu Brantley in dessen Wagen.

Nate geht natürlich zur Beifahrertür meines Autos, und ich steige ein und atme den Neuwagengeruch und den Duft fabrikneuer Ledersitze ein. Schon bald vermischt sich das Aroma mit dem von Nate und mir. Ich drücke den Starter, und schon beginnt die Karre unter mir zu schnurren.

»Gangschaltung?«, fragt Nate und verzieht skeptisch eine Braue.

»Ja«, fauche ich und schalte in den Ersten.

Brantley bedeutet mir, mein Fenster zu öffnen. »Folge uns. Wir fahren zur Hütte raus.«

Ich werde ruhig. Die Hütte, in der Nate und ich unsere erste Nacht verbracht haben?

»Ja.« Und wie Brantleys Augen blitzen.

Oh Gott.

Ich schlucke. »Ja, okay.« Er gibt Gas, und noch ehe der komplett verdunkelte Raptor ihm folgen kann, setze ich mich kichernd zwischen die beiden.

Nate gluckst und schüttelt den Kopf. Als wir an der großen Garage vorüberfahren, sehe ich in Zeitlupe, wie sich die Türen öffnen und ein blitzblanker weißer Tesla von unten zum Vorschein kommt. Ich atme langsamer und konzentriere mich ganz auf den frisierten Tesla. Und dann steht sie da. Als wäre sie, mit langen weißen Haaren, ihrem zarten Körper und den sanften Augen, gerade den Kulissen von *Game of Thrones* entsprungen. Sie betrachtet mich sorgfältig, dabei rafft sie den Cardigan um ihren Leib, doch ich schalte umstandslos in den Dritten und trete das Gaspedal durch und jage über die Auffahrt.

»Hast du das gesehen?«, frage ich Nate, der jedoch in die andere Richtung schaut.

»Was denn?« Nun wendet er sich mir zu.

»Egal«, brumme ich. Ich schwöre, wenn es sich für mich zu einem echten *Problem* auswächst, dass ich Leute sehe, die gar nicht da sind, dann liefere ich mich selbst in eine verdammte Klapsmühle ein.

Er legt mir die Hand aufs Bein. »Du wirst nicht verrückt, Baby. Ja, ich habe sie auch gesehen.«

Adrenalin rast durch meinen Körper. »Wer ist sie?« Jetzt will ich alles wissen.

Nate zuckt mit den Schultern. »Keine Ahnung. Damals habe ich sie zum ersten Mal gesehen, aber auf der Party hat sich Brantley noch wilder aufgeführt als sonst. Deshalb bin ich nicht besonders scharf darauf, mit ihm über dieses Thema zu sprechen.«

Ich schalte schnaubend das Radio ein. Im Hintergrund beginnt leise ›SOS‹ von Avicii. Die tiefen Bässe erschüttern das Auto wie kleine Donnerschläge. *Dieser verfluchte Text.* Wir biegen alle auf den Highway ein, und ich sehe, wie sich die grimmige Raptor-Schnauze dicht an mich hängt, während ich dicht hinter Brantley bleibe.

»Wessen Raptor ist das?«

»Der gehört Jase. Wenn wir es nicht besser wüssten, würden wir ihn ja wegen seiner Schwanzgröße hochnehmen.«

Ich lache, doch in dem Moment rast ein mattschwarzer Maserati an uns vorüber und setzt sich vor Brantleys Wagen.

Ich verdrehe die Augen. »Und was ist mit Bishops Schwanz?«

Nate lehnt sich lachend in seinen Sitz zurück. »Ganz sicher nicht.«

Der Song geht weiter, und Nate legt mir wieder die Hand auf den Oberschenkel. »Wir bleiben zweifellos über Nacht hier draußen.«

»Ich habe Jimmy Choos an!«

Er verdreht die Augen, entsperrt sein Handy und drückt es sich ans Ohr.

»Yo, kannst du Tillie ein Paar normale Laufschuhe mitbringen und andere Klamotten und das kleine rosa Spitzenhöschen mit den Buchstaben »S-E-C-R-E-T« darauf?«

Ich schubse ihn.

Er lacht. »Oh, und ihre Zahnbürste.«

Er beendet das Gespräch. »Erledigt.«

»Wer war das?«

»Entspann dich. Als würde ich einen von den Jungs auch nur in die Nähe deiner Unterwäsche lassen. Das war Bailey. Sie kommt heute Abend auch.«

Ich lächle. »Wirklich? Ich freue mich, dass außer mir ausnahmsweise auch noch ein anderes Mädchen dabei ist. Ich mag Bailey sehr. Ich finde, für so ein junges Ding ist sie sehr klug, trotzdem erkenne ich unter ihrer Lieblichkeit bereits die Zicke.«

»Ja«, brummt Nate und legt den Kopf schräg. »Und ich bin ziemlich sicher, dass ich in Bishops Auto zwei Leute gesehen habe.«

Madison? »Nein«, fährt er in meinen Gedanken. »Abel.«

Es spielt keine Rolle, dass er mich verbessert hat. Meine Gedanken sind jetzt bei Madison. »Ist sie wieder bei Tate?«

Nate schüttelt den Kopf. »Nee, Tate bereitet sich auf die NYU vor. Ich glaube, ihre Freundschaft neigt sich überwiegend dem Ende entgegen. Tate hat neue Freundinnen. Freundinnen von ihrem Kaliber.«

Glückliche Tate. Nun lebt sie ein stinknormales Leben und was weiß ich, doch ich habe den Gedanken noch nicht zu Ende gedacht, als ich schon ein schlechtes Gewissen habe. Ich liebe meine Freunde. »Dann ist es ihr egal, dass Madison wieder abgehauen ist?«

»Das weiß sie gar nicht. Sie glaubt, Madison meidet sie.«

»Nun«, sage ich und setzte mich auf meinem Sitz zurecht. »Ich wäre stocksauer auf euch Jungs.«

»Du würdest aber nicht abhauen«, fügt er nüchtern hinzu.

»Stimmt, aber sauer wäre ich sowieso.« Ich kann nicht umhin, beleidigt zu sein, weil sie sich vor ihrem Abgang nicht wenigstens an mich gewendet hat. Ich habe ihr Geheimnis für mich behalten. Ganz gleich, was war, ich habe es für mich behalten, trotzdem konnte sie mir nicht vertrauen?

Dann beginne ich zu begreifen. »Dir scheint das alles nicht sonderlich viel auszumachen.«

Nate schnaubt und streicht mit dem Finger über seine Oberlippe. »Weil wir wissen, wo sie ist, Tillie. Täusch dich nicht, wir wissen *immer*, wo ihr zwei seid.«

Ich lecke mir die Lippen. »Und?«

Er mahlt mit dem Kiefer. »Sie ist in Neuseeland.«

Den Rest der Fahrt verbringen wir schweigend. Vier Stunden später haben wir den Highway verlassen und fahren einen Privatweg entlang. Aus der Erde links und rechts des perfekt manikürten Wegs sprießen Bäume.

»Ich erinnere mich nicht, dass hier alles so gepflegt war.«

Nate atmet auf, als wir alle vor der Hütte halten. Dieselbe Hütte, in der wir waren, als Nate und ich zum ersten Mal zusammenkamen, an dem Abend, an dem ich von meiner Mutter erfuhr.

Mächtige Stämme dienen rings um die umlaufende Veranda als Stützpfeiler; ich erinnere mich, dass das Wohnzimmer von einer vom Boden bis zur Decke reichenden Fensterfront gesäumt ist.

Wir steigen aus und schließen die Türen. Meine Absätze klappern über die Straße.

»Du ziehst für eine Blockhütte High Heels an, kleiner Troublemaker?« Brantley sieht mich mit einer hochgezogenen Braue an.

»Ich weiß«, brumme ich, dabei wandert mein Blick kurz zu Abel, dem ich freundlich zulächle. »Bailey bringt mir andere Schuhe mit.«

Brantley gluckst amüsiert. »Meine Cousine geht mir mächtig auf den Sack.«

»Daddy Bran Bran. Du hast so viele Geheimnisse …«

Als er die Augen zu Schlitzen zusammenzieht, erklimme ich schnell die Verandastufen.

»Mit den Absätzen kannst du nicht schnell laufen, *Princessa*. Wenn ich du wäre, würde ich meine große Klappe lieber halten.«

Kichernd stoße ich die Tür auf und trete ein. Im Kamin brennt ein Feuer, Kerzen erhellen den Raum ringsum, und alles ist auf Hochglanz poliert.

»Wer hat hier alles vorbereitet?«, frage ich, während ich mich in dem großen Raum umschaue.

Die Treppe zu den Schlafzimmern befindet sich gleich rechts, wenn man reinkommt, im Zentrum des Wohnbereichs steht ein großes u-förmiges Ledersofa, dahinter ist ein großer offener Kamin in die Wand eingelassen. Die Bäume hinter der Glasfront wirken vergrößert, die Küche besteht ganz aus lackiertem Holz und Marmor. Das Ganze ist eine eindeutige Mischung von traditionell und repräsentativ. Ich liebe diese Hütte, und allmählich geht mir auf, dass keiner der Jungs hier viel Zeit verbracht hat. Was für eine Verschwendung!

Ich nehme eines der Fotos auf dem Kamin.

Es zeigt Hector und Scarlet und Bishop in Scarlets Armen. Ich stelle es sofort zurück, weil ich nichts anfassen will, das mit Hector zu tun hat. Von Bishop abgesehen.

Nate lässt sich auf das Sofa plumpsen und kickt sich die Adidas Originals von den Füßen. »Ich bin so im Arsch.«

»Ja, weil du letzte Nacht flachgelegt wurdest.« Eli streckt die Beine von sich.

»Ich bin mir ziemlich sicher, dass ich derjenige war, der das Flachlegen besorgt hat«, versetzt Nate prompt.

»Wirklich?« Hunter kichert. »Denn ich bin mir ziemlich sicher, dass dein blaues Auge was anderes sagt.«

Alle beginnen zu lachen, aber ich achte nicht darauf und gehe in die Küche, auf dem Weg dorthin streife ich meine Schuhe ab, die hier komplett vergeudet sind.

»Geht es dir gut?«, frage ich Bishop, der eine Flasche Scotch und Gläser aus dem Schrank nimmt. Inzwischen tragen die übrigen Jungs ihr Zeug in die Hütte und steigen hinauf zu den Zimmern. Ich habe noch nicht daran gedacht, wo ich schlafen soll, ich weiß bloß, dass ich nicht wieder bei Nate übernachten werde. Wir haben einander etwas versprochen. Und nun müssen wir unser Versprechen halten.

Bishop gießt die Flüssigkeit in mein Glas und schiebt es mir hin. »Nicht wirklich. Aber ich will die zwei Tage, die wir hier draußen verbringen, nutzen, um wieder einen klaren Kopf zu bekommen.«

Ich schwenke den Scotch in meinem Glas. »Um einen klaren Kopf zu bekommen, muss man erst mal total durch den Wind sein. Komm diesmal anders wieder runter, B, besser.«

Er kippt seinen Drink und knallt das Glas auf den Tisch. »Darf ich dich was fragen, und wirst du ehrlich zu mir sein?«

Im Hintergrund geht der Fernseher an, und ein NBA-Spiel läuft.

»Ja.« Ich trinke einen Schluck von dem starken Schnaps. Ich schwöre, ich kann Whiskey nicht ausstehen, das ist einfach nicht mein Gesöff. Ich kippe das Zeug trotzdem runter und ersticke fast daran, als es durch meine Kehle fließt.

Bishop lacht, schüttelt den Kopf und erhebt sich von seinem Platz, dann geht er zu einer kleinen Bar am anderen Ende der Küche, hinter dem Esstisch. Und kommt mit einer Flasche zurück, in der eine dunkelbraune Flüssigkeit schwappt.

»Was ist das?«, frage ich.

»Old Fitzgerald Bourbon. Ich denke, der wird dir besser schmecken, auch wenn der nicht in Schottland, sondern in

Kentucky destilliert wurde. Der eine wird aus Gerste gemacht, der andere aus Mais. Alles ziemlich langweilig, aber normalerweise kann man, wenn man Scotch verträgt, ebenso gut Bourbon trinken, aber wenn man Scotch nicht mag, kommt man meistens mit Bourbon besser klar. Außerdem kostet die Flasche vier Riesen.«

Ich schraube den Verschluss ab und gieße etwas davon in mein leeres Glas. Dann trinke ich einen Schluck, und sofort glühen meine Wangen. Die bittersüße Flüssigkeit brennt mir im Mund, schmeichelt jedoch meinen Geschmacksknospen. »Viel besser.«

Er lächelt. »Hat Madison dir je von ihrer Zeit in Neuseeland erzählt?«

Ich nehme noch einen Schluck Bourbon, schlucke langsam und ziehe die Knie an die Brust. »Ein bisschen.«

Als ich mein Blut heiß werden fühle, ziehe ich meine Jacke aus. Dann fahre ich mir mit der Hand durch das lange Haar. »Wieso?«

»Hat sie mal einen Typen namens Jesse erwähnt?«

Ich ziehe die Lippen zwischen die Zähne und stelle mein Glas auf die Tischplatte aus Granit. »Kurz. Sie meinte, sie seien befreundet gewesen. Ist sie jetzt bei ihm?«

Bishop nickt. »Ja, und ich muss mich echt anstrengen, um nicht hinzufliegen und sie an ihren verdammten Haaren hierher zurückzuschleifen.«

Ich trinke den Rest meines Drinks. Dann kommt Nate hinter Bishop in die Küche und nimmt Chips und Schokolade aus dem Schrank.

Ich schenke mir mehr Bourbon ein.

»Langsam, Tiger.« Nate deutet mit einem Schokoriegel im Mund auf mein Glas. Er nimmt den Riegel aus dem Mund und reißt mit den Zähnen die Verpackung auf. »Bring dich lieber nicht in eine Lage, in der ich es für selbstverständlich halte, dich beim Wickel zu nehmen.«

Ich verdrehe die Augen, trinke noch einen Schluck und kehre zu Bishop zurück, während Nate wieder im Wohnbereich verschwindet und Elis Hinterkopf mit Chipstüten bombardiert.

»Lass es«, sage ich, und Bishops Blick begegnet meinem. »Sie kommt schon wieder, wenn sie es will. Es bringt nichts, sie zurückzuholen. Es ist viel passiert, und sie hat sich von uns allen am meisten verändert. Wenn sie das jetzt für sich tun muss, dann lass sie. Ich werde dafür sorgen, dass ich hier bin, falls und wenn sie zurückkommt.«

Bishop trinkt aus und legt den Kopf schief, dann zieht er sein T-Shirt aus. Bishop oben ohne ist nicht gut. Weil es einfach zu gut ist.

»Um Himmels willen«, grolle ich und wende den Blick ab.

Er wirft kichernd das T-Shirt hinter sich. »Das Zeug geht mir ins Blut. Dir bestimmt auch.« Mir entgeht nicht, dass er die Stimme senkt.

Aber er hat ja recht. Mein Blut rast mit einer Geschwindigkeit und so heiß durch meine Adern, dass es mich glatt überfordert.

»Ja –«

»Versucht es gar nicht erst«, unterbricht uns Brantley und zieht den Stuhl gegenüber Bishop unter dem Tisch hervor und schnappt sich meinen Bourbon. Er gießt sich ein, ohne Bishop aus den Augen zu lassen. Irgendwas spielt sich zwischen den beiden ab. Bishop sieht Brantley mit schmalen Augen an, dann richtet er den Blick wieder auf mich.

Bishop lacht, seine ebenmäßigen Zähne blitzen, als er den Kopf zurückwirft. »Was du nicht sagst.«

Dann wendet er den Kopf über die Schulter und richtet den

Blick auf Nates Hinterkopf; Nate hat seinerseits das T-Shirt ausgezogen und trägt seine Baseballkappe falsch herum.

»Man hat mir gesagt, Tillies Farbe ist Rot«, frotzelt Bishop.

Da dreht sich Nate zu uns um und richtet sich zu seiner vollen Größe von fast zwei Metern auf. Seine Tattoos winden sich über seine gebräunte und geschundene Haut. Aus der offenen und auf den Hüften hängenden Jeans schaut die Unterhose heraus. Er verrenkt sich fast den Hals.

»Ja, und ob es so ist.«

Mein Blick fliegt von einem zum anderen, als wäre mir irgendwas entgangen.

»Dass meine Karre rot ist, heißt noch lange nicht, dass Rot meine Lieblingsfarbe ist«, sage ich trotzig.

Alle brechen in Gelächter aus. Nate blickt mich an. »Wissen wir, Baby. Komm wieder runter.«

Damit lässt er sich aufs Sofa fallen und schaut sich weiter das Spiel an.

Brantley und Bishop glucksen vergnügt, und Bishop steht auf und zerzaust mir die Haare. »Du warst Madison eine gute Freundin, Tillie. Und was uns angeht … ich kann mir das Leben ohne deine pinkfarbenen Haare gar nicht mehr vorstellen.«

Ich greife mir an die Brust und klimpere mit den Wimpern. »Ah.« Dann verdrehe ich die Augen.

»Gewöhn dich bloß nicht an süße Nichtigkeiten. Du wirst nämlich keine mehr zu hören bekommen.« Er zieht sich, eine Flasche Scotch – Scotch, nicht Bourbon – zwischen den Fingern, durchs Zimmer und die Treppe hinauf zurück.

Ich fahre mir mit der Zunge über die Lippen, allmählich überdeckt der Alkohol meine Ängste. »Alles klar, kleiner Troublemaker?«, erkundigt sich Brantley über den Rand seines Glases.

Ich nicke. Dann beuge ich mich zu ihm hin. »Hey, was war das für ein Tesla?«

Er erstarrt, sein Blick fährt zu mir auf. »Du hast sie gesehen?«

»Ja«, flüstere ich. *Warum flüstere ich?*

Brantley sieht mich weiter an, seine Augen verdüstern sich. »Wieso sollte ich dir vertrauen?«

Ich lege den Kopf schräg. »Weil das Gefühl auf Gegenseitigkeit beruht.«

»Nein.« Er schüttelt den Kopf, dann stürzt er den Rest seines Drinks hinunter. »Wieso sollte ich dir anvertrauen, was ich über die einzige Person weiß, der ich mich nicht mal selbst anvertrauen würde?«

Weil ich sie schützen würde, hätte ich am liebsten geantwortet.

Weil ich sie beschützen will. Und dich auch. Und weil ich jeden vernichten werde, der an das rührt, was euch beide miteinander verbindet, würde ich gerne hinzufügen.

»Ich weiß es nicht«, antworte ich stattdessen. »Und du?«

Er zögert, dann leckt er sich die Lippen. »Keine Ahnung. Aber ich sage es dir, sobald ich es herausgefunden habe.«

Er beugt sich vor und küsst mich auf den Scheitel, während ich mit meinem Glas spiele und beobachte, wie Nate sich im Wohnraum aufstacheln lässt und Eli schubst, der Witze darüber reißt, dass die LA Lakers die Golden State Warriors schlagen könnten. Wer weiß? Ich langweile mich. Doch in meiner Langeweile sehe ich diese Kings von der Warte der Außenseiterin. Für jeden auf der Welt, der weiß, wer sie sind, und noch halbwegs bei Verstand ist, sind sie die denkbar gefährlichsten Typen, in meinen Augen indes sind sie in Wahrheit immer noch eine Jungenbande, mit gewissen nicht ganz lehrbuchmäßigen Aktivitäten, die allerdings nicht davor zurückschrecken würde, jemandem, der es wagte, einem ihnen nahen Menschen wehzutun, buchstäblich den Kopf abzureißen.

Sind sie deshalb *schlechte* Menschen? Ich denke, nur für Leute, die *Schlechtes* im Schilde führen. Ich hebe mein Glas und fahre mir mit den Fingern der anderen Hand durchs Haar, um mir die Strähnen aus dem Gesicht zu streichen. Dann tappe ich ziellos herum und sammle Eindrücke, die mir bei meinem ersten Aufenthalt hier womöglich entgangen sind. Zum Beispiel, dass mitten im Wald ein spitzer Turm aus den Baumwipfeln ragt. Oder dass überall in der Hütte Fotos zu sehen sind, die nicht nur Bishops Familie zeigen, sondern auch Nate und Eli und Hunter und Jase und Cash. Außerdem alte Schwarz-Weiß-Aufnahmen anderer Familien, von Menschen, die, wie ich vermute, ebenfalls zu den Kings gehörten. Vor einem Bild bleibe ich stehen: Hector, allein, mit einem Baby auf dem Arm.

»Wer ist das?« Ich deute mit einem Nicken auf das Foto, das auf einem der zahlreichen an die Hüttenwand genagelten Regalbretter steht.

»Das muss Abel sein«, antwortet Nate und legt seinen Kopf schief. Das Baby trägt weder Blau noch Rosa. Das Bild ist ein Farbfoto, aber alt; Nate mustert es noch einen Augenblick, dann stellt er es wieder weg. »Definitiv Abel. Für Bishop viel zu hübsch.«

Bishop zeigt ihm den Mittelfinger und stolziert die Treppe hinunter, während Nate wieder auf der Couch Platz nimmt und sich erneut dem Spiel widmet.

Ich stehe da und beobachte die Jungs.

Halten die mich für total verblödet?

Gerne würde ich sie darauf hinweisen, dass Hector gar keine Kenntnis von Abels Existenz haben dürfte. Dass sie mir das jedenfalls weisgemacht haben, aber ich stelle fest, dass meine Lippen fest versiegelt sind. Lieber trage ich Informationen zusammen und schlage zu, wenn es sein muss; es bringt mir nichts, wenn ich jetzt verkünde, dass ich Bescheid weiß, weil ich ihnen dann nur Zeit gebe, ihre Geschichte zu ändern und womöglich neue Lügen in die Welt zu setzen.

Besser, ich stelle mich dumm.

Also zucke ich nur mit den Schultern, gehe zurück zum Sofa und lasse mich neben Nate nieder.

Er beugt sich vor, stützt die Ellbogen auf die Knie und schaut mich über die Schulter an. Sein Gesicht ist halb dahinter verborgen, doch seine Augen mustern mich von oben bis unten.

»Alles gut?«

»Alles super.« Ich klimpere lächelnd mit den Wimpern. Als er sich wieder dem Spiel zuwendet, erstirbt mein Lächeln. *Arschloch.*

Als mein Blick auf Abel fällt, sehe ich, dass er mich aufmerksam betrachtet. Unheimlich, wie sehr er Bishop ähnelt. Gäbe es den Altersunterschied nicht, ich würde wetten, dass sie Zwillinge sind.

Er grinst mich an, als wüsste er, was ich denke.

Ich zwinkere ihm zu.

Das Problem, wenn man sich mit Menschen anlegt, ist, dass sie allmählich dahinterkommen, wie man dabei vorgeht, und dann schlagen sie umso härter zurück, planvoll, präzise und auf den Punkt.

Als die Sonne den Himmel orangerot entflammt, juckt es mich, mich von der Couch zu erheben.

»Kann man hier auch was kochen?«

Nate versetzt mir einen Klaps auf den Hintern, als ich aufstehe, und ich drehe ich mich zu ihm um und funkle ihn an.

Er pustet mir einen Luftkuss zu. »Ja, es müsste genug da sein.«

Nate weiter grimmig anstarrend umrunde ich das Sofa, während er mich unablässig angrinst. Als ich die Küche betrete, fliegt die Vordertür auf.

»Sorry, ich habe mich verspätet«, ruft Bailey in die Runde.

Die Jungs rühren sich nicht von der Stelle.

»Gott sei Dank.« Ich winke sie in die Küche. »Mir wollte schon ein Schwanz wachsen.«

Bailey zieht lachend ihre übergroße, aufgeblähte Jacke aus und hängt sie an den Haken.

»Oh, ich kann euch versichern, ich hab sie viel zu hart rangenommen, um sie nicht in eine tropfnasse –«

Ich verpasse ihm auf unserem Weg in die Küche einen Schlag gegen den Hinterkopf.

Bailey rollt mit den Augen und lacht.

»Okay, also dachte ich, wir könnten heute Abend alle zum Essen ausgehen, weil ich gesagt habe, ich wollte –«

Ich drehe mich um, Bailey ist stehen geblieben. Ich folge ihrem Blick und, siehe da, da steht Abel.

Ich beuge mich zu ihr. »Oh, ich verstehe …«

Sie zuckt zusammen und dreht sich zu mir um. »Was?«

Ich muss kichern. »Nichts. Komm, hilf mir lieber, bevor die ganzen Hormone dich noch umbringen.«

Sie wird rot. Sie wird ungelogen rot. Was für ein süßes, süßes Mädchen. Dieser Bursche verspeist dich bei lebendigem Leib. Andererseits, sie ist eine Vitiosis, also vielleicht auch nicht …

Bailey nimmt sich den Salat vor, und ich hole das frisch geschnittene Fleisch. Steaks und mariniertes Huhn.

Ich deute auf den Schnaps. »Gieß dir einen Drink ein, Kind …«

Sie lacht. »Okay, wenn du darauf bestehst. Wie ist es in letzter Zeit so gelaufen? Tut mir leid, dass ich mich im Haus nicht habe blicken lassen.« Sie schüttet Gin in ein Glas und füllt es mit Fruchtsaft auf. »Aber ich habe wie eine Verrückte gelernt, damit ich so weit bin, wenn ich auf der RPA anfange, und, na ja, wenn ich nicht gelernt habe, habe ich getanzt, deshalb war mein Stundenplan ein bisschen voll.«

Ich betrachte sie mit hochgezogenen Augenbrauen, als sie an ihrem Snoop Juice nippt. »Alles klar, Snoop Dog, trink aber nicht zu viel davon, ich fühle mich nämlich noch irgendwie für dich verantwortlich. Ich glaube nicht, dass sich daran jemals was ändert.«

Und das wird es auch nicht. Ich fühle mich Bailey verbunden, deshalb ist das ganz natürlich. Mühelos. Ich sehe in ihr eine kleine Schwester. Und sie spielt ihre Rolle gut, denn ich habe den Eindruck, dass sie in mir ihrerseits eine Schwester sieht. Und deshalb will ich nicht, dass sie sich sinnlos betrinkt. Vielleicht trotz allem noch immer eine Mutter …

»Schon gut«, murmele ich und stelle zwei große Bratpfannen auf den Herd, während sie weiter Trauben und Ananasstücke in den gemischten Salat gibt. »Ich habe das eine oder andere durchgemacht, und ich bin froh, dass du mich nicht so gesehen hast.«

Als sie alles in die Salatschüssel geworfen hat, kommt sie zu mir. Da ich so verflucht klein bin und sie das verdammte nächste Topmodel wird, begegnen wir uns auf Augenhöhe. Das Mädchen sieht aus wie Adriana Lima.

»Wer ist das?«

»Oh, dann hast du das anscheinend auch nicht mitgekriegt.« Ich lache. »*Das* ist Bishops Bruder.«

»Bishop wie in Bishop Vincent Hayes? Der Bishop?«

»Derselbe. Der Herr und das Licht. Das Feuer, das alle Mädchenherzen wärmt …«

Wieder errötet Bailey. »Na ja, nichts für ungut, aber das wäre wohl eher Nate, alle sind ganz versessen auf ihn.«

Ich verdrehe die Augen. »Er wird überschätzt.«

»Das habe ich gehört«, blafft Nate vom Sofa. »Und ich rate dir, noch mal an deinen Beinen und dazwischen nachzusehen, bevor du das noch mal sagst, *Princessa* …«

Baileys Blick fällt intuitiv auf meine Beine.

»Bailey.«

»Sorry.« Sie kichert und trinkt einen Schluck.

»Geh und streich Butter auf das Knoblauchbrot oder mach sonst was …«

Sie macht sich nicht die Mühe, mir mitzuteilen, dass man keine Butter auf Knoblauchbrot streicht, sondern gleitet einfach auf einen Hocker und schaut zu, wie ich mich in der Küche bewege.

»Was habe ich sonst noch verpasst?«

Wir beginnen eine leichte Unterhaltung, als der Geruch nach Huhn und Steaks die kühle Nachtluft erfüllt. Bailey erzählt mir von einem Typen namens Nix und dass er und seine vier Schulfreunde glauben, die Herren der Welt zu sein. Wie alle sich mit ihr in den sozialen Netzwerken anfreundeten, als sie herausfanden, dass sie die Riverside Prep besuchen würde, und dass ihre Online-Beliebtheit ihren Höhepunkt bereits erreicht hatte. Sie hatte sich von einer Streberin, die zu Hause unterrichtet wurde, zum beliebtesten Mädchen einer exklusiven Privatschule gewandelt. Gerne hätte ich ihr geraten, vorsichtig zu sein und die RPA nicht auf die leichte Schulter zu nehmen. Dass diese Schule manche Kids fertigmacht, dass sie Madison beinahe fertiggemacht hat, aber ich sage nichts. Lieber lasse ich sie ihre eigenen Erfahrungen machen und bin für sie da, wenn sie mich braucht. Das wenigstens verspreche ich ihr.

Eli und Cash betreten die Küche und nehmen sich alles, was sie brauchen, um den Tisch zu decken. Nate trägt das dampfende Essen hinaus, und Bailey kommt mit dem Besteck hinterher und verteilt es.

Ich nehme Bailey gegenüber Platz. Und sitze so in Nates Nähe, der Bishop am anderen Tischende gegenübersitzt. Komisch, wie sich alle an die übliche Sitzordnung halten. Sogar beim Autofahren.

Bishop geht zu einer Schalttafel und schaltet die Lichterketten über den langen Marmortisch an, der außen an die Küche anschließt und von dem aus man den Bereich hinter der Hütte überblickt. Natur umgibt uns, das frische Laub und der schwere Geruch des Zedernholzes wetteifern mit dem Duft frisch zubereiteter Speisen. Als die Jungs reinhauen, fällt mein Blick auf Bailey, die nun tatsächlich ein paar Gläser zu viel intus hat. Mit »ein paar« meine ich drei zu viel. Sie ist eben jung und ein Leichtgewicht.

Aus kleinen Lautsprechern rings um die Veranda klingt Musik. Ich sehe Bishop mit seinem Handy herumfuchteln, als ich mein Steak zerteile und Salat aufspieße.

»Und, was machen wir morgen?«

»Morgen?«, hakt Nate grinsend nach. »Oh nein, wir machen heute Abend schon ein Spiel ...«

»Ein Spiel? Ich bin mir ziemlich sicher, dass ich sagte, ich will einen ganz normalen Abend?« Ich blicke Bailey vielsagend an, die nicht mal die Hälfte von dem Scheiß weiß, den diese Typen anstellen.

»Sie muss vor dem kommenden Jahr noch eine Menge lernen. Aber sie kriegt das hin.« Nate zwinkert ihr zu, und ich sehe, wie Bailey abermals rot wird und sich über ihr Steak beugt.

»Bailey?«

»Hm?« Sie sieht mich an.

Ich werfe ein Brötchen auf ihren Teller. »Du brauchst heute Abend Kohlenhydrate. Speicher so viel Energie, wie du kannst.«

Wir unterhalten uns alle durcheinander, bis wir haufenweise Fotos voneinander schießen.

Bailey hebt die Hände. »Moment. Ich habe noch eine Polaroid.«

»Du hast eine verdammte was?«, fragt Eli und glotzt sie aus schmalen Augen an. Seine Aufmerksamkeit lässt sie erröten.

»Lass sie in Frieden, Schatz.« Ich funkle Eli an, dann wende ich mich wieder Bailey zu. »Geh sie holen!«

Sie flieht ins Haus, während ich mich Eli zuwende, der mich immer noch anglotzt. Sein hübsches Gesicht hat sich in eine Fratze des Abscheus verwandelt.

»Hast du mich gerade ›Schatz‹ genannt?«

Alle am Tisch beginnen lauthals zu lachen. Außer Eli.

Ich gluckse und hebe mein Glas zum Mund, als Bailey wiederkommt; ein Lächeln im Gesicht, hält sie eine graue, eckig wirkende Kamera in die Höhe, die aussieht, als wäre sie aus den Siebzigern in unsere Zeit gefallen.

Wir machen noch mehr Bilder, diesmal mit der Polaroid und den Handys. Ich lehne mich an Bailey, und wir schießen ein paar Selfies. Dann zieht mich Nate in seine Arme, und Bailey fotografiert uns, während er so tut als ob, auch wenn er mich in die Nasenspitze beißt.

Sie zuckt die Achseln, mit dem Handy in der Hand. »Action!«

Ich sehe Nate an, der sich die Lippen leckt.

»Wir haben uns was versprochen …«, flüstere ich.

»Ich habe im Leben schon eine Menge Scheiß versprochen, Baby. Und die Hände von dir zu lassen hat nicht dazugehört.«

Ich stoße mich von seiner (nackten und äußerst erregenden) Brust ab, um mir Platz zu verschaffen. Und Luft. Weil er eine besondere Wirkung auf mich hat.

»Oh doch.«

»Dann darfst du mich ausnahmsweise einen verfluchten Lügner nennen.«

Ich habe es satt. Mit Liebe hat das hier nichts zu tun. Nur mit reiner, unvermischter Besitzgier. Er muss mich nicht extra herumschubsen, wenn er mich besitzen will, seine Seele hat sich mit meiner schon vor langer Zeit verbunden, sodass ich jetzt keine Luft mehr bekomme, sobald ich mir vorstelle, zu weit von ihm getrennt zu sein.

Wie buchstabiert man »verwundbar«? Ich habe keine Ahnung. Das mag vor allem am Bourbon liegen, aber auch an etwas ganz anderem. An etwas, das jedes Mal, wenn sein Blick meinem begegnet, an mein Herz rührt, oder wenn er sich im selben Raum aufhält wie ich oder jedes Mal, wenn er wütend auf mich ist oder traurig wegen mir oder glücklich mit mir … Fuck!

Ich stürze meinen restlichen Whiskey hinunter.

Ich liebe ihn, von ganzem Herzen, unumstößlich und unwiderruflich.

Alles um mich dreht sich im Kreis. Ich wusste vorher schon, dass ich ihn liebe, aber das war etwas anderes. Ich wusste, was ich für ihn empfinde, ich wusste bloß nicht, was ich damit anfangen sollte. Aber was mache ich nun damit, da ich diese Gefühle akzeptiert habe? Er wird nie mit mir zur Ruhe kommen! Nie im Leben. Er ist Nate Riverside-Malum. Sein Schwanz mag weit herumgekommen sein (bei ihm herrscht immer dichter Verkehr), aber wie steht es mit seinem Herzen, seiner Seele? Die sind ganz und gar unerreichbar. Und ich, die ich mich in dem tiefen Gewässer meiner Empfindungen wiedergefunden habe, fürchte nun, darin zu ertrinken. Was er niemals erfahren darf, weil er mich nicht ernst nimmt. Er neckt mich, klar, aber mehr ist es nicht, und sogar ich weiß, dass er mir niemals Zugang zu seinem Herzen und seiner Seele gewähren wird. Die

Leute denken, er würde sich leicht verlieben, weil er gerne herumvögelt, aber das stimmt absolut nicht. Seinen Schwanz hat er immer gerne gegeben – zu seinem eigenen Vergnügen. Aber Liebe zu geben lag noch nie in seiner Hand, sein Herz hat er stets wohl verschlossen gehalten.

»Tillie!« Bailey wischt sich lachend die Tränen weg. »Was denkst du?«

»Worüber?«, frage ich zurück und schlucke meine geheimen Offenbarungen hinunter. Dann greife ich nach dem lächerlich kostspieligen Bourbon.

»Wenn du Sex mit Johnny Depp haben müsstest –«

Ich schüttele den Kopf. »Warte, bis dahin und nicht weiter …«

Bailey legt den Kopf schräg, und alle am Tisch verstummen.

»Mit Johnny Depp würde ich es jederzeit treiben …«, füge ich lässig hinzu.

Jetzt lachen alle am Tisch, und Bailey kichert. »Siehst du! Okay, also, wenn du dir eine seiner Rollen aussuchen müsstest, mit wem wolltest du schlafen?«

»Das ist leicht, mit Jack Sparrow …«

Bailey zieht die Lippen ein.

»Wieso?«, frage ich und wölbe die Brauen. »Wen hast du dir denn ausgesucht?«

»Edward mit den Scherenhänden?«

Ich spucke um ein Haar meinen Drink aus. »Was?« Da beginne ich schallend zu lachen, bis mir der Bauch wehtut. »Was? Ich hätte nicht entsetzter sein können, wenn du gesagt hättest, mit Willy Wonka!«

Sie zuckt mit den Schultern. »Nun, der wäre meine zweite Wahl gewesen.«

Das Mädchen ist so was von durchgeknallt, und dafür liebe ich sie.

Liebe. Ich schließe die Lippen um die Bourbon-Flasche und gebe vor, noch immer zu lachen, während ich schlucke.

»Also gut …«, beginnt Bishop und grinst in die Runde. »Zeit für ein Spiel.«

»Oh nein …«

Baileys Augen strahlen vor Freude. Das Mädchen hat ja keine Ahnung, wie sehr sie ihrem verdrehten Cousin gleicht.

Bishop rollt mit den Augen. »Nein, nichts von der Art …«

Ich sacke auf meinem Stuhl zusammen. »Okay. Schieß los.«

Eine Stunde später sind wir alle mit Westen und Helmen ausgerüstet, und an der Brust eines jeden von uns blinken an einem Kästchen kleine Lampen.

»Echt jetzt …«

»Du wolltest doch was Normales, Stuprum. Und was Normaleres als Laser Tag gibt es bei uns nicht.«

»Aber ihr schießt mit Kugeln, das hat mit Laser Tag nichts zu tun …«

»Nicht mit richtigen Kugeln.« Nate verdreht die Augen, was ich jedoch nur mitbekomme, weil der Scheinwerfer an meinem Helm direkt auf ihn gerichtet ist. Die Schatten hinter dem grellen Licht heben sein kantiges Kinn und die ausgeprägten Gesichtszüge umso deutlicher hervor.

»Paintballs sind auch Kugeln«, schnaube ich hörbar verärgert.

Nate beugt sich vor und leckt mir übers Gesicht. »Hör auf zu quasseln. Damit machst du meinen Schwanz nervös.«

Ich sehe ihn böse an.

Wir haben zwei Teams gebildet: ich, Bishop, Nate, Abel, Chase und Cash auf der einen und Brantley, Bailey, Eli, Hunter und Ace auf der anderen. Saint ist, da er vor ein paar Monaten verschwunden ist, noch immer ein heikles Thema; und

Nate hat gesagt, er wäre abtrünnig geworden, und das macht mich traurig.

»Also gut!«, blafft Chase, der sein langes blondes Haar zu einem Knoten geschlungen hat, uns alle an. Dann sieht er mich aus schmalen Augen an. »Hör auf zu lachen, Stuprum …«

»Tut mir leid, du bist einfach zu hübsch.«

»Wenn du uns gewinnen hilfst, darfst du nachher meine Haare flechten …« Er zwinkert mir zu.

Ich richte mich auf. »Okay, packen wir es an!«

Wir verabreden den Spielverlauf, dann schlagen wir getrennte Wege ein. Bald hüllt mich die Dunkelheit des Waldes ein wie eine Decke und schwappt um meine Füße wie ein stinkender Fluss, in dem sich wahrscheinlich das verdammte Ungeheuer von Loch Ness verbirgt.

Da schlingt jemand einen Arm um meine Taille und zieht mich an seine harte Brust.

Ich wirbele herum und klebe ihm eine. »Nate, du hast mir eine Scheißangst eingejagt.«

»Wir dürfen nicht wieder vögeln.«

»Weiß ich«, versetze ich und stoße ihn gegen die Brust. »Warum musst du mich so erschrecken, bloß um mir *das* zu sagen.« Mir sinkt das Herz.

»Um es dir noch mal klarzumachen, damit du mich nicht mehr ansiehst, als hättest du dein Leben lang nicht genug zu essen bekommen und als wäre ich ein Scheißschokoriegel.«

Du bist ein Sechs-Gänge-Menü, kein Scheißschokoriegel.

»Meinetwegen.« Ich drehe mich auf dem Absatz um, hebe meine Waffe und spähe durchs Zielfernrohr.

Irritiert über die Beliebigkeit seiner Worte lasse ich ihn stehen; immerhin weiß ich jetzt sicher, dass ich mit ihm nicht über meine Gefühle für ihn sprechen kann. Ich bin nicht bereit, etwas zu sagen, und er ist nicht bereit, mir zuzuhören.

Ich richte meine Waffe auf eine Bewegung im Unterholz, worauf ein grüner Blitz wie ein Neonscheinwerfer durch die Schwärze schießt. Ich schieße. *Bang. Bang. Bang*. Eine Welle der Wut auf Nate erfasst mich. Dann laufe ich zu meinem Treffer und blicke grinsend auf Nate hinunter, dessen dunkelblondes Haar ihm ins Gesicht fällt.

»Fick dich, Stuprum. Bist du schießwütig, oder was?«

»Ich *bin* schießwütig.«

Die Anzeige an seiner Brust wechselt zu »Shot«, ich helfe ihm auf und sehe ihm nach, als er zum Haus zurückgeht.

Da trifft mich etwas im Rücken, ich schreie auf, wirbele herum, und zehn weitere Kugeln prasseln wie Faustschläge gegen meine Brust.

»Ist ja gut!«, rufe ich und lasse mich fallen.

Wer auch immer auf mich geschossen hat, kommt nicht, um nach mir zu sehen, also rappele ich mich auf, bürste mir den Dreck ab und mache mich auf den Rückweg zur Hütte. In der Feuerstelle brennt inzwischen ein Feuer, ich reiße mir die Weste vom Leib, werfe sie auf den Boden und nehme Brantley die vertraute Bourbonflasche ab.

»Ich hasse dieses Spiel.«

Er gluckst. »Ich auch.«

Mein Blick wandert weiter zu Ace. »Tut mir leid, dass ich dich abgeschossen habe.«

In dem Moment, als er mit den Schultern zuckt, kommt Bailey die Treppe heruntergetorkelt. »Wieso sind drei aus eurem Team hier, aber nur einer aus meinem?«

Brantley verdreht die Augen. »Sie hat versehentlich einen aus ihrem Team abgeschossen.«

Ich breche in Lachen aus und schlucke den Bourbon runter. »Diese zwei Tage werden super.«

Als alle zurück sind, gehen wir hinein, dann geht es um die Zimmerverteilung. Ich bin immer noch sauer auf Nate und bin nicht bereit, mit ihm über das zu reden, was er vorhin gesagt hat. Aber als ich auf ihn stoße, ist er es, der den Rückzug antritt und die Treppe hinaufgeht, also muss ich mir deshalb wohl keine Sorgen machen.

»Sie kann bei mir schlafen«, sagt Bailey und zwinkert mir zu. »Ich hab mir ein Bett organisiert, als ich hier angekommen bin. Ein Doppelbett, und in dem Zimmer steht noch ein Doppelbett, aber ich glaube, das hat sich Eli gekrallt, aber das geht schon …«

Ich lächele. »Danke.«

Tja, das nehme ich zurück, die nächsten beiden Nächte könnten zäh werden.

31. KAPITEL

NATE

Der Scheiß, den ich Tillie sage, platzt einfach aus mir heraus. Ich habe keinen verdammten Filter, den meine Worte vorher durchlaufen könnten, um mir, was ich sagen oder auch nur, wie ich es sagen will, noch mal durch den Kopf gehen zu lassen.

Ich lasse mich aufs Bett fallen. Das Queensize-Doppelbett, das ich immer nehme, wenn wir in der Hütte sind. Bishop, Brantley und ich sind die Einzigen, die immer ein eigenes Schlafzimmer haben. So müssen wir uns nicht um die übrigen vier Zimmer streiten. In meinem Zimmer gibt es außer dem Doppelbett auch einen Kamin, aber keinen Fernseher. Der Sinn, hier draußen zu sein, besteht darin, der Welt zu entfliehen. Ein Scheißfernseher ersetzt bloß eine Welt durch die andere. Der Fernseher unten wurde nur hergeschafft, weil Hector dafür gekämpft hat.

Ich strample mir die Decken vom Leib, und mein Blick wandert aus den großen Fenstern. Sie sind der Grund, aus dem ich mein Zimmer dem von Bishop vorziehe. Sie sind so dunkel getönt, dass die Morgensonne einen nicht brutal überfällt. *Hätte ich sie hier reinlassen sollen?* Ich entscheide mich für »Nein«. Es steht einfach zu viel an, unter anderem gegen unseren Scheißpaten vorzugehen. Bishop ist immer noch nicht mit im Boot und weigert sich, uns einen Plan zu Hectors Ermordung umsetzen zu lassen. Was ich durchaus verstehe. Hector ist ja nicht bloß sein Alter, sondern auch unser aller Pate. Man kann jemanden wie Hector nicht einfach umlegen, ohne damit den verfluchten Weltuntergang vom Zaun zu brechen. Deshalb hat er um mehr Zeit gebeten. Zeit, um eine Armee gegen Hector auszuheben und ihm den Prozess zu machen, es ist nur so, dass wir unsere Bedenken teilen müssen, wenn wir eine Armee gegen Hector ausheben wollen. Was uns unseren Feinden gegenüber verflucht schwach aussehen lässt.

Ich fahre mir mit den Händen übers Gesicht, dann greife ich nach meinem Schwanz. Ich sollte mich einfach in Tillies Zimmer schleichen und sie in den Schlaf vögeln. Aber das werde ich nicht. Stattdessen schiebe ich die Hand in die Boxershorts und reibe mit dem Daumen über die feuchte Eichel, drücke fest zu und denke an Blut, das ihr die Beine hinunterläuft.

Die Sonne trifft mich voll, während Eminem aus den Kopfhörern rappt. Ich ziehe das Tempo an und renne durch den Wald, als wäre jemand hinter mir her. »This is my legacy, legacy … yeah, yeah …« Schweiß rinnt mir die Schläfen hinunter, die Schultern schmerzen von dem immer gleichen Vor und Zurück. Ich bleibe stehen, drehe mich um und laufe zur Hütte zurück. Ich treibe mich an, bis mein Herz gegen den Brustkorb hämmert und ich vor Erschöpfung weiche Knie bekomme. Ich setze über die Lichtung, ohne auf Bailey und Cash zu achten, die auf einem der Baumstämme rings um die Feuerstelle sitzen. Ich lasse mich auf die Erde plumpsen und ziehe die Kopfhörer heraus.

Da erscheint Tillie über mir und blendet die Sonne aus. »Hungrig?«

Ich blicke ihr zwischen die Beine. »Ich bin am Verhungern.«

Sie verdreht die Augen und verschwindet. Ich wälze mich auf die Seite. »Hey.«

Sie hört nicht auf, weil sie das, verdammt noch mal, niemals tut. »Frühstück ist fertig, Nate.«

Ich reiße mir lachend das Hemd vom Leib und werfe es ins Gras. Dann gehe ich hinein und staple Pfannkuchen und Schinken auf meinem Teller. Ich liebe, was sie kocht, ich weiß nicht, woran es liegt, aber wenn Tillie kocht, wird sie irgendwie zur Magierin. Ich steche mit der Gabel in die lockere Masse und tränke sie in Ahornsirup.

»Gut geschlafen?«, frage ich sie augenzwinkernd.

»Sehr gut.«

Sie trinkt eine Flasche Wasser, schlingt schützend die Arme um ihren Körper. Wüsste ich es nicht längst, würde ich sie fragen, was los ist. Sie will, dass der Gerechtigkeit Genüge getan wird, aber ich bringe es nicht fertig, ihr zu sagen, dass es bis dahin länger dauern wird, als sie es erwartet hat.

Stattdessen beuge ich mich vor und schließe die Finger um zwei ihrer Stuhlbeine und ziehe sie zu mir. »Sprich.«

Ihr Blick begegnet meinem, dann lächelt sie und zeigt mir so viele falsche Gefühle, wie sie kann. »Es geht mir gut.«

Ich lache. »Nein, dir geht es todsicher nicht gut ...«

»Nate ...«, grollt Bishop neben mir.

Ich winke ab, widme mich wieder meinen Pfannkuchen und sehe ihr nach, wie sie den Raum verlässt.

»Wir müssen uns darüber unterhalten, was am Freitag passieren soll ...«, fährt er fort.

Ich fahre mit der Zunge über meine Vorderzähne. »Warum beruft er so bald schon eine Versammlung ein?«

Brantley schiebt seinen leeren Teller von sich und wischt sich mit dem Handrücken den Mund ab. »Das kann nichts Gutes verheißen; und er hat betont, dass Tillie dabei sein soll.«

»Bishop«, knurre ich, und alle verstummen.

Bishop blickt mich an. »Ich weiß, Bruder, aber ich kann

nicht. Wir dürfen auch nichts übers Kreuz brechen, ich meine, du bekommst deine Rache, lass mir nur noch etwas Zeit.«

Ich werfe den Kopf in den Nacken, mein Blick geht zur Decke. *Hat er meinem unschuldigen kleinen Mädchen etwa Zeit gelassen?* Aber ich kehre in die Wirklichkeit zurück, mein Blick landet auf Brantley.

Er küsst zwei seiner Finger und macht damit eine wegwerfende Geste. *Baby Kay.* Das ist unser Ding, und als sie starb, war es unser Ding, uns darum zu kümmern.

»Schön«, brumme ich und trinke mein Glas leer. »Aber wir benötigen einen Plan, und zwar schnell.«

Ich würde gerne sagen, dass ich meine Sache am Freitag zu Ende bringen will. Ich möchte ihm seinen Arsch auf einem verdammten Silbertablett servieren, aber ich weiß, dass es dazu nicht kommen wird. Nicht nur weil Bishop in dem Punkt empfindlich ist, sondern weil er schlicht und ergreifend recht hat. Um unsere Vergeltung zu bekommen, ist mehr erforderlich, als nur Vergeltung zu wollen, und wir sind immerhin die Kings. Die gottverdammte Elite. Ungeheuer, über die Menschen nur mit angstvoll gesenkter Stimme sprechen, weil sie sich davor fürchten, unsere Namen laut auszusprechen.

Aber er wird seine Gerechtigkeit bekommen.

Der Tag wird kommen, aber wenn es so weit ist – mein Blick fällt auf Bishop, der mich bereits beobachtet. *Zögert er es auch deshalb hinaus, weil er nicht bereit ist?* Denn wenn wir die Sache durchziehen, wird er es sein, der den Thron besteigt.

»Und da sind auch noch die Rebellen, die etwas gegen Tillie haben ...«, ruft uns Eli ins Gedächtnis, und meine Blicke schleudern Zornesblitze.

Bishop sitzt schweigend auf der anderen Tischseite. »Wir müssen unser Vorhaben nur noch umsetzen. Denkt daran, alles, was wir von nun an tun, gehört zu unserem Plan.«

Als sein Handy klingelt, nimmt er es vom Tisch und legt die Stirn in Falten. Dann drückt er es sich ans Ohr. »Ja?«

Schweigen. Während wir alle zu lauschen versuchen, lecke ich mir gemächlich Ahornsirup von den Fingern.

»Warum?«, fragt er und schaut mich aus schmalen Augen an. »Ja. Gut. Wirst du mir verraten, warum du, was diese Versammlung angeht, so unentschlossen bist?« Das muss Hector sein, mein Augenlid zuckt nervös. »Gut, dann warte ich auf deinen Rückruf.« Damit kappt er die Verbindung und verkündet: »Er hat es abgeblasen. Wir sollen auf weitere Anweisungen warten.«

»Ich sag jetzt mal …«, brummt Ace und schmeißt seinen Toastrest mitten auf den Tisch. »… ich bin zu alt für den Scheiß, und ich verstehe verdammt gut, weshalb Saint abgemustert hat.«

Keiner sagt ein Wort, und Brantley zuckt bei der Erwähnung dieses Namens sichtlich zusammen. Er und Saint haben sich gut verstanden, deshalb ist mir klar, dass es damit nichts zu tun hat. Komischer Heiliger!

»Saint geht es gut …« Bishop stößt den Kopf vor. »Er ist glücklich.«

»Tja, Scheiße, ich könnte auch ein bisschen Glück gebrauchen.« Ace grinst, als Bailey ächzend in die Küche getappt kommt. Sie knipst die Kaffeekanne an und lehnt sich übers Spülbecken, ihre ungekämmten Haare stehen in alle Richtungen ab.

»Alles klar bei dir, Bailey?«, erkundige ich mich grinsend.

Sie zeigt mir den Mittelfinger.

32. KAPITEL

TILLIE

Später am Abend hängen wir alle um die Feuerstelle ab, rösten Marshmallows und trinken Glühwein. Chase sitzt zwischen meinen Beinen auf der Erde, und halb habe ich ihm bereits die Haare geflochten, während er die breiten Schultern an meine Schenkel presst. Tash Sultana dringt aus der Anlage, und alle sind in ihre Gespräche vertieft. Als ich kurz aufblicke, sehe ich, dass Nate jede meiner Bewegungen beobachtet.

»Er ist bestimmt eifersüchtig«, brummt Chase so leise, dass nur ich ihn hören kann. »Bestimmt macht er mich gleich kalt.«

Ich verdrehe die Augen, vollende mein Werk und klopfe ihm auf die Schulter. »Er wird es überleben.«

Ich habe heute von den Jungs erfahren, dass Hector die Versammlung bis auf Weiteres abgesagt hat, aber so sehr diese Neuigkeit meine Nerven hätte beruhigen müssen, blieb diese Wirkung doch aus. Mein Wunsch nach Rache ist dadurch nur noch stärker geworden. Ich begreife vermutlich besser als Nate, was Vergeltung bedeutet. Ich bin in einer Welt aufgewachsen, deren Bewohner grausam zu mir waren. Das hat meinen Willen gefestigt und mich gelehrt, den richtigen Moment zum Zuschlagen abzuwarten, statt einfach auf jeden loszugehen, der mir ein Unrecht zufügt. Hector wird zur rechten Zeit bekommen, was ihm zusteht, aber es muss auf die richtige Weise geschehen. Außerdem will ich noch immer den Grund erfahren.

Warum wollte er, dass ich keinen Sinn mehr im Leben sehe, mal davon abgesehen, dass er mich dazu bringen wollte, nach Perdita zu gehen?

Wir trinken noch mehr, tanzen ein bisschen, und Bailey packt wieder ihre kleine Kamera aus. Später am Abend ziehen wir uns in unsere Betten zurück, aber ich finde keinen Schlaf. Bailey schnarcht leise neben mir, sie schläft schon tief und fest, als ich die Decke von mir werfe und zur Schlafzimmertür tappe.

Warum hat er den ganzen Abend nicht mit mir geredet?

Warum ist er wütend?

Tja, jetzt bin ich auch wütend, und deshalb finde ich mich vor seiner Tür wieder, meine Finger umklammern den Türgriff. Ich drehe und stoße die Tür auf, dass die Rückseite gegen die Wand prallt. Nate liegt, auf einen Ellbogen gestützt, auf der Bettdecke, mit nichts am Leib als seiner weißen Unterhose. Er stellt irgendwas mit seinem Handy an, doch dann hebt er langsam den Blick zu mir, als hätte er damit gerechnet, dass ich in sein Schlafzimmer platze.

»Was, Tillie?«

»Warum bist du wütend auf mich?«

Er beendet, was auch immer er getan hat, und sieht mich nicht an. »Ich bin nicht wütend auf dich.«

Er atmet aus und wirft das Handy auf die andere Bettseite. »Habe ich dir etwa nicht genügend Aufmerksamkeit geschenkt? Komm, setz dich.«

»Ich bin nicht dein Schoßhündchen, Nate. Ich setze mich nicht, bloß weil du mir sagst, ich soll mich setzen.« *Jedenfalls nicht außerhalb des Schlafzimmers.*

Ein finsteres Grinsen umspielt seine Lippen. »Wirklich?«

Keine Ahnung, ob es am Alkohol in meinem Blutkreislauf liegt, oder einfach daran, dass er Nate ist und ich Tillie bin, aber ich verenge die Augen zu Schlitzen und sehe ihn an. »Was habe ich falsch gemacht?«

»Falsch?«, fragt er, seine Brauen heben sich ein Stück. »Gar nichts. Wie könntest du irgendwas falsch machen?«

»Darf ich dich etwas fragen?« Ich lehne mich gegen den Türrahmen.

»Du fragst doch sowieso …«

Da hat er recht.

»Wo siehst du dich in fünf Jahren?«

Er hält inne, scheint sich seine nächsten Worte zu überlegen. Ich denke schon, dass er nicht antworten wird, da macht er den Mund auf. »In meinem Haus.« Sein Blick schweift zu seinem Handy. »Zur Rechten von Bishop sitzend, der seine verfluchte Welt regiert. Wieso?«

Mein Herz hört eine Sekunde lang zu schlagen auf, wenigstens fühlt es sich so an, und es zieht mir die Eingeweide zusammen. »Spielt keine Rolle.« Ich drehe mich auf dem Absatz um. »Gute Nacht, Nate.«

Und das ist der Grund, warum das mit uns nie funktionieren wird.

33. KAPITEL

TILLIE

Ich stecke mir die Kopfhörer in die Ohren und recke den Hals, um zuzuschauen, wie die Sonne über den Baumwipfeln aufgeht und die Dunkelheit verbrennt. Als ich kurz die Beine ausstrecke, beginnt Fergie zu rappen; seit ich in Brantleys Haus wohne, kann ich nicht ohne Frühsport. Ich vermisse, wie alles brennt, wenn man den Körper an seine äußerste Grenze treibt. Also schiebe ich das Handy unter mein Armband und falle in einen gemächlichen Laufschritt, bis ich meinen Rhythmus gefunden habe. Mindestens sechs Meilen weit gibt es hier nichts, bloß die lange, zur Hütte führende Zufahrt, und das gefällt mir. Ich will bis zum gesicherten Tor und zurück laufen, also insgesamt zwölf Meilen. Die perfekte Distanz, um gut drauf zu sein. Als ich meinen Rhythmus gefunden habe, trommeln meine Füße fester auf den Asphalt und die in meinen Ohren dröhnende Musik lenkt mich von unserem dämlichen Gespräch ab.

Als ich am Tor ankomme, habe ich noch nicht genug, also löse ich den Riegel, stoße es auf, schlüpfe hindurch und laufe weiter. Wohin, weiß ich nicht, aber ich weiß, ich muss jetzt einfach laufen. Meine Brust brennt, mein Herz schlägt so schnell, dass mein Hals sich anfühlt wie rohes Fleisch. Als ein dunkler Range Rover zu mir aufschließt, erstarre ich, mein Körper kommt auf der Stelle zur Ruhe. Als die getönte

Seitenscheibe hinunterfährt, pflücke ich die Stöpsel aus den Ohren.

Ich trotte vorsichtig näher und spähe neugierig hinein. Als ich den Rebellen erkenne, mit dem ich mal geknutscht habe, halte ich inne. »Ähm …«

»Steig ein, Baby.«

Er deutet nickend auf die Tür, und ich greife danach und steige ein. Er hat mir offenbar etwas zu sagen, und, na ja, man mag mich für blöd halten, aber ein Teil von mir weiß, dass ich in dieser Welt gewissermaßen als unantastbar gelte. Niemand legt sich mit mir an.

Erst mal wische ich mir den Schweiß von der Stirn. »Ich rieche. Entschuldigung.«

Der Typ gluckst amüsiert, dann fällt sein Blick auf mich. Er trägt einen maßgeschneiderten Anzug, und wieder sehe ich Tätowierungen, wo der Anzug die Haut nicht bedeckt. An den Händen, am Hals, sogar ein kleines Kreuz unter dem Auge. »Ich entführe dich, und du entschuldigst dich, weil du mir die Lederausstattung vollschwitzt?«

Ich mache einen Schmollmund. »Du hast mich entführt?«

Er grinst. »Ja, und keiner hat es mir bisher so leicht gemacht wie du.«

Als er den Sicherheitsgurt ablegt, um sich mir ganz zuwenden zu können, fällt sein Blick auf meinen Mund. Als der Wagen anfährt, wird mir schlagartig klar, was ich gerade getan habe. Wahrscheinlich waren daran die durch meinen Körper kreisenden Endorphine schuld. *Um Himmels willen, Tillie.*

Er greift nach meiner Hand. »Ich tue dir nichts.«

»Woher soll ich das wissen?« Krämpfe plagen mich, als das Läuferhoch nachlässt. »Du hast mich gerade gestohlen.«

Lachend zieht er mich an sich. »Aber du weißt noch nicht, *warum* ich dich gestohlen habe …«

So nah bei ihm, fahre ich mir mit der Zunge über die Lippen. »Ich stinke, und ich bin verschwitzt«, sage ich noch einmal.

Sein Blick fällt auf meinen Hals, dann streckt er die Zunge raus und fährt damit über meine feuchte Haut. »Das macht mir nichts aus«, erklärt er dann und hebt den Kopf, um mich wieder ansehen zu können.

Ich räuspere mich. »Ich vermute mal …«

»Weißt du überhaupt, wer ich bin?«, fragt er, bevor er zärtlich meine Lippen küsst. Was hat dieser Mann, dass er mich dauernd anfassen will? *Und wieso steh ich darauf?*

Er grinst, küsst mich wieder. »Ich bin etwas, das du schon vor Langem hättest finden sollen.«

Ich weiche ein Stück zurück. »Du gehörst zu den Rebellen.«

»Ja.« Er lehnt sich zurück und zündet sich eine Zigarette an. »Ich muss mit dir über etwas von einiger Wichtigkeit sprechen.«

»Okay«, sage ich leise und wische mir den Schweiß von der Stirn. »Und danach bringst du mich zurück?«

Er grinst mich mit der Kippe im Mund an. »Vielleicht.« Er inhaliert Rauch. »Vielleicht möchte ich dich aber auch lieber behalten.« Nun stößt er die Rauchwolke aus.

»Ich bin keine Frau, die man einfach so behalten kann.«

Er schüttelt glucksend den Kopf. »Weniger würde ich auch nicht erwarten.«

Mein Läuferhoch ist inzwischen komplett Geschichte, stattdessen fühle ich mich hundemüde. »Sag mir bitte, was du willst.«

»Mein Name ist Benny Vitiosis, Tillie.«

Ich neige den Kopf. »Und?«

Er grinst. »Außerdem bin ich der Mann, der dafür sorgen wird, dass man dir die richtige Wahl lässt.«

»Schön, ich weiß bloß nicht, was das heißt.«

Benny klopft auf den Fahrersitz, dann blickt er mich wieder an. »Worauf hoffst du, nachdem Hector für seine, wie soll ich sagen, Sünden bestraft wurde?«

Ich lache. »Keine Ahnung. Warum?«

Seine Augenbrauen schießen in die Höhe. »Weil immer noch nicht klar ist, wer Perdita leiten wird.«

Ich schüttele den Kopf. »Ich nicht. Nicht jetzt.«

Er beugt sich vor und schaut mir neugierig in die Augen. »Was muss für dich passieren, damit du ein paar Monate auf dieser Insel bleibst?«

»Warum?«, versetze ich und werfe die Arme hoch. »Warum fragt mich das jeder?«

Benny zieht grinsend an seiner Kippe. Dann beuge ich mich vor und nehme sie ihm ab, was ihn offenbar schockiert. Ich schließe die Lippen darum und inhaliere.

Er zündet sich die nächste an und sieht mich an. »Ich dachte nicht, dass so fitte Mädchen rauchen.«

»Dieses schon«, gebe ich zurück. »Vor allem, wenn man sie entführt und wegen irgendeinem Scheiß ausfragt, über den sie gerade nicht reden will.«

Benny zuckt die Achseln. »Gut, dann komme ich wieder, wenn du deine Rachegelüste befriedigt hast, aber denk daran, Stuprum …«

Ich warte und blase Rauch aus, als der SUV vor der Hütte hält. *Ich hab gar nicht mitgekriegt, dass wir gewendet haben.*

»Wenn alles über dir zusammenstürzt und dir das Racheblut durch die Finger rinnt, dass du nur noch von den Schuldgefühlen zusammengehalten wirst, dann melde dich bei mir.«

Da fliegt die Beifahrertür auf, und ich sehe Nate, der fuchsteufelswild dasteht. »Was zum Henker, Benny?«

Benny sieht Nate augenzwinkernd an. »Nathanial. Wirst du diesen Knackarsch mit mir teilen?«

Nate verzieht die Lippen. »Eher reiße ich dir deine Visage ab, bevor ich zulasse, dass sie dich anfasst, Benny.«

Ich verdrehe die Augen und klopfe Nate an die Brust, während ich auszusteigen versuche.

Aber er rührt sich nicht.

»Nate!«, versetze ich, doch seine Augen funkeln weiter Benny an.

Endlich weicht er langsam zurück, damit ich aussteigen kann, jedoch ohne Benny dabei aus den Augen zu lassen.

»Du weißt ja, wie ich es mag …«, grinst Benny.

Da stürzt sich Nate auf den Wagen, mich schubst er aus dem Weg, aber Bishop packt ihn beim Kragen und hält ihn zurück. »Nicht.«

Brantley schlägt die Beifahrertür zu, dann rollt der SUV gemächlich die Auffahrt hinunter.

Als er fort ist, richtet Nate seinen Zorn gegen mich. »Was zum Teufel hast du in diesem Wagen gemacht, Tillie?«

»Nun ja …«, setze ich an, indem ich meine dank Nates Wutanfall schmutzigen Beine säubere. »Ich bin ja so froh, dass du fragst. Er hat mich entführt, als ich laufen war, und –«

»Er hat was getan?«, brüllt Nate, sein Blick heftet sich an den kleiner werdenden SUV.

»Nate«, fahre ich ihn an. »Ist doch egal, er hat mich zurückgebracht.«

Darauf stürmt Nate ins Haus, und ich bleibe mit Bishop und Brantley zurück, die mich aufmerksam beobachten.

»Was?«

Als niemand antwortet, wird es still um mich. Wieder mal.

34. KAPITEL

TILLIE

»Fahr rechts ran …«, brummt Nate mit Blick auf den Seitenstreifen.

Ich gehorche und fahre langsam an den Straßenrand. »Was ist los?«

Nate sagt kein Wort, stattdessen stülpt er sich die Kapuze über den Kopf und blickt in den Seitenspiegel, als würde er jemanden erwarten. »Ich habe ein Haus. Habe ich dir das gesagt?«

»Du hast es mal beiläufig erwähnt, ja … Als es darum ging, dass du dort wohnst.«

Er trommelt mit den Fingern auf seinem Bein.

»Nate, was soll das?«

Er wirkt besorgt. Er wirkt sonst nie besorgt. Da fällt mein Blick auf einen hinter uns herankommenden SUV. Ich erkenne den Wagen. Es ist derselbe, mit dem Nates Dad gefahren ist.

»Stell den Motor ab und komm mit.«

»Was?«, kreische ich. »Nein.«

»Tillie.« Nate dreht sich zu mir um und sieht mich unverwandt an. »Wir bekommen unsere Vergeltung, und was dafür in die Wege geleitet werden muss, nimmt hier und jetzt seinen Anfang.«

»Aber Bishop –«

»Was das angeht, scheiß auf Bishop.«

»Moment.« Mein Herz trommelt wie Donner. »Du willst ihm in den Rücken fallen?«, zische ich, während ich mir das Haar zum Pferdeschwanz binde.

»Vertraust du mir?«, will Nate wissen und sieht mich, auf Antwort wartend, weiter an. »Denn von nun an wirst du mir vollkommen vertrauen müssen. Du wirst auf meine Zeichen achten, deine Reaktionen im Auge behalten müssen. Du bist klug, aber wenn es darum geht, mich zu deuten, bist du absolut tödlich, Baby, und du musst diese Fähigkeit jetzt für mich in Gang setzen.«

»Mache ich.« Und es stimmt ja, ich vertraue ihm mit jeder Faser meines Daseins, was andererseits genau mein Problem ist.

»Dann steig aus und komm mit mir.«

Ich fahre mir mit der Zunge über die Lippen, dann nicke ich. »Okay.«

Ich greife nach dem Türgriff, stoße die Fahrertür auf und setze die Füße auf den Boden. Meine Absätze knirschen im Schotter, die hautenge Jeans scheint plötzlich zu eng zu sitzen. Ich ziehe den Reißverschluss meiner Lederjacke hoch und piepse mein Auto an.

»Und mein Auto?«

»Lass es stehen. Das holt schon irgendwer hier ab.«

Ich flüstere ihm süße Nichtigkeiten zu, dann folge ich Nate zu dem wartenden SUV.

Als Nate die Tür öffnet, sehe ich, dass der Rücksitz dem einer Limousine gleicht. Er gleitet hinein, und ich folge ihm.

Da fällt mein Blick auf die beiden vorne Sitzenden.

Scarlet.

Gabriel.

Ich zucke zusammen. »Was geht hier vor?«

Nate setzt die Kapuze ab, sein Blick trifft Scarlet. »Erzähl mir alles!«

»Moment mal, du wusstest Bescheid«, fahre ich Scarlet an.

Doch sie schüttelt den Kopf, über ihre Wangen laufen Tränen. »Natürlich nicht. Ich bin doch kein Monster.«

Darauf entspanne ich mich ein wenig.

»Aber ich glaube, Bishop wusste es. Ich weiß nicht, worauf Hector sich einlässt. Ich war immer schon außen vor – weil ich es so wollte. Weil ich nichts wissen wollte, aber ich weiß, was ich gehört habe.«

Ich erstarre zu Stein. »Nein …« Ich schüttele den Kopf. »Das würde Bishop niemals tun.«

»Du scheinst dir da so sicher zu sein, Stuprum, aber mein Sohn wurde vom Teufel höchstpersönlich erzogen. Was bringt dich dazu, zu glauben, dass er da nicht genau wie sein Vater ist? Was bringt dich dazu, anzunehmen, dass es nicht noch andere Gründe gibt, aus denen Madison vor ihm davongelaufen ist?«

Alles bewegt sich nur noch in Zeitlupe, lediglich mein Herz donnert gegen meine Rippen. Mir schwirrt der Kopf, meine Finger kribbeln. »Nein«, sage ich noch einmal. »Das würde er nicht machen.«

Nates Kiefer mahlen, sein Blick begegnet meinem. Die Pupillen sind erweitert, die Augen mehr schwarz als blau. »*Trotzdem hat er es getan.*«

Mir steht der Mund offen, langsam hole ich tief Luft. Meine Brust fühlt sich an, als würde mein Herz brechen.

Bishop hatte etwas damit zu tun.

Madison hatte an dem Abend auf der Party mit mir reden wollen.

Er wusste verdammt noch mal alles.

Ich werfe mich mit über dem Kopf verschränkten Armen nach vorne. »Ich fasse es nicht …«

»Tillie …« Wie aus weiter Ferne höre ich Nates Stimme, die

mich in die Gegenwart zurückzuholen versucht. Es geht zu wie beim Tauziehen. Nate auf der einen Seite, meine geistige Gesundheit auf der anderen.

Er legt seine Hand auf mein Bein und streichelt mich sanft. »Baby.« Anschließend krümmt er die Finger um mein Kinn und hebt mein Gesicht. Dann streicht er mit dem Daumen über meine Unterlippe, und die Dunkelheit, die mich zu verschlingen drohte, beginnt sich wieder zu heben, Nates Gesicht tritt in den Vordergrund und vertreibt die Reste meines Irrsinns.

Alles springt nun in die Gegenwart zurück, und mein Herz schlägt wieder langsamer.

»Vertrau. Mir.«

Ich nicke.

Behutsam schiebt er die Kuppe seines Daumens in meinen Mund, grinst breit und gibt mich frei und schaut wieder zu den beiden auf dem Vordersitz.

Ich lehne mich gestärkt zurück, mein Blick richtet sich auf Scarlet. »Und du hast nichts dagegen, dass wir deinen Gatten umlegen?«

Scarlet starrt vor sich hin. »Doch.« Als ihr finsterer Blick mich erfasst, sehe ich ihre andere Seite aufscheinen. »Natürlich, aber in dieser unserer Welt gelten andere Gesetze. Das ist etwas, das ich verinnerlicht habe. Du auch, Tillie?«, fragt sie und legt den Kopf schief.

Noch immer fühle ich Nate an meiner Seite.

Sie fährt fort: »Ich glaube nämlich nicht, dass du es verstehst. Oder weißt du, wie viele Menschen durch die Hand meines Mannes niedergestreckt wurden?«

»Ich habe so eine Ahnung«, murmele ich.

Sie fummelt an ihrer Handtasche herum und entnimmt ihr eine Gucci-Brieftasche, dann zieht sie hinter dem Foto von ihr,

Bishop und Hector ein weiteres Bild hervor und reicht es mir, nachdem sie es kurz lächelnd betrachtet hat.

»Hector hatte auch mal eine Tochter. Mit einer anderen Frau, aber ich wollte sie trotzdem.«

Ich senke den Blick auf den Säugling auf dem Foto. Das gleiche Foto wie in der Hütte.

»Ich wollte ihn davon überzeugen, dass ich sie behalte und als mein Kind aufziehe, aber das wollte er nicht zulassen. Es war zu wichtig, ein Exempel zu statuieren. Hector ist ein gewalttätiger Mann, Tillie, in erster Linie ist er ein King, dann erst Ehemann und Vater.«

»Das tut mir leid«, sage ich und gebe ihr das Foto zurück.

Sie schiebt es in ihre Brieftasche zurück. »Das muss es nicht. Ich will dein Mitgefühl nicht. Habe ich meinen Mann etwa getötet, weil er bei ihrem Tod die Finger im Spiel hatte? Nein, das habe ich nicht, weil ich diese Welt verstehe. Du bist schwach, Tillie Stuprum. Du hast dich so lange von Banalitäten wie Rache leiten lassen, dass du darüber schwach geworden. Also, du fragst, ob ich einverstanden bin? Nein, ich bin nicht einverstanden, denn warum solltest du für deine Tochter tun können, was ich für meine nicht tun konnte?«

Unter meiner Haut regt sich Zorn und droht, aus mir herauszuplatzen. Am liebsten würde ich diesem Miststück den Kopf abreißen.

»Aber –«, unterbricht sie meinen Gedanken. »Ich kann dich verstehen. Ich will zugeben, dass du sehr treue Gefährten um dich geschart hast, mehr werde ich nicht sagen.«

Ich schaue Gabriel an. »Und was haben Sie mit alldem zu schaffen?«

Gabe lächelt. »Ich bin hier, damit alles glatt geht, Tillie.«

»Was?«

»Er ist ein Schiedsrichter, Tillie«, brummt Nate und fährt

sich mit den Händen durchs Gesicht. Ich sehe Wut unter seiner coolen Fassade durchscheinen. Jemand wird heute Nacht sterben, und dieser Jemand wird hoffentlich Hector sein.

»Schiedsrichter«, nickt Gabe und knöpft sich die Anzugjacke auf. »Es muss immer einen Schiedsrichter geben. Wenn ich sterbe oder den Verstand verliere, wird ein anderer zum Schiedsrichter bestellt. Ich wahre den Frieden zwischen den Kings, den Rebellen und dem Kreis sowie den Zivilisten. Ich bin unantastbar, und wer es trotzdem wagt, Hand an mich zu legen, wird mitsamt seiner ganzen Familie ausgelöscht. Deshalb halten sich die Leute meistens an das Gesetz.«

»Richtig«, brumme ich. »Aber was … Puer Natus?«

Gabriel bringt mich zum Schweigen. »Nicht jetzt.«

Nate rutscht auf seinem Platz herum, als der SUV zum Stehen kommt. Ich hebe den Blick und erkenne Bishops Haus.

»Hector ist zu Hause. Ich schlage vor, ihr zieht es jetzt durch. Endgültig.«

Ich starre Gabe an. »Hast du dann nicht den Beruf verfehlt?«

Gabriel grinst. »Wie rasch du voreilige Schlüsse ziehst.«

Nate stößt die Tür auf, greift nach meiner Hand und zieht mich ins Freie.

»Wir werden hier sein, Junge …«, sagt Gabe noch, als Nate die Tür zuschlägt.

Nate zieht mich die Stufen zur Haustür hinauf.

Da kein Licht brennt, kommt es mir im Haus dunkler vor, auch wenn ich weiß, dass draußen die Sonne untergeht. Eine Zwillingstreppe führt in den ersten Stock hinauf, in der Eingangshalle hängt ein Kristalllüster über unseren Köpfen, unter unseren Füßen liegen schwarz-weiß karierte Bodenfliesen. Nate zieht mich hinter sich her, unter einem Gewölbebogen hindurch, hinter dem flackernder Feuerschein ein ansonsten Dunkles erhellt.

»Nun, nun, nun …«, sagt Hector süffisant, wir wenden uns in die Richtung und sehen ihn mit einem Buch in einem Sessel sitzen. »Ich habe mich schon gefragt, wann ich euch beiden Auge in Auge begegne. Ich hätte allerdings nicht gedacht, dass ihr mutig genug sein würdet, mir in meinem eigenen Haus gegenüberzutreten.«

Nate nimmt unbeeindruckt auf dem Sofa ihm gegenüber Platz. »Wirklich? Weil, ich möchte meinen, dass Sie ganz genau wissen müssten, wozu ich fähig bin, Hector, denn schließlich wissen Sie Bescheid … Sie haben mich in Aktion erlebt.«

Hector rollt grinsend seine Zigarre im Mund herum. »Sehr wahr, mein Sohn. Sehr wahr.«

Nate hat ihn nicht aus den Augen gelassen, und als ich mich nicht von der Stelle rühre, greift er sofort nach meiner Hand und zieht mich neben sich auf das Sofa. »Ist es wahr?«, fragt er Hector.

Der scheint sich seine Worte durch den Kopf gehen zu lassen, als wollte er eine Münze werfen, ob er die Wahrheit sagen oder sich lieber in Lügen verstricken will. »Ja und nein.«

»Weiter«, schäumt Nate und fletscht die Zähne. Er sieht jetzt aus wie ein wildes Tier, als wollte er sich auf seine Beute stürzen, um sie in Stücke zu reißen.

Hector beugt sich vor und greift nach seinem Whiskeyglas. »Ich will dir etwas zeigen, du kannst dann entscheiden, was es bedeutet und was du tun willst, aber ich will euch beide warnen, nicht weil ich es muss, sondern weil ich in dir einen Sohn sehe, Nate … auf die Ermordung eines Hayes, insbesondere auf meine, ist eine Belohnung von einhundert Millionen für jeden ausgeschrieben, der meinen Mörder zur Strecke bringt, und ein Bonus für die Köpfe aller, die ihm nahestehen. Eine nicht leicht zu erfüllende Pflicht. Und nachdem man dich erwischt hat, wird dafür gesorgt werden, dass Menschen, die du liebst, Personen …« Er grinst und sieht mich an. »… vor deinen Augen gefoltert werden.«

Nate erstarrt.

»Also überlege gut, bevor du dein Vorhaben in die Tat umsetzt. Du bist kein Kind mehr, und Tillie ist schlau, daher vertraue ich darauf, dass du dich richtig entscheidest.«

Nates Kiefer mahlen. »Sie wollten uns etwas zeigen.«

Als hätte er gewusst, dass wir kommen, greift Hector nach einer neben sich liegenden Fernbedienung. *Dieses Miststück Scarlet.* Hector schaltet den großen Fernseher an der Schauwand vor uns an.

Zuerst ist alles verschwommen, als würde jemand die Kameralinse putzen, dann erkenne ich das Gesicht meiner Schwester, das auf dem Kopf steht.

»Ich hoffe, du kannst das sehen.« Dann dreht sich das Bild, etwas klickt, und im nächsten Moment sehe ich alles, das sich vor ihr befindet.

»Ruf Hector an …«, sagt eine Frauenstimme, die ich sofort erkenne.

Zuerst Schweigen, dann murmelt meine Schwester. »Wir sind hier. Die Kamera ist installiert. Wir fangen jetzt an.«

Wieder Stille, dann sehe ich Khales, von vorne, wie sie vor Peyton steht.

»Das ergibt keinen Sinn …«

Sie muss die Verbindung unterbrochen haben, denn Khales wirkt plötzlich verwirrt. »Was?«

Ich erkenne jetzt, dass sie sich auf der Auffahrt zu Nates Haus aufhalten, und es dreht mir den Magen um.

»Ich –«

»Du musst dir nicht alles anschauen«, fällt mir Hector ins Wort, sein Blick fällt auf mich. »Aber du wirst genug sehen.«

Ich schlucke und schaue wieder auf den Fernseher.

»Wir müssen sie töten.«

»Sie? Tillie?«, fragt Khales. »Schon erledigt. Ich hasse das Miststück.«

Jetzt muss ich kichern.

»Nein«, knurrt Peyton. »Nicht Tillie. Micaela.«

Khales verstummt. »Ich weiß nicht … bist du sicher?«

»Ja«, antwortet Peyton. »Geh jetzt. Wir treffen uns in zehn Minuten vorm Haus.«

»Peyton, ich bin keine Kindsmörderin. Der Scheiß ist sogar mir zu krass.«

»Pech«, blafft Peyton. »Du wirst tun, was ich dir sage, oder ich hole mir die Insel zurück.«

Khales fügt sich, wie es das kleine Miststück immer macht, und trollt sich. Als das Knirschen des Schotters in der Ferne verebbt, schwenkt die Kamera herum und zeigt wieder Peytons hässliche Visage.

»Sorry, Hec, Planänderung. Schau, dein Sohn und seine Freunde haben meinen Geliebten ermordet. Ermordet. Weiß Tillie, wie weh es tut, den einzigen Menschen zu verlieren, den man jemals geliebt hat? Ich glaube nicht, dass meine beschissene Schwester eine Ahnung hat, lass dir das gesagt sein.« Sie kichert wie eine Irre, dann blickt sie wieder in die Kamera, sodass sie mich unmittelbar ansieht. »So sehr sie Nate lieben mag, glaube ich nicht, dass sie einen Menschen jemals mehr lieben wird als Micaela. Also, keine Chance, ich werde ihr Baby nicht bloß entführen, wie du es mir gesagt hast, ich werde die Kleine stattdessen töten. Ende der Durchsage!«

Nate springt auf, hebt den Couchtisch hoch und schmettert ihn in den Fernseher. »Wieso zum Teufel haben Sie ihr vertraut?«

Hector rührt sich nicht.

Ich sitze schweigend da, Tränen strömen über mein Gesicht. »Was hat das zu bedeuten?«

»Wo ist sie?« Nates Feindseligkeit erreicht einen neuen Gipfel, und ich möchte nicht diejenige sein, die er mit sich reißt, wenn er abstürzt.

»Verstehen wir uns?«, gibt Hector zurück und mustert uns beide.

»Eine Frage.« Ich wende mich Hector zu. »Warum? Warum wollten Sie Micaela entführen?«

Hector betrachtet mich aufmerksam. »Ich denke, für die Antwort darauf bist du noch nicht bereit.«

»Schluss jetzt mit den verdammten Halbwahrheiten!«, platzt der Frust aus mir heraus. »Raus mit der Sprache!«

Aber Hector schüttelt den Kopf, stellt sein Glas zurück auf den Tisch und sieht mich wieder aus seinen toten Augen an. »Ich muss dir nicht antworten, Stuprum; wir sehen uns auf Perdita. Trotz allem hat sie sich meinen Befehlen widersetzt, was definitiv strafwürdig ist, aber ich bin ein geduldiger Mann.« Damit erhebt er sich und zwinkert mir zu. »Ich hoffe nur, du kannst Blut sehen.«

Er geht aus dem Raum und lässt Nate und mich mit unserem Elend allein.

»Nate.« Ich blinzele, er lässt sich neben mich aufs Sofa fallen.

»Was?«

»Was machen wir denn jetzt? Warum diese Weigerung, Fragen zu beantworten?«

Er gluckst. »Was wir in jedem verfluchten Krieg tun. Wir machen den Jet klar und fliegen nach Perdita.«

Ich frage nicht nach, warum nach Perdita. Stattdessen nicke ich und lasse mich von ihm aus dem Haus bringen.

Draußen lehnt Bishop an seinem Wagen.

Sofort stürzt Nate auf ihn zu und packt ihn am Kragen. »Du wusstest es?«

Bishop zuckt weder mit der Wimper, noch setzt er sich gegen Nate zur Wehr. »Aber erst danach. Ich habe gehört, wie er seinen Leuten befahl, Peyton zu finden, und was sie getan hatte. Ich wollte es dir sagen, aber ich habe irgendwie den richtigen Zeitpunkt verpasst. Peyton verschwand darauf, und er hat sie gerade erst gefunden.«

»Was zum Henker soll das heißen, du hast den richtigen Zeitpunkt verpasst?«, brüllt Nate ihm ins Gesicht.

»Wann?«, schreit Bishop zurück und hebt die Hände. »Als ihr beide so fertig wart, weil ihr eure Tochter begraben musstet? Oder als Tillie tote Menschen gesehen hat? Ich wollte keine neuen Wunden aufreißen, bevor es nicht unbedingt sein musste, Nate!«

»Madison wusste Bescheid ...«

Bishop zuckte zusammen. »Sie wusste, was ich wusste, weil sie auch gelauscht hatte. Ich habe ihr gesagt, sie soll den Mund halten. Sie kam damit nicht ... Hör zu! Das ist eine verdammt lange Geschichte. Jetzt müssen wir erst mal nach Perdita.«

»Wieso Perdita?«, will ich wissen, ich habe die verfluchte Streiterei satt. Ich vertraue Bishop, und ich weiß, Nate vertraut ihm auch.

»Wir treffen uns dort mit Benny«, sagt er und blickt Nate an.

Nate stößt Bishop lachend von sich. »Hat Benny deshalb rumgeschnüffelt? Weil du ihn benutzt hast?«

Bishop zuckt die Achseln. »Klar, aber du weißt, dass Benny für niemanden die Kastanien aus dem Feuer holt. Und du weißt, dass Benny für nichts, was er tut, einen Preis verlangt. Er hackt, verführt und ködert Leute nicht für Geld, sondern weil er Spaß daran hat ... und er mochte Tillie. Ich meine, Scheiße, er hatte sie erst zweimal gesehen, da wusste er schon, dass er es tun würde, und er hat es trotz allem tatsächlich getan.«

»Was soll das alles?«, schreie ich die beiden an. »Was hat Benny mit alldem zu schaffen?«

Nates Kiefer arbeitet. »Steigt ein, alle beide. Wir reden auf dem Weg zum Flugplatz weiter.«

»Gut«, sagt Bishop. »Wir treffen uns da nämlich mit den übrigen Kings.«

Ich schlüpfe auf den Rücksitz von Bishops Maserati, er steuert den Wagen von der Ausfahrt, und Gabe hängt sich an uns.

Als ich das Schweigen nicht länger ertrage, setze ich an: »Okay, rede, was genau macht Benny?«

»Benny ist die verdammte Wolke am Himmel. Er ist einer der berüchtigtsten Hacker des einundzwanzigsten Jahrhunderts. Er ist einer der Gründe, warum niemand an die Kings herankommt, und vor ihm war es sein Vater, und immer so weiter …«

»Aber ist er ein Vitiosis?«, frage ich, während Bishop uns zum Flugplatz fährt.

»Ja«, sagt er leise. »Brantleys Cousin, Baileys Bruder …«

»Was für ein Durcheinander«, brumme ich und lehne den Kopf an. »Erzähl mir mehr.«

»Hast du schon mal von der Verführerin gehört?«, fragt Nate.

»Ja.«

»Tja, Benny ist die männliche Version. Mit seinem Charme bringt er jede Frau dazu, vor ihm auf die Knie zu gehen, Männer übrigens auch, was durchaus auch sein Metier ist. Häufig. Aber er berechnet alles ganz genau. Er ist der Joker und der Riddler in einer Person. Er hat kein Herz, aber einen großen Schwanz, und er lockt Menschen mit seinen Pheromonen an.

Er ist ein hochkarätiger Meuchelmörder. Er findet jeden innerhalb von Sekunden, er tötet, ohne überhaupt anwesend zu sein und ohne mit der Wimper zu zucken.«

»Klingt mächtig gestört …«

Nate lacht höhnisch. »Du hast ja keine Ahnung.«

»Ich wollte, dass er Peyton findet, weil es sonst niemand konnte. Zuerst wollte er nicht, meinte, er wollte sich nicht mit einer Stuprum anlegen. Er war mit einem der Verlorenen zusammen, und deine Mutter hat ihn umgebracht. Um es kurz zu machen, er hasst die Stuprums. Ich sagte ihm, du seist anders. Dass du Tiefgang hast und ein Herz. Er wollte mir immer noch nicht glauben, daher habe ich ihn zu dem Ball mitgenommen. Er war auf der Stelle von dir angetan, meinte aber etwas in dir erkannt zu haben, das ihm selbst ähnelte …«

»Und das wäre?«, frage ich wie hypnotisiert.

»Dein Charme, dein Charisma, deine sexuelle Ausstrahlung – das waren selbstverständlich seine Worte, nicht meine. Ein komischer Heiliger.«

Ich räuspere mich. »Und warum hat er mich dann das zweite Mal geholt?«

»Weil er nicht blöd ist. So weit am anderen Ende der Skala, wie du es dir nicht vorstellen kannst. Er wollte dich wiedersehen, weil er nicht wusste, wie er jemandem trauen sollte, der ihm selbst gleicht. Keine Ahnung, was du bei dieser zweiten Begegnung getan hast, auf jeden Fall hat es ihn bewegt. Danach hat er Peyton sofort gefunden und sie nach Perdita bringen lassen.«

Ich grinse. »Dann bringt mich sofort dorthin.«

Unsere beiden Flieger setzen bereits zur Landung auf Perdita an, als Nate mich mit zusammengebissenen Zähnen anfunkelt.

»Was?«, flüstere ich. »Hör auf, mich so anzusehen.«

Die ganze Schinderei lässt mich frösteln.

»Wie denn?«, will er wissen.

Als ich nicht reagiere, legt er mir die Hände auf die Knie und drückt meine Beine auseinander. »Ich brauche dich.«

»Nein«, versetze ich und blicke aus dem Fenster.

»Nein?«, fragt er grinsend zurück.

»Nein.«

»Ich bin viel zu wütend für diesen Mord. Ich muss Luft ablassen.«

»Ja, aber ich kann das nicht fix und fertig und mit wundem Arsch durchziehen, also finde dich damit ab«, blaffe ich zurück, immer noch wütend auf ihn wegen der Ereignisse in der Hütte.

»Du bist sauer auf mich …«, verkündet er, doch seine Stimme ist weich wie Seide, jede Silbe streicht sanft über meine Haut.

»Bin ich nicht.«

»Hey.« Seine Stimme ist nachgiebig, trotzdem antworte ich nicht.

Er greift mir ans Kinn und zwingt mich, ihn anzusehen. »Wir reden später.«

»Worüber?« Ich sehe ihn neugierig an.

»Über uns.«

Ich gebe ein unschönes Lachen von mir. »Da gibt es nichts zu bereden, und ich habe damit meinen Frieden gemacht.«

Als er mein Kinn drückt, winde ich mich, schaue ihn jedoch an. »Scheiß auf deinen Frieden.« Er fährt hart mit dem Daumen über meine Unterlippe. »Du hast es gut gemacht, Baby.«

Wieder einmal fühle ich, wie sich mein Inneres für Nate erwärmt, das Problem ist bloß, dass, was ihn angeht, mein Thermostat kaputt ist. »Wie das?«

»Wir reden dann, okay?«

Ich zögere.

»Antworte mir, Tillie, oder ich vögle dich hinten im Flugzeug und zwinge den Piloten, so lange Kreise zu ziehen.«

»Ja, schön«, zische ich erschöpft. »Wir reden.«

Wir landen, und Nate nimmt meine Hand, als wir alle aussteigen. Wir brauchen diesmal keine Armee, wie beim letzten Mal, weil mir diese Insel allem Anschein nach *gehört.* Ich fühle mich bei der Vorstellung immer noch nicht wirklich wohl, andererseits halte ich mich nicht mehr damit auf, deshalb auf irgendwen loszugehen und mich zu streiten. Zum einen bin ich hier und ganz bei der Sache, zum anderen kann ich mich um alles anderen kümmern, sobald das hier erledigt ist. Zum Beispiel, warum Nate mich hier auf Perdita sehen wollte und was zum Henker es mit Daemons Buch auf sich hat. Was will er mir damit sagen? Manchmal spüre ich noch seine Gedanken in meinem Kopf, und wenn es geschieht, ist mir, als würde ich den Verstand verlieren. Dann habe ich Angst, abends schlafen zu gehen, davor, dass mich auf der anderen Seite Albträume anfallen. *Wohin verirren sich unsere Gedanken, wenn wir schlafen?* Wenn ich an die Menschen denke, die mir dort begegnen, verlaufen sich meine Gedanken ziemlich sicher in die Hölle. Eine dunkle Limousine erwartet uns, und ich, Bishop, Nate, Brantley, Cash, Eli, Ace, Hunter und Jase steigen ein, während hinter uns noch zwei weitere SUVs warten.

»Ist Hector in dem SUV da?«, frage ich, ohne irgendjemanden anzusehen.

»Nein«, erklärt Bishop. »Er überlässt die Angelegenheit dir. Er sagt, welches Wissen du mit ihm teilen musst, wird durch den Mund und die Enthüllungen anderer ans Licht kommen. Was typisch für ihn ist, ständig erledigen andere die Drecksarbeit für ihn.«

Ich mache mir nicht die Mühe zu antworten, da ich ohnehin nicht weiß, was ich sagen soll.

»Geht es dir gut, kleiner Troublemaker?«, fragt Brantley, der mir gegenübersitzt.

Mein Blick begegnet seinem. »Weiß nicht, sollte es das denn?«

Das kommt mir alles viel zu flüssig, zu glatt, zu einfach vor. Irgendetwas in einem Winkel meines Verstandes flüstert mir zu, dass ich ihnen lieber nicht vertrauen sollte. Ich habe ihnen vertraut, als ich es zu können glaubte, aber wohin hat mich das geführt? An zahlreiche unterschiedliche Orte und in so manche fragwürdige Lage.

»Hier und jetzt?«, brummt Nate, und sein Blick schweift aus dem Seitenfenster, als wir durch den Dschungel von Perdita rauschen. »Ja, das sollte es.«

Wir rumpeln über Urwaldpisten, bis wir vor dem hohen Eingangstor zu der kleinen Ortschaft anlangen, die ich inzwischen recht gut kenne. Aber als sich das Tor diesmal öffnet, nehme ich alles in mich auf, worauf ich sonst nie achte. Zum Beispiel die Handvoll Leute, die hier offenbar auch am hellen Tag patrouillieren, obwohl ihre Art eigentlich nachtaktiv ist und tagsüber schläft. Und mir fällt auf, dass die Läden im Durchschnitt kleiner sind als die in »unserer« Welt. Miniaturversionen, jedoch ohne gedrungen zu wirken. Links und rechts der Hauptstraße, auf der wir fahren, stehen Straßenlaternen, und ich weiß, dass sich am Ende der Straße ein Herrenhaus erhebt.

Ich wende mich Nate zu. »Wo sind ihre Häuser?«

Nate deutet mit dem Kinn aus dem Fenster. »Überall. Ihre Häuser sind planlos über den Wald verstreut, schmale, von Solarleuchten erhellte Trampelpfade führen dorthin, Straßen oder Wege gibt es nicht, nur diese Trampelpfade.«

»Wow«, sage ich und beuge mich neugierig vor, um es mir anzusehen.

»Du wirst sie nicht sehen. Sie sind gut versteckt.«

Also lehne ich mich wieder zurück und stoße einen Schwall Atemluft aus. »Wieso hast du mich eigentlich hierhergebracht?«

Nate lacht, während die anderen ihr Schweigen bewahren.

»Im Ernst, Nate.«

Als seine Kiefer mahlen, muss ich gegen den Wunsch ankämpfen, entweder die Hand nach ihm auszustrecken oder ihn zu schlagen.

»Du solltest über diese Insel herrschen«, sagt Brantley, als Nate den Mund hält. Als er weiterspricht, richte ich den Blick auf ihn. »Wir haben dich nicht verschleppt, aber Gabe hatte den strikten Befehl, dich für uns nach Perdita zu schaffen. Wir haben ihm versichert, dass wir dir nichts tun, und ihm unseren Plan erläutert, mit dem er sich einverstanden erklärt hat. Als Schiedsrichter honoriert er die Gründe unseres Handelns, als dein gutes Recht und all das.«

»Nur …«, ergreift Nate dann doch das Wort. »In dem Moment, als du Daemon gesagt hast, dass sich alles geändert hätte, wussten wir, dass du noch nicht bereit warst und dass keiner von uns dich zwingen können würde, etwas in der Richtung zu unternehmen.«

»Oh, alles klar.« Ich verdrehe die Augen. »Zwingen vielleicht nicht, aber entführen und einsperren?«

Nate sieht mich an. »Wir wollten dich lehren, wie du Perdita führen kannst. Ich wollte dein verdammtes Gesicht nicht sehen, da lag es auf der Hand, dich hierherzuschaffen!«

Ich zucke zusammen, bleibe aber eigensinnig. »Aber warum hast du mir nicht da und dort klargemacht, dass Daemon nicht real war?«

Nate fährt sich seufzend mit einer Hand durchs Haar, eine Geste, die mir sofort zu Herzen geht. »Weil ich dich damit nicht behelligen wollte.«

Die sanfte Berührung seiner Worte lässt das Blut in meinen Ohren rauschen.

»Wie sehr ich dich auch anschreien wollte, dass er nicht real war, so wenig konnte ich dir das antun. Solange er nicht von allein verschwand, aber wir wussten, das würde passieren müssen, weil wir uns um anderen Scheiß kümmern mussten.« Er schaut nun wieder aus dem Fenster. »Auch wenn ich dich dafür umbringen wollte.«

Ich weiß nicht, was ich von seinen Worten halten soll, und erneut fällt es mir schwer, ihm zu vertrauen. Es geht zwischen uns beiden schon so lange hin und her, dass ich nicht mehr weiß, was ich in solchen Momenten tun soll. Doch ehe ich die Gedanken vertiefen kann, hält der Wagen vor dem hoch aufragenden und mit Wachen bemannten Tor. Als die Kings aussteigen, strecke ich die Hand nach Nate aus, der gerade auf seiner Seite die Tür aufstößt.

»Wer übernimmt hier, wenn ich es nicht mache?«

Die Tür fällt wieder zu, und nur noch wir zwei sitzen im Wagen, mit unseren lauten Gedanken und stummen Mündern.

»Irgendwer muss es tun, so läuft das eben immer.« Er blickt mich forschend an, dann hebt er die Hand an meine Wange. »Willst du hier sein?«

Ich schüttele den Kopf. »Nein. Ich kenne Perdita nicht, Nate. Ich wüsste nicht, was ich hier sollte.«

Er greift nickend nach meiner Hand. »Ich werde dir nachher, nachdem wir mit deiner Schwester fertig sind, jemanden vorstellen. Es ist allein deine Entscheidung, das weißt du doch, oder?«

»Ich weiß«, antworte ich, auch wenn ich mir nicht sicher bin, ob das auch wirklich stimmt. Aber ich kann momentan ohnehin nichts verarbeiten, weil er mir so nah ist, dass ich praktisch das Herz in seiner Brust schlagen höre.

Ich will ihn küssen.

Ich will ihn für unsere Rache küssen. Für Micaela.

Ich beuge mich ein Stück vor, mein Blick fällt auf seinen Mund. Weiche, volle Lippen, an den richtigen Stellen geschwungen, das Kinn so kantig wie bei männlichen Models.

»Nicht«, unterbricht er meine Gedanken. Ich zucke vor dem Wort zurück, plötzlich wird mir bewusst, wie nahe ich ihm gekommen bin, während er in die entgegengesetzte Richtung zurückweicht.

»Was?«

Keine Ahnung, warum seine Zurückweisung so wehtut, vielleicht weil er mich bisher noch nie zurückgewiesen hat, wenn es darum ging, ihn zu küssen oder zu vögeln. Aber das hat jetzt gesessen, und der Stachel dringt mir bis ins Herz. Und sein Stachel ist mit Gift getränkt, und keiner ist klug genug, ein Gegenmittel zu finden.

Aber ehe ich ihn darum bitten kann, sich zu erklären und die Peinlichkeit der Zurückweisung noch zu verstärken, ist er ausgestiegen; nur die offene Tür fordert mich auf, meinerseits auszusteigen.

Ich gleite ins Freie und trotte zwischen den Kings hindurch, bis wir zum Eingang gelangen. Dort verneigen sich die beiden Wachen und lassen uns dann durch.

»Zum Verlies«, brummt Bishop und studiert, als wir passieren, sein Handy. Es regt mich nicht im Geringsten auf oder weckt irgendwelche Gefühle, in dieses Haus zurückzukehren, und dafür bin ich überaus dankbar.

Wir nähern uns den zum Verlies hinabführenden Stufen, das Flackern brennender Kerzen weist uns den Weg. Meine Absätze klappern hallend über die Steinstufen.

»Woher weiß ich, dass ich hier in keine Falle tappe?«, frage ich laut, als wir die letzte Stufe erreichen.

»Weil ich dich nicht mehr anlüge. Komm jetzt«, antwortet Nate und deutet auf den Korridor, von dem die Zellen abgehen.

Ich blicke ihm nach, und in den Augenblicken, seit wir dem Wagen, vielleicht auch dem Flugzeug entstiegen sind, bin ich zu dem Schluss gelangt, dass ich ihm verziehen habe. In manchen Menschen fördert Trauer Hässliches zutage; die Welt gerät aus den Fugen und nimmt ein Stück von einem mit sich, und manchmal stürzt man in die Abgründe, wo sie früher einmal war. Ich kann ihm verzeihen, weil meine Liebe stärker ist als mein Schmerz. Trotzdem glaube ich jetzt, dass es dafür zu spät ist.

Wir bleiben vor einer Zelle stehen, und Bishop schließt auf, das massive Metall klirrt laut. Der Geruch erinnert mich daran, wie ich selbst hier gesessen habe, und verhöhnt mich wegen meines Mangels an Verstand.

Aus der finstersten Ecke lässt sich ein düsteres Kichern vernehmen. Mit hochgezogenen Schultern trete ich vor.

»Warum?«

Sie watschelt auf mich zu, ihre plumpe Gestalt überragt mich. »Weil du nicht alles bekommst, was du willst.«

Ich kneife die Lider zusammen, Zorn steigt brodelnd in mir auf. *Ist sie verdammt noch mal wirklich hier?*

»Was willst du damit sagen? Dass du meine Tochter getötet hast, weil du eifersüchtig warst? Nein, das kaufe ich dir nicht ab. Ich weiß, dass mehr dahintersteckt.«

»Wie kannst du dir da so sicher sein, kleine Schwester? Weil du jetzt die Elite Kings im Rücken hast, die jede deiner Bewegungen bewachen, oder einfach, weil du so eingebildet bist?«

Haarsträhnen aus einem aufgelösten Knoten am Hinterkopf fallen ihr ins Gesicht, ihre Wange blutet, ihr Make-up ist verschmiert. Benny hat sie offenbar ordentlich aufgemischt. *Gut.*

Ich werfe einen kurzen Blick über die Schulter, im Zwielicht hinter mir glänzen imaginäre goldene Kronen auf den Häuptern der Jungs. Ich muss grinsen. »Vielleicht. Vielleicht aber auch, weil du meine Tochter ermordet hast.«

Ich fühle Zorn und Schmerz wachsen und wachsen …

»Atme, Baby«, flüstert Nate hinter mir, seine Stimme streicht sanft über meinen Nacken. »Wenn du nichts überstürzen willst, darfst du nicht die Beherrschung verlieren.«

Ich schließe die Augen und zähle bis zehn. Als er meine Hand nimmt, wird mir plötzlich noch etwas klar: »Aber du warst auch immer eifersüchtig, nicht wahr, Peyton?« Ich drehe mich um und entdecke Jase.

Peyton schnaubt verächtlich. »Wohl kaum. Ich bin so was von darüber hinweg, und bin rasend schnell darüber hinweggekommen.«

In dem Wissen, dass Jase noch immer hinter mir steht, weiche ich zurück. Ich lasse Peyton nicht aus den Augen, als ich rücklings gegen ihn pralle. Jase, der offenbar erkennt, was ich vorhabe, bewegt sich nicht.

»Lügen«, zische ich. »Jase war der Einzige, mit dem du dich regelmäßig abgegeben hast, für den du dich mit jedem Wort, mit jeder SMS in die Kurve gelegt hast. Du warst stocksauer, wenn ich mit ihm ins Kino gegangen bin, während du in deinem Schlafzimmer geschmollt hast. So habe ich dich bei keinem anderen Typen erlebt …«, reize ich sie und sehe, wie ihr Blick über meine Schulter auf Jase fällt. Der sich mucksmäuschenstill verhält.

»*Princessa*, Nate hat wegen dir Rotalarm geschlagen. Ich darf dich nicht anfassen …«

Mein Blick lässt Peyton nicht los. »Das musst du auch nicht.«

Ich lege meine Hand auf seine, dann drehe ich mich um und streiche ihm mit der Handfläche übers Gesicht.

»Du hast Jase geliebt, und mich hast du gehasst, weil ich ihn von dir ablenke. Und weil ich alles war, was du sein wolltest. Damals wuchs dein Groll auf mich, der später mit ein Grund dafür war, dass du es getan hast.«

Ich recke mich auf die Zehenspitzen, drücke Jase' Wange an meine Zunge und lecke genüsslich über seine Haut bis hinunter zum Hals. Als ich meine Hand senke, beobachte ich, wie ihr Blick der Bewegung folgt, sie blinzelt, dann blitzt in ihren Augen Schmerz auf. *Verdammt, ich wusste es. Ich wusste, dass sie noch in ihn verliebt ist.* Ich lange unter den Bund seiner Jeans um umfasse seinen Schwanz. Ich fühle, wie er in meiner Hand steif wird und wächst, dann entfährt ihm leise ein Ächzen. »Fuck.«

Ich beginne ihn über den Boxershorts zu massieren. Ihr Blick lodert. Dann geht sie wie eine verfluchte Cracksüchtige auf mich los. Wir gehen zu Boden, sie auf mir, ihre Faust trifft meine Wange. Ich lache.

»Bro …«, sagt jemand.

»Lass sie«, brummt Nate.

Als sie mich erneut schlagen will, stoße ich ihre Faust weg und packe mit der anderen Hand ihre Kehle. Ich drücke so fest zu, dass sich meine Fingernägel in ihren Hals bohren. Ich packe noch härter zu und fühle Blut, das langsam von meinen Fingerspitzen rinnt. Jetzt lache ich nicht mehr, sie schlägt mich nicht mehr, alles kommt zum Stillstand, als der gottverdammte Schrecken die Oberhand gewinnt.

»Du tötest meine Tochter und hast die Nerven, mich zu schlagen?«

Ohne ihre Kehle loszulassen, stoße ich sie von mir und stehe auf, während sie auf den Knien verharrt und zu mir hinaufschielt, als wäre ich die verfluchte Muttergottes, der sie all ihre Sünden beichtet.

»Nate …«, rufe ich ihn leise, zwischen uns steht eine unausgesprochene Frage.

»Nur zu, Baby.«

Ich packe hart zu, beuge mich zu ihr hinunter und blicke sie forschend an.

»Sieh mich an, Peyton.«

Ihr Blick fliegt zu mir, als ich weiter zudrücke, dann werfe ich sie auf den Rücken und setze mich mit meinem ganzen Gewicht auf ihre Brust, bis ich sicher bin, dass sie keine Luft mehr bekommt.

»Du hast mein kleines Mädchen erstickt. Du wusstest, dass sie durch deine Hand sterben würde.«

Aufs Neue bricht mir, was Peyton getan hat, das Herz; und Tränen strömen über mein Gesicht. *Wie konntest du ein Baby töten?*

»Du kanntest kein Erbarmen. Du warst unerbittlich. Aber jetzt bin ich an der Reihe. Mach die Augen auf, damit ich sehen kann, dass das Leben deinen wertlosen Kadaver verlässt und deine Seele zur Hölle fährt.«

Während sie verzweifelt nach Luft schnappt, läuft ihr Gesicht tief violett an. Vor meinem inneren Auge wollen Erinnerungen an unsere Kindheit aufblitzen, aber am Ende jedes Erinnerungsbildes wünsche ich mir nur, sie damals bereits getötet zu haben. Als sie die Augen verdreht, beuge ich mich, weiter erbarmungslos zupackend, zu ihrem Ohr hinab.

»Ich bleibe hier, bis ich einen Scheißkrampf in der Hand bekomme, Peyton. Spürst du, wie deine Organe versagen? Wie dein Herz mit den letzten Schlägen langsamer wird? Wie das Blut auf der Suche nach einem Leben, das du nicht mehr verdienst, verzweifelt durch deine Adern strömt?«

Als ihr Körper erschlafft, richte ich mich auf; ihr Kopf rollt zur Seite, ihre Augäpfel drehen sich nach innen. Ich dachte, es wäre befriedigend, ihr ein Ende zu bereiten, und irgendwie ist es das auch. Aber in mir regt sich noch immer Zorn. Sie ist noch immer zu leicht davongekommen.

»Wir sehen uns in der Hölle wieder, Miststück.« Ich spucke ihr ins Gesicht, da winden sich Arme um meinen Leib und ziehen mich auf die Beine. Ich weiß, ohne mich umzublicken, dass es Nate ist. Mein Körper reagiert auf ihn, ob ich es will oder nicht.

»Es ist zu Ende.« Er küsst mich in den Nacken. »Aber ich muss mein Zeichen dalassen.«

Ich trete zurück und deute auf ihre Leiche. »Bedien dich!«

Nate tritt vor, zieht sein Hemd aus und gibt es mir. Eine kleine Geste nur, die aber unendlich viel bedeutet. Er dreht ein Armeemesser zwischen den Fingern und überlegt. Dann beugt er sich über sie und schneidet ihr das T-Shirt vom Leib. Ich schaue zu, wie er die Klinge über dem Sternum in ihrer Brust versenkt und sie mit einwandfreier Präzision bis zum Bauchnabel aufschlitzt. Als der Anblick mir für einen Moment den Magen umdreht, wende ich mich ab, und als ich es schmatzen und schlotzen höre und irgendetwas nass auf dem Betonfußboden landet, schließe ich die Augen. *Sieh nicht hin. Sieh dir nicht an, was er da macht.* Ich halte die Luft an. Trotzdem spüre ich seine Gegenwart vor mir. Ich schlage langsam die Augen auf und blicke zu ihm hoch. Er betrachtet mich aufmerksam, in seinem Blick liegt etwas Neues. Frieden? Gelassenheit?

»Küss mich«, sagt er leise.

Ich sehe das Blut auf seiner Brust, aber es ist mir egal. Ich recke mich auf die Zehenspitzen und presse meine Lippen auf seine. Er kommt mir nicht weiter entgegen. Stattdessen öffnet er einfach den Mund und fährt mit der Zunge über meine Lippen, während ich ihn verschlinge und mich vollständig in ihm verliere. Er zerrt mehr an mir als irgendetwas sonst auf der

Welt, mit einem Gefühl, das über Liebe weit hinausgeht. Über Hass und über allen Schmerz. Er verschlägt mir den Atem, ihm gehöre ich mit jeder Faser meines Daseins. Als mir etwas Nasses, Festes und Schweres in die Hände fällt, weiche ich instinktiv davor zurück, doch er packt meine Hand und schließt meine Finger darum. Ich winde mich, meine Lippen regen sich an seinem Mund.

»Was ist das?«

Er weicht träge so weit zurück, dass er mich ansehen kann. »Sieh hin.«

»Ich will wirklich nicht. Ich will es auch wirklich nicht in der Hand halten.«

»Sieh hin«, sagt er noch einmal.

Ich holte tief Luft, dann fällt mein Blick auf meine Hände. Dort liegt, Herzklappen und loses Gewebe deutlich sichtbar, ihr blutiges Herz. Meine Beine zittern, mein Magen revoltiert.

»Nate …«

»Wir haben ihr das Herz genommen, so wie sie uns.« Dann setzt er die Messerspitze an und versenkt die Klinge in dem Organ, bis das Blut mir zwischen den Fingern hindurchsickert. »Sind wir hier fertig?«

Ich nicke und lasse das Herz fallen. »Ja, wir sind hier fertig.«

Nate blickt über meine Schulter. Er nickt den Kings zu, dann legt er mir den Arm um den Nacken und zieht mich an sich. »Gut. Ich habe Hunger.«

Wir machen uns auf den Weg aus dem Verlies, doch bevor wir außer Sicht sind, drehe ich mich noch einmal kurz um und präge mir den Anblick in der Kerkerzelle ein. Peyton, vom Brustbein abwärts tranchiert, ihr blutiges totes Herz, in dem noch Nates Messer steckt, auf dem schmutzigen Zellenboden.

»Ruhe in Frieden, Miststück.«

35. KAPITEL

TILLIE

Nach einer raschen Dusche in Katsias Zimmer – das, nebenbei erwähnt, echt irre ist. Eine klar gegliederte architektonische Anlage und eine Inneneinrichtung wie diese habe ich noch nie gesehen. Das Schlafzimmer ist in weichem Lila und Dunkelgrau gehalten, große Fenster überblicken den Platz vor dem Herrenhaus. Das Bad liegt, seltsam, aber durchaus befreiend, offen am anderen Ende des Schlafzimmers. Die Dusche hat sechs – in Worten sechs – große Duschköpfe, die direkt aus der voll verspiegelten Decke kommen. Das ganze Zimmer ist für Sex eingerichtet und schreit lauter »Orgasmus« als jede Frau, die einen Orgasmus hat.

Ich ziehe mich um und putze sorgfältig meine Schuhe, die ich nicht hierlassen will, dann gehe ich in den Hauptwohnbereich hinunter, wo die Kings auf mich warten. Nate hat, seit er mir Katsias Zimmer gezeigt hat, kein Wort mehr mit mir gesprochen. Trotzdem bin ich nicht mehr irritiert, ich weiß jetzt, was ich ihm bedeute, dass er mich in einem gewissen Ausmaß vielleicht sogar liebt, trotzdem mache ich mir über eine gemeinsame Zukunft keine Illusionen. Denn dazu wird es wahrscheinlich niemals kommen, doch nur weil man weiß, dass man keine gemeinsame Zukunft mit einem bestimmten Menschen hat, lassen die Gefühle für diesen Menschen nicht nach. Leider.

Kaum betrete ich das Wohnzimmer, verstummen alle, aber ich verdrehe bloß die Augen und lehne mich gegen den Türrahmen. »Keine Sorge, ich sehe keine toten Menschen.«

Eli kichert.

Brantley betrachtet mich aufmerksam.

Nate blickt mich finster an.

»Was ist jetzt wieder? Immer komme ich mir vor, als säße ich in irgendeiner Patsche.«

»Okay, ich muss wissen, wer dafür gestimmt hat, ein Mädchen in die Gruppe aufzunehmen.«, murmelt Ace. »Ich meine, sie *gehört* doch zu unserer Scheißclique.«

Ich lege mir fest die Hand aufs Herz. »Oh, jetzt bin ich aber gerührt. Darf ich mich jetzt ›King‹ nennen?«

Nate verdreht die Augen. »Ich muss mit dir reden.« Als er sich an mir vorbeidrückt, fällt mein Blick gewohnheitsmäßig auf Brantley.

Als Brantley nickt, drehe ich mich um und folge Nate durch die Vorhalle nach draußen. Er hält geradewegs auf das Eingangstor zu. Ich nehme die Beine in die Hand und schließe zu ihm auf.

»Was ist denn los?«

»Du hast mich gefragt, ob jemand anders die Insel übernehmen könnte, wenn du nicht willst.«

»Ja«, antworte ich, mit ihm Schritt haltend.

Wir gehen die Hauptstraße hinunter, vorbei an den Geschäften, bis Nate in eine schmale Gasse zwischen einem Waffenladen und einer Bäckerei einbiegt. Ich folge ihm auf dem Fuß.

»Warum?«

Am Ende der Gasse säumen Bäume die Rückseiten der Läden, in den Zweigen hängen Lampen. Schmale gesäuberte Trampelpfade führen in den Wald. Nate setzt seinen Weg fort.

Ich schaue auf meine Schuhe, dann sehe ich ihn wieder an

und bete zu den Modegöttern, dass sie mir die Behandlung verzeihen, die ich dem armen Jimmy Choo angetan habe. Am Himmel geht die Sonne unter, und der Tag weicht der Nacht. Ich weiß, jetzt ist die Zeit, zu der die Bewohner von Perdita herauskommen, und ein beträchtlicher Teil von mir ist neugierig, wie die Leute hier leben.

Ich hole meinen mürrischen Führer ein und beiße mir auf die Unterlippe. »Wohin gehen wir?«

»Ich will dich jemandem vorstellen. Ich möchte, dass du ihr unvoreingenommen begegnest, ohne deine Fangzähne auszufahren.«

»Ich habe keine Fangzähne …«

Ich ertappe mich dabei, dass ich mich wachsam umsehe, als wir tiefer in den Wald eindringen. Die Bäume stehen in perfekt geordneten Reihen, durch die man bequem hindurchschauen kann. In unterschiedlichen Richtungen gehen Pfade ab, kleine Wegweiser aus Holz weisen die staubigen Wege. Aber da sie lateinisch beschriftet sind, kann ich nicht lesen, was darauf steht. Nate nimmt den Weg nach *Adamantem*, und ich hefte mich an seine Fersen. Es juckt mich, die Hand nach ihm auszustrecken, aber da er sich kalt und abweisend gibt, mache ich lieber einen Rückzieher.

»Wow«, flüstere ich und werde langsamer, als wir tiefer ins Gehölz trotten.

Links und rechts des Weges stehen ländlich anmutende Häuschen. Nicht viele, drei, vielleicht vier? Nate deutet auf ein größeres weißes Holzhaus mit Glasfenstern.

»Komm.«

Ich folge ihm bereitwillig, denn nun bin ich interessiert. In den Hütten, den Bäumen und am Wegesrand beginnen Lichter zu flackern. Mit zunehmender Dunkelheit flammen an den Häuschen, um die Türen und Fenster immer mehr Lichter auf. Wir steigen die paar Stufen zur Haustür hinauf, und Nate klopft zweimal an. Und dann noch zweimal. Während wir warten, bewundere ich die kleinen, dekorativen Vorgärten, in denen Blumen wachsen, die ich nie zuvor gesehen habe. Allerdings kenne ich mich mit Blumen auch nicht aus, daher würde ich es auch nicht wissen, wenn es solche auch bei uns gäbe. Rosa, violette und beigefarbene Blüten schießen wie kleine lebendige Salven aus dem Grün.

Da geht die Tür auf und lenkt meine Aufmerksamkeit wieder aufs Haus. Vor uns steht reglos ein Mädchen in meinem Alter und sieht Nate an. Sie *muss* in meinem Alter sein, vielleicht sogar jünger, mit langem, braunem Haar und leuchtend blauen Augen.

»Salve, Malum.« Sie verbeugt sich leicht, das Kinn auf der Brust, während sie mit funkelnden Augen zu ihm hochschaut.

Nate steht straff da und nickt. *»Salve, Adamantem. Qui scis haec?«* Die tote Sprache fließt ihm von der Zunge wie heiße Schokolade. Süchtig machend, reizend und alles, was man sich jemals gewünscht hat. Und der schnellste Weg zu Diabetes.

Jetzt sieht das Mädchen mich an. Ich sehe Feuer in ihrem Blick lodern, bevor sie mich erkennt und auf die Knie fällt.

»Etiam, domine. Stuprum ...«

Nate wendet sich mir zu. »Ich habe sie gefragt, ob sie weiß, wer du bist. Zuerst nicht, aber jetzt weiß sie es.«

»Schön. Kannst du ihr jetzt bitte sagen, dass sie nicht auf den Knien bleiben soll?«

»Sursum, Adamantem.«

Sie erhebt sich auf der Stelle und streicht mit den Händen über ihre Flanellhose und die Jacke. Die Kleidung der Leute hier gleicht unserer, sie ist nur etwas altmodisch, Neunziger vielleicht. Nun macht sie uns Platz und bedeutet uns einzutreten.

Doch Nate schüttelt den Kopf und fährt fort, auf Lateinisch mit ihr zu sprechen. Währenddessen beobachte ich, wie sie ihn begehrlich vom Scheitel bis zur Sohle mustert. Sie hängt an seinen Lippen und streckt ihm ihre Nippel entgegen.

»Hast du sie gevögelt?«, unterbreche ich Nates Wortschwall.

Er hält inne, ein Augenlid zuckt, als er den Blick auf mich richtet. Ich schenke ihm nicht so viel Aufmerksamkeit, und es gefällt mir sehr, dass sie kein Englisch versteht.

Ich lasse sie ebenso wenig aus den Augen wie sie ihn. Einen Mann, der mir gehört. *Zumindest in meinen Gedanken. Und in meinem Herzen*. Und je mehr ich daran denke, desto heißer lodert die Wut.

»Ja. Gelegentlich. Warum?«

Ich straffe mich und mahle mit den Kiefern. Ich knirsche derart heftig mit den Zähnen, dass ich fürchte, sie könnten abbrechen. »Interessant.«

»Was ist daran interessant?«

Endlich sehe ich ihn an. »Dass du deinen Schwanz nicht einmal in dieser Welt in deiner Hose lassen kannst.«

Er legt den Kopf schräg. »Willst du das ernsthaft hier und jetzt diskutieren?«

»Es ist dein Lied, Baby, ich tanze nur dazu …«, gebe ich aufsässig grinsend zurück. Er bringt mich zur Weißglut. Gerade als ich denke, ich könnte von ihm erwarten, mit ihm über meine Gefühle zu sprechen, geht dieser frustrierende Mann hin und begeht eine solche Dummheit.

»Komm mir jetzt nicht mit verdammten Metaphern, Tillie, sag lieber, was du zu sagen hast. Ja, ich habe sie gevögelt, regelmäßig, und ich habe es verdammt noch mal genossen, und ich bin mir ziemlich sicher, sie auch. Also, was willst du von mir? Du weißt sehr gut, dass ich eine Vergangenheit habe.«

Aber wie weit reicht das mit ihr zurück?

Ich stoße den Atem aus. »Nur gut, dass sie kein English versteht oder spricht.«

»Eigentlich schon«, sagt das Mädchen leise.

Ich erstarre, mein Blick fliegt zu Nate. »Wer ist sie?«

Er beißt ein paarmal sichtlich die Zähne zusammen. »Sie ist eine Adamantem, die englische Übersetzung ist ›Diamant‹. Im Wesentlichen gehört sie zu der einzigen lebenden Familie, die in direkter Linie mit dem Stuprum-Stammbaum verbunden ist. Also, kurz gefasst ...«

»... könnte *sie* über Perdita herrschen«, hauche ich. Nun ist der Groschen gefallen, was es mit Nates Eskapaden auf sich hat.

»Ja«, murmelt Nate. »Aber das müsstest du öffentlich vor den Inselbewohnern verkünden, damit sie sie als ihre neue Königin akzeptieren.«

»Nate«, sagt das Mädchen. Es stört mich plötzlich, dass ich nicht weiß, wie sie heißt.

»Wie heißt du?«

Ihr Blick begegnet meinem. »Valentina, Majestät.«

»Lass das bitte mit der ›Majestät‹. Das ist mir unheimlich, und ich fühle mich alt dabei.« Ich blicke zu Nate hoch. »Und wieso denkst du, du könntest ihr trauen?«

Nates Zorn weicht auf, als er die Hand zu ihrem Kinn hebt und ihren Kopf hebt, damit sie ihn ansieht. *Nein, nein, lieber zerschmettere ich diese Schlampe.*

»Weil sie ein reines Herz hat, Tillie. Das sollte genügen.«

Er lässt ihr Gesicht los, und die Eifersucht in meiner Brust tobt so heftig, dass ich unwillkürlich einen Fuß vor den anderen setze, bis ich genau zwischen den beiden stehe.

Ich blicke knurrend auf sie hinab. »Du kannst mein Königreich haben, aber nicht meinen König.«

Sie neigt ergeben den Kopf. »Ich verstehe.«

Darauf drehe ich mich um und lasse die beiden stehen. Ich bin dermaßen wütend auf Nate, auf alles, dass ich mich nur noch nach einem normalen Scheißleben sehne. Ich will ein Haus, in das ich heimkehren kann. Ich will Freundinnen zum Abendessen einladen und mich mit ihnen ins Nachtleben stürzen. Ich habe diese abgefuckte Welt und den abgefuckten Mann, den ich so sehr liebe, gründlich satt. Ehe ich allzu intensiv darüber nachdenken kann, dass es bereits stockfinster ist und ich allein unterwegs bin, denn natürlich läuft Nate mir nicht nach, warum zum Teufel sollte er auch, finde ich mich auf der Hauptstraße von Perdita wieder. Ich dränge Leute aus dem Weg, die mir nicht automatisch ausweichen, während sich alles um mich dreht. Die jüngsten Ereignisse meines Lebens, alles, was ich zuletzt durchgemacht habe. Als ich mich an den Torwachen vorbeidrücke, erlebe ich einen Moment des Selbstmitleids. Erst als ich die Haustür hinter mir zuschlage und mein Blick auf Brantley und Bishop fällt, bemerke ich, dass ich geweint habe.

»Bringt mich nach Hause!«

Als hinter mir die Tür knallt, bin ich sauer auf mich, weil ich mich erschrecke. »Was zur Hölle ist dein Problem, Tillie«, bellt Nate in meinem Rücken. Es mag irrational sein, aber Nate macht mich hässlich. Er bringt meine Eifersucht ans Licht, sodass jeder sie sehen kann, nackt und roh, wie eine klaffende tödliche Wunde. Ich hasse es, wie viel Macht er über mich hat, aber das ist eine Macht, von der er nicht wissen muss, dass er sie besitzt.

Ich drehe mich zu ihm um. »Ich will nach Hause.«

Er verengt die Augen zu Schlitzen, und als mein Blick auf seine Lippen fällt, sehe ich Valentinas Mund vor mir, wie sie ihn küsst. Hat er sie geküsst, nachdem ich fort war? Oh, mein Gott, warum kann ich dieses Mädchen nicht ausstehen? Weil sie mich an mich selbst erinnert? Weil sie in dieser Welt fast die gleiche Stellung einnimmt wie ich? Oder weil ich mit angesehen habe, wie Nate freundlich zu ihr war, wie er es zu mir schon seit Längerem nicht mehr war? Diese Erkenntnis schlägt mir auf den Magen und bereitet mir Herzschmerz.

»Das geht nicht«, entgegnet er schroff, schiebt sich, Schulter voran, an mir vorbei und verschwindet in der Küche. Bishop folgt ihm auf dem Fuß, Brantley verdreht die Augen und wirft den Kopf in den Nacken, als ginge ihm der ewig gleiche Scheiß gewaltig auf die Nerven.

Dann schlingt er einen Arm um mich und vergräbt das Gesicht in meinem Haar. »Kleiner Troublemaker, warst du nicht nett zu Nates Spielzeug?«

Ich knurre.

Brantley kichert, dass seine Brust bebt. »Du wärst nicht mein kleiner Troublemaker, wenn es anders gewesen wäre.«

»Empfindet er was für sie?«, will ich wissen, aber die Frage kommt erstickt heraus, weil ich das Gesicht so fest in seine Klamotten presse.

»Ja und nein.«

»Ich hab es so satt, seine Zuneigung mit anderen Mädchen zu teilen, Bran Bran. Ich musste während unserer gesamten Beziehung, wenn man das überhaupt so nennen kann, um einen Platz in seinem Herzen wetteifern, nur um zu erleben, wie er mit allen anderen freundlich umgeht. Und mit mir? Nicht so sehr.« Als ich merke, dass ich fast an meinem Schluchzen ersticke, halte ich inne. Rotz und Wasser laufen mir aus der Nase. Ich reibe sie an Brantley, da ich weiß, dass es ihm nichts ausmacht. Stattdessen schließt er mich noch fester in seine Arme.

»So ist es nicht, Tillie. Diese Geschichte ist viel verwickelter, als du denkst.«

»Ist es nicht. Ich habe mich in einen Mann verliebt, der kein Herz für mich hat.«

Da stößt mich Brantley von sich, packt meine Arme und sieht mich aufmerksam an. »Schatz, dieser Mann hat alles nur für dich.«

»Ich glaube dir nicht, Bran Bran«, flüstere ich und blicke ihn neugierig an.

Ich ziehe mich zurück und gehe die Treppe hinauf. Ich benötige ein Bad und zweihundert Gläser Wodka. Einen für jedes Mal, da Nate mir das Herz gebrochen hat.

36. KAPITEL

NATE

Dass sie Brantley ihr Herz ausschüttet, tangiert mich eigentlich null.

Na ja, ihre Tränen vielleicht ein bisschen.

Aber sie sagen zu hören, dass sie bei mir immer mit anderen hat konkurrieren müssen, macht mich echt fertig. Ich habe schon viel Abgefucktes erlebt, aber keine Frau hatte mich so an den Eiern wie Tillie mit diesem einen Satz. Ich fühle mich leer und total beschissen.

Ich rutsche an der Küchenwand hinunter und höre an ihren Schritten, wie sie die Treppe hinaufgeht. Ich sitze da wie betäubt, als Brantleys Stiefel in mein Blickfeld treten. Er kommt rein, bleibt kurz stehen, geht zum Schrank und lässt sich dann gegenüber auf den Boden sinken.

Er zieht den Korken aus der Flasche und nimmt einen kräftigen Schluck Whiskey.

»Es kommt mir vor, als würden wir das in letzter Zeit häufiger machen, als ich in letzter Zeit meinen Schwanz irgendwo eingetaucht habe«, murmelt er und reicht mir die Flasche.

Ich greife verzweifelt danach. Ich brauche etwas, um den Schmerz in meiner Brust zu betäuben. Ein Schmerz, an dem ich selber schuld bin. Er ist schlicht die Folge davon, dass ich so ein verdammter Verlierer bin.

»Mehr als mir lieb ist, muss ich zugeben«, zische ich, als die giftige Brühe in meinem Magen ankommt.

»Zwei Fragen …«, brummt Brantley und sieht mich an. »Erstens, hast du vor, das wieder in Ordnung zu bringen? Oder lässt du sie, zweitens, einfach gehen?«

Ich denke über seine Worte nach. Ich habe ihr während der Zeit, in der wir zusammen waren, ohne wirklich zusammen zu sein, ein paar schwere Verletzungen zugefügt. Dabei verdient sie es, alles zu bekommen, was sie sich wünscht, aber ich habe keine Ahnung, ob ich und diese Welt wirklich das sind, was sie sich wünscht. Will sie wirklich auf Händen getragen werden, die ihr das Herz gebrochen haben?

»Ich weiß es nicht«, antworte ich aufrichtig.

»Denk an sie, nicht an dich«, rät Brantley und erhebt sich.

»In Ordnung, Dr. Phil.« Ich stehe auch auf und gebe ihm die Flasche zurück. »Bringen wir die verdammte Zeremonie hinter uns, dann kann sie wenigstens auf sicheren Boden zurück.«

Ich will mich gerade auf den Weg durch die Küche zum Esszimmer machen, als Brantley mich packt und zurückhält. »Und reiz sie nicht wegen Valentina. Darüber seid ihr beide hinaus, und sie hat schon genug von diesem Bockmist hinter sich. Wenn dir also etwas am Wohl deines kleinen Spielzeugs liegt, solltest du es mit Tillie echt nicht zu weit treiben. Dein Spielzeug könnte nämlich am Ende … kaputtgehen.«

Ich muss lachen. »Ja, ist klar.« Ich dränge mich an ihm vorbei und steuere das Esszimmer an, in dem bereits Bishop sitzt, in Gedanken versunken in die Ferne starrend.

»Wir müssen reden.«

»Fuck«, murmele ich, ziehe mir einen Stuhl hervor und setze mich hin. »Worum geht es?«

»Es ist wahr«, flüstert Bishop, sein Adamsapfel hüpft. In dem Moment kommt auch Brantley herein.

»Was ist wahr?«, fragt Brantley, sein Blick wandert zwischen uns hin und her.

Ich vergrabe das Gesicht in den Händen und raufe mir die Haare. »Sie darf es nicht erfahren. Brantley, wir müssen dir was sagen …« Ich schlage mir die Hand vor den Mund.

Brantley blickt uns beide finster an. »Beschissene Geheimnisse. Echt jetzt?«

»Nein.« Ich schüttele den Kopf, denn ich kann mit allem umgehen, nur nicht mit Brantley, der stocksauer auf mich ist. »Wir haben es nur für uns behalten, bis wir Beweise hatten. Und die hat Bishop jetzt.«

Brantley nimmt mit zusammengebissenen Zähnen Platz.

Bishops Blick fällt auf Brantley. »Wir wissen jetzt über Saint Bescheid.«

37. KAPITEL

TILLIE

Wir stehen vor dem Eingangstor des Herrenhauses, alle Kings haben sich wie eine Armee hinter mir versammelt. Links von mir steht Benny, der mich nicht aus den Augen lässt und von Kopf bis Fuß mustert. Aber ich habe auch das nuttigste Fähnchen ausgesucht, das ich in Khales' Kleiderschrank finden konnte, was jedoch nicht schwer war, wenn man bedenkt, dass selbst ihre T-Shirts nur Fetzen sind. Meine Wahl fiel auf ein kleines Schwarzes, das meinen Kurven schmeichelt. Es ist schulterfrei, bringt meine Brüste zur Geltung und hat an der linken Seite einen hübschen, bis zur Hüfte reichenden Schlitz.

Gegrüßt seist du, holde Höschenlosigkeit.

Dazu trage ich kniehohe Stiefel und habe Stunden auf Haare und Make-up verwendet. Ich wollte einfach unaufhaltsam und stark aussehen. Vermutlich weil dann nicht gleich auffällt, dass ich mich innerlich auflöse.

Ich schlucke meine Nervosität hinunter, stiere weiter mit glasigen Augen vor mich hin und versuche, das Gedränge und die vielen Menschen um mich herum auszublenden. Dann richte ich den Blick, so weit ich sehen kann, auf das Ende der Straße. Als Gabe zu sprechen anfängt, beginne ich, die Geschäfte zu zählen.

Eins.

Zwei.

Vierundzwanzig. Bei Nummer fünfzig betritt Valentina die Szene, in bodenlanger Robe, das Gesicht von einer Kapuze verhüllt.

Ich sehe sie nicht an – sie kann mich mal – und fahre mit dem Zählen fort.

Als Valentina ihre Robe ablegt, kann ich doch nicht umhin, sie anzusehen. Sie trägt ein Kleid aus fließender roter Spitze, das in einer Schleppe endet.

Nichts Billiges oder Geschmackloses. Ganz untypisch für meine Mutter. Vielleicht ist das ein gutes Zeichen, und Nates Behauptung, dass ich ihr vertrauen kann, entspricht der Wahrheit.

Vielleicht bleibe ich aber auch verbittert.

Ich entscheide mich für Letzteres und wende mich Gabe zu, der meine Hand nimmt. Er drückt die scharfe Seite einer silbernen Klinge in meine Handfläche. Der brennende Schmerz lässt mich zusammenzucken; dann macht er dasselbe mit Valentina. Aber als er unsere Hände zusammenpresst, lasse ich es geschehen, verziehe keine Miene und bleibe gefasst. Ich würdige sie keines Blickes und ignoriere die hinter mir aufsteigende Hitze. Ich weiß genau, dass es Nates Blick ist, der sich wie ein Laserstrahl in meinen Hinterkopf bohrt.

Ich will nichts wie weg von dieser verdammten Insel.

Die Menge applaudiert.

Gabriel wendet sich mir zu und berührt mein Gesicht. »Du bist frei, Süße.«

»Dem Himmel sei Dank, verflucht noch mal …« Ich werfe Brantley einen schneidenden Blick zu. »Nach Hause?«

Er nickt. »Ja. Okay.«

Nate ist dortgeblieben. Er ist einfach dageblieben, wo er war, verdammte Scheiße. Nur darum hat sich der Flug so entsetzlich in die Länge gezogen, eine verdammte Tortur, weil ich an nichts anderes denken konnte, als an die Schweinereien, die er mit Valentina veranstalten würde.

»Nie im Leben werde ich was von Valentino kaufen«, motze ich, während ich auf meinem Laptop nach Häusern suche.

Bailey kichert. »So schlimm?«

Ich nicke. »Noch viel schlimmer.«

»Hat er was verlauten lassen, seit du gestern abgereist bist?«, fragt sie und wirft Früchte und allerhand anderes Zeug in den Mixer.

Ich schüttele den Kopf. »Nee. Ich weiß bloß, dass er und Bishop dageblieben sind, und da Bishop jetzt genau wie Nate Single ist, könnte ich kotzen, wenn ich mir vorstelle, was sie die ganze Nacht treiben.« Ich unterbreche mich, lege den Kopf schief, als mir ein Haus ins Auge fällt, das sich von der Masse abhebt.

Nicht übertrieben protzig, erinnert es mich daran, was ich mir als kleines Mädchen erträumt habe, wenn ich frierend und hungrig in unserem Trailer saß und die Faust meines prügelnden Vaters zu spüren bekam.

»Hast du was gefunden?«, fragt Bailey, umrundet den Tisch und späht über meine Schulter. »Oh, das ist ja super!«

»Finde ich auch«, flüstere ich, greife nach dem Handy und rufe meinen Makler an. »Das will ich.« Ich grinse Bailey an.

Nachdem ich meinen Makler beauftragt habe, ein Gebot auf dieses Haus zu machen, gehe ich ins Schlafzimmer, nehme mein Handy, klicke auf die Kontaktliste und wähle die Nummer von Madison, auch wenn ich weiß, dass mein Anruf unweigerlich auf der Mailbox landen wird.

Was aber nicht passiert. »Tillie …«

Ich springe vom Bett auf. »Madison!«

»Pst!«, schimpft sie. »Sprich nicht so laut.«

»Das Wichtigste: Ist alles okay mit dir?«

»Ja«, antwortet sie düster.

»Wenigstens das. Was hast du dir dabei gedacht, einfach so davonzulaufen? Warum hast du mir nicht gesagt, wo du hingehst?«

»Ich … ich habe mich so schuldig gefühlt, Tillie.«

»Madison«, seufze ich und lasse die Schultern hängen. »Ich wäre nie sauer auf dich. Ich verstehe diese bescheuerte Welt besser, als du meinst; ich hätte dich schon verstanden«, wiederhole ich mit sanfterer Stimme. »Was ich aber nicht verstehe, ist, *warum* du weggerannt bist! Wo bist du überhaupt?«

»In Neuseeland, mit Jesse. Aber das darfst du Bishop auf keinen Fall erzählen!«

»Das weiß er längst«, antworte ich ehrlich.

»Er weiß es?« Ihre Stimme bricht.

»Ja, und er lässt dich ziehen.«

»Oh.« Sie klingt traurig. »Ich nehme an, das ist gut so.«

»Nein, ist es nicht. Komm bitte sofort nach Hause, sobald dir danach zumute ist. Ich will meine Freundin zurück. Ich vergebe dir, das ist jetzt alles Geschichte. Abgesehen davon war ich sowieso nie böse auf dich.«

»Oh nein«, sagt Madison. »Damit haben unsere Probleme doch erst angefangen.«

Ich lecke mir über die Lippen. »Kannst du mir ein bisschen genauer sagen, was mit dem Arschloch vorgefallen ist?«

Stille. »Er hat gedroht, mich umzubringen. Dich, Bishop und Nate. Jeden Einzelnen, wenn ich bei dem Video nicht mitmache, damit es glaubwürdig aussieht. Also habe ich mich gefügt.« Ihre Stimme zittert, und ich weiß, dass sie weint. »Mein Herz, Tillie, zu wissen, dass ich Bishop hintergangen habe und nichts dagegen tun konnte, hat mich schier zerrissen. Ich wusste eine Minute, nachdem die Sache im Kasten war, dass Bishop denken wird, dass ich ihn betrogen habe.« Sie seufzt. »Ich weiß nicht, für wen er gearbeitet hat und warum er mich vergewaltigt hat. Aber als er mit mir fertig war, hat er jemanden angerufen und ihm gesagt, dass der Auftrag erledigt wäre und sie jetzt nur noch abwarten müssten.«

»Shit«, sage ich leise. »Das tut mir so leid, Madison. Ich wünschte, ich könnte bei dir sein. Ich verspreche, ich finde alles heraus. Diese Arschlöcher werden auspacken müssen.«

Sie kichert freudlos. »Du hast alles so viel besser im Griff als ich.«

»Maddie …«, flüstere ich. »Du bist die verdammte Königin des ganzen Rudels. Du bist die Frau von Bishop Vincent Hayes, Himmelarsch, du unterschätzt deine Macht.«

»Nein.« Ihre Stimme klingt weich. »Ich habe sie viel zu lange überschätzt. Aber eines Tages komme ich zurück …«

»Gut, weil ich nämlich ein Haus gekauft habe.«

»Hast du?« Offensichtlich heitert sie das auf. »Wo?«

»In einem Vorort mit ziemlich nobler Nachbarschaft. Weiße Palisadenzäune und alles, was dazugehört. Du wärst stolz auf mich.«

»Das bin ich.«

»Ich will dich wieder in meinem Leben haben«, seufze ich. »Es gibt so viel, was ich dir erzählen muss.«

»Nun, ich hätte jetzt ein bisschen Zeit.«

Ich kuschele mich in mein Bett. »Also, diese blöde Hexe Valentina …«

38. KAPITEL

TILLIE

Zwei Wochen später

»Ich steh total drauf, aus Kaffeebechern zu trinken«, sagt Bailey und nippt an dem Rotwein. Der Hauskauf und der Umzug gingen leicht vonstatten; an dem Gerücht, dass Geld alles möglich macht, scheint was dran zu sein.

»Schon klar«, gluckse ich und sehe mich in meinem Wohnzimmer um. »Ich muss noch ein paar Kleinigkeiten kaufen. Da ich keine Rotweintrinkerin bin, hab ich die Gläser glatt vergessen.«

»Also …«, raunt Bailey und fährt mit ihrem Finger um den Becherrand. »Hat sich schon irgendeiner der Kings bei dir gemeldet?«

Ich schüttele den Kopf und ziehe die Beine unter den Hintern. »Nein, ich vermute, die Jungs spannen mich absichtlich auf die Folter.«

Bailey lacht nervös. »Oh, ich habe ein Geschenk für dich!«

»Ach, Bays, ich kann nicht noch ein teures …«

Sie übergibt mir die Schachtel mit Daemons Buch. Ich nehme es zaghaft an und schaue ihr in die Augen. »Wo hast du das her? Ich konnte es nirgendwo finden.«

Bailey würgt meinen Kommentar ab und kippt den Rest ihres Rotweins in einem Schluck hinunter. »Ich denke, es ist wichtig. Du solltest es dir heute Nacht anschauen und noch mal darüber nachdenken, ob du zu Nates Einweihungsparty gehen willst. Die fängt bestimmt sowieso nicht vor zehn an.«

Ich werfe einen Blick auf die große Uhr an meiner makellos weißen Wand. Es ist gerade mal kurz nach sechs. Ich lächle, auch wenn ich jetzt schon weiß, dass ich nicht hingehen werde. Im Leben nicht.

»Danke, aber nein danke. Mach du dir trotzdem einen schönen Abend.«

Sie steht auf und umarmt mich. »Versuch es wirklich noch heute Abend durchzugehen. Es könnte aufschlussreich für dich sein oder so was in der Art …« Dann geht sie und lässt mich mit der Frage zurück, wie sie über Daemons Buch Bescheid wissen konnte.

Ich blättere die Seiten durch und streiche mit den Fingern über die Zeichnungen.

Bild für Bild. Die letzte Zeichnung zeigt eine Kinderrassel in einer Gefängniszelle. Ich habe darin immer einen Hinweis zu Micaela gesehen, aber das war, als ich noch dachte, Daemon wäre am Leben.

Ich lege den Kopf schief, betrachte das Bild genauer, und als ich die letzte Seite umblättere, fällt mir ein Foto in den Schoß. Ich drehe es um und stelle fest, dass es dieselbe Kerkerzelle abbildet.

»Was?«, flüstere ich und stelle meinen Wein auf dem Couchtisch ab. Mein Blick wandert zwischen beiden Bildern hin und her. Ich schaue genauer hin. Das ist das Baby, von dem Scarlet gesagt hat, dass sie es aufziehen wollte. Aber wer ist dieses Kind? Ich schwöre, wenn mir jemand sagt, dass ich das bin, werde ich so fuchsteufelswild, dass ich diese Welt in Schutt und Asche lege. Noch eine abgefuckte Wendung, was Eltern angeht, kann ich nicht ertragen.

Ich greife nach meinem Handy und wähle Scarlets Nummer. Sie geht nach dem vierten Klingeln dran.

»Tillie …«

»Scarlet, das kleine Mädchen, von dem du mir erzählt hast …«

Stille. »Ja?«

»Wer war ihre Mutter? Die Frau, mit der Hector eine Affäre hatte?«

»Wer denkst du, ist es?«, antwortet Scarlet ruhig.

Was hat das Buch mit mir zu tun? Was willst du mir sagen, Daemon? Ich schließe die Augen.

»Es ist Katsia, nicht wahr? Meine Mutter hatte ein anderes kleines Mädchen …« Aber das war nicht Peyton, denn wir wissen ja bereits, dass sie nicht Katsias leibliches Kind war.

»Richtig. Denk nach, Tillie, wer könnte das kleine Ding sein?«

»Ich habe keine verdammte Ahnung!« Ich schreie, springe auf und laufe erregt auf meinem weißen Fellteppich auf und ab. Adrenalin schießt mir durch die Adern. *Wer, zum Teufel, bist du …*

Dann bleibe ich wie angewurzelt stehen.

Mir stockt der Atem.

»Scarlet …«, flüstere ich, und mir bleibt fast das Herz stehen. »Welche Farbe hatte ihr Haar?«

Scarlet kichert. »Verdammt schlau, junge Königin. Und was ihr Haar angeht – es war weiß wie Schnee.«

Das Handy gleitet mir aus der Hand, und ohne nachzudenken schnappe ich mir die Autoschlüssel vom Couchtisch und renne zur Haustür.

Es ist mir scheißegal, ob ich Yogahosen und ein schlabbriges Strickhemd anhabe und in die erstbesten Latschen geschlüpft bin, die im Flur herumstanden.

Mir ist auch egal, dass ich zwar die Straße weiß, in der Nates Haus steht, aber nicht die Hausnummer. Ich springe ins Auto, lasse den Motor aufjaulen und schieße die Einfahrt hinunter.

39. KAPITEL

NATE

Zwei Dinge geschahen noch an dem Tag, an dem Tillie Perdita verließ. Als Erstes musste ich feststellen, dass Brantley recht hatte: Ich musste sie gehen lassen. Sie sollte zurückkommen, wenn sie so weit war, verflucht, und nicht, weil ich sie zu diesem Leben gezwungen habe. Sonst wäre ich nur ein selbstsüchtiger Scheißkerl; aber nach all dem Schmerz, den ihr diese Welt zugefügt hat, brachte ich es nicht über mich, sie noch länger hier festzuhalten. Also ließ ich sie ziehen. Aber, und die Worte kann man sich rot anstreichen, in dem Augenblick, in dem sie ihren Hintern durch die Tür eines Hauses schiebt, in dem ich mich gerade aufhalte, setze ich sie schachmatt und verpasse ihr mein verdammtes Brandzeichen.

Bailey stolpert die Treppe herunter, in ihrer Hand schlenkert eine Flasche. »Schöne Hütte, Malum.«

Ich beachte sie nicht, denn mein Blick wandert nach draußen, wo sich endgeile Collegestudenten im lagunenartigen Pool meiner überdimensionierten Nobelvilla tummeln. Der Tag, an dem ich erfuhr, dass ich eine Tochter habe, war der Tag, an dem ich Pläne für dieses Haus zu machen begann. Das hat eine Weile gedauert, aber nun ist es fertig. Es fehlen nur noch ein paar Kleinigkeiten, wie das Basketballfeld und ein Ort, den ich den »Fuchsbau« zu nennen beschlossen habe. Bishop und ich haben große Pläne dafür. Eine Art Herrenclub, ohne einschränkende Regeln, in dem die neue Generation der Kings, einschließlich Abel, in die Lehre gehen soll. Exklusiv und knallhart.

Von der Halle aus führt eine zweiflügelige Treppe aus geflecktem Marmor in den ersten Stock, der einen weiten Bogen schlägt und von dem man über ein Geländer freie Sicht in die ganze Vorhalle hat. Oben gehen zehn Schlafzimmer ab, ein Kino, eine Show-Garage und ein *Zimmer. Das Zimmer*. Ich habe die ganze Villa um dieses eine Zimmer herum gebaut. Der Raum, der den ganzen Plan ins Rollen gebracht hat. Wenn man mich kennt und genau hinschaut, wird man bemerken, ab wann das Ganze aus dem Ruder gelaufen ist. Ich hatte ganz zuversichtlich angefangen, mit Micaelas Zimmer, aber als dann alles den Bach runterging, wurde daraus der »Fuchsbau«.

Alles um mich herum dreht sich, der Alkohol pulsiert so rasant durch meine Adern, dass ich nicht mehr mithalten kann. ›Swervin‹ von A Boogie Wit da Hoodie läuft, ich lehne meinen Kopf gegen das Sofa und schließe die Augen. Normalerweise werde ich bei diesem Alkoholpegel aggressiv, aber wie es aussieht, bringe ich heute Abend nicht genug Kraft auf, irgendeinem Saftsack ein paar aufs Maul zu geben. Ich spüre, wie sich jemand auf meinen Schoß setzt und sich darauf windet. Ich schlage die Augen auf und befördere das Mädchen – das ich, verdammt noch mal, nicht mal kenne – mit einem Stoß zu Boden.

»Aua, Nate!« Sie sieht mich an, und ich muss feststellen, dass ich sie, meine ich zumindest, früher schon mal gevögelt habe. Ihre Beine öffnen sich ein wenig, und ich sehe ihr Höschen aufblitzen. Okay, an die erinnere ich mich definitiv. Glaub ich jedenfalls. Gott, bin ich besoffen.

»Verdammte Scheiße, fass mich nicht an.« Ich dränge mich durch die Menge ins Wohnzimmer und stehe kurz davor, allen kurzerhand klarzumachen, dass sie sich aus meinem Haus verpissen sollen, als die Haustür auffliegt und alle zu Salzsäulen erstarren. Sie wirkt wie ein verfluchter Magnet auf die Kings, denn alle kommen langsam ins Wohnzimmer und umringen mich.

Ich setze ein teuflisches Grinsen auf, als säße ich nicht in der Suppe, die ich mir selbst eingebrockt habe, so wie unsere gemeinsame Geschichte ausgegangen ist.

»Vorsicht mit der Tür, *Princessa*. Sie mag nicht halb so hart geknallt werden wie du.«

Selbst über die Entfernung kann ich erkennen, wie verteufelt finster sie mich anblickt, und mein Verstand gerät nach dem vielen Scotch ziemlich ins Schwimmen.

»Ist es wahr?«

Ich antworte nicht. Was will sie denn von mir wissen? Will sie hier eine Rechnung aufmachen? »Alle raus hier!«, fahre ich die Leute im Wohnzimmer an. Sie machen sich langsam vom Acker und schleichen nach draußen Richtung Pool. Unmöglich, die Party jetzt einfach platzen zu lassen, also drehe ich mich erst mal zu Bishop um. »Mach die Scheißtür zu und schließ ab!«

»Wovon redest du überhaupt?«, frage ich sie, bin aber ziemlich sicher, dass ich lalle und ein paar Silben verschluckt habe. *Fuck*. Ich kann nicht anders, als ihren saugeilen Körper mit den Augen zu verschlingen. Selbst in einer Yogahose und einer Großmutterjacke, die ihr mindestens zwei Nummern zu groß ist, lässt sie jedes andere Mädchen der Welt wie eine totale Null aussehen. Und das wäre noch eine absolut großzügige Wertung. Sie weiß es zwar nicht, aber ich habe keine andere Frau angerührt, seit Micaela in unser Leben trat. Tate habe ich nie gevögelt, auch wenn ich mir nach ihrem niedlichen kleinen Geständnis Bran Bran gegenüber ziemlich sicher bin, dass

Tillie das denkt und dass sie außerdem überzeugt ist, ich würde reichlich rumhuren. Aber die Wahrheit ist, dass ich nach ihr keine einzige Frau mehr hatte. Stimmt schon, ich hab früher mit ziemlich vielen rumgemacht, auch noch, nachdem sie mich das erste Mal verlassen hatte, aber nicht mehr, seit sie zu mir zurückgekommen ist.

Scheiße, ich habe seitdem echt nicht mehr gevögelt. *Heilige Scheiße.*

Sie kommt mit behutsamen Schritten und mit wild blickenden Augen näher. Sie ist auf unbezähmbare Weise wild, aber wer würde sie zähmen wollen, weil ihre stürmische Seele so wagemutig, unglücklich und freimütig ist. Niemand würde sie anders haben wollen, und falls doch, scheiß auf alle anderen!

»Stimmt es? Hector und Katsia haben eine kleine Tochter …«

Ich klappe den Mund zu, mein Blick fliegt zu Bishop und dann wieder zu ihr. »Ja.«

Sie kommt mit zusammengekniffenen Lidern noch einen Schritt auf mich zu. *Oh, sie ist so angepisst.* »Ich habe eine Halbschwester?«

Ich fauche, fletsche die Zähne und kippe noch einen kräftigen Schluck Wodka. »Ja.«

Sie steht nun vor mir und sieht mir fest in die Augen. Ihre süßen kleinen Rehaugen lenken mich kurzfristig von ihrer Feindseligkeit ab, die in Wellen in den Raum schwappt. Ihr scharfer Blick gilt nun Brantley.

»Wer ist das Mädchen, das bei dir lebt, Bran Bran?«

Brantleys Augen blitzen, und ich kann sehen, wie sich sein Gebaren ändert. Er mag es nicht, wenn Saints Name erwähnt wird. Das mussten wir alle am eigenen Leib erfahren.

»Brantley«, flüstert Tillie und reckt den Hals. »Wo ist sie?«

Brantley knickt ein, holt tief Luft und lässt sich aufs Sofa fallen. »Saint«, versetzt er, schnappt sich irgendeine Flasche vom Couchtisch – Hauptsache Alkohol –, lehnt sich zurück und pflanzt einen Fuß auf die Tischkante. »Und, ja, sie ist deine Halbschwester.«

40. KAPITEL

TILLIE

Ich habe eine Halbschwester, von der ich keine Ahnung hatte, und es zieht mir den Boden unter den Füßen weg. Unendliche Erschöpfung überkommt mich.

»Ich bin müde.«

Nates Schuhe kommen in mein Blickfeld. Nike Air Force One Sneaker, so weiß wie seine Zähne; er lässt sich nieder, greift nach meinem Kinn und dreht meinen Kopf, damit ich ihn ansehen muss.

»Wir haben es auch erst vor ein paar Wochen herausgefunden.«

Ich schnappe mir die Flasche aus seiner Hand und setze sie an den Mund.

»Was soll das heißen?«

Nate sitzt mir gegenüber, und ich sehe aus dem Augenwinkel, wie sich die anderen wieder entspannt im Raum zerstreuen. Draußen plärrt immer noch die Musik.

»Das heißt, Daemon wusste die ganze Zeit von ihr.«

»Aber warum wollte er, dass ich es herausfinde? Wie sollte mir das helfen?«

Nate gluckst. »Er wollte dich wissen lassen, dass die Führung von Perdita nicht deine einzige Option war, weil es noch jemanden gab, der diese Verantwortung mit dir teilt.«

Ich fahre zusammen. Daemon. Der wunderbare, geplagte Daemon. Selbst aus dem Grab heraus ist er zur Stelle und passt auf mich auf.

»Was ich niemals zulassen würde, um es in aller Deutlichkeit zu sagen«, knurrt Brantley.

Ich sehe Brantley in die Augen. »Und wie lange hast *du* das gewusst?«

Brantley leckt sich über die Lippen und hält meinem Blick stand. »Schon ihr ganzes Leben. Vater hat sie gekauft, als sie zwei Jahre alt war. Seitdem lebt sie bei uns. Ich nehme an, den Rest kannst du dir vorstellen, nach allem, was über Lucian Vitiosis bekannt ist.«

Ich werde blass. »Brantley … was hast du dem armen Mädchen angetan?«

Er verdreht die Augen. »Sie ist nicht meine Sklavin, oder irgend so ein Scheiß, falls du das meinst. Sie kriegt immer nur das verdammt Beste. Da sie nicht zur Schule gehen konnte, haben wir Hauslehrer engagiert, die ich vorher auf Herz und Nieren geprüft habe. Abgesehen davon, Tillie, war ihr Leben davor echt nicht besonders toll. Und als Vater noch lebte, war es auch nicht viel besser, bis ich dem einen Riegel vorgeschoben habe, als sie dreizehn wurde.«

Alles vor meinen Augen verschwimmt. »Sie sieht so jung aus. So unschuldig und rein.«

Brantleys Blick driftet ab. Er sieht über mich hinweg in die Ferne. »Ja, ich weiß, und sie ist jünger als du. Allerdings nicht viel jünger.«

»Ihr Name ist also Saint?«, frage ich und lege meinen Kopf schief.

»Ja. Den Namen habe ich ihr gegeben.«

Ich beobachte Brantley genau, wie er in Verteidigungsstellung geht, während er von ihr spricht. Ich würde ohne seine Erlaubnis in der Nähe dieses Mädchens offen gestanden nicht mal zu atmen wagen. Nicht ein einziges Mal. Es ist erschreckend und wundervoll zugleich, Zeuge zu werden, wie der furchterregendste Mann, der mir jemals begegnet ist und dessen Seele so tief verschattet ist, bei der Erwähnung dieses vollkommen anderen Mädchens wachsweich wird. Es grenzt an ein Wunder.

»Okay. Wir müssen nicht weiter über sie reden, aber ich will sie kennenlernen …«

Brantley entspannt sich sichtlich. »Nun gut, da nun jeder Bescheid weiß und Nate sich geschlagen gibt, habe ich kein Problem damit, sie hierherzubringen.«

»Hey!« Nate wirft lachend den Kopf in den Nacken. »Echt, wegen mir? Wegen meiner Wenigkeit? Du wolltest sie wegen *mir* nicht herbringen?«

Brantley rollt mit den Augen. »Spiel jetzt nicht den Vollidioten, Malum. Die Hühner fallen dir sprichwörtlich in den Schoß. Auch wenn ich weiß, dass sie das nicht tun würde, wollte ich nicht riskieren, dich umlegen zu müssen, falls du oder sie doch auf dumme Gedanken gekommen wären.«

»Mhm!«, nörgele ich und wische mir über den Mund, nachdem ich noch einen Schluck genommen habe. »Da du dich geschlagen gegeben hast, meldet Valentina Ansprüche an?«

Plötzlich wird es still, nur die Musik von draußen ist noch zu hören. Als Nate nicht antwortet, sehe ich ihn an. Sein Blick trifft mich in die Magengrube.

»Wovon redest du, verdammt noch mal?«

Ich will nicht zugeben, wie brennend mich interessiert, was noch passiert ist, nachdem er und Bishop allein zurückblieben, weil ich damit preisgeben würde, dass ich mir Sorgen mache.

Er zieht ein Knie an, stützt seinen Ellbogen darauf, lehnt den Kopf gegen die Wand und grinst. »Du denkst, dass ich Valentina gevögelt habe, während ich auf Perdita war …«

»Okay«, höre ich Eli von irgendwoher murmeln. »Ich suche mir jetzt mal eine Tussi. Mommy und Daddy streiten sich schon wieder.«

»Das geht mir am Arsch vorbei«, antworte ich mit gedämpfter Stimme.

Nate greift nach meiner Hand und zieht mich an sich. Ich lande vor ihm auf den Knien, und er sieht vom Boden aus zu mir hoch. Dann packt er mit einer Hand nach meiner Jacke und zieht mich zu sich hinunter auf Augenhöhe.

»Du lügst.«

»Spielt das eine Rolle?« Ich sehe ihm fest in die Augen.

Er schmunzelt. »Nicht wirklich. Scheiß drauf.«

Ich lege eine Hand auf seine Brust und versuche, mich von ihm abzustoßen. »Ich weiß nicht mal mehr, warum mich das überhaupt gekümmert hat.« Er hält mich fest, und ich drücke härter, bis ich mich endlich losmachen kann, um auf die Füße zu kommen. Dann wende ich mich Bishop zu. »Du musst dich dringend bei Madison melden.« Schließlich sehe ich Brantley an. »Danke, Bran Bran, es war mir ein Vergnügen.«

Brantley wirft Nate einen verzweifelten Blick zu.

»Ich fühle mich entschieden besser, nachdem jetzt alles geklärt ist. Was hat es schon gekostet – ein paar kleine Morde, ein bisschen heißer Sex, den Verlust meines besten Freundes und meiner Tochter, den Mann, den ich verdammt noch mal liebe. Aber was soll's. Sayonara, ihr Penner.« Ich zeige allen das Siegeszeichen, drehe mich auf dem Absatz um und stürme geradewegs zur Haustür. Ich muss hier weg, am besten tausend Meilen weit, und wieder einen klaren Kopf bekommen.

»Es gibt da ein kleines Problem mit deinem dramatischen Abgang, Baby …«, knurrt Nate hinter mir. Aus den Lautsprechern dröhnt Khalids ›OTW‹.

Ich bleibe abrupt stehen, eine Hand bereits am Türgriff.

Langsam drehe ich mich zu ihm um, aber da steht er schon nur wenige Schritte vor mir.

»Und das wäre?«, frage ich und lege den Kopf schräg.

»Ehe du hier mit deinem kleinen Hintern reingewackelt bist, habe ich mir selbst ein Versprechen gegeben.«

»Ach was, Tatsache?«, verspotte ich ihn. »Und was genau hast du dir versprochen?«

Ich bin müde und erschöpft. Am liebsten würde ich nur noch darüber trauern, dass ich ihn verliere und fortan ohne ihn leben muss. Das musste ich bisher nie, weil er immer in meiner Nähe war.

»Ja.« Er grinst und tritt vorsichtig einen Schritt vor.

Ich weiche entsprechend zurück.

Er macht noch einen Schritt auf mich zu.

Ich pralle mit dem Rücken gegen die Tür.

Im nächsten Augenblick hat er mein Gesicht umfasst, senkt seinen Kopf zu mir herab und gibt mir einen Schmetterlingskuss. »Ich habe mir versprochen, dass ich dich gehen lasse – aber nur, bis du irgendein Haus betrittst, in dem ich mich gerade aufhalte. Dann lasse ich dich nicht mehr gehen. Nie wieder.«

Ich verdrehe die Augen und versuche seine breite Brust wegzudrücken, aber er weicht keinen Millimeter zurück.

»Sei nicht albern, ich hab echt genug von deinen Spielchen.«

Er kneift die Lider zusammen und starrt auf meinen Mund. »Das ist kein Spiel, Baby. Das Blatt hat sich gewendet.« Er kommt näher, presst seinen Körper an mich, beugt sich hinunter und fährt mit seinen Lippen über mein Ohr. »Wenn es nötig ist, sperre ich dich in meinem Zimmer ein. Du wirst mich niemals wieder verlassen.«

Ich schlucke schwer. »Ich kann das nicht, Nate.« Ich kann spüren, wie alles, was ich für ihn empfinde, mit Getöse an die Oberfläche drängt. »Ich kann niemanden mehr lieben, der nicht dafür gemacht ist, meine Liebe zu erwidern. Ich kann nicht mit deiner Leidenschaft für andere Mädchen konkurrieren. Und ich komm nicht damit klar, dass ich dich *nicht ganz* für mich haben kann.«

Er presst mich gegen die Tür, seine Hände wandern zu meinen Oberschenkeln. Er hebt mich hoch, instinktiv schlinge ich meine Beine um seine schmale Hüfte. Eine Hand hat er an meinem Hals, sein Daumen streicht über mein Schlüsselbein, die andere hält mich fest im Rücken.

»Erstens, du hast niemals mit *irgendwelchen anderen Mädchen* konkurriert. Es gab immer nur dich, und es macht mich verflucht rasend, dass du so einen Blödsinn von dir gibst. Ich rate dir, das war besser das letzte Mal, dass dir solche Worte über die Lippen kommen, sonst muss ich dir wohl oder übel den Verstand rausvögeln. Zweitens, es gibt nur einen Menschen auf der Erde, der mich ganz haben kann, Tillie, nur ein gottverdammtes Mädchen. Und damit meine ich keine von den austauschbaren Schlampen, mit denen ich im Bett war, sondern das eine Mädchen, das mir ein für alle Mal mein verfluchtes Herz gestohlen hat.« Er lächelt, seine Lippen streifen zärtlich meinen Mund. »Ich muss wohl irgendwann vom Weg abgekommen sein, weil ich dich verdammt noch mal liebe.«

Ich sehe ihn an und spüre die erste Träne aus meinem Augenwinkel kullern. Mein Herz fühlt sich an, als würde es einen ganz neuen Takt schlagen.

»Was?«

Er küsst mich zärtlich und lässt seine Lippen über meine gleiten. Ich öffne den Mund, seine Zunge berührt meine. Mein Magen schlägt Purzelbäume, und ich klammere mich mit den Beinen an ihn. *Er liebt mich.*

»Moment!«, unterbreche ich ihn und schlage ihm gegen die Brust. »Du bist betrunken!«

Er verdreht die Augen.

Die Kings stöhnen im Hintergrund auf. »Zum Teufel, Stuprum!«, flucht einer von ihnen.

Nate grinst. »Ich bin nicht betrunken. Zick jetzt bloß nicht rum.«

Ich schlinge meine Finger um seinen Nacken und stupse mit der Nasespitze gegen seine. »Ich liebe dich auch, aber für die Zukunft habe ich eine Bedingung. Sagen wir, du schlägst eine neue Richtung ein, die weibliche Version von Rotalarm.«

Nate zwinkert und beginnt meinen Mund mit kleinen Küssen zu übersäen. »Alles, was du willst.«

Trotz der Küsse muss ich grinsen. »Wir werden zu demselben Tätowierer gehen, bei dem auch Madison und Bishop waren, und ich bestehe auf das, was mir zusteht.«

Nate wirft den Kopf in den Nacken und bricht in schallendes Gelächter aus, als er mich wieder auf die Füße stellt. Dann nimmt er meine Hand und gibt mir einen Handkuss.

»Aber sicher, Baby. An welche Stelle willst du deinen Namen gestochen haben?«

»Daraus wird nichts«, ruft Brantley aus und wedelt vor uns mit dem Zeigefinger.

»Doch, schon passiert …« Ich lüpfe herausfordernd eine Augenbraue.

»Sagt wer?« Er starrt mich finster an.

»Ich, verdammt, und weil ich von königlichem Geblüt bin, wird gemacht, was ich sage; sogar Madison ist damit einverstanden.«

Brantley wirft Nate einen bösen Blick zu. »Sag ihr, dass das nicht infrage kommt.«

Doch Nate trägt mich bereits die Treppe hinauf. »Oh, und ob das infrage kommt. Und sag allen, dass sie sich gefälligst aus meinem Haus verpissen sollen.«

41. KAPITEL

TILLIE

Wie nicht anders zu erwarten strahlt Nates Schlafzimmer pure Opulenz aus. Ich wälze mich aus dem Kingsize-Doppelbett, ziehe die Bettdecke hinter mir her und lasse ihn allein und nackt zurück.

Ich grinse, streiche mir die Haare aus dem Gesicht und gehe zu der Glaswand am anderen Ende des Zimmers. Ich finde es erstaunlich, dass alle nach New York gezogen sind, statt in den Hamptons zu bleiben. Vielleicht eine Eigenart der Kings. Ich streiche mit den Fingerspitzen über die dunkelgrauen, weiß abgesetzten Wände, die fast bedrohlich vor mir zur Zimmerdecke aufragen. Die Badewanne steht hinter einer freistehenden Wand und ist mit einem großen rechteckigen Duschkopf versehen. Es gibt zwei begehbare Kleiderschränke, in einem hängen seine Klamotten – ich schalte das Licht aus, stecke meinen Kopf in den anderen und finde einen Teil meiner Kleider darin.

»Das Zeug, das du bei Mom gelassen hast.«

»Oh«, flüstere ich, mache mir aber nicht die Mühe, mich umzudrehen. »Du hast wohl schon geahnt, dass ich dich zurücknehmen würde?«

Als er vergnügt gluckst, werfe ich einen Blick über die Schulter, um ihn in seiner glorreichen Nacktheit durchs Zimmer huschen zu sehen. Seine Muskeln zucken bei jeder Bewegung, und mit ihnen die Tattoos, die sich über seinen ganzen

Körper winden. »Ja.« Er tritt hinter mich, umarmt mich und zieht mich an seine Brust. Dann beißt er rau in meinen Nacken. »Du bist keine Frau, die man einfach so besitzen kann. Aber das wusste ich schon vor langer Zeit. Du magst mir nicht *gehören*, aber du *gehörst zu* mir. Und dagegen kannst du nicht das Geringste unternehmen.«

Ich neige lachend den Kopf, als er mit den Zähnen über meine Schulter fährt, und ich unterdrücke mit geschlossenen Augen ein Stöhnen.

Da versetzt er mir einen Klaps auf den Hintern und reißt mich so aus meiner erotischen Trance. »Ich will dir was zeigen, bevor wir gehen.«

»Wohin gehen wir denn?«, will ich wissen und sehe zu, wie er die Dusche anstellt. Im nächsten Moment ist der ganze Raum von Dampf erfüllt.

»Ja«, schmunzelt er. »Ich habe dir ein verdammtes Tattoo-Studio versprochen.«

»Du willst das wirklich?«, frage ich und ziehe eine Augenbraue hoch.

Er schaut mich an. »Baby, das schert mich einen Scheiß. Wenn mir danach wäre, würde ich mir deinen Namen quer über den Schädel stechen lassen.«

Ich lasse meinen Blick über seinen Körper wandern und nehme jede kleine Einzelheit in mich auf. Ich muss grinsen, als mein Blick auf das Tattoo K-I-N-G über seinem Becken fällt. »Jetzt hab ich's.«

»Ja«, gluckst er und springt unter die Dusche. »Da verwette ich meinen Hintern drauf.«

Zwischen zwei Nummern räumen wir auf und springen dann in Rekordzeit in unsere Klamotten. Ich werfe mir schließlich einfach etwas von den Sachen über, die er für mich mit hergebracht hat. Legere Sneaker, hautenge Jeans, und eine Lederjacke.

Wir gehen die Treppe hinunter, und er nimmt meine Hand und deutet auf die großzügige Eingangshalle. »Als ich dieses Haus gebaut habe …«, beginnt er. Die Wände sind in Blutrot getaucht, ein Rot, das dem exzentrischen Haus einen noch dunkleren Anstrich verleiht. »Ich meine, mit den Entwürfen habe ich begonnen, als ich erfuhr, dass ich eine Tochter habe. Ihren Raum habe ich zuerst in Angriff genommen und alles andere drumherum geplant. Deshalb ist es so, wie es jetzt ist, denn, falls es dir noch nicht aufgefallen ist …«

»… jedes Zimmer im Haus ist anders, damit es deiner jeweiligen Stimmung entspricht«, beende ich seinen Satz und streiche, während wir weitergehen, gedankenverloren über die Wände.

Er verschränkt seine Finger mit meinen. »Genau.«

»Was ist nach ihrem Tod aus Micaelas Zimmer geworden?«

Er bleibt vor einer Tür stehen und schaut mich an. »Falls es zu viel für dich ist, kann ich es ändern; du entscheidest, was damit geschehen soll. Für mich ist es so geworden, wie ich es wollte. Ein Ort, an dem wir sie spüren können, wenn uns die Trauer übermannt.«

Nate öffnet schweigend die Tür. Die Wände strahlen in reinstem Weiß, mit Fenstern im viktorianischen Stil, aus denen man den Garten überblicken kann. In der Mitte des Zimmers liegt ein riesiger rosa Teppich, die Wände sind von Regalen gesäumt, in denen kleine, mit allen nur erdenklichen Kindersachen angefüllte Kisten stehen.

»Es ist perfekt …«, hauche ich und trete noch einen Schritt vor. »Ich liebe es.« Ich drehe mich um, schlinge meine Arme um seinen Nacken und ziehe ihn fest an mich. »Lass uns das Tattoo machen gehen.«

42. KAPITEL

TILLIE

Zwei Wochen später

»Das ist komisch«, murmelt Bailey und setzt sich neben mich. Es ist Halloween, und die Party auf dem Friedhof ist in vollem Gange. Ich glaube, es ist das erste Mal, seit wir alle zurück sind, dass ich mich entspannt fühle. Nach Nates Offenbarung seiner Liebe für mich haben wir die folgenden zwei Wochen damit verbracht zu entscheiden, was wir mit unseren beiden Wohnsitzen anfangen wollen. Gegen das Zimmer für Micaela und die sorgfältigen Überlegungen, die er in das Haus gesteckt hat, komme ich offensichtlich nicht an, also haben wir beschlossen, auf meins erst mal zu verzichten. Ich weigere mich, es zu verkaufen. Dazu ist es zu perfekt. Aber wir könnten es an jemanden vermieten, den wir kennen.

»Ich weiß.« Ich schüttele den Kopf und reibe mit den Handflächen über meine Oberschenkel. »Madison vermisse ich echt«, füge ich hinzu und lasse den Blick über die Runde von Leuten schweifen, die sonst noch hier aufgeschlagen sind.

Bailey hält mir ein Glas mit irgendwas Alkoholischem hin. »Ich hoffe, ich lern sie eines Tages mal kennen.«

Ich starre das Glas an.

»Hier.« Sie drückt mir das Glas in die Hand. Ich nehme es und halte es in meinem Schoß. Die Kulisse sieht großartig aus.

Die Jungs haben Fratzen in ausgehöhlte Kürbisse geschnitten und als Laternen über den Grabsteinen aufgehängt. Und neben einem großen Grabmal haben sie ein DJ-Pult aufgebaut.

»Du wirst ihr begegnen. Ich habe vor, sie bald nach Hause zu holen, ob sie es will oder nicht.«

Bailey lacht und schaut sich um.

»Hältst du nach Abel Ausschau?«, foppe ich sie und ziehe eine Augenbraue hoch.

Ihr Gesicht wird fahl. »Nein. Er hasst mich. Und ich hasse ihn.«

»Hass«, lache ich. »Ein viel komplizierteres Gefühl, als die einfachen vier Buchstaben vermuten lassen.«

Als sich von hinten Nates Arm um meinen Hals schlingt, lege ich den Kopf in den Nacken, um zu ihm hochzusehen.

»Hey«, flüstere ich und küsse seinen Arm. »Hast du Spaß?«

Er streift mit seinen Lippen über meine Stirn. »Ich könnte mehr Spaß haben, aber Hector ist im Haus und wünscht ein Gespräch.«

Ich stöhne und stelle mein Glas auf den Boden.

Bailey kichert. »Hector ist so Furcht einflößend wie die Hölle.«

Ich lache, drehe mich um, ziehe Nates Hemd hoch und präsentiere sein Tattoo. »Ungefähr so Furcht einflößend wie das?«

Bailey verschluckt sich an ihrem Drink. »Heilige Scheiße. Du hast dich echt mit deinem Namen auf ihm verewigt!«

Das habe ich. Oberhalb Nates »King«-Tattoo über seinem Becken. Dort steht *Tillie Fucking Stuprums,* unterschrieben mit einem Kuss, mit Lippen und allem Drum und Dran. Der Tätowierer hat mich die Stelle küssen lassen, wo ich es haben wollte, mit rotem Lippenstift, und es anschließend präzise nachgestochen. So mag ich es am liebsten.

»Ja, hab ich, weil er mein verfickter König ist.«

Nate grinst und zieht mich auf die Füße. »Ziemlich unverblümt.«

»In Ordnung. Ihr Jungs werdet langsam zu lieb. Ich muss jetzt los und Hector klarmachen.«

Ich winke ab und folge Nate den dunklen Parkweg hinunter. Auf halbem Weg hebt er mich hoch, wirft mich über die Schulter und gibt mir einen Klaps auf den Hintern.

»Nate!«, schreie ich und klopfe ihm auf den Rücken. »Mein Bauch tut weh!«

Er lacht und versohlt mir weiter den Hintern. »Das ist längst nicht alles, was dir wehtun wird.«

Ich beiße mir in die Wangen, während Nate mich den restlichen Weg bis zum Haus trägt. Als wir drin sind, setzt er mich vorsichtig ab, doch ich versetze ihm einen Stoß.

»Du Arsch, hör auf, mich so zu misshandeln.«

Als ich mich langsam umdrehe, sehe ich die übrigen Kings, Hector, Scarlet, Elena und Joseph im großen Wohnzimmer sitzen.

»Stuprum«, ruft Hector und lächelt mich an.

Ich bringe es nicht fertig, sein Lächeln zu erwidern.

Er hatte geplant, mir meine Tochter zu nehmen. »Warum?«, frage ich und neige den Kopf. »Ich weiß, Sie haben es nicht getan, aber warum war es Ihr Plan, sie mir wegzunehmen?«

Er deutet auf das Sofa neben ihm. Ich lasse mich langsam darauf nieder und raffe meinen Kapuzenpulli um mich. »Ich weiß, dass ich dir nicht erklären muss, wie gefährlich die Welt da draußen sein kann.«

»Sehr richtig«, antworte ich und warte darauf, dass er weiterspricht.

»Der junge Mann, der Madison vergewaltigt hat, war einer der Verlorenen, Tillie. Wir hatten ein paar Probleme auf Perdita, bevor du zurückgekommen bist. Die Probleme sind mit dieser Erde hier verwurzelt, seit deine Mutter alles gegen die Wand gefahren hat. Deine Großmutter war anders als deine Mutter. Sie hat Perdita mit fester Hand regiert, aber sogar in ihrer Stärke lag Milde, etwas, das ich nie wieder erlebt habe – bis du kamst.«

»Und deshalb haben Sie den Plan geschmiedet, mir meine Tochter wegzunehmen?«

»Nein«, unterbricht er mich. »Das war nicht der Grund.«

»Warum dann?«, hake ich nach. »Ich muss wissen, warum.«

Hector beobachtet mich aufmerksam. »Der Verlorene, der Madison vergewaltigt hat, hat mit Peyton zusammengearbeitet. Peyton hat mit ein paar Leuten, nur sehr wenigen, die Kings zu stürzen versucht. Wir sind uns über die Absicht, die hinter der Vergewaltigung liegt, immer noch nicht ganz sicher, aber wir hoffen, bald mit ihr reden zu können, um alle Informationen zu bekommen, die wir brauchen. Ungefähr einmal im Jahrzehnt machen wir uns Feinde, und dann vernichten wir sie, bis die Nächsten aufstehen und es versuchen.« Er seufzt. »Ich habe Khales befohlen, das zu übernehmen, weil ich wusste, sie würde nicht lange fackeln. Ich hatte keine Ahnung, dass sie Peyton auf ihre Seite ziehen würde.«

Ich werde nicht wieder weinen. Ich kann es nicht. »Warum haben Sie also versucht, sie an sich zu bringen?« Ich greife nach meinem Armband und fummele an den Bändern herum.

»Um deutlich zu machen, dass du keine Schwäche kennst. Micaela vorübergehend aus dem Verkehr zu ziehen hieß, dass die zornige Meute nichts mehr haben würde, worauf sie sich stürzen könnte, und es sollte das Feuer in dir entfachen. Es war nötig, dass du fokussiert und Feuer und Flamme bist, um zu helfen, diese Irren zur Strecke zu bringen.« Er räuspert sich, und ich bemerke die feinen Fältchen in seinem Gesicht. »Micaela war kostbar für unsere Welt. Das musst du glauben. Sie war eine Stuprum. Ich und jeder andere in dieser Welt würde alles tun, um eine Stuprum zu beschützen.

Nun laufen meine Augen doch über. »Sie wollten sie beschützen.«

»Ja, auf seine Art, Tillie, wollte er genau das. Ich weiß, es ist schwer, sich damit abzufinden«, fügt Bishop hinzu. »Aber er wollte sie beschützen und hat gleichzeitig darauf geachtet, etwas für sich zu gewinnen, mit anderen Worten: dich.«

Ich sacke ins Sofa und schaue zu Elena. »Geheimnisse wie diese sind der Grund, warum Menschen sterben. Warum sie davonlaufen. Und warum die Liebe stirbt.« Ich starre Bishop an. Er zuckt zusammen und wendet den Blick ab.

»Hector?«, frage ich. »Haben wir noch mehr Feinde?«

»Wir werden immer Feinde haben, Tillie.«

»Nun, schaffen Sie es, sie innerhalb von acht Monaten alle zu töten?«

Stille.

»Moment mal! Was?« Nate kommt auf mich zu und lässt sich vor mir auf den Boden nieder.

Ich suche seinen Blick, greife in die Tasche meines Kapuzenpullis und überreiche ihm einen kleinen weißen Stab. »Überraschung.«

Nates Blick fällt auf den Schwangerschaftstest, und ich kann seinem Gesicht ansehen, wie ihn eine Woge von Gefühlen übermannt.

Scheiße, und was, wenn das zu viel und er noch nicht so weit ist? Was, wenn die Wunden sich noch nicht geschlossen haben und seit Micaela noch nicht genug Zeit vergangen ist? Hinter mir höre ich Seufzer, jeder im Raum schmilzt dahin. Endlich schaut Nate auf, er strahlt übers ganze Gesicht. »Willst du mich verarschen?«

»Also, nein, ich – «

Er zieht mich an seine Brust, schlingt seine Arme um mich und hebt mich in die Höhe. Nachdem er mich wieder auf dem Boden abgesetzt hat, streichelt er zärtlich mein Gesicht. »Du machst mich zum glücklichsten Mann der Welt, Tillie.« Er legt seine Hand auf meinen Bauch. »Ehrlich, wir bekommen ein Baby?« Er sieht mich mit großen Augen fragend an.

»Ja.« Ich sehe zu Hector, der aufrichtig strahlt. »Bitte, Hector. Bitte unternehmen Sie nichts …«

Er wischt meine Bedenken mit einer Handbewegung weg. »Ich schwöre dir, mit allem, wofür ich stehe, dass deinem Baby kein Leid zugefügt wird, Tillie.«

Ich richte den Blick wieder auf Nate. »Kann ich ihm trauen?«

Nate schaut über seine Schulter zu Bishop. »Ja, Mädchen, das kannst du.«

Elena kommt zu mir herüber und streicht mir über den Rücken, und ich gehe von einem zum anderen und nehme ihre Glückwünsche entgegen. Ich hatte eigentlich nicht vor, hier und jetzt damit herauszuplatzen, aber ich will, dass alle wissen, wie ernst ich es meine. Und außerdem brauche ich die Rückversicherung, dass mein Baby vom Paten und seinen Kings behütet wird.

Ich räuspere mich. »Ich vertraue euch. Jedem von euch.«

Es braucht ein paar Sekunden, bis sich mein Atem beruhigt hat, und ich sehe einen nach dem anderen an. »Ich schenke euch Vertrauen, obwohl ihr es vorher gebrochen habt. Ich weiß, das geschah nicht vorsätzlich und dass keiner von euch Hand angelegt hat, aber diese Welt hat die Voraussetzung geschaffen, dass es so kommen konnte. Ich kann euch oder Nate nicht allein die Schuld geben, denn es ist auch meine Welt. Aber, bitte enttäuscht mein Vertrauen nicht noch einmal.«

»Kleiner Troublemaker?«, frotzelt Brantley, als die Stille langsam unangenehm wird. »Du wirst so behütet sein wie sonst keine Frau, und das Baby wird von Höllenhunden bewacht. Darauf gebe ich dir mein verdammtes Wort.«

Ich entspanne mich, und mein Herzschlag wird ruhiger. Ich vertraue ihm. Ich vertraue meinen Kings. Auch wenn ich bei Hector noch leise Zweifel habe, weiß ich doch, wer meine Familie ist.

»Ich liebe dich«, flüstere ich Brantley zu.

Er wirft mir einen Kuss zu.

Als auf der Treppe sachte Schritte laut werden, verstummen wir, unser aller Augen richten sich auf den Eingang des Wohnzimmers und warten gespannt, wer da wohl gleich um die Ecke biegt.

Langes, weißes Haar.

Blasse, zarte Haut.

Dunkelgrüne Rehaugen.

Ein zerbrechlicher Körper, in ein gelbes Sommerkleid gehüllt, das ihre Figur umspielt.

»Hi«, verkündet sie mit weicher Stimme. »Ich bin Saint.«

DANKSAGUNG

Danke an meinen Mann, dass er ein so normaler Mensch ist. Ich danke meinen Kindern, dass sie die besten kleinen Troublemaker sind, die ich mir nur wünschen kann.

Dank an Sarah dafür, dass sie die wichtigste Frau in meinem Leben ist. Nicht nur für mich als Autorin (böse Blicke), sondern auch im richtigen Leben, die unermüdlich daran arbeitet, meine Fangemeinde zu vergrößern, alles erledigt, was ich nicht mehr schaffe, dazu die Betaleserin meiner Bücher ist und es trotzdem schafft, eine wunderbare Ehefrau und Mutter zu sein. Du bist so viel mehr, als du denkst.

Danke an Chanel, dass du die beste Ablenkung bist, die ich mir wünschen kann.

Räusper *Ich bin nicht betrunken genug dafür …*

An Anne, die mein Fels in der Brandung ist. Ernsthaft. Dieses Luder.

An Lyla, dass sie meine beste Freundin ist. Du bist eine der stärksten Frauen, die ich kenne. Wir sind schon durch dick und dünn gegangen. Haben gemeinsam Fehler gemacht, Erinnerungen geschaffen und zusammen geweint. Ich kann es kaum abwarten, hinter dir herzugehen, wenn du zum Traualtar schreitest. Ich liebe dich so sehr.

An Nichole, die eine beste Freundin ist, wie sie sich jede Frau ersehnt. Danke dafür, dass du mit mir zusammen meine Probleme runterspülst, dich dann in meinem Bett zusammenrollst und bei Netflix betrunken mit mir abhängst. Und überall Schokoladenpapier verstreust. Du bist ein Diamant.

Dank an Leigh, die mich daran erinnert, wer ich bin, wenn ich es manchmal vergesse. Du hast mir öfter den Rücken freigehalten, als ich zählen kann.

An Jacq, die mich dazu gebracht hat, die gruseligste Serie, die ich je gelesen habe, zu verschlingen und mich damit vom Schreiben abzulenken. Aber das war es wert, und ich liebe dich dafür.

An Charleigh. Ernsthaft? Ich brauche Seb. Du hast mich auf beste Art vom Schreiben abgehalten. Los, schreib das nächste Buch …

An Ellie dafür, dass du bist, wer du bist. Deine Fähigkeiten sind unersetzlich. DU bist unersetzlich.

An Petra, dass du du selbst bist und meine Worte mit großem Respekt korrigierst.

An meine Fangemeinde. Ich liebe euch. Ihr loyalen Mädchen seid genau das, was ich mir wünsche.

Danke an meine Blogger, dass ihr euch die Zeit nehmt, meine Bücher zu lesen und Kritiken zu schreiben. Ich weiß das mehr zu schätzen, als ihr euch vorstellen könnt.

An all meine Leser, denn selbst der dickste Roman würde nicht reichen, um zu beschreiben, wie sehr ich euch schätze. Danke, dass ihr mich auf der Reise begleitet und mir treu bleibt. Ihr seid meine Inspiration, und ihr gebt mir Kraft.

An mein Wolfsrudel, ihr wisst schon, worum es geht, aber noch mal *heul*.

An CrossFit, denn ohne euch hätte ich längst einen vorsätzlichen Mord begangen.

An die, die mich hassen, *winke, winke* heeeyyy, Määädel!

Ich danke meinem Hund Raze dafür, dass er mich daran erinnert, wie erstrebenswert ein sauberer Garten wäre …

Und zuletzt, an alle, die sich richtig reinhängen, die sich durchkämpfen und am Ende des Tages erschöpft die Schuhe von sich werfen. Bis zum nächsten Mal. Ich liebe und danke euch. Bleibt stark.

Xo – Amo

Triggerwarnung

Dieses Buch enthält neben expliziten Szenen und derber Wortwahl Elemente, die triggern können.
Diese sind:
Gewalt, Drogenmissbrauch, Vergewaltigung, Mord, toxische Beziehungen, Wahnvorstellungen und Posttraumatische Belastungsstörung infolge von Plötzlichem Kindstods.

Bereits mit unserem ersten Kuss waren wir dem Untergang geweiht ...

L. J. Shen
ALL SAINTS HIGH –
DIE PRINZESSIN
Aus dem amerikanischen
Englisch von
Anja Mehrmann
448 Seiten
ISBN 978-3-7363-1123-7

Daria Followhill ist reich, wunderschön und das beliebteste Mädchen der All Saints High. Sie müsste sich wie eine Prinzessin fühlen. Doch ihr Leben ist alles andere als perfekt. Seit sie vor vier Jahren aus Eifersucht die Zukunft der gleichaltrigen Silvia Scully zerstört hat, plagen sie schlimme Schuldgefühle. Als sie nun erfährt, dass Silvias Zwillingsbruder Penn nach dem Tod seiner Mutter kein Zuhause mehr hat, sorgt sie kurzerhand dafür, dass ihre Eltern Penn bei sich aufnehmen. Und obwohl er keinen Zweifel daran lässt, dass er Daria hasst, ist sie machtlos gegen das heftige Kribbeln zwischen ihnen. Dabei weiß sie, dass seine Liebe sie zerstören könnte ...

LYX

Dem Elite Kings Club wirst du nicht entkommen

Amo Jones
BROKEN PUPPET –
ELITE KINGS CLUB
Aus dem amerikanischen
Englisch von
Barbara Slawig,
Karla Stepenitz
288 Seiten
ISBN 978-3-7363-0840-4

Als Madison herausfindet, dass sie all die Jahre belogen wurde und niemandem vertrauen kann, will sie nichts wie weg: weg vom Elite Kings Club und weg von Bishop. Sie flieht bis ans andere Ende der Welt, und hofft, dass niemand sie finden wird. Doch so sehr sie versucht, ihre Spuren zu verwischen, Bishop hat sie längst aufgespürt. Denn der Elite Kings Club gibt nichts wieder her, was einmal ihm gehört hat ...

»Süchtig machend und faszinierend!« BECKIE BOOKWORM

LYX